당신의 비밀을 묻어드립니다

당신의 비밀을 묻어드립니다

FINLAY DONOVAN JUMPS THE GUN

엘 코시마노 장편소설

김효정 옮김

INFLUENTIAL
인 플 루 엔 셜

등장인물

- **핀레이 도너번 :** 로맨틱 스릴러 작가. 이혼 후 아이 둘을 키우고 있다.
- **베로니카 루이스(베로) :** 핀레이의 아이들을 돌보는 베이비시터이자 둘도 없는 파트너.
- **스티븐 도너번 :** 핀레이의 전남편. 핀레이와 재결합을 꿈꾸는 듯하다.
- **딜리아 :** 핀레이의 다섯 살배기 딸.
- **재크 :** 핀레이의 두 살배기 아들.
- **조지아 마거릿 :** 핀레이의 언니. 형사.
- **니콜러스 앤서니(닉) :** 형사. 조지아의 동료로, 핀레이를 향한 감정을 숨기지 않는다.
- **조이 밸러펀트 :** 형사. 닉의 파트너로, 핀레이를 강하게 의심 중이다.
- **줄리언 베이커 :** 로스쿨 학생. 핀레이의 '전' 연하 남자친구.
- **파커 켈러 :** 수습 검사. 줄리언의 룸메이트.
- **하비에르(하비) :** 뭔가 사연이 있는 듯한 베로의 친구.
- **펠릭스 지로프 :** 수감 중인 러시아 마피아의 보스.
- **에카타리나 리바코프(캣) :** 펠릭스의 변호사.
- **캐머런(캠) :** 핀레이를 돕다가 펠릭스에게 발탁된 해커.
- **실비아 바 :** 핀레이의 출판 에이전트.
- **해거티 부인 :** 마을의 감시자.

차례

일러두기
본문의 주는 모두 옮긴이가 독자의 이해를 돕기 위해 붙인 것입니다.

1

칸막이 반대쪽의 남자가 갈라지는 목소리를 냈다. "설마 이 일로 철창신세가 되는 건 아니겠죠?"

"그럴 리가요." 나는 문틈으로 그를 안심시켰다. 귀에 익은 깔깔 소리가 칸막이를 넘어 들려왔다. 남자는 코를 훌쩍거렸다. "성함을 여쭤봐도 될까요?" 나는 기저귀 가방을 헤집으며 물었다. 가벼운 대화로 그의 긴장을 조금이나마 풀어주고 싶었다.

"이름은 왜 묻고 그래요? 경찰에 신고라도 하게요?"

"절대 신고 안 해요. 믿어도 돼요."

"당신을 믿으라고요?"

"저도 당연히 이 상황이 무사히 끝나기를 바라지 않겠어요?" 그의 거친 숨소리에 귀를 기울이며 대답을 기다렸다.

"음⋯⋯." 그가 머뭇거리며 대답했다. 칸막이 너머에서 또 한 번 깔깔거리는 소리가 들렸다. 남자는 목소리를 높였다. "모! 내 이름은 모예요! 진짜, 제발 어떻게 좀 해줘요!"

"진정해요, 모. 내 말 잘 듣고 하라는 대로만 하면 돼요."

그의 목소리가 점점 커졌다. "전에도 이런 일이 있었나요?"

"맞아요. 전에도 제가 잘 해결했어요." 그 장소가 월마트 남자 화장실이 아니었을 뿐. "내 말 잘 들어요, 모. 지금부터 제가 천천히 몸을 숙여 칸막이 밑으로 손을 뻗을 거예요. 무슨 일이 있어도 움직이지 마세요."

모가 숨이 넘어갈 듯 헉헉대기 시작했다. "잠깐만요, 뭘 어쩌려고 그래요? 별로 좋은 방법 같지 않은데요. 틀림없이 다른 방법이 있을—."

"다른 방법은 없어요, 모. 내가 도와줄까요, 아니면 사람을 불러서 문을 열어달라고 할까요?"

"아무도 부르지 말아요!" 그가 애원했다. "뭘 하려는지 몰라도 어서 해요. 빨리요!"

나는 바닥을 짚었다가 손바닥에 닿는 타일의 끈적끈적한 감촉에 몸서리를 쳤다. 타일 사이 줄눈에 들어찬 것이 무엇인지 생각하고 싶지 않았다. 고개를 숙이고 칸막이 밑으로 모의 두 발을 보았다.

그의 바지는 발목까지 내려와 있고 다이아몬드 무늬 양말은 종아리까지 올라가 있었다. 그 앞으로 내 아들의 버즈 라이트이어 운동화가 LED를 번쩍이며 휙 지나갔다.

"재크." 남자를 보고 뭐라 쫑알대며 히죽 웃는 아이에게 애원했다. "이쪽으로 와, 지금 당장."

30초. 내가 방광을 비우는 30초 사이에 아이는 칸막이 문 아래를 지나 여자 화장실에서 남자 화장실로 옮겨갔다. 어린아이나 동물원의 동물을 돌본 경험이 전무한 데다 완전히 무방비 상태였던 젊은 남자에게는 날벼락이나 다름없었으리라.

칸막이 밑을 더듬거리는 나를 보며 재크는 까르르 웃었다. 멜빵바지의 헐렁한 바짓단이 내 손아귀를 빠져나가 저만치 멀어졌다.

"이쪽으로 오고 있어요!" 모가 두 무릎을 딱 붙이며 비명을 질렀다. "안 돼, 안 돼! 저리 가!"

"아이들을 상대한 경험이 많지 않죠?"

"맞아요! 그건 왜 물어요?"

"그냥 그럴 거 같아서요." 나는 칸막이 밑으로 어깨를 밀어넣고 팔을 한껏 뻗었다. 모는 화장실에서 다른 두 칸에 비해 훨씬 큰 칸을 선택했고, 변기와 내 아이는 반대편 구석에 있었다. "손이 안 닿네요. 아이가 문에서 너무 멀어요."

"해결할 수 있다면서요!"

"해결하려고 하고 있잖아요! 당황하지 마세요."

"당황하지 말라고요? 화장실에서 바지를 벗은 채 어린아이랑 같이 있던 남자들이 무슨 꼴을 당하는지 알기나 해요? 볼일 보러 왔다가 이게 무슨 봉변이냐고요!"

킥킥거리던 재크가 갑자기 입을 닫자 불길한 고요가 엄습했다. 나는 기저귀 가방을 맹렬히 뒤적였다. 이놈의 과자는 왜 꼭 필요할 때 안 보인담?

"아이가 좀 이상해요." 모가 긴장한 목소리로 속삭였다. "꼼짝도 안 해요. 뭔가에 엄청 집중하고 있어요."

나는 코를 찡그렸다. 역시 재크는 뭔가에 집중하고 있었다.

"아이가 끙끙거려요. 얼굴은 벌개졌고요. 꼭 신들린 것 같아요."

"신들리다니요. 그냥 배변을 하는 거예요."

"뭘 한다고요?! 이제 더는 못 참겠어요! 여기서 나갈래―"

"안 돼요! 무슨 일이 있어도 일어서면 안 돼요!" 나는 팔꿈치까지 가방에 넣었다. 과자 진열대로 달려갈 틈 같은 건 없었다. 내가 돌아오기 전에 이 가엾은 남자는 심장마비를 일으켜 바닥에 쓰러질지도 모른다. 이제 송장 치우는 데는 아주 신물이 난다. 바지를 발목까지 내린 남자라면 더더욱.

새해에는 나도 새사람이 되고 싶었다. 나는 범죄자도 살인자도 아니다. 적어도 자의로 누구를 죽인 적은 없다. 석 달 전, 내 미니밴에서 죽은 채로 발견된 해리스 미클러라는 추잡한 회계사 역시 결코 내 손에 살해되지 않았다. 그런데도 그의 아내 퍼트리샤는 기어코 내게 수고료를 지불했다. 나는 살인 청부업자가 아니라고 미클러 부인에게 몇 번을 설명했는데도 자꾸만 비슷한 일감이 찾아왔다. 2주 전, 나는 새해를 맞으며 세 가지 중요한 결심을 했다. 정크푸드 끊기, 남자 멀리하기, 내 차에 시체 싣지 않기. 딱히 우선순위가 있는 것은 아니지만.

배변이 끝났는지 재크가 환호성을 지르더니 자신이 대견해 죽겠다는 듯 손뼉을 짝짝 쳤다. 아이는 한쪽 팔을 뻗은 채 모를 향해 쿵쿵 다가갔다.

"왜 이래!" 모가 소리를 꽥 질렀다. "애가 나한테 원하는 게 뭐죠?"

기저귀 가방의 내용물을 바닥에 쏟았다. 조카의 엉덩이를 닦느니 범죄 현장을 청소하는 쪽을 택할 내 경찰 언니는 꼬박 몇 주 동안 재크에게 맹훈련을 시켰다. 아이가 아직 배변 훈련을 받을 준비가 안 되었다는 내 말은 귓등으로도 듣지 않으며. 겨우 두 돌 된 내 아이는 이제 화장실이 뭐 하는 곳인지 확실히 이해했지만, 조지아의 훈련 방식은 아이가 보상을 탐하게 만드는 부작용을 낳았다. "보상을 바라는 거예요."

"보상이라뇨? 뭘 잘했다고 보상을 기대해요?"

나는 과자 봉지를 문 밑으로 내밀었다. 과자 흔드는 소리에 재크가 이쪽을 돌아보았다. 봉지를 내 쪽으로 당기자 아이의 통통한 손도 따라왔다. 아이가 내 손에 닿자마자 허리에 팔을 감고 이쪽 칸막이로 끌어당겼다.

모의 두 손이 바닥으로 축 늘어졌다. 나는 재크를 내 옆에 내려놨다. 과자 봉지를 뜯는 데 정신이 팔린 재크를 보며 이마의 땀을 닦았다.

"이제 안전해요, 모. 밖으로 나와도 돼요." 나는 기저귀 크림, 물티슈 같은 엄마의 필수품들을 주워 모아 다시 가방에 넣었다. 칸막이 밑을 슬쩍 살폈다. 모가 움직이는 기척이 전혀 없었다. "모?" 그가 살아 있는지 확인하려고 문틈으로 귀를 기울였다. "모? 괜찮아요?" 제발 괜찮아야 할 텐데.

"안 괜찮아요."

나는 참았던 숨을 뱉었다. "나가서 도움을 요청할까요?"

"그냥 좀 가줘요. 그 꼬맹이를 데리고요."

"그게 좋겠네요." 아이 손에 들린 봉지를 살살 빼내고 아이를 안아 올렸다. 한쪽 무릎을 세워 아이를 세면대 위로 받친 채, 우리 둘의 손에 비누를 듬뿍 묻혀 두어 번 뽀득뽀득 씻고 나서 과자봉지를 돌려주었다.

"만나서 반가웠어요, 모." 내가 소리쳤다.

칸막이 속에서 점잖게 투덜대는 소리가 들렸다. 적어도 모는 살아남아서 다행이다 싶었다. 새해의 열두 번째 날, 정오가 지난 지금까지 세 가지 결심 중 어느 하나도 깨지지 않았다. 적어도 아직까지는.

2

기저귀를 서둘러 갈고 손을 몇 차례 더 씻은 다음, 재크를 쇼핑 카트에 태우고 너덜너덜한 낮잠 이불과 빨대 컵을 안겼다. 통로 이쪽저쪽으로 카트를 밀며 베로를 찾아다녔다. 내 아이들의 베이비시터는 여성복 코너에서 폴라플리스 후드 티셔츠를 꼼꼼히 살피고 있었다. 내가 잘 알고 사랑하는, 명품에 환장하는 세련된 패셔니스타에게는 어울리지 않는 선택이었다. 카트를 베로의 뒤로 밀고 가서 어깨를 툭툭 치자 그녀는 놀라서 펄쩍 뛰었다.

"뭐 하는 거예요?" 후드 티셔츠를 카트에 담는 베로에게 물었다. 그녀는 커다란 선글라스를 콧등 위로 밀어 올렸다. 아침에 집을 나설 때만 해도 꾹 눌러쓴 야구 모자 밑에 선글라스까지 쓰고 있는 줄은 몰랐다. "검은색 후드 티셔츠라면 이미 갖고 있잖아요." 나는 그녀가 입고 있는 명품 브랜드 로고를 손짓했다. 베로의 모습이 흡사 요가 바지를 입은 좀도둑 같았다.

"후드 티셔츠는 아무리 사도 부족한 법이죠." 베로는 경계하는 눈빛으로 여성복 코너의 수상한 남자를 흘끔거렸다. 기름진 머리를 빗어 넘긴 남자는 뽕브라 무더기를 뒤적거리며 혼잣말로 주절대고 있었다. 양말 한 켤레를 슬쩍해 바지 주머니에 넣은 게 아니라면 발기가 된 게 분명했다. 둘 중 어느 쪽인지 깊이 생각하고 싶지 않았다. 남자가 특대형 브라를 꽉 움켜쥐는 모습을 보고 베로는 오만상을 찌푸렸다. "차 수리는 언제 끝난대요?"

나는 휴대전화를 확인했다. "못해도 30분은 더 있어야 해요. 딜리아 데리러 유치원에 가기 전까지 아직 한 시간을 더 때워야 해요."

"액세서리 코너로 가요. 저 남자 때문에 돌아버리겠어요. 선글라스나 몇 개 더 살래요."

"남의 눈에 띄는 게 그렇게 신경 쓰이면, 미니밴을 여기서 손볼 게 아니라 당신 사촌네 정비소로 가져갈걸 그랬어요. 라몬이라면 오일도 공짜로 갈아줄 텐데."

베로는 격렬하게 고개를 저었다. "안 될 말씀. 여기가 차라리 안전해요." 베로의 마지막 주소지는 사촌 라몬의 아파트였다. 그녀가 말하길, 그 집은 라몬의 정비소에서 너무 가까워서 쉽게 발각될 위험이 있었다.

"이해가 안 돼요, 베로. 이렇게 벌벌 떨 이유가 있나요? 메릴랜드에서 여학생 클럽 '자매' 몇 명이랑 돈 문제가 생겨서 학교를 자퇴하고 그 주를 떠났다면서요? 그래놓고 그 학생들의 부모가 당신 사촌집으로 찾아오니까 애틀랜틱시티로 달아나 사채업자한테 빚을 졌다고요? 그냥 메릴랜드로 돌아가서 자매들한테 사실대로 말하는 게 낫지 않았을까요? 당신이 그 돈을 가져간 게 아니라 돌려줄 수 없다고요!"

"1년 전에 그렇게 얘기했는데, 내 말을 안 믿더라고요."

"그렇다고 그 사람들 피하려고 이렇게 마음을 졸여야 해요? 변장하고 집 안에만 틀어박혀 있을 작정이에요?"

"그 몇 푼 안 되는 공금을 훔친 줄 알고 여학생회 애들이 우리 사촌 집까지 찾아왔잖아요. 그렇다면 악덕 사채업자들은 20만 달러를 빚지고 달아난 나를 눈에 불을 켜고 찾아다니지 않겠어요?"

"언제까지나 숨어 살 수는 없어요. 2주 후면 커뮤니티 칼리지 봄학기가 시작되잖아요."

"상관없어요. 안 다니면 그만이니까."

내 카트가 덜커덩 멈췄다. 재크는 카트 손잡이를 붙잡으며 키득거렸다. 멜빵바지에 왈칵 쏟아진 주스를 낮잠 이불로 대충 닦았다. "베로, 몇 학점만 더 이수하면 회계학 학위를 딸 수 있잖아요!"

"집 밖을 나다닐수록 그들 눈에 띌 확률이 높아진다는 정도는 알아요. 내 업보인 걸 어쩌겠어요."

"거기서 업보가 왜 나와요. 살면서 실수 좀 했다고 인생이 비참해져야 하는 건 아니잖아요. 잠깐만요." 나는 통로를 지나가는 그녀의 후드를 잡았다. 베로의 카트가 멈추자, 나는 그녀의 어깨를 잡고 내 쪽으로 돌려세웠다. "하나씩 차근차근 해결하자고요. 스티븐이 내일 필라델피아에서 돌아와요. 이제 이곳에 와도 안전할 거예요." 내 전남편은 여러 차례 생명의 위협을 받은 끝에 몇 주 동안 누나 집에 숨어 있기로 했다. (설명하자면 복잡하다.) "이제는 아무도 스티븐을 죽이려고 덤빌 것 같지 않으니까―."

"이제는 모든 불운이 내게 쏠리고 있으니까요." 그 말이 자신의 처지를 전부 설명하기라도 한다는 투였다.

나는 눈동자를 굴리며 말을 이었다. "스티븐은 딜리아와 재크를 몇 주나 못 만났어요. 아이들을 며칠 봐달라고 하면 흔쾌히 데려갈 거예요. 그러면 우리가 함께 애틀랜틱시티로 가서 사채업자와 협상을 하면 돼요."

"사채업자는 협상 같은 거 안 해요, 핀. 슬개골을 부수고 손가락을 자르죠."

"그래도 사업가잖아요. 말만 잘하면 설득할 수 있을 거예요."

"펠릭스 지로프를 설득했듯이요?" 러시아 마피아 두목의 이름을 입밖으로 꺼내기만 해도 그가 월마트의 여성 운동복 코너로 소환되기라도 하는 양 나는 그녀의 입을 손으로 틀어막았다. 엿듣는 사람이 있는지 주변 통로를 두리번거렸지만, 우리 등 뒤 속옷 매장의 노인은 재고정리 판매대 앞에서 팬티를 쿵쿵대느라 여념이 없었다. "펠릭스도 사업가잖아요. 그렇다고 당신이 그의 사무실로 당당히 들어가 그를 설득한 건 아닐 텐데요." 베로가 지적했다.

"펠릭스가 어디 사무실에 있는 사람인가요." 나는 목소리를 낮췄다. "감방에 있지. 더구나 그는 사업가라기보다, 사람 목을 예사로 베는 부하들을 잔뜩 거느린 나르시시스트에 소시오패스인걸요. 당연히 설득할 수 있는 사람이 아니죠."

"그런 사람이 당신이 이 도시에 남아 일을 처리하길 바라잖아요. 그러니까, 그의 졸개들이 뉴저지까지 따라와서 우리를 무자비하게 죽이기를 바라지 않는다면, 집을 떠날 생각은 접고 싹쓸이나 찾아야 한다는 얘기죠." '싹쓸이'는 펠릭스 지로프의 웹사이트에서 활동하던 의문의 살인 청부업자였다. '핫한 여성 커뮤니티'를 가장한 그 웹사이트는 사실 러시아 마피아의 소굴이었다. 전남편이 싹쓸이의 다음 표적이라는 사실을 알게 된 나는 펠릭스를 압박해 웹사이트 전체를 폐쇄시켰다. 하지만 싹쓸이가 웹사이트 폐쇄로 자신이 입은 손해를 물어내라며 마피아를 협박하자 펠릭스는 그 모든 책임을 나에게 돌렸다.

"싹쓸이가 누구인지 우리가 직접 알아내기만 하면, 당신의 부자 러시아 친구가 보상을 해줄 텐데요."

"펠릭스가 무슨 내 친구예요. 우리 둘을 총살시키려 했던 일 벌써 잊었어요?"

"그건 싹쓸이한테 협박받기 전이잖아요." 베로는 손가락으로 허공을 휘저었다. "적의 적은 친구니까 당신이랑 펠릭스는 저절로 친구가 된 거예요. 당신 친구인 마피아 두목은 주체하지 못할 만큼 돈이 많고요."

"첫째, 펠릭스의 돈을 받는 건 생각하기도 싫어요. 둘째, 펠릭스는 내가 싹쓸이의 정체를 밝히는 게 아니라 죽이기를 바라요." 나는 싹쓸이를 딱 한 번 마주쳤다. 하지만 그가 총을 쥐고 경찰차 비슷한 세단에서 나왔을 때는 이미 날이 어두워져 있었다. 그가 다짜고짜 내쪽으로 총을 쏘는 통에 자세히 살필 겨를도 없었다. 베로와 내가 싹쓸이의 정체를 밝히는 것만으로 펠릭스의 돈을 받을 수 있을지는 심히 의문이었다. 나는 이미 펠릭스에게 엄청나게 비싼 스포츠카 한 대를 빚졌다. 내가 대리점에서 '빌린' 애스턴마틴은 결국 총알구멍이 숭숭 뚫린 채 내 명의가 되었다. 펠릭스에게 밉보였다가는 당장 차량 등록증 사본이 경찰서로 넘어갈 판이었다.

펠릭스가 어느 형사에게 맨 먼저 알릴지도 충분히 짐작할 수 있다. 그는 나와 니콜러스 앤서니 형사의 관계에 유별난 관심을 보였다. 사실 우리가 어떤 관계인지 궁금하기는 나 역시 마찬가지였다. 하지만 닉이 제아무리 매력적이라도(그리고 아무리 좋은 향기를 풍겨도), 그 형사를 가까이 하기에는 내게(정확히 말해 내 세탁기, 미니밴, 베로의 트렁크에) 구린 구석이 너무 많았다.

"싹쓸이를 제거하는 건 펠릭스가 직접 해야죠." 나는 단호히 말했다. 내 손으로 사람을 잔혹하게 죽일 순 없다.

베로는 짙은 색 선글라스를 쓴 모습을 거울에 비춰보며 고개를 저었다. "러시아 마피아를 상대로 배짱을 부리다니."

"배짱을 부리는 게 아니에요. 확실히 거절하는 거지. 펠릭스의 재판까지 한 달도 안 남았어요. 그가 살인 유죄판결을 받고 교도소에 들어가면 이 악몽도 끝이에요."

"교도소에 들어가면 펠릭스는 더 잃을 게 없어요. 오로지 당신을 엿 먹일 요량으로 닉한테 모든 걸 넘기지 않으면 다행이죠. 그나저나 전화가 또 왔던데요."

"누구 전화요?"

"누구긴요, 섹시한 형사님이지."

나는 무관심한 척 스카프 진열대를 살폈다. "그래서 뭐라고 했어요?"

"당신이 뒤뜰에서 시체를 묻고 있다고 했— 아얏!" 베로는 내 팔꿈치에 찔린 부위를 문지르며 혼자 낄낄거렸다. "마냥 피할 수는 없어요, 핀. 당신 어머니 집에서 저녁을 먹은 날 이후로 닉이 당신 휴대전화에 몇 번이나 메시지를 남겼잖아요. 어째서 닉한테 한 번도 연락을 안 해요?"

나는 내 이마를 때렸다. "닉이 목발 짚고 온 날을 말하는 거죠? 우리 둘을 죽이러 온 펠릭스의 부하들한테 총을 맞아서 그렇게 다친 거잖아요. 그런 마당에 닉과 건강하고 진실한 관계로 발전하기를 바라는 게 가당키나 해요?" 내가 정색하고 말했다.

"닉이 자기 목숨을 구해줘서 고맙다며 구운 고기 너머로 당신을 그윽하게 바라보던 순간은 잊었나 봐요. 인정해요, 핀. 그 사람, 당신한테 홀딱 빠졌다고요. 더구나 두 사람, 제법 잘 통하잖아요."

틀린 말은 아니었지만, 아무리 잘 통해도 내가 닉이 절대 알아서는 안 될 끔찍한 일을 저질렀다는 사실은 바뀌지 않는다. 어쨌거나 음성사서함에서 그의 목소리를 들을 때마다, 우리 부모님 집의 겨우살이 밑에서 내 귀에 와닿던 그의 감미로운 속삭임을 떠올릴 때마다 마음이 들썩거리는 것은 어쩔 수 없었다. "닉이 또 뭐라던가요?"

"아직 당신한테 디저트 대접을 안 했다는 그 말, 아무래도 암호 같아요. 당신의 벗은 몸을 보고 싶다는." 그녀는 머리에 스카프를 두르고 선글라스 렌즈만 보이도록 얼굴을 감싼 채 테 너머로 눈썹을 꿈틀댔다. "당신은 닉의 목숨을 구했어요, 핀."

"사실은 닉이 우리 목숨을 구한 거죠."

"그렇다고 그가 주는 달콤한 디저트를 즐기지 못할 건 없잖아요." 내가 당황하여 웃음을 터뜨리자 베로는 두 손을 번쩍 쳐들었다. "당신이 전화를 받을 때까지 닉은 멈추지 않을걸요."

기저귀 가방 깊숙이서 벨이 울리기 시작했다.

우리는 동시에 가방 쪽을 돌아봤다. 베로가 선글라스를 내렸다. "거봐요, 당신도 디저트 생각이 간절했죠?"

나는 한발 물러났다. "나 요즘 다이어트 중이거든요."

"그따위 새해 결심 개한테나 줘버려요." 막을 새도 없이 베로는 가방에 손을 넣어 내 휴대전화를 꺼냈다. "지금은 성 긍정주의, 자기

몸 긍정주의, '미투'의 시대라고요. 여자들은 좀 더 당당해져야 해요, 핀. 그래야 하는 세상이 됐어요. 당신이 디저트 먹는 걸 막을 사람은 아무도 없어요." 발신자의 이름을 확인하는 순간 베로의 눈에서 생기가 사라졌다. "실비아네요." 그녀가 휴대전화를 내게 내밀었다.

화면에서 에이전트 이름을 보고 안도하기는 또 처음이었다. 화면을 쓸어넘겨 전화를 받았다. "여보세요, 실비아. 지금 마트라서요. 나중에 통화해도 될까요?"

"아니, 안 돼요." 그녀가 퉁명스레 대답했다. 인내심이 한계에 다다르면 그녀의 입에서 사투리가 나오곤 했다. 뉴욕보다 뉴저지 억양이 두드러졌다. "엄청 중요한 일이에요. 출판사에서 연락이 왔어요. 원고를 다 읽었대요."

베로가 가까이서 서성대며 내 쪽으로 고개를 기울이자 나는 카트를 그녀에게서 멀찍이 떨어뜨렸다. "출판사에서 뭐라고 해요?"

"돈을 못 주겠대요."

"돈을 못 준다니, 그게 무슨 소리예요?" 나는 휴대전화를 뺏으러 달려드는 베로의 손을 탁 때렸다. "원고를 넘겼잖아요, 실비아. 원고료의 나머지 절반을 받기로 되어 있는데요."

"출판사에서 원고에 만족해야 받을 수 있죠. 수정이 좀 필요하대요."

"어떤 수정요?"

"형사가 더 많이 나와야 한대요."

"그래서 이야기에 그 형사를 넣었잖아요. 이미 많이 나온다고요." 내 이야기에 형사는 필요 이상으로 자주 등장했다.

"그렇게 섹시한 형사가 나오는데 로맨스가 지나치게 밋밋하잖아요. 어떤 출판사에서 그렇게 따분한 로맨스에 돈을 내겠어요?" 실비아가

택시를 소리쳐 부르는 통에 나는 전화기를 멀찌감치 떨어뜨렸다. 차 문이 쾅 닫히고 그녀가 큰 소리로 목적지를 외쳤다. "핀레이, 너무 점 잔 떠는 거 아녜요? 형사랑 주인공이랑 서로 속으로만 안달하면서 허송세월하고 있잖아요. 2권쯤 되면 서로 맛이라도 좀 봐야죠."

"주인공은 아직 변호사를 못 잊는 걸요." 내가 주장했다.

"변호사는 1권에서 진작 퇴장했잖아요. 그 관계는 끝났다고 봐야 죠. 주인공도 이제 미련을 버려야 해요."

"아니, 자신이 원하는 게 뭔지 생각할 시간도 필요하잖아요." 나는 콧등을 꼬집었다. 한동안 만나던 연하의 로스쿨 학생 겸 바텐더와 헤어진 지 3주가 다 되었다. 줄리언 베이커와 나는 결국 깨질 수밖에 없었을 테지만, 그를 떠올리면 여전히 마음이 아렸다.

"주인공은 자신이 무엇을 원하는지 알아요. 그 형사를 원하죠. 43쪽을 보니까 침대에 홀로 누워 천장을 응시하면서 그렇게 중얼거 리는 장면도 있던데요. 2부에서도 형사를 못 갖게 할 거면 자위기구 라도 쥐여줘요."

베로가 '거봐요'라는 듯 히죽거렸다. 나는 그녀를 등졌다.

"주인공이 뭘 원하는지는 중요하지 않아요, 실비아. 그 여자는 범 죄자예요! 어떻게 경찰이랑 한 침대에 들어가냐고요. 체포당할 위험 을 감수해야 하는데."

"내 말이 그 말이에요. 스릴을 고조시켜야죠. 아슬아슬한 상황을 만들라고요! 비운의 로맨스가 펼쳐질 완벽한 조건이 갖춰졌잖아요. 킬러는 탈옥을 했죠. 탐내서는 안 될 남자에게서 달아나기를 원하 면서도 자기 감정을 부정하지 못하죠. 형사는 그녀를 붙잡기로 마 음먹고 턱밑까지 추격하고 있고요. 쫓고 쫓기는 시간이 길어질수록 형사는 그녀를 법의 심판대가 아니라 침대로 데려가지 못해 안달할 거예요."

"오, 좋은데요." 누가 옆에서 맞장구를 쳤다.

"들었죠?" 실비아가 큰소리쳤다. "택시 기사님도 좋으시다잖아요."

"지금 스피커 모드로 통화하는 거예요?!"

"네." 실비아와 택시 기사가 동시에 말했다.

"형사와 킬러는 욕망에 굴복해야 돼요." 실비아가 고집했다. "둘은 위험한 장소에서 정사를 벌여야—"

"비행기 안은 어때요?" 기사가 제안했다.

실비아가 대답했다. "좀 약해요."

"상어가 우글대는 바다로 추락하는 순간에?"

"좀 낫네요."

"알았어요." 내가 말을 잘랐다. "몇 장면 고치죠 뭐."

"기왕 고치는 거, 결말도 다시 써봐요."

나는 전화기를 던지지 않으려고 꽉 움켜쥐었다. "결말이 어때서요?"

"주인공이 친구랑 같이 유유히 사라지는 장면으로 끝내면 어떡해요? 이건 로맨스 소설이라고요. 〈델마와 루이스〉가 아니라."

"〈델마와 루이스〉는 아카데미 수상작인데요."

"둘이서 손을 잡고 절벽으로 차를 몰았잖아요, 핀레이." 실비아의 격앙된 한숨에 나는 혀를 깨물었다. "킬러와 형사야말로 참 잘 어울리는 한 쌍이죠. 주인공은 행복한 결말을 누릴 자격이 충분해요. 그리고 좀 서둘러요. 나도 돈을 받아야겠으니까."

"나도요." 기사와 베로가 동시에 말했다.

"좋아요. 편집자한테 작가님이 내용을 좀 고치기로 했다고 전할게요." 내가 대답하기도 전에 실비아는 전화를 끊었다.

나는 베로에게 휴대전화를 건넸다. "이제 만족해요?"

베로는 전화기를 기저귀 가방에 떨어뜨리며 고개를 저었다. "당신이 형사에 대해 뭘 그리 주저하는지 이해가 안 돼요."

"형사와 킬러가 만날 때마다 누가 죽어 나가니까요."

"당신이 그렇게 만드는 거잖아요."

"아픈 데를 찌르네요." 나는 시간을 확인하고 카트를 마트 입구 쪽으로 틀었다.

"행복한 결말을 쓰는 게 뭐 그리 어렵다고요? 소설 속 인물들이 딜리아의 바비 인형이라고 생각해봐요. 옷을 홀랑 벗기고 부비부비 하면 그만이죠."

"그렇게 간단치가 않아요."

"그렇긴 해요." 베로가 인정했다. "형사는 일단 킬러에게 동의를 구해야겠죠. 그녀의 정신이 멀쩡한 상태여야 하고 상호간에 적극적인 합의도 있어야 하고요. 그래야 비로소 두 사람은 서로에게 달려들고 당신은 베스트셀러를 쓸 수 있겠죠."

"다른 조언은 해줄 거 없어요?"

카트를 함께 계산대로 밀고 가며 베로는 나를 흘끔 보았다. "이번에는 아무도 죽이지 말아요."

3

저녁 식사 후에 베로가 아이들을 목욕시키는 동안, 나는 설거지를 마치고 재활용품을 차고 옆으로 날랐다. 수거함에 내용물을 붓자 유리와 유리가 부딪치는 소리가 났다. 와인 병이 수거함 밖에 떨어져 산산조각 났다. 이웃집 노인이 쨍그랑 소리를 들었을까 봐 찔끔했다. 길 건너편 해거티 부인의 집을 보았다. 주방 창문은 어두웠고, 거실 커튼 틈새로 TV가 깜박거렸다.

무릎을 꿇고 깨진 유리를 줍고 있는데 누군가의 손이 내 입을 틀어막았다. 두꺼운 가죽 장갑에 막혀 비명 소리도 내지 못하고 울타리 쪽으로 끌려갔다. 나는 머리로 습격자의 얼굴을 들이받았다. 내가 발뒤꿈치로 냅다 걷어차자 그는 꺅 소리를 지르며 날카롭게 속삭였다.

"아얏! 왜 이래요? 진짜, 아파 죽겠네!"

나는 그의 장갑 손가락에 이를 박고 팔꿈치로 그의 갈비뼈를 가격했다. 그의 팔에서 빠져나와 비틀거리며 집으로 달려갔다. 뒷문 옆의 동작 감지등이 켜졌다. 빛이 마당으로 쏟아지자 나는 습격자가 있는 쪽을 돌아봤다. 그는 따가운 빛을 피해 얼굴을 가리며 뒷걸음질했다. 익숙한 시큰둥한 회색 눈이 나를 보고 깜빡이자 나는 우뚝 멈춰섰다.

"캠?" 숨을 헐떡이며 물었다.

이 10대 소년은 쓰라린 갈비뼈를 감싸쥐며 무릎 위로 몸을 숙였다. "누군 줄 알고 그랬어요?" 그는 코피를 장갑에 문지르더니 언짢은 표정으로 장갑을 벗고 손가락이 얼마나 다쳤는지 살폈다. "꼭 물어야 했어요? 이 손의 가치가 얼마인지 알기나 해요? 보험도 안 들었는데. 영구장애를 입을 뻔했잖아요."

"내일 학교 가야 하는 학생이 이렇게 야심한 시간에 여기서 뭐하는 거예요?" 나의 엄마 목소리에 캠은 주눅이 들었다. 여느 고등학생이었다면 집에서 여자친구와 문자를 주고받거나 숙제를 하면서 나 대신 할머니를 못살게 굴고 있을 텐데. 몇 주 전까지만 해도 캠은 소년원에 들어가지 않는 대신 경찰의 비밀 정보원으로 활동했지만, 그의 뛰어난 해킹 실력은 어쩌다 펠릭스 지로프의 눈에 들고 말았다. 결국 그는 펠릭스가 제안한 일자리를 받아들였다. 나는 캠이 여기온 이유를 알 것 같아 가슴이 철렁했다.

"저는 메시지를 전하러 온 거예요." 캠의 손이 호주머니로 향하다가 갑자기 멈췄다. 그의 등이 뻣뻣하게 경직되었다. 캠은 서서히 턱을 쳐들며 눈을 동그랗게 떴다. 깨진 와인 병 가장자리가 그의 목 위에서 반짝였다.

그의 뒤에서 낮은 목소리가 경고했다. "손을 내가 볼 수 있는 데다 둬."

"싸운 거 아니에요. 우린 아무 문제 없어요." 캠이 뒤통수에 손깍지를 끼자 뒤에 서 있던 남자가 그의 호주머니를 톡톡 두드렸다. 캠의 어깨 뒤에서 베로의 소꿉친구 하비에르를 보고 나는 참았던 숨을 후 내쉬었다. 뒤로 묶은 검은 머리채에서 몇 가닥을 이마에 늘어뜨린 채 그는 까만 눈으로 나를 살폈다. "괜찮으세요?"

"괜찮아요." 하비는 캠의 외투에서 미색 봉투를 꺼내어 내게 내밀었다.

"보셨죠? 제가 말했잖아요." 캠이 깨진 병에서 고개를 틀고 종알거렸다. "그냥 메시지를 전하러 온 거라니까요."

나는 하비가 진홍색 밀랍 봉인을 눈치채지 못했기를 바라며 봉투를 받아 호주머니에 접어 넣었다. "미리 전화 좀 하면 어디 덧나요?" 나는 캠을 노려보며 말했다. 지난번에 펠릭스의 메시지를 전하러 나타난 이후로 캠을 오랜만에 보았다. 그때도 반갑지는 않았지만, 적어도 그때는 나를 막무가내로 끌고 가는 대신 점잖게 문을 두드렸다.

캠은 어깨 너머로 하비를 힐끔거렸다. "보스께서 편지를 '엄중하게' 전하라고 하셔서요. 그 말이 무슨 뜻인지는 모르겠지만."

"메리엄 웹스터에서 찾아봐요. 그 말이 무방비로 쓰레기를 버리러 나온 여자를 납치하라는 뜻인지!" 사전이란 걸 모르는 듯한 캠의 어리둥절한 표정을 보며 나는 웅얼거렸다. "아무것도 아니에요."

나는 욱신거리는 뒤통수의 혹을 문질렀다. "괜찮아요, 하비. 놓아줘요. 그냥 어린애예요."

"나 어린애 아니거든요." 캠이 하비의 손아귀를 홱 떨치며 주장했다. "한 달만 있으면 열여덟 살이라고요."

캠의 목덜미를 꽉 잡고 있던 하비가 쓴웃음을 지었다. "제 휴대전화로 경찰에 신고하실래요? 경찰이 여기 도착할 때까지 이 꼬마는 제가 보살피죠."

"안 돼요!" 캠과 내가 동시에 외쳤다.

나는 헛기침을 했다. "고맙지만 우린 괜찮아요. 베로가 아이들을 재우고 있어요. 들어가서 뭐 좀 먹으면서 기다려요."

하비는 캠을 마지막으로 쏘아보고 나서 손을 놓았다. 캠과 나는 하비의 운동화가 집 뒤로 사라지기를 기다렸다.

"해치려고 그런 거 아니에요." 캠이 부은 입술을 누르며 우겼다. "진짜 맹세할 수 있어요. 아무도 안 보는 곳으로 데려가서 얘기 좀 하려고 그랬어요. 길 건너편에서 오지랖 넓은 할머니가 줄창 밖을 내다보고 있잖아요. 완전 소름 끼쳐요."

이 동네에서 참견이란 참견은 다 하고 다니는 해거티 부인은 자진해서 마을 지킴이 단장이라는 감투까지 썼지만, 내가 보기에는 그저 지루함과 외로움을 견디고 존재감을 인정받고 싶은 노인일 뿐이었다. 우리 부동산 중개인이 내 전남편과 한낮의 밀회를 즐긴 후 우리집을 몰래 빠져나가더라고 내게 (그리고 온 동네에) 폭로한 후로, 나는 해거티 부인에게 치를 떨었다. 하지만 스티븐이 집을 나가고 (또 우리가 이혼하고) 20개월 만에 나는 (비록 성가시고 고집 센 노인이라도) 나를 지켜보는 누군가가 있다는 것이 꼭 끔찍하지만은 않다는 것을 깨달았다. 다만 해거티 부인에게 무엇을 보여줄지에 대해서는 늘 주의해야 했다. 나의 일거수일투족이 그녀의 현관 탁자에 놓인 공책에 기록되고 있기 때문이다. 해 떨어진 후에 가죽점퍼 차림의 10대 전과자가 거리에 얼쩡거리면 마을 지킴이 모임에서 보나 마나 싫은 소리를 들을 터였다. 경찰 눈에 띄는 건 더더욱 곤란했고.

"그 할머니가 우리 말을 엿들었을까요?" 캠이 물었다.

"아닐 거예요." 베로가 우리 말을 못 들었다면 해거티 부인이 들었을 리는 더더욱 없다. "귀가 그렇게 밝으려고요. 그나저나 전하러 왔다는 메시지가 뭐죠?" 나는 그에게 어서 얘기하라고 손짓했다. 외투를 입지 않아 몸이 오들오들 떨렸다. 이 만남 자체가 몸서리쳐지는 것도 사실이었다.

"Z님은 아직 싹쓸이를 처리하지 않은 이유를 궁금해하세요. 혹시 잘 모르시나 해서 말씀드리는데, 그분은 오래 기다리는 걸 안 좋아하세요. 다음번엔 저보다 훨씬 무서운 사람이 메시지를 전하러 올지도 몰라요."

"지로프의 부하들에 대해서는 나도 잘 알아요. 어쨌거나 걱정해줘서 고맙네요."

"그분 변호사 얘기를 한 건데요." 캠이 몸서리를 쳤다. "리바코프라는 여자, 진짜 무섭다고요."

기분이 더러운 와중에도 웃음이 터졌다. 에카타리나 리바코프가 무섭긴 무서웠다. 만약 밀랍 인장이 찍힌 메시지를 들고 현관 앞에 나타난 그녀와 메시지를 엄중하게 전달하겠답시고 어설프게 나를 습격하는 캠 중에 하나를 골라야 한다면 선택은 어렵지 않았다.

나는 펠릭스의 봉투를 뜯어 방범등 아래에서 그의 편지를 읽었다.

도너번 씨,
내 인내심에는 한계가 있어요. 딱 2주 드리죠.
— Z

"역시나." 나는 펠릭스의 재판까지 며칠이나 남았는지 속으로 세면서 중얼거렸다.

"이제 우리 볼일은 끝났죠? 약국 문 닫기 전에 들러서 할머니 약 사다드려야 해서요."

"그래, 끝난 거 같네요. 그리고 캠." 돌아서는 그에게 덧붙였다. "다음번에는 그냥 초인종을 눌러요."

슬며시 웃다가 부은 입술이 당겼는지 캠이 얼굴을 움찔했다. "그럴게요, 도너번 씨. 괜히 엄중한 척해서 죄송해요."

절뚝거리며 우리 집 뒷마당을 지나가는 캠을 지켜보았다. 그의 긴 다리가 이웃집과 우리 집을 분리하는 생울타리 사이로 사라졌다. 집으로 들어가는 길에 깨진 유리를 주워 쓰레기통에 던지면서, 나를 지켜보고 있을지 모를 해거티 부인에게 손을 흔들었다. 하비의 흰색 소형 밴이 우리 집 앞에 서 있었다. 내가 그를 처음 본 날 타고 온 바로 그 차였다. 베로와 내가 창고에 침입하는 것을 돕기 위해 그가 라몬과 함께 웨스트버지니아로 달려온 날이었다. 그날 이후 베로는 하비에 대해 수상할 만큼 입을 다물었다. 내가 아는 사실은 그가 라몬의 친한 친구라는 것, 잠긴 문을 잘 딴다는 것, 베로가 얼굴을 붉힐 정도로 화를 돋울 수 있는 유일한 사람이라는 것뿐이었다.

주방 문을 열었더니, 가스레인지 위에서 식어가던 음식을 그릇에 떠놓은 채 하비가 식탁에 앉아 있었다.

"데워드려요?" 내가 물었다.

입안에 음식을 가득 문 채로 하비는 말없이 고개를 저었다. 그는 황홀하다는 듯 눈을 치떴다. "괜찮아요." 그가 우물거리며 말했다. "지금도 완벽한걸요."

"그 칭찬, 기쁘게 받고 싶지만, 베로가 만든 거예요."

"압니다." 하비가 환하게 웃었다. "베로 어머니의 조리법이거든요. 들어오자마자 냄새로 알았죠. 베로 어머니의 요리를 맛본 지도 몇 년이나 됐네요."

"몇 년씩이나요?" 나는 냉장고에서 탄산음료를 꺼내어 그의 앞에 놓으며 물었다. "왜 그렇게 오래됐대요?" 베로와 라몬의 어머니는 메릴랜드의 아파트에서 같이 살았다. 여기서 멀지도 않았다. 그리고 내가 베로의 앨범에서 본 사진에 따르면, 하비, 베로, 라몬은 어릴 때 한 몸처럼 붙어 다녔다.

하비는 어깨를 으쓱했다. "베로 어머니가 저를 별로 안 좋아하셔서요. 제가 따라가면 라몬도 성가실 거예요." 그가 그릇 위로 몸을 숙이자 기다란 머리카락이 한쪽 눈을 가렸다. 베로가 그의 옆에 나타나 그릇을 확 치웠다. 수프가 넘치며 그의 티셔츠 앞섶을 흠뻑 적셨다.

"지금 뭐 하는 거야?" 베로가 땍땍거렸다.

하비는 꿋꿋이 숟가락을 쥐고 냅킨을 집었다. "먹고 있잖아."

"여기가 무슨 드라이브 스루야? 창문에 불이 켜져 있다고 함부로 들어와서 밥까지 얻어먹게?"

하비가 가슴팍을 두드려 닦았다. 그는 축축한 티셔츠를 피부에 붙인 채 냅킨을 구기며 천천히 일어섰다. "아쉽네. 옛날 맛 그대로던데." 그의 검은 눈이 베로의 치켜든 얼굴을 맴돌다 그녀의 입술에 멈췄다. "더 달라고 하고 싶었는데." 그는 짓궂게 웃으며 숟가락을 핥았다.

"그거 내놔." 베로가 숟가락을 뺏었다. "그리고 내 주방에서 그 볼품없는 엉덩이 좀 치워."

"네가 내 엉덩이 보고 이러쿵저러쿵 품평은 했지만 볼품없다는 말은 처음 듣네, 베로니카."

베로는 문쪽을 가리키며 스페인어로 악을 쓰기 시작했다.

"베로!" 나는 버럭 소리를 질렀다가 아이들이 자고 있다는 사실을 떠올리고 목소리를 낮췄다. "내가 초대한 거예요. 하비가 용감하게 나를 구해줬거든요. 아무리 그래도 밥은 먹여서 보내야죠."

베로가 그에게서 눈을 뗐다. "구해주다뇨? 무슨 일 있었어요?"

하비가 숟가락을 돌려받으며 말했다. "차에서 내리려는데 어디서 쨍그랑 소리가 들리는 거야. 깨진 유리를 보고 무슨 일이 있구나 싶었지만 뒷마당에 가보니 핀레이가 이미 상황을 통제하고 있었어."

"난 괜찮아요." 베로를 안심시켰다. "캠이 왔었는데, 고맙게도 하비가 도와줬어요." 베로가 질문을 하려는 듯 입을 벌렸다. 나는 단호히 고갯짓했다. 우리 둘 다 하비 앞에서 캠이 전한 메시지 내용을 이야기할 만큼 어리석지는 않았다. 나는 베로가 인질로 잡고 있는 그릇을 쏘아보았다.

베로는 씩씩대며 그릇을 다시 하비 쪽으로 밀었다. "그렇다고 네가 애초에 여기 뭐 하러 나타났는지 설명이 되는 건 아냐."

"네 사촌 부탁으로 온 거야." 그는 식탁 위에 놓인 두꺼운 우편물 무더기에 턱짓했다. 대부분 패션 카탈로그 아니면 쿠폰집이었다. "라몬이 네 우편물을 직접 갖다주고 싶어도 누가 여기까지 따라올까 봐 걱정됐나 봐. 낯선 사람들이 자기 아파트에 나타나서 너를 찾더라는데. 대체 무슨 일이야?"

"아무 일 아냐." 베로가 방어적으로 말했다. "그냥 여학생 클럽 애들과 오해가 좀 있었어. 걔들은 내가 공금을 가로챈 줄 알아. 아니라고 해도 말귀를 못 알아듣더라고. 그렇다고 큰일은 아니고."

"네 사촌은 그렇게 생각 안 하던데."

"내 사촌은 걱정이 너무 많아서 탈이야."

"나도 네가 걱정인데."

"네가 내 걱정을 해? 내가 학교 때려치우고 이사할 때 짐 싸는 것도 안 도와줬으면서?" 나는 말없이 구석에 서서 턱에 힘을 주는 베로를 지켜보았다. 그녀는 우편물 더미를 들여다볼 생각도 않고 몽땅 쓰레기통에 던졌다. "죄다 쓸데없는 우편물뿐이네. 너 헛걸음했다."

하비는 식탁에서 일어나 빈 그릇을 개수대에 놓았다. 그가 재킷을 어깨에 걸칠 때 티셔츠가 들려 올라갔다. 베로는 그를 슬쩍 훔쳐보며 얼굴을 붉혔다.

"그럴지도 모르지. 어쨌든 잘 먹었어. 다음에 보자." 그가 우리 집을 나가며 말했다.

그의 등 뒤로 문이 닫히자 베로의 얼굴에 잠시 후회의 빛이 스쳤다. 그녀는 두 손을 들더니, 싱크대로 가서 하비의 그릇을 씻으며 혼자 뭐라고 구시렁거렸다. 설거지가 끝나자 베로는 수세미를 싱크대에 팽개쳤다.

찬장에서 와인 한 병을 꺼내며 물었다. "그래서, 언제부터 하비를 사랑한 거예요?"

"사랑하긴 누굴 사랑해요!"

와인 두 잔을 따라 한 잔을 베로 쪽으로 밀어주었다. "뭘 그리 발끈하고 그래요?"

"내가 보기에 당신은 연애 소설을 너무 많이 읽었어요."

"덕분에 그 분야의 전문가가 됐죠."

"실비아 말을 들어보니 아닌 것 같던데요."

그 말은 못 들은 척했다. "둘 사이에 틀림없이 무슨 일이 있었죠?"

"반복할 필요 없는 일이죠." 베로가 잔을 단숨에 비우며 말했다. "캠은 또 뭐 하러 왔대요?"

나는 호주머니에서 꺼낸 쪽지를 식탁 위에 펼쳐 베로 앞으로 밀었다. 그녀는 메시지를 읽으며 눈을 휘둥그레 떴다. "어쩌죠?"

"자러 가야죠." 내 몫의 술을 비우며 말했다. "피곤해 죽겠어요. 내일 생각해요." 나는 펠릭스의 쪽지를 가스레인지로 가져가 밀랍 봉인을 불에 갖다댄 채 도드라진 Z가 녹아 검게 변하는 모습을 지켜보았다. 남은 쪽지는 잘게 찢어 쓰레기통에 버렸다.

쓰레기통을 들여다보다가 쪽지 부스러기를 옆으로 치웠다. 하비가 가져온 우편물 더미에서 두툼한 갈색 봉투 하나가 솟아 있었다. 앞면에 베로의 이름이 보였다. 반송 주소는 적혀 있지 않았다. 호기심이 동해 봉투를 쓰레기통에서 꺼냈다. 조명 아래에서 봉투를 들고 눈을 가늘게 뜬 채 우표를 확인했다.

"애틀랜틱시티에서 온 우편물인데요."

내가 봉투를 내밀자 베로의 낯빛이 흐려졌다. 봉투를 받아든 베로는 손가락을 끼워 봉인을 뜯었다. 검은 포커 칩이 그녀의 손바닥에 떨어졌다. 봉투에서 사진도 한 장 나왔다. 베로가 자기 차에 타고 있는 흐릿한 사진이었다. 나는 숨을 헉 삼켰다. 딜리아의 유치원 앞 하차 구역에서 찍은 사진이 분명했다.

베로가 작은 소리로 말했다. "내가 이런 말을 하게 될 줄은 꿈에도 몰랐지만, 당분간 아이들을 스티븐한테 맡겨야 되겠어요."

자정이 훌쩍 지났지만 둘 다 잠을 잘 수 없었다. 베로와 나는 잠옷 차림으로 식탁에 앉아 있었다. 내 앞에는 빈 금붕어 과자 봉지가, 베로 앞에는 빈 오레오 봉지가 놓여 있었다.

"그 사채업자한테 얼마나 빚졌다고 했죠?" 나는 관자놀이를 문질렀다.

"20만 달러요." 베로가 맥없이 대답했다. 그녀는 머리를 한 손으로 받친 채 손가락으로 과자 부스러기 위에 달러 기호를 그렸다.

우리가 가진 돈보다 19만 달러 많은 돈이었다. "다행히 당신이 사는 곳은 모르나 봐요."

"아직은요." 사진 속 차저를 구입할 때도 베로는 나와 같이 살았지만, 여학생 클럽 자매들의 뒷조사에 대비해 차를 사촌 집 주소로 등록했다. "스티븐한테 연락했어요?"

나는 고개를 끄덕였다. "스티븐의 비행기는 내일 오후에 도착해요. 공항에서 집으로 돌아가는 길에 여기 들러 아이들을 데려갈 거예요. 한 주 내내 데리고 있기로 했어요. 덕분에 우리가 이 마커스라는 사람과 어떻게 담판을 지을지 궁리할 시간을 며칠 벌었죠."

"마코예요." 베로가 바로잡았다.

"그 사람 성도 알아요?"

베로는 고개를 저었다. 그녀는 로얄플러시라는 카지노 호텔의 라운지에서 고리대금업자를 소개받았다. 이름과 신체 특징을 제외하면, 그에 대해 아는 정보는 거의 없었다.

"전화번호는요?"

베로는 이번에도 고개를 저었다. "호텔 사환이 만남을 전부 주선했거든요."

애틀랜틱시티로 가서 마코를 수소문하고 다니면 아마 우리가 그를 찾아내기 전에 그가 우리를 찾을 터였다.

나의 한숨에서 치즈맛 크래커와 체념의 냄새가 났다. "이 문제를 해결할 방법은 딱 하나예요."

"그를 죽이는 거요?"

"빚을 갚는 거요!"

"당신이 그렇게 말할까 봐 두려웠어요."

"내일 날 밝자마자 차저를 중고차 딜러에게 가져가 얼마나 받을 수 있는지 물어봐요. 그리고 카지노에 연락하는 거예요. 마코한테 우리가 가진 걸 다 주기로 하고 잔금을 마련할 때까지 시간을 좀 달라고 하는 거죠."

베로가 허리를 꼿꼿이 세웠다. "내 차는 못 팔아요!"

"학교 왔다 갔다 할 때는 내 미니밴을 써요. 당분간은 차 한 대로 버틸 수 있을 거예요."

"핀레이, 그들이 악덕 사채업자라 불리는 데는 다 이유가 있다고요! 분할상환에 만족할 리가 없어요. 빚진 돈의 20퍼센트만 갚으면, 내 몸의 뼈 80퍼센트를 부러뜨리고 안 부러진 뼈에 대한 이자를 청구할 놈들이에요."

"우리한테 선택의 여지가 있나요? 은행에 20만 달러가 꽂혀 있는 것도 아니잖아요."

베로가 내 눈치를 살폈다. "은행에 있는 건 아니죠." 그녀가 입술을 깨물었다. "내가 애스턴마틴을 처리하자고 했던 거…… 기억나요?"

숨이 턱 막혔다. "당신이랑 라몬이랑 그 차를 부수기로 했잖아요!" 라몬의 정비소 뒤편에 있는 거대한 분쇄기에 넣고 흔적을 모조리 없애기로 했었다.

"아직 안 부숴서 다행이지 뭐예요! 아무리 구멍투성이라도 내 빚보다 훨씬 값나가는 차예요. 그 차를 분해하면 차도 없애고 마코에게 빚도 갚을 수 있어요. 부품을 팔아줄 사람만 찾으면 돼요."

"그 차 얘기는 아무한테도 안 하기로 라몬이랑 약속했다면서요." 라몬은 베로가 차를 파는 것을 도울 생각이 없었다. 그 차와 관련된 수상한 거래에 자신의 사업까지 엮일까 봐 두려웠을 것이다. 라몬은 우리가 정비소에 두고 온 애스턴마틴에 대해 자신의 가장 친한 친구인 하비에게조차 비밀로 해야 한다고 신신당부했다.

"라몬은 몰라도 돼요. 하비한테 비밀을 지켜달라고 하죠 뭐. 전에도 그랬던 적이 있어요." 그녀의 달아오른 얼굴을 보니 하비가 라몬에게 숨겨온 비밀이 어떤 종류인지 알 만했다. "하비한테 내일 밤 영업 마치고 정비소에서 만나자고 할게요. 차를 보여주고 부품 값으로 얼마를 받을 수 있겠냐고 물어볼게요."

"하비에게 부탁하려는 일은 아마 불법일 거예요."

"하비가 안 해본 일이 있는 줄 알아요?"

식탁 위에 놓인, 딜리아의 유치원 앞 횡단보도에서 찍었을 사진을 보니 머리가 띵했다. 사람을 은근히 협박해서 안절부절못하게 하는 수법이 펠릭스와 비슷했다. 펠릭스 지로프가 어중간한 일처리를 용납하지 않는다는 걸 잘 알면서, 나는 어째서 마코가 채무의 20퍼센트만 상환받고도 만족할 거라 생각했을까?

베로 말이 맞는지도 모른다. 좋든 싫든 펠릭스의 차는 아직 우리 수중에 있다. 어쩌면 애스턴마틴을 팔아 마코를 베로에게서 떼어내기에 충분한 돈을 손에 넣을지도 모른다. 차가 공중분해되면 남는 것은 나를 펠릭스 지로프에게 옭아매는 종이 한 장뿐이다. 펠릭스가 교도소에 들어가고 나서 그마저 없앨 방법을 찾으면 된다.

"좋아요." 나는 눈을 비비며 말했다. "하비랑 약속을 잡아요."

4

다음 날 아침 8시 정각, 내 언니가 우리 집 현관문을 두드렸다. 문을 열었더니 내 옆을 지나 주방으로 들어가 커피를 따라 마셨다.

"와줘서 고마워." 냉장고에서 우유팩을 꺼내 조지아에게 건넸다.

조지아의 어깨 길이의 머리가 세련되게 틀어 올려져 있었다. 단정히 다림질된 바지 밑단 아래로 굽 낮은 구두가 살짝 엿보였다.

"중요한 약속이 있나 보네. 그런 줄 알았으면 딜리아를 유치원에 데려다달라고 안 했을 텐데."

"중요한 약속은 무슨. 맨날 똑같지." 조지아는 커피가 튀도록 요란하게 저었다. "베로는 어딨어?"

"자기 방에."

"오늘 아침에는 왜 딜리아를 못 데려다준대?"

"몸이 좀…… 안 좋아." 별생각 없이 대답했다. 조지아는 커피를 젓던 손을 멈췄다. 세균 공포증까지는 아니라도, 언니는 전염병을 몹시 두려워했다. 자상, 총상, 둔기에 의한 외상에는 눈도 깜짝하지 않으면서 코딱지, 콧물, 분출성 구토를 보면 줄행랑을 쳤다. "생리통이래." 내가 덧붙였다.

조지아는 어깨에 긴장을 풀고 커피를 보며 고개를 끄덕였다. 어젯밤에 스티븐과 통화를 마치고 언니에게 연락했다. 베로의 차저로 딜리아를 유치원에 데려갈 수는 없었고 내 밴을 운전하는 것도 너무 위험했다. 베로 사진을 찍은 사람이 내 번호판까지 추적하게 만들 수는 없었다.

스티븐이 필라델피아에서 돌아와 아이들을 데려갈 때까지 딜리아를 안전하게 집에서 놀게 할까 생각도 해봤다. 하지만 더 좋은 생각이 떠올랐다. 사진을 찍은 사람이 유치원에서 기다리고 있다가 지붕에 안테나 여러 개가 뻗어 있고 대시보드에 경광등이 설치된 조지아의 차에서 내리는 딜리아를 보면, 내 아이들의 베이비시터를 그만 따라다녀야겠다고 생각할지도 모른다.

"너는 왜 딜리아를 못 데려다주는 거야?" 조지아가 물었다.

"실비아랑 만나기로 했거든." 언니가 내 잠옷 바지를 보며 눈썹을 치켜올렸다. "줌으로." 나는 거짓말에 살을 붙였다. "그나저나 웬일로 그렇게 차려입었어?"

"오늘 아침에 회의가 있어서. 별일은 아니고." 조지아의 뺨은 발그스름했고 입술은 반지르르했다. 호기심 어린 내 시선을 피하며 언니는 스웨터 보풀을 뜯었다. 언니의 눈 색깔을 돋보이게 하는 진녹색 스웨터였다.

"아하, 조지아!" 나는 그녀의 어깨를 탁 쳤다. 커피가 머그잔 밖으로 찰랑 넘치자 조지아는 가슴에 튄 커피 방울을 닦으며 욕을 했다. "경찰서에 만나는 사람이 있구나!"

"경찰서에 만나는 사람 없어."

"그럼 연구소에?" 지난 번에 닉과 함께 방문했던 그곳을 떠올렸다. "연구원이야?"

"아니거든." 조지아가 무뚝뚝하게 대꾸했다.

"검시관?"

그녀는 얼굴을 찌푸렸다.

"그 귀여운 독물학자구나?"

"아무나 갖다 붙이지 마. 네가 모르는 사람이야."

"역시! 만나는 사람이 있었어! 나한테는 언제 소개해줄 거야?"

조지아가 손가락을 쳐들었다. "첫째, 우리는 사귀는 사이가 아냐. 둘째, 너랑 만날 일 없어."

"우리 집에 초대하면 어때? 베로랑 내가 저녁을 차리면 되는데."

"핀레이―."

"뭐가 그렇게 두려워, 조지아? 내가 창피하게 할까 봐? 언니는 추수감사절에 엄마 집에 경찰기동대 전투복 차림으로 나타났잖아. 창피한 짓은 자기가 제일 잘하면서."

"사귀는 사이 아니라고 했다?" 조지아의 목소리에 살짝 날이 섰다. 이렇게 예민한 모습은 처음이라 조금 당황스러웠다. 코로 숨을 들이쉬며 흥분을 가라앉히는 언니를 못 본 척했다. "닉의 업무를 대신 하고 있을 뿐이야. 닉이 큰일에 매여 있어서 내가 돕겠다고 나선 거라고. 그뿐이야." 내 언니는 거짓말이 늘 서툴렀다. 언니와 닉은 오래전 경찰학교를 같이 다니던 시절부터 가깝게 지냈지만, 오늘 아침에 머리에 쏟은 정성을 보면 분명 언니에게는 다른 동기가 있었다. "닉 얘기가 나와서 하는 말인데, 너 왜 닉한테 전화 안 해?"

"말 돌리지 마."

"안 돌렸어. 자연스럽게 화제가 전환된 거지."

"관심 있다는 사람 얘기나 해봐."

"내 질문에 먼저 대답해."

나는 이를 악물며 언니의 새 애정 상대에 대한 궁금증과 언니를 내 애정 생활에 관여시키지 않겠다는 결심을 저울질했다. "전화하려고 했어. 그냥 바빴을 뿐이야." 나도 거짓말엔 영 젬병인 모양이었다.

"바쁘다고? 소심한 거 아니고?" 내 머리를 헝클어뜨리는 조지아의 손을 탁 때렸다. "딜리아!" 그녀가 계단을 보며 외쳤다. "어서 가자. 유치원 지각할라."

딜리아가 계단을 후다닥 내려와 언니에게 와락 달려들었다. 다섯 살배기에게 힘껏 떠밀린 조지아는 벽에 충돌할 뻔했다. "아이고, 딜리아! 그러다 무릎 다쳐. 덮치는 건 나쁜 놈들한테나 하는 거야." 언니가 나를 돌아보며 말했다. "누구 하나 다치기 전에 사람 보고 달려들어 끌어안는 습관은 고쳐야겠다."

"음……." 나는 웃음을 삼켰다. "언니가 재크 배변 훈련 끝내고 나서 딜리아도 잘 가르쳐봐."

"됐거든." 언니가 딜리아를 데리고 나갔다.

"고마워, 조지아." 두 사람의 등 뒤에서 외쳤다. "내 빚 하나 추가야."

"관뒤라. 세는 건 진작에 포기했으니까. 제발 닉한테 전화 좀 해!" 그녀가 뒤를 돌아보며 소리쳤다.

"그래, 닉한테 전화해!" 종종걸음으로 언니의 차로 향하던 딜리아도 그 말을 따라했다. 내 딸은 크리스마스 지나고부터 그에게 전화하라고 잔소리를 해댔다. 닉이 체커 게임을 사주면서 놀이법을 가르쳐주겠다고 약속했기 때문이다. 하지만 지금 상황에서 게임을 핑계로 닉을 우리 집에 초대하는 것은 위험했다. 그는 나에 대해 너무 많이 알고 싶어 했다. 크리스마스 밤에는 간신히 피했지만 나로서는 대답하기 매우 곤란한 질문들이다. 지금도, 앞으로도.

예상보다 이른 점심시간 직후에 전남편의 F-150 트럭이 덜컹대며 진입로로 들어왔다. 허리에 재크를 걸치고 아래층으로 달려 내려가 문을 벌컥 열었더니 스티븐은 화들짝 놀랐다.

"잘 있었어?" 그가 숨을 쌕쌕대며 말했다. 얼굴이 추위로 빨갰고, 열린 외투 사이로 보이는 셔츠는 구깃했다. 비행기에서 내려 곧장 달려온 모양이었다. 그는 손으로 머리를 빗고 짧은 수염을 매만지다가 파란 눈을 동그랗게 뜨고 나를 보았다. "오랜만이야. 좋아 보이네."

"고마워." 그에게 들어오라고 손짓했다. "나도 얼굴 보니까 좋네." 아주 간만에 진심이었다. 스티븐을 마지막으로 만난 날, 우리는 그의 목숨을 노린 공격을 간신히 피했다. 지난 2년간의 우리 역사는 숱한 실망과 배신의 연속이었지만, 그날 밤은 우리 관계의 새로운 전환점이 되었다. 이제는 그의 목숨을 빼앗으려는 시도도 없고 테리사 홀과의 약혼도 끝났으니, 우리는 성숙한 어른답게 아이들을 공동 양육할 수 있을 터였다.

"갑작스레 연락했는데 아이들을 맡아줘서 고마워." 꽥꽥거리는 재크 때문에 목소리를 높여야 했다. 아이는 주스로 얼룩진 담요를 바닥에 떨어뜨리고 몸을 내 품 밖으로 내밀어 아빠에게 손을 뻗었다. "당신이 보고 싶었나 봐."

아들을 안아 올려 볼에 입을 맞추는 스티븐의 눈에 살짝 눈물이 맺혔다. "에휴, 아빠도 진짜 보고 싶었단다!" 그는 나를 돌아보며 목 멘 소리로 물었다. "아이들이 진짜…… 나랑 있어도 괜찮을까?"

"이제는 아무도 당신을 죽이려고 덤비지 않을 거야." 그는 못 미더운 눈치였다. "내 말 믿어도 돼, 스티븐. 이제 안전해."

베로가 2층에서 아이들의 베개와 장난감을 여행 가방에 분주하게 챙겨 넣는 동안 우리 사이에는 어색한 침묵이 감돌았다.

스티븐은 재크를 내려놓고 뒤뚱뒤뚱 멀어지는 모습을 지켜보았다. "딜리아는 유치원 마칠 시간에 데리러 갈게. 날마다 당신한테 사진도 보낼 거야. 전화하고 싶으면 언제든지 전화해. 내가 아이들을 언제까지 데리고 있으면 돼?"

애스턴마틴을 처분하고 마코를 만날 때까지 시간이 얼마나 걸릴지 확신이 없었다. "일단 일주일 있다가 상황을 봐서."

"일주일? 와, 그건……." 스티븐 혼자 아이들을 그렇게 오래 데리고 있은 적은 없었다. 그가 할 말을 잃은 이유가 고마워서인지 부담스러워서인지 헷갈렸다.

"너무 길다 싶으면 우리 엄마한테 부탁할—."

"아니!" 그가 한쪽 손을 들었다. "어머니한테 부탁할 거 없어. 일주일이면 딱 좋아."

나는 엄마에게 미리 전화를 걸어 스티븐이 한동안 아이들을 데리고 있을 거라고 일러뒀다. 이번에는 엄마도 괜한 충돌을 피하고 싶어서인지 싫은 소리를 하지 않았다. "너무 힘들면 나한테 전화해. 다른 방법을 찾아볼게."

"괜찮을 거야. 우린 훨씬 힘든 일도 잘 해결했잖아." 스티븐은 목덜미를 긁적이며 내게 아련한 미소를 지었다. "그날 밤에 우리 손발이 척척 맞았잖아. 당신 대단했어. 그 순간에 당신이 안 나타났으면 어찌 됐으려나 몰라." 그는 그때를 떠올리며 고개를 절레절레 흔들었다. "있잖아, 내가 생각 많이 해봤는데—."

"처음으로 생각이란 걸 해보셨나 봐요." 베로가 마지막 계단 몇 칸을 쿵쿵 내려와 여행 가방 두 개를 스티븐의 발치에 떨어뜨렸다.

스티븐이 딱딱한 미소를 지었다. "반가워요, 베로."

"머리는 좀 어때요?" 베로가 그에게 물었다.

스티븐은 이를 악물며 지난번, 베로가 내 프라이팬으로 내려친 정수리를 손으로 문질렀다. "당신 참 재밌는 사람이에요."

"그거야, 당신이 개그 소재를 무한정 공급하니까요. 그나저나 덕테이프가 잘 어울리던데요. 엄청 날씬해 보이고."

스티븐의 관자놀이에 정맥이 불끈거렸다.

내가 둘 사이에 끼어들었다. "베로, 스티븐의 트럭에 아이들 짐 좀 실어줄래요? 일단 아이들부터 보내요. 우리도 할 일이 태산이잖아요." 내가 뾰족하게 말했다.

베로는 스티븐에게 방긋 웃어 보이며 아이들의 가방을 끌고 밖으로 나갔다.

그녀의 뒷모습을 보며 스티븐은 치를 떨었다. "어떻게 저런 여자를 집에 들이나 몰라."

"아이들이랑 나는 베로가 있는 게 좋아. 베로는 지낼 곳이 필요하고."

"자기 살 집은 자기가 알아서 구해야지."

"아직 학생이잖아. 자기 집 구할 돈이 없지."

나는 재크를 스티븐의 외투 속으로 떠안겼다. 그는 또 한 번 트럭 쪽으로 의심의 시선을 던졌다. "펀, 당신한테 할 말이 있어. 진작에 했어야 하는데……." 나는 그를 올려다봤다. 그는 움찔하며 자신이 하려는 말이 불러올 후폭풍에 대비했다. "차고에서 나랑 마주친 날 있잖아……. 당신 없을 때 내가 집에 들어간 게 사실 처음이 아니었어."

재크의 지퍼를 잠그던 내 손이 정지했다. "무슨 소리야?" 이 집 안을 기웃거리던 스티븐의 눈에 띄었을 때 무척 곤란할 물건은…… 한두 가지가 아니었다. 자기 남편을 죽여줘서 고맙다는 패트리샤 미클러의 편지도 그중 하나였다.

스티븐이 목청을 골랐다. "지난 10월에 양육권 협의 때문에 찾아왔는데 당신이 집에 없더라고. 그때 처음 들어갔었어. 탄산음료를 하나 꺼내 마시면서 당신을 기다릴 참이었는데……." 내가 천천히 몸을 일으키자 그는 말을 마치지 못했다. 마칠 필요가 없었다. 스티븐은 미지근한 음료를 질색했다. 뭘 마시든 얼음을 넣었고, 그 말은…… 냉동실을 열어봤다는 뜻이다.

"당신이 무슨 권리로 이 집에 들어와!"

"알아, 핀, 미안해." 그는 나를 진정시키려는 듯 손을 내밀었다. "들어가지 말았어야 했지. 그래도 내 말 좀 들어봐." 베로가 아이들의 카시트를 트럭 뒷좌석에 고정시키자 그의 목소리가 다급해졌다. "냉동실에서 돈을 발견했어. 꽤 많은 돈이더라고, 핀. 브로콜리 뒤에 숨겨져 있었어. 처음에는 당신한테 화가 났어. 나한테는 땡전 한 푼 없다면서 공과금까지 계속 연체했잖아. 그런데 곰곰 생각해보니 저 여자 돈 같더라고." 그는 문 쪽으로 손가락질했다. "당신은 요리를 거의 안 하니까 그런 게 있는 줄도 몰랐을 거야!"

"내 냉동실에 뭐가 들어 있든 당신이 무슨 상관이야!"

"내 말 잘 들어. 저 여자는 뭔가 숨기고 있어. 젊은 나이에 그만한 돈이 어디서 났겠어? 더구나 그 많은 현금을 냉동실에 보관하는 사람이 어딨냐고?"

"벌써 잊었나 본데, 당신 냉동고에는 훨씬 이상한 게 들어 있었거든?"

스티븐의 얼굴이 퍼렇게 질렸다. 베로와 내가 시체를 발견한 12월에 그는 창고 냉동고에 칼 웨스터버의 토막 난 시체가 들어 있다는 사실을 몰랐다. 하지만 칼은 스티븐의 동업자였고 창고 임대 계약서에는 스티븐의 이름이 적혀 있었으니 그는 내게 이러쿵저러쿵할 처지가 아니었다. "그건 말도 안 돼."

"내 집에 몰래 들어와서 엉뚱한 망상이나 하는 건 말이 되고?"

"당신은 범죄자랑 한 집에 살고 있을지도 모른다고!"

갑자기 웃음이 터졌다. "있잖아, 베로가 범죄자면 나도 범죄자야."

"뭘 믿고 그렇게 자신만만해?" 그가 물을 때 트럭 문이 쾅 닫히는 소리가 들렸다.

"스티븐, 베로는 이번 주 내내 나랑 같이 있을 거야. 당신 생각이 정 그렇다면, 베로를 유심히 지켜볼게."

"잠깐만." 그가 혼란스러운 듯 고개를 흔들었다. "저 여자가 당신이랑 같이 있을 거라고?"

"그래, 베로는 여기 살잖아, 스티븐. 내 집에. 뭘 놀라고 그래?"

"당신이 아이들을 나한테 못 맡겨서 안달하는 것 같고, 내가 필라델피아로 떠나기 전에 닉이랑 자주 어울리기에 나는 또—."

"나 아무도 안 만나." 내가 무뚝뚝하게 대꾸했다.

"지프 타고 다니는 그 어린애도?"

"줄리언은 스물네 살이야. 어린애는 아니지."

"그래서 그놈이랑 사귄다고?"

"아니라고!" 나는 버럭했다. "헤어졌어. 내가 왜 당신한테 이런 설명을 해야 하지?"

스티븐의 어깨가 축 처졌다. 그는 얼굴에 안도감을 드러내며 머리를 쓸어 넘겼다. "떠나 있는 동안 당신이랑 딜리아, 재크 생각을 많이 했어. ……우리가 우리 사이의 문제를 해결하려는 노력을 안 해봤다는 생각도 했고."

"문제를 해결한다고?"

"결혼 상담사를 만난다든지."

그 터무니없는 제안에 웃음이 터졌다. "우리가 결혼 상담사를 찾아가지 않은 건 당신이 다른 사람과의 결혼을 원해서였잖아!"

"알아." 스티븐은 발끈하여 귀까지 붉어졌다. 그는 천천히 숨을 들이쉬며 목소리를 낮췄다. "나도 알아. 테리사한테 청혼한 건 엄청난 실수였어. 하지만 이제는 다 지난 일이고 당신이 만나는 사람도 없다니까 우리 둘이 상담을 받을 수도 있잖아. 딜리아랑 재크를 위해서라도 우리 사이의 오해를 풀고 새출발을 위해 노력할 수 있지. 집에 군식구만 없으면 화해가 훨씬 쉬울 텐데." 그의 뒤에서 문이 열리고 베로가 들어왔지만 스티븐은 목소리를 낮출 생각도 하지 않았다. "우리가 화해할 때까지 나는 손님방에서 지내도 되고."

베로는 스티븐의 어깨에 손을 턱 내려놓고 재크의 낮잠 이불을 안겨주더니 바깥쪽으로 돌려 세웠다. "아직도 안 갔어요?" 그녀가 현관문을 활짝 열었다. "가는 길에 몸조심해요. ……문, 프라이팬, 접근 금지 명령. 위험한 게 한두 가지가 아닐 거예요."

스티븐이 으르렁거렸다. "당신 말고 위험한 게 또 있나?"

베로가 음흉하게 웃었다. "그거야 모르죠."

스티븐의 얼굴을 보니 화를 누르려고 안간힘을 쓰고 있었다. 그가 나를 돌아봤다. "재크는 어디 갔지?"

"숨어 있을 거야." 스티븐의 어리둥절한 표정을 보고 설명을 덧붙였다. "요즘 숨는 데 재미를 붙였어. 남자 화장실에 가면 절대 재크한테서 눈을 떼면 안 돼." 나는 찬장에서 금붕어 과자 한 봉지를 꺼내 식탁 밑에서 흔들었다. 재크가 키득거리며 기어나왔다. 쾌액 소리를 내며 과자에 손을 뻗는 아이를 얼른 붙잡았다.

"저녁에 전화할게." 스티븐이 내 품에 안긴 재크를 받으러 다가왔다. 내 뺨에 닿는 그의 입술, 어렴풋이 기억나는 까끌한 수염의 서늘한 감촉에 소름이 돋았다. 그 입술이 내 몸에 닿은 지 2년 가까이 지났다는 사실이 새삼스러웠다. 우리 아들을 트럭으로 옮기는 스티븐을 보면서 그의 입술이 남긴 묘한 오글거림에 뺨을 벅벅 문질렀다.

5

"오늘 스티븐이랑 무슨 일 있었어요?" 늦은 밤, 내 미니밴을 타고 라몬의 정비소로 향하는 길에 베로가 물었다. 11시 30분에 가까운 시각이라 정비소는 문을 닫은 지 오래였다. 우리는 자정에 그곳에서 하비를 만날 예정이었다.

"일이라뇨?" 우리 동네를 벗어나는 순간 내가 대꾸했다.

"스티븐이 입을 맞췄잖아요."

"그래서요?"

"당신한테 데이트 신청도 할 모양이던데요."

"그건 모르죠."

"딴 데 가 있을 때 당신 생각을 많이 했다는 얘기도 했고요."

"나랑 아이들 생각을 했다는 얘기잖아요."

"핀레이." 베로가 답답하다는 듯이 말했다. "이런 말 하기 정말 싫지만 스티븐의 옛 애인 말이 맞아요. 스티븐은 아직 당신을 사랑하는 거예요."

나는 한숨을 푹 쉬었다. "알아요."

"그래서요?"

"그래서 뭐 어쩌라고요?"

"설마 스티븐이 돌아오면 받아줘야 하나 고민하는 건 아니죠?"

"당연히 아니죠." 나는 운전대를 잡은 손에 힘을 주었다. "나랑 스티븐은 아무 사이도 아니에요."

"좋아요."

"스티븐이 연휴 때 쓸데없이 생각이 많았나 봐요. 혼자서 아이들을 일주일만 데리고 있어보면 나한테 데려가라고 사정사정할 걸요. 그가 어떤 인간인지 당신도 잘 알잖아요."

"잘 알죠. 그래서 이런 말을 하는 거잖아요. 선을 확실히 긋지 않으면 곧바로 침범할 남자예요." 그녀는 라몬의 정비소에서 한 블록 떨어진 곳의 경계석을 가리켰다. "차를 저기 세워요. 하비는 20분은 있어야 올 거예요. 마코의 부하들이 먼저 나타나면 곤란해요." 그녀는 가방에서 쌍안경을 꺼내어 정비소 앞 주차장을 살폈다.

"뭐가 좀 보여요?"

"수상한 건 없어요." 베로는 쌍안경을 다시 넣었다. "가요." 그녀는 가방을 좌석 밑에 놓고 차에서 내렸다.

우리는 외투로 감싼 몸을 웅크리며 후드를 푹 눌러썼다. 우리가 뱉은 숨결이 하얗게 얼어붙었다. 베로는 열쇠고리를 만지작거리며 사촌의 폐차장을 둘러싼 높은 철망 울타리로 다가갔다. 그녀는 사슬을 쩔렁거리며 열쇠를 끼워 자물쇠를 열고 내게 들어가라고 재촉했다.

저 멀리 고속도로에서 차 소리가 들렸다. 베로는 빗장만 채우고 하비를 위해 자물쇠는 풀어두었다.

"어서 들어와요." 그녀가 정비소 뒤편에서 수리를 기다리는 차들 사이로 내 소매를 잡아끌었다.

"카메라는요?" 지붕 밑에서 최소 두 개는 본 것 같았다.

"라몬 같은 짠돌이는 보안 서비스에 돈을 안 써요. 카메라는 하비가 설치했고 소프트웨어는 내가 관리하잖아요. 라몬은 영상 확인하는 법도 몰라요."

베로를 따라 폐차장 깊숙이 들어갈수록 어둠이 짙게 드리워졌다. 파손된 정도가 다양한 자동차들이 우리 양쪽에 높이 쌓인 채 부서진 차체와 버려진 부품의 미로를 이루고 있었다. 살짝만 건드려도 와르르 무너질 젠가 블록처럼, 겹겹이 쌓인 탑은 위태롭기 짝이 없었다.

"이게 다 당신 사촌 거예요?" 길에서는, 심지어 정비소 뒤에서도 폐차장의 진짜 크기를 짐작조차 할 수 없었다. 커다란 기중기 한 대가 보초병처럼 아래를 굽어보고 있었다. 밤하늘을 배경으로 발톱 같은 삽의 형체가 보였다. "이 많은 차를 다 어떻게 처리한대요?"

"여기로 견인해온 다음에요? 일단 분해해서 부품을 내다 팔죠. 나머지는 찌그러뜨리거나 재활용하고요." 베로는 거대한 금속 창고 앞에서 잠시 망설였다. "이것 좀 들고 있어요." 그녀는 손전등을 내게 건네고 열쇠 꾸러미를 만지작거리다가 하나를 자물쇠에 끼워 문을 열었다. 나는 손전등으로 창고를 비추었다. 불빛이 애스턴마틴의 깨진 뒷유리에 반사되었다. 싹쓸이가 낸 총알구멍을 제외하면, 차의 무광 검정 차체에는 긁힌 상처 하나 없었다.

정비소 옆 주차장에서 차 문이 쾅 닫혔다. 뒤이어 쇠사슬이 짤랑거리며 정문이 철컥 열렸다. "하비가 도착했나 봐요. 어서 가요." 베로가 자물쇠를 호주머니에 넣으며 말했다. 우리는 그를 만나러 대문 쪽으로 돌아갔다. 그의 그림자가 우리 쪽으로 길게 뻗었다. 그가 흙을 가볍게 밟으며 이쪽으로 다가왔다.

베로는 내 팔꿈치를 붙잡고 자기 옆에 멈춰 세웠다. 그녀의 몸이 경직되었다. 나도 마찬가지였다. 남자의 걸음걸이는 너무 뻣뻣했고, 그의 체형은 하비라기에는 너무 튼실했다.

베로가 남자에게 소리쳤다. "죄송해요. 영업 끝났어요. 부품이 필요하면 내일 아침에…… 다시 오세요." 그의 모습이 시야에 뚜렷이 들어오자 그녀는 말끝을 흐렸다. 남자의 손에 타이어용 지렛대가 들려 있었다. 두툼한 손마디 세 개에 걸쳐진, 그의 이름으로 추정되는 '아이크'라는 문신이 보였다. 느릿느릿 다가오는 그를 보고 베로와 나는 한발 물러났다. 금빛 챔피언 벨트 버클이 그의 바지를 지탱했고, 덥수룩한 염소수염 틈에서 금니 두 개가 반짝였다.

"세상에, 걸어다니는 냉장고 같아요." 베로가 소곤거렸다.

"쓸데없는 소리 집어치워." 아이크가 말했다. "내가 여기 왜 왔는지 알 텐데?" 그의 뉴저지 억양을 들으니 상황이 명확하게 파악되었다. "마코 님이 보내서 온 거야. 이제 빚을 갚아야지."

베로는 주머니 속 휴대전화로 서서히 손을 뻗었다.

"네 친구한테 전화해도 소용없어." 아이크가 타이어 지렛대를 손바닥에 탁탁 두드리며 말했다. "주차장에 있으니까. 자기 차 뒷좌석에서 늘어지게 자고 있지. 그래도 고통은 전혀 못 느꼈을 거야." 으스대며 웃는 아이크를 보고 베로는 두 주먹을 불끈 쥐었다.

"참 공교롭네요!" 나는 한 팔로 베로를 잡아당겨 내 뒤로 밀었다. "안 그래도 우리 둘이서 마코 얘기를 하고 있었거든요. 당장 전액을 갚을 수는 없지만, 곧 돈이 생길 거라서요. 며칠만 말미를 주시면 나

51

머지를 마련할 수 있어요."

"마코 님은 기다리는 걸 안 좋아하셔."

"그렇다고 다른 도리가 있는 건 아니잖아요."

"그러면 어떻게 될지 말해주지. 둘 중 누구든 마코 님께 빚진 돈을 내놓고 두통에 신음하는 친구를 구하러 갈 수 있어. 돈을 못 내놓겠다면? 너희 둘이 나랑 같이 차를 타고 가서 마코 님한테 직접 설명해야 돼."

아이크가 우리 쪽으로 다가오자 나는 휘청대다가 등 뒤의 베로에게 부딪쳤다. 베로는 내 어깨 뒤에서 우리를 후려칠 수 있는 거리로 다가온 지렛대를 흘끔거렸다.

"어쩔 거야, 루이스? 돈을 내놓을래, 아니면 나를 따라 뉴저지로 가서……." 아이크의 으름장에 힘이 빠졌다. 그는 우리 뒤의 무언가를 응시하고 있었다. 나는 뒤를 돌아보았다. 바람이 불자 창고 문이 앞뒤로 끽끽 움직이며 애스턴마틴의 미등을 드러냈다.

아이크는 우리 옆을 지나가 지렛대로 문을 활짝 열었다. "오호, 여기 이런 물건이 있었군." 그는 비뚜름한 금니를 드러내며 히죽 웃었다. "마코 님은 빚을 물건으로 받지 않지만, 이런 물건이라면 얘기가 다르지."

"뭔가 오해가 있나 본데요." 내가 조심스레 말을 꺼냈다. "저 차는 마코한테 줄 수 없어요."

아이크가 지렛대를 고쳐 잡으며 몸을 돌렸다. "누가 저 차를 마코 님한테 주재?"

베로의 입이 떡 벌어졌다. 차가 베로의 빚보다 더 값나간다는 사실은 아이크도 알 터였다. 차를 팔아 마코에게 돈을 떼주고, 나머지는 자기가 챙길 수도 있다. 아니면 그냥 차를 꿀꺽하고 마코에게는 우리를 찾지 못했다고 하거나. 어느 쪽이든 베로와 내가 없어지면 아이크는 마코를 속이기가 더 쉬울 것이다.

"차 열쇠 내놔."

"나한테 없어요." 베로가 말했다. 아이크가 그녀 앞으로 세 발짝 다가왔다. 베로는 그에게 붙잡히기 전에 두 손을 쳐들며 창고를 턱으로 가리켰다. "차 안에 있어요." 그녀가 불쑥 내뱉었다.

아이크가 그녀를 밀치고 지나갔다. "진작 그렇게 나올 것이지."

아이크는 몸을 돌려 애스턴마틴으로 향했다. 베로가 뒤에서 돌진해 발로 등을 걷어차자, 그는 창고 문 앞에서 한쪽 무릎을 꿇고 앉았다. 나는 바닥에 굴러다니는 타이어 휠 캡을 잡고 그의 뒤통수를 힘껏 후려쳤다. 금속음이 땅 울리면서 그 진동이 내 치아까지 전해졌다.

아이크는 꿈쩍하지 않았다.

베로와 나는 숨을 죽인 채 스티븐이 우리 집 차고에서 프라이팬에 얻어맞았을 때처럼 아이크가 비틀대며 쓰러지기를 기다렸다. 그러나 그는 고개를 저을 뿐, 지렛대를 꽉 움켜쥐더니 비웃으며 몸을 일으켰다.

베로가 내 소매를 잡고 뒷걸음질했다. "튀어!" 그녀가 소리치며 힘껏 달리기 시작했다.

내 뒤에서 아이크가 쿵쾅쿵쾅 따라오며 손끝으로 내 외투 등짝을 건드렸다. 나는 찌그러진 차 무더기 사이로 베로를 따라가면서 위험을 무릅쓰고 뒤를 돌아봤다.

"본때를 보여주겠어!" 아이크가 소리쳤다. "열쇠 어서 내놔!" 그는 팔근육을 불끈거리며 지렛대를 휘둘렀다. 발을 내디딜 때마다 그의 굵은 허리가 앞뒤로 반동했다. 베로가 나를 자기 뒤로 끌어당기며 갑자기 오른쪽으로 방향을 틀었다. 아이크를 떨어뜨리기 위해 다시 왼쪽으로 홱 움직였다. 우리가 고철의 미로에서 헤매고 있는지 벗어나고 있는지 알 수 없었다. 베로는 정신없이 두리번거리며 뭔가를 찾다가 다음 줄에서 방향을 또 바꿨다. 그녀의 시선이 기중기와 벽돌 위에 올려진 자동차의 녹슨 차체에 멎었다. 그 위에는 찌그러진 차들이 탑처럼 위태롭게 쌓여 있었다.

베로가 나를 그쪽으로 당겼다. "저 밑으로 지나가요. 어서!" 그녀는 나를 바닥으로 잡아끌며 차대 밑으로 꿈틀꿈틀 지나갔다. 그녀의 다리가 사라지자 나도 허둥지둥 뒤를 따랐다. 베로처럼 포복하자 돌멩이가 무릎을 파고들었다. 자동차 장벽의 반대편에 도착하면 정문으로 돌아가서 하비를 찾을 수 있을 터였다.

싸늘한 손이 내 발목을 움켜쥐었다. 나는 으악 비명을 질렀다. 아이크가 내 발을 뒤로 잡아끌자 셔츠가 위로 말려 올라가면서 갈비뼈가 거칠거칠한 지면에 긁혔다. 베로가 몸을 틀어 나를 보더니 눈을 휘둥그레 뜨고 내게 손을 뻗었다. 나는 마구 발길질을 하며 그녀의 손을 잡았다. 내 운동화가 아이크의 얼굴을 찼다. 그가 마구 욕을 하며 내 발목으로 손을 뻗었지만 간신히 그의 손아귀를 피했다.

차 밑을 빠져나가 반대편에 무사히 다다른 베로가 뒤에 있는 나를 향해 손을 뻗었다. "어서요, 핀!" 그녀는 발뒤꿈치를 땅에 단단히 박고 체중을 지렛대 삼아 나를 끌어당겼다. 조금 앞으로 끌려가다가 내 외투 후드가 뭔가에 걸렸다. 숨을 헉헉대며 힘껏 당겨도 내 몸이 꿈쩍도 않자 베로는 앓는 소리를 냈다. "자기몸 긍정주의도 좋지만,

아무래도 오레오는 좀 줄여야겠어요!"

"이 마당에 그런 소리가 나와요? 계속 당겨요! 옷이 걸렸어요!"

다시 발을 파닥거렸다. 내 신발이 뭔가 단단한 것에 닿았다.

"더 세게 밀어봐요!" 베로가 힘껏 당기며 소리쳤다.

나는 발로 몸을 밀었다. 딱 부서지는 소리에 이어 무시무시한 신음소리가 들렸다. 베로가 마지막으로 힘을 주자 내 후드가 마침내 찢어졌다. 그녀는 뒤로 나자빠지며 바닥에 엉덩방아를 찧었다. 그 관성으로 나도 차 밑에서 끌려 나가 베로 옆에 널브러졌다. 불길한 신음소리가 더 커졌다. 요란하게 뚝뚝 부러지는 소리에 우리 둘은 비명을 지르며 서로의 품으로 몸을 숙였다. 먼지 구름이 일고 땅이 요동치자 우리는 머리를 가렸다.

베로와 내가 서로를 끌어안고 있는 사이 폐차장에 침묵이 내려앉았다. 우리는 공중에 떠 있는 흙먼지를 훑으며 천천히 일어나 앉았다. 먼지가 가라앉고 나서 보니, 차 밑의 공간이 없어지고 기중기와 벽돌도 보이지 않았다. 차체가 땅에 납작하게 눌렸지만 찌그러진 자동차 탑은 여전히 그 위에서 완벽히 균형을 이루고 있었다.

베로와 나는 그곳에서 조심스레 물러나며 비척비척 일어섰다. 우리는 아이크의 성난 괴성이 들리는지 귀를 기울였지만, 몇 킬로미터 떨어진 고속도로의 나직한 차 소리밖에 들리지 않았다.

"저 밑에 있을까요?" 베로가 떨리는 목소리로 물었다. "설마, 빠져나갔겠죠?"

나는 침을 꿀꺽 삼켰다. "알아낼 방법은 하나밖에 없죠."

베로가 내 어깨를 꾹 밀었다. "그래요, 가서 보고 어찌 됐는지 알려줘요."

"무슨 소리." 나는 그녀를 차 무더기 쪽으로 돌려세웠다. "이러면 안 되죠. 창고의 냉동고를 열어 칼을 확인한 사람은 나였어요." 내 남편의 옛 동업자는 그곳에서 토막 난 상태로 발견되었다.

"그래서요?"

"잘린 머리를 내가 만졌잖아요, 베로! 그러니까 이번은 내 차례가 아니에요!"

"아니, 트렁크에 밴 칼 냄새를 없애느라 내가 얼마나 고생했는데요! 잔디 농장에서 뇌가 터져 죽은 시체들을 발견한 사람도 나라고요."

"하지만, 해리스 미클러의 시체에 인공호흡은 내가 했잖아요!"

"그건 제외해야죠. 해리스가 싸늘하게 식기 전이었으니."

"그 사람은 블루 치즈를 채운 올리브를 먹었다고요, 베로!"

그녀가 몸을 부르르 떨었다. "알았어요. 가서 확인하죠 뭐. 하지만 혼자 가지는 않을 거예요." 베로는 내 손을 잡고 방향을 틀어 우리가 기어나온 차 무더기의 반대편에 이르렀다. 그녀는 걸음을 늦추고 녹슨 스테이션왜건의 납작해진 전면으로 살금살금 다가갔다. 차체 밑으로 청바지를 입은 다리 한 쌍이 튀어 나와 있었다.

베로는 남자의 운동화를 발끝으로 건드렸다가 움직임이 없자 얼굴을 찡그렸다.

나는 눈을 가린 채 손가락 틈으로 내다보며 물었다. "죽었어요?"

"우리가 눈삽 사러 갔던 날, 내가 모종삽을 사야 된다고 했었죠? 그 말 취소할게요. 이건 분명 눈삽이 필요한 일이에요."

"재밌네요." 우리 뒤에서 애교 넘치는 여자 목소리가 들렸다. 베로는 소스라치며 죽은 사람의 다리에서 물러났다. 귀에 익은 억양을 알아채는 순간, 나는 경직되었다.

서서히 돌아보니 펠릭스 지로프가 총애하는 변호사 에카타리나 리바코프가 서늘하게 웃고 있었다. 게다가 그녀는 혼자가 아니었다.

6

캣의 검은색 스틸레토 굽 주위로 트렌치코트 자락이 펄럭이고, 까만 머리칼은 커튼처럼 바람에 물결쳤다. 그녀의 양옆에 검은 카고바지, 검은 비니, 검은 가죽 재킷 차림의 덩치 큰 남자 둘이 우뚝 서 있었다. 캣은 팔짱을 끼고 진홍색 입술을 삐죽이며 나를 뜯어봤다. "참 확실한 방법이네요, 도너번 씨. 예사롭지 않지만 확실한 방법이에요." 그녀는 아이크의 다리 쪽으로 눈썹을 치켜올렸다.

캣의 어깨 뒤에서 캠이 발돋움을 하고 이쪽을 기웃거렸다. 어젯밤에 마당에서 몸싸움을 벌인 직후에는 캠의 얼굴이 저토록 상한 줄 몰랐는데, 이제 보니 두 눈이 거뭇하게 멍들고 콧대에는 부러진 자국이 뚜렷했다. 아이크를 발견하자 캠의 얼굴이 하얗게 질렸다.

나는 아이크를 몸으로 가리면서 말했다. "그게 아니고요. 이 남자는…… 그러니까―"

"그 남자, 누군지 알아요." 캣이 자기 손톱을 들여다보며 말을 잘랐다. "한동안 지켜봤거든요. 당신 보모한테 관심이 많던데요."

"회계사예요." 베로가 말했다.

갑자기 끼어든 베로를 수상하다는 듯 흘겨보며 캣이 말을 이었다. "펠릭스 님께는 싹쓸이를 찾는 일이 무엇보다 급선무예요. 이 남자가 당신 임무를 방해할까 봐 걱정하셨지만 이제 그런 걱정은 덜었네요. 당신이 이미 방해물을 제거했다는 걸 알면 기뻐하시겠어요. 이제 그분께 약속한 임무에 온전히 집중할 수 있을 테니까요."

"잠깐만요!" 나는 캣 쪽으로 두 걸음 내디뎠다가 그녀의 부하들이 앞으로 나서자 우뚝 멈추었다. "나는 아무것도 약속한 적 없는데요."

캣이 뒤에 서 있는 캠에게 손짓했다. "당신이 그 임무를 완수할 마음이 별로 없다는 말은 캐머런한테서도 들었어요." 나는 캣의 어깨 너머로 캠을 쏘아봤다. 그는 멍든 콧등을 만지작거리며 내 시선을 피해 몸을 움츠렸다. "내가 여기 찾아온 이유가 바로 그거예요, 도너번 씨. 지로프 님께서 당신한테 장려금을 좀 주라고 하셨거든요." 캣의 부하 한 명이 그녀 옆에 불룩한 검은색 원통형 가방을 놓더니 돈다발을 꺼내 그녀의 손에 쥐여주었다. 캣은 베로가 내는 갈망의 신음을 무시하고 자기 코밑에서 두툼한 지폐뭉치를 펄럭였다. "펠릭스 님은 내게 당신 베이비시터가 이 남자의 고용주에게 진 빚을 대신 갚으라고 지시하셨지만, 그 문제는 일단 해결된 것 같네요." 캣은 아이크의 시체를 보고 얼굴을 찌푸렸다. "이제 당신한테는 더 시급하게 처리할 문제가 생겼으니, 이렇게 제안하죠." 캣은 열린 가방에 돈을 도로 떨어뜨렸다. 그녀의 부하가 지퍼를 채우고 가방을 가져가자 베로는 작은 항의의 소리를 냈다. "내 고객의 재판이 시작되기 전까지, 그분께 약속한 일을 완수하세요. 그 대가로ㅡ." 그녀는 자신의 수행원들에게 손짓했다. "ㅡ여기 있는 지로프 님의 동료들은 오늘 밤에 이곳에서 목격한 것을 경찰에 알리지 않을 거예요."

"그게 무슨 제안이에요! 협박이지!"

캣은 무심히 어깨를 들썩였다. "어떻게 부르든 그건 당신 마음이니까요."

"그럼 나는 그걸 개소리라고 부르겠어." 베로가 끼어들었다. "당신의 제안에 그 돈 가방이 포함되지 않는다면 말이죠." 그녀가 한결 비굴해진 말투로 덧붙였다. "그게 아니면 당신 마음대로 불러도 돼요. 왜 그래요?" 내가 노려보자 베로가 대꾸했다. "적은 돈이 아니었다고요!"

"그렇죠." 캣이 인정했다. "20만 달러는 무시 못 할 금액이죠. 그래도 이 일 역시 수습하기 쉬운 사고는 아니잖아요?" 그녀가 내 발치를 턱으로 가리켰다. 나도 시선을 떨어뜨렸다가 찌그러진 차에서 내 발뒤꿈치 쪽으로 흘러오는 피를 보고 기겁했다. 베로는 욕을 하며 자기 운동화를 땅에다 마구 문질렀다.

캣의 말이 옳았다. 해리스의 죽음, 칼의 죽음을 은폐하는 것은 시체만 옮기면 되는 간단한 일이었다. 하지만 이번에는 시체를 옮기기도, 뒤처리를 하기도 여간 곤란하지 않았다.

"답은 간단해요. 재판 전에 당신이 싹쓸이를 제거하겠다고 약속하면 내 고객께서 이 모든 걸 싹 처리해주실 거예요."

베로가 손가락으로 허공을 휘저었다. "이 모든 거라면……?"

"당신들이 거래를 이행하는 한, 여기서 있었던 일을 아무도 모를 거란 뜻이죠."

"나는 거래한 적 없어요." 캣에게 또 다시 강조했다.

"우리가 싹쓸이만 제거하면 된다 이거죠?" 베로가 재차 확인했다.

"재판 전까지." 캣이 못 박았다.

"보상은 언제 받나요?"

"우리는 보상 같은 거 안 받아요!" 내가 잘라 말했다.

"보상 얘기는 지로프 님이 흡족해 하실 만큼 일을 마무리하고 나서 하시죠. 그때쯤이면—." 캣이 아이크를 가리키며 말했다. "이 남자의 고용주가 당신을 간절히 만나고 싶어 하겠네요."

철망 울타리가 덜컹거리더니 캣의 네 번째 일행이 등장했다. 얇은 검은색 운전용 장갑을 낀 손에 묵직한 검은 서류 가방을 든 여자였다. 그녀는 캣에게 고개를 한번 까딱하고 내용물을 꺼내기 시작했다. 깔끔하게 접힌 비닐 방수포와 덕테이프가 바닥에 놓였다. 남자 한 명이 기중기에 올라갔다.

캣은 손목시계를 확인했다. "지로프 님께 우리 사이에 합의가 이루어졌다고 말씀드려도 되겠죠?"

"안 돼요." 내가 반대했다. "우리는 동의한 적 없—."

"제 고객과 잠시 상의해도 될까요?" 베로가 나를 옆으로 잡아끌며 캣에게 물었다. "생각해봐요, 핀레이." 베로가 소곤거렸다.

"펠릭스한테 진 빚을 더 늘릴 셈이에요?"

"우리가 거절하면 캣은 죽은 남자를 두고 가버릴 거예요. 나는 저런 기계 조작하는 법도 모른다고요." 베로는 기중기를 손가락질했다.

"유튜브가 있잖아요!"

베로가 고개를 기울였다. 잠시, 나는 그녀가 실제로 유튜브를 찾아볼 생각을 하는 줄 알았다. "우리가 저 차 무더기를 옮긴다 쳐도, 그 밑의 참상을 마주할 자신이 있어요?" 나는 얼굴을 일그러뜨렸다. "저 여자 제안이 경찰차 뒷좌석에 타는 것보단 훨씬 구미가 당기는데요. 물론, 닉의 차 뒷좌석을 말하는 건 당연히 아니고요!"

닉이 이 사실을 알게 될지 모른다고 상상하자 속이 뒤틀렸다. 며칠 내로 마코는 사라진 오른팔을 찾다가 결국 이곳에 이를지도 모른다. 그렇게 되면 그 사채업자가 아이크의 마지막 종적을 경찰에 알리지 못할 이유가 있을까?

"닉이 그랬잖아요." 베로가 시체를 가리키며 애원했다. "펠릭스는 누구든 사라지게 할 수 있다고. 여기서 납작해진 저 사람도 예외가 아닐 거예요. 캣이 하는 말도 들었잖아요. 펠릭스는 재판 전에 싹쓸이를 찾아야 해요. 경찰이든 누구든 그 일을 방해하게 두지 않을 거예요."

"싹쓸이를 찾고 나서는? 그 사람도 우리가 죽여야 되는 건가요?"

베로는 아이크를 가리켰다. "우리는 아무도 죽이지 않았어요. 저 남자는 신이 죽인 거죠. 혹은 중력이. 어쩌면 야식으로 패스트푸드를 지나치게 먹은 탓일 수도 있고요. 이유가 뭐든 저 사람 잘못이에요."

"싹쓸이는 어쩌려고요? 그 사람도 우리 뒤를 밟아 폐차장까지 따라올 때까지 기다려야 해요?"

"싹쓸이 문제는 해결할 방법이 있어요. 그냥 나를 믿어요." 베로의 간절한 눈빛이 그녀에 대한 내 믿음을 시험하는 것만 같았다. 그렇다면 다른 선택을 하기가 곤란해진다. "제발요. 펠릭스가 제시한 조건을 받아들이고 당장 여기서 나가요. 그래야 캣의 부하들보다 먼저 하비를 찾아서 그를 구할 수 있어요." 그녀가 사정했다.

베로의 표정을 보고 하려던 말을 전부 삼켰다. 베로가 옳았다. 캣의 부하들이 하비를 여기서 발견한다면 펠릭스는 그를 제거할 목격자로 취급할 것이다. 캣이 어떤 처리 방법을 쓸지 생각하기 싫었지만, 일행이 가져온 방수포며 덕테이프와 관계가 있을 터였다.

나는 욕을 중얼대며 캣 일행에게 다가갔다. "좋아요. 당신이 제시한 조건을 받아들이죠." 손을 저으며 말을 이었다. "당신이 이것들을 전부 없애고 오늘 밤에 있었던 일을 아무한테도 발설하지 않는다면—." 나는 그녀가 조금 전에 한 말을 반복했다. "싹쓸이가 누구인지 밝혀드릴게요. 그러면—."

"그러면 합의가 다 이행되는 거죠." 끼어드는 베로를 보며 나는 이를 악물었다. "그럼요, 우리가 싹쓸이를 처리하면 되죠. 문제없어요."

캣은 고개를 끄덕였다. 기중기가 우르릉거리며 작동하기 시작했다. 정문을 나가는 베로와 내 뒤에서 방수포가 펼쳐졌다.

베로와 나는 정비소 주위를 달리며 하비의 밴을 찾느라 눈으로 주차장을 훑었다.

"저쪽이에요!" 윙윙대는 기중기 소음 속에서 외쳤다. 우리는 주차장 끝에 서 있는 흰색 소형 밴으로 허겁지겁 달렸다. 베로가 운전석 문과 씨름하는 사이 나는 조수석 문을 당겼다. 둘 다 잠겨 있는 것을 알고 욕을 내뱉었다. 나는 하비의 이름을 부르며 창문을 두드렸다. 베로는 화물칸 손잡이를 당겼다가 문이 홱 열리면서 뒤로 나자빠질 뻔했다. 안에 하비가 뻗어 있었다.

베로는 차에 들어가 하비 옆에 웅크린 채, 그의 어느 부위를 건드려야 할지 모르겠다는 듯 손을 파닥거렸다.

"맥박을 확인해봐요." 펠릭스의 부하들이 오는지 살피며 제안하자 베로는 그의 목에 손가락 두 개를 올렸다.

하비가 신음했다. "앗, 손이 왜 이리 차."

"괜찮나 봐요. 일으켜 세우게 도와줘요." 베로는 하비의 한쪽 팔을 자기 어깨에 걸쳤다. 나도 차에 들어가 그의 반대쪽 팔을 부축했다. 밴 밖으로 끌려 나온 하비는 몸을 움찔대며 뒤통수에 손가락을 얹었다.

"친구분도 오셨네?" 하비는 나를 또렷이 보려는 듯 머리를 흔들었다. "우리 같이 술 마셨던가?" 그는 청바지 단추를 얼른 내려다봤다가 우리 둘을 번갈아 흘끔거렸다. "가만, 혹시 우리 셋이……?"

"네가 그렇게 복이 터졌을까 봐?" 베로가 끙끙대며 쏘아붙였다. 우리는 그를 내 미니밴으로 데려갔다.

"기억나는 거라도 있어요?" 나는 그의 몸무게에 짓눌려 숨을 헐떡이며 물었다. 아이크만큼 육중하지는 않았지만, 옷 위로 느껴지는 하비의 몸은 놀랄 만큼 탄탄했다.

그는 눈을 가늘게 떴다. "베로의 문자를 받은 기억밖에 없어요. 베로를 만나러 가는 길이었는데, 손전등을 찾으려고 차 뒷문을 연 순간, 거기서부터…… 아무 기억이 안 나요."

"강도를 당했나 봐." 베로가 나를 흘겨보며 말했다. 그녀는 하비의 뒷주머니에서 지갑과 휴대전화를 슬쩍하고 있었다. 내게는 또 위법 행위를 하는 거냐고 지적할 기력이 남아 있지 않았다. 조금 전에 우리는 한 남자를 자동차로 짓이기고 러시아 마피아에게 영혼을 팔았다. 하비가 우리에게 쓸데없는 질문을 할 가능성을 원천봉쇄할 요량으로 소매치기를 하는 것은 거기에 비하면 새 발의 피였다. 오늘 밤에 여기서 무슨 일이 일었는지 하비가 모를수록 모두가 좀 더 안전해질 터였다.

하비가 뒤늦게 빈 호주머니를 두드렸다. "쳇." 그의 발이 멈추자 우리도 우뚝 정지했다. "저게 무슨 소리지?" 폐차장에서 기중기가 윙

윙 돌아가고 있었다. 베로와 나는 그의 등 뒤에서 시선을 교환했다.

"아무 소리도 안 들리는데." 베로가 대꾸했다. 우리 둘은 금속이 금속을 짓누르는 소리에 흠칫했다.

"뇌진탕 증상이 틀림없어요." 하비를 내 미니밴으로 몰며 우겼다. 베로와 내가 차 뒷문을 열자 하비는 안으로 기어들어가 바닥에 드러누웠다. 그가 눈을 감자 베로는 문을 닫았다.

"라몬의 사무실 컴퓨터에서 감시 카메라 영상을 삭제해야겠어요." 그녀가 조용히 말했다. "당신은 하비랑 같이 여기 있어요. 금방 돌아올 테니." 나는 다시 정비소로 달려가는 그녀를 지켜봤다.

어깨를 두드리는 손길에 나는 꽥 비명을 질렀다. 돌아보니 캠이었다. 나는 손을 가슴에 얹으며 소리 죽여 말했다. "간 떨어지는 줄 알았잖아요!"

캠은 양손을 쳐들고 조심스레 뒤로 물러났다. "죄송해요. 몰래 덮치려던 거 아니에요. ……이번에는요. 방금 그 남자를 밴에 태우는 것도 절대 못 봤어요. 진짜 아무한테도 말 안 할 테니 날 죽일 생각은 말아줘요. 알았죠?" 나는 눈동자를 굴렸다. "농담 아니에요. 아까 얼마나 질겁했나 몰라요. 아줌마한테 그런 면이 있는 줄 몰랐는데, 진짜……." 캠은 고개를 흔들며 양쪽 귀 옆에서 손가락을 펼쳤다. "완전 충격이었어요."

"원하는 게 뭐예요, 캐머런?" 내가 원하는 건 집에 돌아가 오늘 밤에 아무 일도 없었던 듯 침대에 눕는 것뿐이다.

캠이 자기 등 뒤를 흘끔거렸다. "오래 못 있어요. 내가 없어진 걸 저 사람들이 눈치채면 곤란하거든요. 그냥 말하고 싶었어요. 며칠 전에 집으로 찾아간 건 정말로 도움을 드리고 싶어서였다고요. 리바코프한테는 진짜 아무 말도 안 했어요."

"다 지난 일이에요." 나는 짜증스레 대꾸했다. "그렇게 도움을 주고 싶으면 나한테 싹쓸이가 누구인지 말해줄 수도 있잖아요." 이 해커가 싹쓸이에 대해 잘 알면서 말을 아끼고 있다는 강한 의심이 들었다.

"싹쓸이가 누군지 알면, 제가 Z님께 직접 말씀드렸겠죠." 내가 날카롭게 쏘아보자 캠은 두 손을 쳐들었다. "제 추측은 이미 말씀드렸잖아요. 싹쓸이는 경찰이 분명해요. 저는 그것밖에 몰라요."

캠이 늘 솔직했던 건 아니지만, 대놓고 거짓말한 적은 없었다. 나는 한숨을 쉬었다. "그럼 다른 거라도 내놔봐요, 캠. 실마리가 됐든 꼬투리가 됐든. 어디서부터 시작할지 감은 잡아야겠으니까."

캠은 짧게 깎은 머리를 손으로 문지르더니 정비소 쪽으로 불안한 시선을 던지며 비속어를 뱉었다. "알았어요. 싹쓸이를 찾으려면 경찰들이 잘 가는 장소부터 시작하세요." 그가 목소리를 낮췄다. "부패 경찰이라면 자신이 누군가의 감시망에 포착되지는 않았는지 항상 촉각을 곤두세우겠죠. 형사들 사이에 오가는 이야기를 유심히 듣고 수사 상황을 파악해야 할 테고요. 싹쓸이는 정직하고 깨끗한 형사들, 자기 일에 가장 걸림돌이 될 법한 형사들과 친하게 지낼 거예요. 늘 주위를 맴돌며 그들을 가까이서 감시할 거라고요. 저라면 경찰들이 모여서 잡담을 나누는 장소부터 가보겠어요. 경찰서, 즐겨 찾는 술집, 도넛 가게 등등……." 폐차장에서 기중기 엔진 소리가 멎었다. 캠은 미안하다는 듯 어깨를 으쓱하며 정비소 쪽으로 뒷걸음질했다. "죄송해요, 도너번 씨. 이제 가봐야 해요."

나는 정문으로 들어가는 캠을 지켜보며 그가 한 말을 곱씹었다.

일리 있는 말이었다. 꽤 그럴듯했다. 싹쓸이가 경찰이라면 그를 찾는 최선의 방법은 함께 일하는 형사들에게 접근하는 것이다. 내 언니 조지아는 강력범죄팀 소속이지만 마약조직범죄 수사팀 형사들과도 친분이 있었다. '싹쓸이의 일에 걸림돌이 될' 사건을 맡을 형사라면 분명 마약조직범죄팀일 것이다.

문제는 닉이 그 팀 소속이라는 사실이었다.

7

베로와 나는 술집 문 안쪽에 서서 그곳의 분위기를 살폈다. '홀리 건스'는 러시의 우아한 체리목이나 풍성한 금빛 조명과는 거리가 멀었다. 줄리언의 근무가 끝나는 시간에 맞춰 그를 만나러 가던 고급 바 러시에는 늘 명품 향수와 수입 홉 향기가 감돌았다. 이곳은 대학 시절 스티븐에게 끌려갔던, 천장이 낮고 햄버거 기름 냄새와 밖에서 날아온 담배 냄새가 진동하던 술집을 떠올리게 했다.

큐가 공을 때리고 벽에 걸린 과녁 복판에 다트가 꽂힌다. 빈 병이 쓰레기통에 들어가는 달그락 소리, 나직한 대화 소리에 주크박스에서 울리는 컨트리음악이 섞였다.

베로와 내가 빈 칸막이 좌석으로 들어가자, 주먹코에 얼굴이 불그레한 대머리 바텐더가 눈을 치떴다. 서빙하는 종업원이 다가왔다. 그녀는 머리를 적갈색으로 염색했고 입가와 눈가에 주름이 자글자글했다. 나는 그녀에게 점잖게 웃어 보였다가, 라임이 들어간 보드카 토닉을 주문하는 순간 밀려든 우울감에 당황했다.

"그만해요." 종업원이 나가자 베로가 말했다.

"뭘요?"

"울적해 있는 거요. 쓸만한 바이브레이터랑 알뜰형 AA 건전지만 있으면 됐죠. 줄리언은 당신이랑 함께할 준비가 안 됐어요."

줄리언은 내가 아니라 내게 딸린 두 아이, 선 넘는 전남편, 수상한 범죄 이력과 함께할 준비가 안 된 것이었다. 나는 바에서 야간 근무를 하는 스물네 살 로스쿨 학생에게 어울리는 짝이 아니었다. 솔직히 나도 그가 내게 어울리지 않는다는 걸 잘 알았다. 나는 아이들과 베로를, 어수선하고 끈적끈적한 나의 삶을 사랑했고, 그것들까지 사랑해줄 사람과 함께하고 싶었다. 비록 내 책 표지에는 분리된 정체성이나 다름없는 프로필이 실려 있지만, 깔끔하게 짜인 남의 틀에 나 자신을 끼워 맞추는 건 별개의 문제였다.

"울적한 거 아니에요." 나는 전화기를 만지작거리며 거짓말을 했다.

"뭐, 그렇다 쳐요. 그나저나 어쩔 작정이에요?" 베로가 부스러기를 날리며 테이블 위 그릇에 담긴 땅콩을 부숴서 입에 넣었다.

"여기서 기다리고 있다가 조지아가 나타나면 놀라는 시늉을 해요. 그런 다음 친구들을 전부 소개해달라고 하는 거죠." 언니의 지인 중에 내가 작가라는 사실을 모르는 사람은 없다. 나를 미심쩍게 여기는 사람에게는 소설 집필을 위해 취재 중이라며, 인터뷰를 할 수 있겠냐고 물을 생각이었다.

나는 지역 뉴스 사이트 몇 군데를 살피며 기사 제목을 훑었다.

"아이크 소식이 나왔어요?" 베로가 물었다.

"아직 안 나왔어요. 싹쓸이가 누군지 알아내 펠릭스한테 이름을 알려주면 우리가 할 일은 다 끝나요." 술집 문이 열리자 그런 생각은 사그라들었다. 닉의 파트너인 조이 밸러펀트 형사가 들어왔다. 그는 바텐더에게 고개를 까딱하고 실내를 훑으며 외투를 벗었다. 그의 서늘한 푸른 눈이 잠시 우리 테이블을 스쳐 지났다가 재빨리 돌아왔다. 그는 뇌에 차단기가 걸린 듯 경직된 눈으로 나를 응시했다.

나는 나 역시 놀랐다는 듯 그에게 손을 살짝 흔들었지만, 조이의 등장은 전혀 놀랍지 않았다. 그가 닉의 파트너여서만은 아니다. 닉이 총에 맞았지만 조이의 행방을 도무지 알 수 없던 바로 그날 밤부터 나는 그를 의심했다. 해거티 부인이 그날 밤 진입로에서 조이의 인상착의와 비슷한 경찰과 대화를 나눴다며 그의 알리바이를 확인해주지 않았다면, 나는 스티븐과 애스턴마틴을 타고 도망치던 순간 어두운 시골길에서 우리에게 총을 쏘던 괴한이 조이 밸러펀트라고 확신했을 것이다.

종업원이 조이에게 맥주를 건넸다. 조이는 한순간도 내게서 눈을 떼지 않은 채 종업원에게 감사를 표하며 잔을 받아들었다.

베로가 메뉴판에서 고개를 들었다. "왜 그래요?"

"저쪽을 돌아보지 말아요. 지금 조이가 들어왔어요. 곧장 우리 쪽으로 오고 있어요."

"처음 나타난 경찰이네요." 그가 우리 테이블로 다가오는 사이 베로가 속삭였다.

"두 분, 반갑네요." 조이가 인사했다. "크리스마스 잘 보냈어요?"

"네, 덕분에요." 나는 그럴듯하게 웃어 보였다. "어떻게 보내셨어요?"

조이는 어깨를 으쓱했다. "올해는 좀 시시했죠. 당신도 잘 알잖아요?" 그가 내 눈을 응시했다. 지난번, 닉의 병상을 사이에 두고 서로를 마주했던 순간처럼 그의 모든 질문이 근거리에서 발사된 총알처럼 느껴졌다.

"요즘도 야간 아르바이트 하세요?" 내가 물었다.

조이는 맥주를 한참 벌컥거리며 그 질문을 곱씹었다. "한철 아르바이트였어요. 가끔 하는 허드렛일이죠. 연휴 끝나면 그런 일자리는 구하기 어려워요." 베로가 테이블 밑에서 나를 걷어찼다. "당신은요?" 그가 내게 물었다. "새 책은 어떻게 되어가요? 조지아가 몇 달후에 나올 거라던데. 내용이 궁금하네요."

나를 치켜세우며 차기작이 엄청 기대된다고 말한 사람들에게서 10센트씩만 걷어도 돈이 넘쳐나서 책을 쓸 필요조차 없을 텐데. "로맨틱 서스펜스 취향이신 줄은 몰랐네요."

"딱히 그런 취향은 아니지만 잘 짜인 미스터리를 좋아하죠." 그는 이쑤시개를 입 밖으로 내밀고 입술을 오므렸다. 조이가 우리의 눈싸움에서 이기려는 찰나, 비번 경찰들이 서서히 들어오기 시작했다.

내 언니가 모자를 벗고 조이에게 손을 흔들다가 나를 발견했다. 그녀는 추위에 붉어진 얼굴로 환히 웃으며 우리 칸막이로 다가왔다. "다들 여기 좀 봐요!" 언니가 뒤를 보며 소리쳤다. "내 동생 핀레이예요. 내가 말했던 소설가요!" 언니의 친구들이 카운터 쪽으로 이동했다. 조이도 우리 테이블을 떠나 그들 무리에 섞였다.

"베로도 왔네요." 조지아는 나를 칸막이 안쪽으로 밀고 외투를 벗으며 옆에 앉았다. "두 사람 여기서 뭐 해요?"

베로와 나는 시선을 교환했다. 둘 다 그 대답을 준비하지 않았다.

"이 집 치즈감자튀김이 맛있다고 들어서요." 베로가 지나치게 진지하게 대답했다.

"홀리건스에 치즈감자튀김이 있었던가?" 조지아가 미간을 찌푸리며 플라스틱 메뉴판에 손을 뻗었다. "음. 새 메뉴인가 보네."

종업원이 언니 앞에 뚜껑을 딴 맥주병을 놓았다. 그녀가 떠나자 조지아는 메뉴판을 내려놓고 땅콩 그릇을 자기 쪽으로 끌어갔다. "두 사람이 진짜 여기 뭐 하러 왔는지 맞혀볼게." 내가 변명하려고 입을 열자 조지아는 손을 쳐들었다. "주위를 둘러봐, 핀. 여기 안주가 맛있어서 오는 사람은 아무도 없어." 나는 뭐라 할 말이 없어서 입을 다물었다.

"네가 드디어 닉의 진가를 알아본 게지." 언니가 땅콩 껍질을 까며 말했다. "그런데 직접 전화를 걸어 데이트 신청을 하자니 민망했던 거야. 여기 왔다가 닉을 냉큼 따라나서게 될까 두려워서 친구까지 대동하고 온 거 아냐? 우리가 목요일 저녁마다 여기 모인다는 사실을 몰랐다고는 못 할 테고."

"진짜 예리하시네." 베로가 소곤거렸다.

얼굴이 화끈거렸다. "닉 보러 온 거 아냐. 오늘 여기 오지도 않았잖아."

언니가 히죽거리며 맥주를 마시는 사이 닉이 금속 지팡이에 의지해 절뚝거리며 술집 문으로 들어섰다. 외투 어깨에 진눈깨비가 내려앉아 있었다. 등 뒤로 문이 닫히자 그는 머리를 흔들어 눈을 털었다.

"와, 핀레이가 또 해냈네요." 베로가 말했다.

"뭘요?" 조지아가 물었다.

"디저트를 간절히 원하는 마음이 전달된 거죠."

조지아가 얼굴을 구겼다. "무슨 소린지 별로 알고 싶지 않네요." 고개를 든 닉과 눈이 마주치자, 조지아는 옆걸음으로 우리 칸막이를 빠져나갔다. 닉은 나를 보고 지팡이를 뚝 멈췄다. "그럼 연인끼리 정다운 시간 보내." 조지아가 내 어깨를 토닥이며 말했다. "자, 베로. 내가 일행을 소개할게요. 복식으로 다트 게임도 할까요?" 나는 베로가 칸막이를 빠져나가는 것도 알아채지 못했다.

닉이 머뭇머뭇 미소 지으며 천천히 다가왔다. 그는 베로의 빈자리로 고갯짓했다. "좀 앉아도 될까요?"

"그럼요." 나는 좌석에 앉는 그를 흘끔거렸다. 지난번에 봤을 때와 다름없는 모습이었다. 외투 속에서 몸에 꼭 맞는 티셔츠가 근육을 감싸고 있었다. 조금 길게 자란 검은 곱슬머리가 나의 욕망을 위험하게 자극했다.

그는 지팡이를 벤치 옆에 기대놓고 바 너머의 종업원에게 손짓했다. "뭐 마실래요?" 종업원이 다가오자 닉이 내게 물었다.

내 잔에 손도 대지 않았지만, 크리스마스 만찬이 끝나고 닉과의 사이에 있었던 일을 생각하면, 내겐 분명 술기운이 필요했다. 잔에 가볍게 손을 댔더니 종업원이 고개를 까딱했다.

"여러 번 전화했어요." 닉이 태연히 말을 꺼냈다. "당신이 내 메시지를 받는지도 알 수 없고. 베로한테 그동안 바빴다고 들었어요."

나는 냅킨 가장자리를 뜯적였다. "전화 안 해서 미안해요. 스티븐한테 그런 일이 있고 나서 시간이 좀 필요했어요. 연락을 끊을 생각은 없었ㅡ."

"핀레이." 그가 변명할 필요 없다는 듯 두 손을 교차시키더니 고개를 낮춰 맞은 편에 앉아 있는 나와 시선을 맞췄다. "지난 몇 주 사이에 힘든 일이 많았죠. 그래서 전화하지 않은 거라면 얼마든지 이해해요. 변명이나 사과는 안 해도 돼요. 난 또 당신이 나한테 삐쳤나 했죠."

나는 어리둥절하여 고개를 저었다. "내가 왜 삐쳐요?"

"당신 어머니 댁에서 저녁 먹은 날 내가 한 말 때문에요. 내가 당신을 의심한다거나 당신한테 해명을 요구한 건 아니었어요. 내가 입을 꾹 닫고 있었어야 했는데. 그런 얘기를 꺼낼 상황이 아니었는데 말이죠."

무슨 말을 해야 할지 난감했다. 닉이 겨우살이 밑에서 내게 던진 질문, 잃어버린 내 휴대전화가 칼 웨스터버의 집에서 발견된 이유, 펠릭스가 우리를 모조리 쏴 죽이기로 한 그날 밤, 내가 달아난 목격자와 함께 그곳에 있었던 이유는 언제까지나 우리 사이를 가로막을 터였다. 그날 밤에 닉은 답을 알고 싶지 않다고 했지만, 어쨌거나 우리 사이는 이렇게 껄끄러워지고 말았다.

내 생각을 꿰뚫어 보는 듯 닉이 말했다. "아직도 당신이 나를 가엾게 여겨 키스해주기를 기다리고 있어요."

나는 당황하여 웃음을 터뜨렸다. "아직도요?"

닉도 웃었다. "내가 왜 여태 지팡이를 짚고 다니는 줄 알아요?"

종업원이 술을 가져왔다. 긴장이 풀리자 내 웃음이 끈적해졌다. "이렇게 얼굴 보니까 좋네요." 종업원이 가고 나서 털어놨다. "몸은 좀 어때요?"

닉이 자기 어깨를 문질렀다. "의사가 팔을 잘 고쳐줬어요. 실밥 뽑고 나니 속이 다 시원해요. 하지만 다리는 얘기가 달라요. 재활 훈련을 하면서 4주간 사무실에서 서류와 씨름해야 하죠."

"딱해라."

"훨씬 더 나쁠 수도 있었죠." 고마움을 표현하는 그의 눈을 직시하기 힘들었다. 방아쇠를 당긴 것은 펠릭스의 부하들이지만, 나도 얼마간 책임을 느낄 수밖에 없었다.

죄책감에 카운터 뒤 테이블에 모인 경찰들에게 시선을 옮겼다. "동료들이 기다릴 텐데요."

"같이 가서 만나볼래요?" 그는 내 대답을 듣기도 전에 손을 잡았다. 나를 칸막이 밖으로 이끄느라 잠깐 와닿은 손길에도 전율이 일었다.

조이는 벽에 기댄 채 이쑤시개를 물고, 카운터를 지나 다가오는 우리 둘을 지켜봤다. 베로를 찾아보니 조지아와 함께 다트 게임에 열중하고 있었다.

"여기 좀 봐주세요." 경찰들이 잡담을 나누는 테이블 앞에서 닉이 목소리를 높였다. 누가 닉이 마실 맥주를 갖다달라고 종업원에게 외쳤다. 그들은 서로 간격을 좁혀 공간을 만들고 닉이 앉을 의자를 끌어왔다. 닉이 내 등허리를 짚으며 자기 자리를 내게 권했다. "조지아 동생 핀레이는 다들 아시죠?" 테이블의 몇몇 사람이 손을 흔들었다. 닉은 테이블 뒤편 다트판 주위에 모인 다른 사람들을 가리켰다. "로디는 이미 알 테고요." 로디 경관의 머리가 다른 사람들 위로 솟았다. 닉의 오랜 동료인 그는 몇 차례 우리 집 앞을 지킨 적이 있다. "저쪽은 수습형사 타이리스예요." 닉은 베로와 시시덕거리고 있는 풋풋한 신입 경찰에게 손짓했다. 다음으로 닉은 테이블에 둘러앉은 사람들을 보았다. 그는 그 가운데 유일한 여성을 가리켰다. 몸에 밀착되는 바지 정장 차림의 그녀는 날씬하고 우아했다. 짙게 화장한 눈꼬리를 올려 미소 지으며 테이블 위로 손을 뻗었다. "이쪽은 새머러 베커예요. 첨단범죄팀 소속이죠. 마약조직범죄 수사팀과의 합동 태스크포스에 얼마 전에 합류했어요. 조이랑은 이미 아는 사이죠?" 닉이 내게 소개를 마쳤다.

조이가 이쑤시개를 물고 슬며시 웃었다. 목덜미의 털이 곤두서는 기분이었지만 나도 미소를 지어 보였다.

나는 닉이 그 무리의 마지막 사람을 소개하기를 어색하게 기다렸다. 하지만 그가 소개할 생각을 않자 새머리가 눈동자를 굴리며 자기 옆자리의 더벅머리 남자를 엄지손가락으로 가리켰다. "이분은 웨이드예요. 이 부서의 사격 교관이죠." 웨이드는 낡은 모자의 챙 밑에서 검은 눈을 시큰둥하게 뜬 채 고개를 끄덕였다. '내가 좋아하는 것은 총, 그리고 세 사람쯤'이라고 적힌 낡고 추레한 티셔츠 밑으로 드러난 팔에 문신이 빽빽했다. 닉을 보고 아니꼬운 미소를 지으며, 그는 물방울이 만든 웅덩이 위에서 맥주병을 천천히 돌리기 시작했다.

닉이 내 옆의 빈 의자에 앉았다. 그의 무릎이 스치자 온몸에 전류가 흐르는 기분이었다. 그는 양해를 구하며 좁은 공간에서 외투를 힘겹게 벗었다. 의자 등받이에 외투를 걸치느라 몸을 틀자 내게 조금 더 가까워졌다. 지난번 내 도움을 받아 외투를 걸쳤을 때처럼 그는 따뜻한 가죽과 정향의 아찔한 향기를 풍겼다. 그날 밤 우리 부모님의 집 현관 겨우살이 밑에서 내 귀에 속삭이던 말을 떠올리며 나는 혀를 깨물었다. 그는 내게 키스하고 싶다고 말했다. 그래놓고 내 뺨에 담백하게 입을 맞췄을 때 그를 덮치고 싶은 욕구를 참기 힘들었다.

"작가님이시죠?" 새머리의 질문에 나는 화들짝 놀라며 기억에서 빠져나왔다. 나는 헛기침을 하며 고개를 끄덕였다. 손바닥이 조금 축축해졌다. "어떤 책을 쓰세요?"

웨이드가 몸을 뒤로 기댄 채 옆구리를 긁적이며 말했다. "닉 취향인 건 확실해요. 지난주에도 휴게실에서 책을 읽다가 들켰거든." 테이블에 왁자하게 폭소가 터졌다.

"한번 읽어봐요, 웨이드. 배울 점이 있을 거예요."

닉이 응수하자 새머러는 낮게 휘파람을 불었다. 테이블에서 다시 웃음이 터졌다. 나는 닉을 힐끗 보았다. 망한 페이퍼백 여섯 편 가운데 닉은 몇 권을 읽었는지, 거기서 무엇을 배웠는지 궁금했다. 새 시리즈의 1권(해리스 미클러 살인사건에서 영감을 받은, 킬러와 잘나가는 형사의 비운의 로맨스를 담은 소설)은 아직 출판되지 않았지만, 이미 불편할 정도로 관심을 받고 있었다. 실비아가 보도자료를 낸 이후로 경찰서에서 모두의 입에 오르내렸고, 소설 속 잘나가는 형사가 닉과 흡사하다는 소문이 파다했다.

"아무나 자네처럼 안구 정화를 선사하는 건 아니잖아, 닉." 웨이드가 그를 놀렸다. "자네가 사무실에서 서류 작업을 하는 동안 총경님이 또 무슨 일을 시켰더라? 소방관들처럼 달력용 누드 사진을 찍으라고 했던가?"

"아닐걸." 조이가 이쑤시개를 씹으며 끼어들었다. "닉은 포콰이어 경찰서의 새 홍보 모델까지 맡기엔 너무 바쁘거든." 또 한바탕 폭소가 터졌다. 닉이 조이를 노려보았다.

"홍보 모델이라고요?" 내가 물었다. 닉은 뺨을 붉히며 고개를 저었다.

새머러가 설명했다. "우리 서가 언론의 공격을 받았거든요. 작년에 부패 경찰 몇 명이 펠릭스 지로프와 결탁했다가 적발되기도 했고요. 증거를 제대로 관리하지 못해 지로프를 놓친 후에는 지역 뉴스 매체의 집중 포화를 받았죠." 닉의 턱 근육에 힘이 들어갔다. 그녀가 말을 이었다. "경찰서 홍보 담당자는 지역사회와 관계를 개선할 필요가 있다고 보고, 매년 시민을 대상으로 열던 '경찰 아카데미'를 번듯한 행사로 키우기로 했어요. 시민들에게 경찰들이 일하는 현장을 직접 체험할 기회를 제공해 마음을 얻을 요량이었죠. 문제는 신청자가 아무도 없다는 거였지만. 그러다가 지난가을에 닉의 수사로 지로프가 체포되면서 닉의 사진이 온갖 뉴스에 도배되자, 홍보팀은 기왕 알려진 김에 이 형사를 포카이어 경찰서 시민 경찰 아카데미를 대표하는 얼굴로 내세우기로 했어요. 그러자 사람들이 갑자기 앞다투어 등록하기 시작했는데, 대부분 여성이에요." 새머러가 눈을 찡긋했다.

웨이드가 투덜거렸다. "그 덕에 우리 같은 사람들까지 꼼짝없이 끌려가 강사 노릇을 해야 되잖아요. 여기 있는 사람들 모두 로터리 클럽 할머니들한테 총 쏘는 법을 가르치고 극성 엄마들이 잔뜩 모인 교정에서 한심한 질문에 대답이나 하면서 한 주를 낭비하게 생겼지."

다트 게임을 마치고 돌아온 내 언니가 웨이드의 뒤통수를 때렸다. "재미있을 거예요, 웨이드, 다 함께 가서 닉을 도와야죠."

새머러가 내 언니를 돌아보며 미소 지었다. "좋은 생각이 있어요. 다음 주 경찰 아카데미에 핀레이를 초대하는 거예요."

닉의 얼굴이 하얗게 질렸다.

"좋은 생각은 아닌 것 같은데요." 내가 얼른 말했다.

"무슨 소리야? 최곤데!" 조지아가 말했다. "우리한테 소설 집필에 필요한 이상한 질문들을 얼마든지 할 수 있고, 이야기 소재도 얻을 수 있잖아."

"어때요, 핀레이?" 새머러가 물었다. "아카데미 기숙사에 침대도 몇 개 남았어요. 오늘 저녁에 등록하면 버스에 자리를 잡아드릴 수 있어요. 당장이라도 가능해요." 그녀가 휴대전화를 꺼냈다.

"버스라고?" 언니에게 물었다.

"경찰 야영 캠프라고 생각해."

닉이 조지아를 보고 눈동자를 굴렸다.

"조지아." 나는 나와 닉을 한꺼번에 대변하는 말이라고 확신하며 입을 열었다. "시기가 별로 좋지 않아."

"겨우 한 주야. 아이들도 이미 스티븐에게 맡겼다며. 잘됐네. 베로도 같이 오면 되겠다."

"어디에 오라고요?" 베로가 그녀에게 관심이 많아 보이는 수습 경찰과 함께 다트판에서 돌아오며 물었다.

"시민 경찰 아카데미요." 언니가 설명했다. "다음 주에 시작해요. 여기 사람들 모두 거기 있을 거예요."

"진짜요? 한 주를? 경찰 아카데미에서? 여기 계신 분들 전부와?" 베로는 엉큼한 눈으로 무리를 둘러보며 낄낄 웃었다. "최곤데요, 핀레이! 바보가 아닌 한 거절 못 할 기회네요."

"안 돼요." 내가 단호하게 말했다.

"우리도 참가할게요." 베로가 손뼉을 쳤다. "우리 좀 등록해주세요."

"이미 하고 있어요." 새머리가 조지아에게 자기 옆자리에 앉으라고 손짓했다. 그녀가 조지아에게 바짝 붙어 휴대전화를 두 사람이 같이 볼 수 있는 방향으로 틀자 내 언니의 얼굴은 홍당무가 되었다.

닉이 내 귓가에 바짝 다가왔다. "꼭 안 가도 돼요."

"왜 그래요, 닉." 로디가 테이블 위로 나직한 중저음을 울리며 팔을 뻗어 그릇에서 땅콩을 한 움큼 집었다. "홍보하기도 좋잖아요. 헤드라인을 생각해봐요! 지역 서스펜스 소설가, 차기작 준비를 위해 페어팩스 카운티 경찰서 체험행사 참가."

베로가 눈썹을 꿈틀거렸다. "핀레이한테 체험이 좀 필요하긴 하죠."

나는 베로를 흘겨봤다.

"핀레이 말이 맞아요. 별로 좋은 생각이 아니에요. 그렇다고 해줘요, 조이."

조이가 테이블 맞은편의 나와 눈을 맞췄다. 그의 눈빛에 나는 속으로 움츠러들었다. "영 형편없는 생각은 아니지."

"신청 완료!" 새머러가 휴대전화를 핸드백에 넣으며 말했다. "버스에 두 분 자리는 마련됐는데, 기숙사 방은 하나밖에 안 남아서 같이 쓰셔야겠어요."

"괜찮아요." 베로가 말했다. "핀이 코를 골지 모르니 귀마개를 챙겨야겠네요."

"잠깐 실례할게요." 나는 자리에서 일어나 베로의 팔꿈치를 잡고 여자 화장실로 끌고 갔다. 화장실 문을 열고 들어가 우리 등 뒤로 빗장을 걸었다. 다른 사람이 있는지 칸막이 아래를 확인한 다음 베로를 돌아봤다. "지금 뭐 하는 거예요?"

"장난해요? 이렇게 좋은 기회를 마다하겠다고요? 이건 운명이에요."

"이건 미친 짓이에요!"

"우리한테 꼭 필요한 기회죠! 아이들은 스티븐이 데려갔고, 나는 애스턴마틴을 처분할 때까지 안전하게 숨어 있을 곳이 필요하고, 당신은 싹쓸이를 찾아야 하잖아요. 문제가 한꺼번에 해결됐네요. 거기다 자료 조사도 할 수 있고요."

"애초에 우리가 이 지경이 된 게 자료 조사 때문이잖아요!"

"이번에는 우리의 탈출구가 될 수도 있어요." 우리는 입을 다물고 서로를 노려보며 상대가 물러서기를 기다렸다.

나는 세면대에 기대서서 눈을 비볐다. 정말로 운명일 수도 있지만, 닉이 우리의 참가를 달가워하지 않는다는 사실은 변하지 않았다. 조이가 적극적이었던 이유는 나와 같을 터였다. 우리는 서로를 의심했고, 이것은 서로를 감시할 절호의 기회였다.

조이는 엿이나 먹으라지. 결국 이것은 우리 둘 사이의 게임이 될지도 모른다. 조이가 나를 범죄자로 생각한다 해도 내가 아카데미에서 경찰들에 둘러싸여 있는 동안 그것을 증명하지는 못할 터였다. 반면에 나는 부패한 경찰을 뒤쫓고 있고, 경찰들에게 접근해 그가 누구인지 밝힐 수 있다.

"좋아요. 가죠 뭐."

베로가 까치발로 뛰어 나를 숨 막히도록 꽉 끌어안았다. "엄청 재밌을 거예요! 핀, 절대 후회 안 할 거라 장담해요."

무서운 건, 벌써부터 후회가 시작됐다는 것이다.

8

베로는 카운터로 돌아가고 나는 화장실에 남았다. 거울에 비친 내 모습을 보고 싶지 않아 세면대 가장자리를 짚고 고개를 숙였다. 닉의 말이 옳았다. 터무니없는 생각이었다. 사고였든 아니든, 나는 펠릭스 지로프가 피묻은 돈으로 매수한 내 명의의 차를 팔려다가 사람을 죽였다. 나는 경찰 아카데미 같은 곳에 기웃거려서는 안 될 사람이었다. 술집에서 경찰들의 테이블에 동석하는 것도 가당찮았다. 연민의 키스 따위는 꿈도 꾸어선 안 되었다.

베로의 마음을 돌리기에는 이미 너무 늦었다. 참가하더라도 닉을 너무 가까이 하지는 말아야지.

휴대전화가 진동하며 메시지 수신을 알렸다. 스티븐과 아이들 사진이었다, 셋이서 잠옷 차림으로 우스꽝스런 표정을 짓고 있었다. 얼른 답장을 입력했다.

사진 고마워. 재밌게 지내고 있나 봐?

스티븐이 대답을 입력하는지 화면에 점 세 개가 떴다.

딜리아가 욕실 수도꼭지에서 물이 샌다던데. 내가 당신 집에 가서 고쳐
줄까? 공기 정화 필터도 교체하고 화재감지기 배터리도 갈아놓을게.

반가운 제안이었지만, 베로 말마따나 선을 확실히 그을 필요가 있
었다.

고맙지만 그건 내가 집에 돌아가면 얘기해. 아이들한테 뽀뽀 전해줘.

휴대전화를 집어넣고 심호흡을 한 다음 화장실을 나왔다. 베로는
이미 다트판 옆에서 타이리스, 로디 경관과 이야기꽃을 피우고 있었
다. 베로와 나는 따로 떨어져서 가급적 많은 사람과 대화를 해보기
로 합의했기 때문에, 나는 아까 앉았던 테이블로 돌아갔다.

닉의 자리는 비어 있었다. 조이가 내 자리에 앉아 새머러, 조지아,
웨이드와 포커 게임에 열중하고 있었다. 나는 의자에 걸터앉아 술집
내부를 슬쩍 둘러보며 닉을 찾았다. 그는 몇 미터 떨어진 부스에 앉
아 있었다. 테이블 위로 상체를 기울인 채 뿔테 안경을 쓴 매력적이
고 지적인 남자와 대화를 나누고 있었다. 내 언니가 카드를 두고 고
민하는 동안 새머러에게 물었다.

"닉이랑 얘기하는 분은 누구죠?"

새머러는 몸을 숙여 그쪽을 확인했다. "스튜어트 커비. 우리 서를
전담하는 정신과 의사예요."

스튜어트 옆에 놓인 냅킨 위의 얼음물은 손 댄 흔적이 없었다. 그

는 코트도 입은 채였다. "스튜도 목요일 저녁마다 마약조직범죄 수사팀이랑 어울리나요?"

"아니요." 새머러가 카드를 뽑고 테이블 가운데에 땅콩 한 알을 놓으며 말했다. "커비 박사는 술자리에서 흥청대는 타입이 아니에요."

"그럼 여기 왜 왔을까요?" 내가 물었다. 조이가 카드에서 고개를 들고 입에 문 이쑤시개를 돌리며 나를 보았다. 나는 못 본 척했다.

새머러가 말했다. "펠릭스의 변호사가 비열한 수작을 벌이고 있거든요. 닉의 증인이 한 진술을 무효로 만들 참인가 봐요. 그 증인도 체포된 후 스튜를 몇 번 만났고 해서, 닉이 스튜에게 전문가 의견을 묻는 거예요." 스튜가 닉에게 봉투 하나를 밀었다. 닉은 봉투를 열고 내용물을 살폈다. "저 봉투 안에 검사에게 제출할 전문가 감정서가 들어 있나 봐요. 아니면 닉이 업무에 복귀할 수 있다는 소견서일지도요."

나는 놀라서 새머러를 돌아봤다. "닉이 경찰 아카데미 운영을 맡았다면서요."

"아직 다른 업무를 할 수 없어서 그 일을 하는 거예요." 나의 어리둥절한 표정을 보고 그녀는 설명을 덧붙였다. "규정상 총격 사건에 관여한 경찰은 반드시 심리 상담을 받아야 해요. 닉처럼 총상을 입었다면 누구라도 스튜에게 여러 차례 상담을 받아야 했을 거예요."

"두 사람, 잡담 그만두고 카드놀이에 끼지 그래요?" 패배한 조이가 카드를 내려놓자 웨이드가 땅콩 무더기를 자기 쪽으로 끌고 갔다. "닉이 스튜한테 다음 주에 아카데미 강의를 몇 건 맡아달라고 부탁했어요. 스튜는 그 때문에 여기 온 걸 거예요."

새머러는 조이를 보고 눈썹을 치켜올렸다. "나랑 내기해요."

웨이드가 땅콩 세 알을 테이블 복판으로 밀었다. "나는 새머러 쪽에 걸겠어."

"나도요." 조지아가 자신의 땅콩 무더기에서 몇 알을 던지며 말했다.

새머러가 카드를 섞는 사이 닉과 커비 박사가 자리에서 일어났다.

조지아가 그들에게 소리쳤다. "저기요, 박사님. 이리 와서 게임 몇 판 하실래요? 이제 막 시작했어요."

스튜는 우리 테이블 옆에 서서 코트 단추를 채웠다. "제 실력에는 판돈이 과해 보이는데요." 그가 자조적인 미소를 짓자 다들 웃음을 터뜨렸다. "모두 다음 주에 뵙죠." 그는 닉을 돌아보며 목소리를 낮췄다. "형사님은 화요일 저녁에 수업 끝나고 뵙고요."

닉은 고개를 까닥하더니 술집을 나서는 스튜를 멍하니 보았다. 조이, 웨이드, 조지아, 새머러가 일제히 카드에서 눈을 떼고 닉을 응시했다. 조금 전 화장실에서보다 더한 죄책감을 느낄 일은 없을 줄 알았는데, 그렇지 않았다. 불과 한 시간 전에 닉은 내가 겪은 모든 일에 연민을 표시하며, 내게 시간이 필요하다는 이유로 그에게 연락하지 않은 것을 사과할 필요가 없다고 말했다. 나는 닉에게 전화를 했다가 실수로라도 무슨 말을 하게 될까 봐 두려워, 그에게도 이야기를 들어줄 사람이 필요할 거라는 생각은 하지 못했다. 찌그러진 자동차 백 대의 무게가 내 가슴을 짓눌렀다. 닉이 자리로 돌아오지 않자 내 마음은 더 무거워졌다.

"내일 아침 일찍 할 일이 있어서 먼저 가볼게요." 그가 의자 등받이에 걸린 외투를 쥐며 말했다.

"스튜가 뭐래?" 조이가 땅콩 무더기로 손을 뻗으며 물었다.

닉은 봉투를 들어보였다. "테리사 홀이 증언을 해도 되는 상태래요. 캣이 손쓰기 전에 이 소견서를 검찰 쪽에 전하려고요."

새머리가 조이에게 가운뎃손가락을 치켜들더니 땅콩을 자기 쪽으로 쓸어갔다.

닉은 지갑에서 지폐 몇 장을 꺼내어 자기 몫의 술값으로 테이블 위에 놓았다. "운전 조심해요." 누구에게 하는지 알 수 없는 말이었다. 술집 이쪽저쪽에서 작별 인사가 합창처럼 울렸다. 닉은 내 옆에 멈춰 서서 쓴웃음을 지었다. "만나서 반가웠어요, 핀레이."

절뚝대며 출입문으로 다가가는 그에게 나는 어색하게 손을 흔들었다. 그의 등 뒤로 닫히는 문을 보며 자괴감을 느꼈다.

"거기 그러고 앉아 있을 참이야?" 언니가 자기 카드를 보며 웅얼거렸다. 내가 벌떡 일어나 코트를 쥐자 그녀는 피식 웃었다.

"닉, 잠깐만요." 지팡이를 딱딱거리며 주차장을 지나가는 그의 뒤를 헐레벌떡 쫓아갔다.

닉이 돌아섰다. 그는 조금 전에 내리기 시작한 얼음장 같은 비에 몸을 움츠렸다. 잠시 동안 우리는 그의 차 옆에 서서 서로를 응시했다. "차에 탈래요?" 그의 목소리는 거칠었고, 단둘이 있을 때면 늘 그렇듯 우리 사이의 공기는 어색했다.

"아니요." 재빨리 대답했다. "그러면 안 될 것 같아요." 그의 차에 타서는 안 되지만, 타고 싶었다. 그것이 문제였다. "그냥 연락 안 해서 미안하다고, 당신한테 삐친 거 아니라고 말하고 싶었어요." 닉의 눈이 내 눈을 빤히 들여다봤다. 뺨이 붉게 상기되고 입김은 따스했다. 우리의 옷이 점점 비에 젖자, 그의 제안에 응하고픈 유혹이 한층 커졌다. 몸이 떨렸지만 추위 탓이 아닌 것 같았다. "들어가봐야겠어요.

다음 주에 봐요."

"오늘 만나서 정말 반가웠어요." 차에서 물러나는 내게 닉이 말했다.

"나도요." 빈말이 아니었다.

9

홀리건스를 마지막으로 나선 사람은 타이리스, 베로, 나였다. 술집을 나가는 우리를 위해 타이가 문을 잡아주었다. 싸늘한 비가 본격적으로 퍼붓기 시작했다. 우리는 비를 피하느라 후드를 눌러쓰고 턱을 가슴까지 움츠렸다. 내 밴에 올라 열쇠를 꽂았다. 큰 저항 없이 시동이 걸리자 나는 자동차의 신에게 감사했다. 지붕에 노란 조명을 번쩍이는 염화칼슘 살포차가 질퍽한 눈을 튀기며 주차장을 쌩 지나갔다. 나는 주차 공간을 빠져나가 그 차를 뒤따라 도로로 접어들었다.

"어떻게 생각해요?" 베로가 물었다.

"당신도 나만큼 저 사람들이랑 시간을 보냈잖아요."

"그렇죠. 하지만 당신이 조이랑 나누는 대화를 듣고 한 방 맞은 기분이었어요."

그 말을 듣자 간담이 서늘해졌다. 조이는 맨 먼저 나타났다. 우연이었을까, 아니면 우리처럼 중요한 대화를 하나도 놓치지 않으려는, 철저히 계획된 행동이었을까? 더구나 연휴 이후에는 일거리를 구하기 힘들다는 말, 올해는 좀 시시했다는 그의 말은 무척이나 애매했다. '당신도 잘 알잖아요?'는 또 무슨 의미일까…….

하지만 조이가 설명한 총격 사건 당일의 알리바이는 꽤 설득력이 있었다. 해거티 부인도 그날 밤에 실제로 경찰과 대화를 나눴다고 했다. 세단을 타고 입에 뭔가를 물고 있던 경찰이었다고 했다. 담배를 피울 수 없는 곳에서는 항상 이쑤시개를 씹는 조이처럼. "아직 잘 모르겠어요." 의심을 거둘 수가 없었다. "로디랑 타이리스는 어땠어요? 오늘 옆에서 한참 지켜봤잖아요."

베로가 몸을 부르르 떨며 히터를 켰다. "타이리스는 절대 아니에요. 세상 물정이라곤 모르는 풋내기예요. 가급적 남한테 맞추는 스타일이고요. 싹쓸이처럼 대담한 인간이 신참일 리 없어요. 틀림없이 노련한 경찰일 거예요. 그리고 로디는……." 그녀는 생각에 잠긴 채 그 이름을 길게 끌었다. "……조사할 가치가 있어 보여요."

"왜 그렇게 생각해요?"

"조이 말이 사실이라면, 그날 밤 로디한테 휴식하고 식사할 시간을 주려고 해거티 부인의 집 앞에 대기한 거잖아요. 그런데 로디가 사실은 저녁을 먹으러 가지 않았다면? 대신 스티븐을 뒤쫓았다면 어떨까요?"

"로디가요?" 나는 베로를 곁눈질했다. 로디는 중년의 순찰 경찰이었다. 터질 것 같은 허리 단추를 보면 꽤 오랫동안 같은 제복을 입은 듯했다. "음." 나는 곰곰이 생각했다. "로디가 마약조직범죄 수사팀의 실세들과 자주 어울리는 이유가 뭐라고 생각해요?"

베로가 코에 손끝을 갖다 댔다. "나도 웨이드가 다른 형사들이랑 어울리는 이유가 궁금하더라고요. 사격 교관이라면 총도 잘 쏠 테고요." 그녀가 한쪽 눈썹을 치켜올렸다. "그리고 새머리는……."

"새머리는 또 왜요?"

"인터넷 커뮤니티를 찾아서 이용하는 능력이라면 사이버 범죄 전문가가 최고 아니겠어요? 캠한테서 웹사이트 얘기를 듣고 넉이 맨먼저 연락한 사람이 새머러일 걸요. 커뮤니티가 이미 '사라지고' 없었다는 사실이 너무 공교롭다는 생각 안 들어요?" 베로가 손가락을 까딱거리며 인용부호 표시를 했다. "다음 날 아침에 새머러가 찾으려 했을 때 말이죠."

"펠릭스의 부하들이 하룻밤 사이에 없애버렸잖아요."

"그게 아니라면?"

일리 있는 지적이었다. 펠릭스는 사이트를 없애는 데 동의했지만, 그렇다고 그가 그것을 없앨 능력이나 이유를 지닌 유일한 사람이라는 뜻은 아니었다.

우리 앞의 트럭이 내 미니밴 후드에 염화칼슘을 뿌렸다. 나는 방향 지시등을 켜고 룸미러를 확인하며 차선을 바꿨다. 뒤차도 차선을 옮겨 우리 뒤에 바짝 따라붙었다. 환한 전조등 때문에 운전자의 얼굴은 보이지 않았다. 그 차 와이퍼가 움직이는 소리와 그릴에 붙은 쉐보레 로고만 알아볼 수 있었다.

"왜 그래요?" 신호가 바뀌자 베로가 물었다.

"우리, 미행당하는 것 같아요."

나는 속도를 높여 다시 염화칼슘 트럭이 있는 오른쪽 차선으로 넘어갔다. 베로는 좌석에서 몸을 틀어, 역시 차선을 바꾸는 쉐보레를 지켜봤다.

"우릴 미행하는 게 틀림없어요, 핀. 또 마코가 보낸 사람이면 어쩌죠?"

나는 속도를 올렸다. "조지아한테 알려야 할까 봐요. 당신이 스토킹당하고 있다고요. 우리가 집에 도착하기도 전에 순찰차를 집 앞에 대기시킬지도 몰라요."

"그래서 뭐라고 설명해요? 뒤차 남자가 어젯밤에 폐차장에서 무슨 일이 있었는지 안다면?" 빨간 신호에 걸려 어쩔 수 없이 차를 세우자 베로는 엄지손톱을 씹으며 좌석에서 몸을 낮췄다. 백미러를 보니 우리 뒤에 정차한 쉐보레 운전자가 차문을 열고 있었다.

"젠장." 나는 핸들을 홱 돌려 우리 옆의 쇼핑몰 입구로 들어갔다.

"뭐 하는 거예요?" 내가 다른 출구를 찾느라 주차장을 가로지르자 베로가 계기판을 짚었다. 그 순간, 검은 쉐보레 카마로가 내 차 후드 앞으로 끼어들며 급정거했다. 나는 브레이크를 밟으며 진눈깨비 위로 미끄러졌다.

운전석 문이 열리고 후드를 쓴 사람이 나왔다. 그는 우리 밴 조수석 쪽으로 성큼성큼 다가왔다. 얼음 낀 베로 쪽 창문을 통해 남자의 일그러진 형체가 보였다.

"차를 후진해요!" 베로가 소리쳤다. 나는 후진 기어를 넣고 가속 페달을 밟았다. 하지만 타이어가 끽끽거리며 빙판 위에서 헛돌기만 했다. "왜 안 움직여요?"

"타이어가 말을 안 들어요!"

남자는 베로 쪽 창을 쾅쾅 두드리다가, 타이어가 진눈깨비를 튀기자 욕을 뱉었다. 그는 손을 뻗어 조수석 문손잡이를 잡았다.

"빌어먹을, 이게 무슨 짓이야!" 베로는 안전벨트를 풀고 오른발을 조수석 문에 대더니 손잡이를 놓는 동시에 문을 발로 찼다. 문틀이 남자의 이마를 때렸다. 후드가 벗겨지고 발이 미끄러지면서 남자는 질척한 눈더미에 엉덩방아를 찧었다.

"아, 젠장." 베로의 눈이 휘둥그레졌다. 그녀는 문을 다시 닫고 몸을 숙였다. "하비예요."

나는 조수석 창을 내렸다. 하비의 뺨은 분노로 벌개지고 속눈썹에는 얼음이 맺혀 있었다. 이마 한가운데에 거위알만 한 멍이 불거지고 성난 눈썹 위에서 피가 뚝뚝 떨어졌다. 베로가 얼굴을 구기며 창문을 올리자 하비는 천천히 일어섰다.

그는 뒷문을 열었다. 문은 레일 끝에서 튕겨 그의 어깨에 부딪쳤다. 그는 이를 악물며 딜리아의 자리에 앉아 문을 쾅 닫았다. 그의 청바지 밑단에서 물기가 떨어졌다. 내 딸의 어린이용 시트에 앉은 하비는 심기가 몹시 불편해 보였다.

나는 차를 주차장에 대고 가방을 뒤적여 물티슈를 찾았다. "여기요." 하비에게 그것을 건네자 그는 마지못해 "고마워요" 하며 받아 들었다.

베로는 좌석 등받이 뒤를 돌아보며 그의 이마를 가리켰다. "로즈힙이랑 비타민E를 바르면 흉이 안 질 거야."

"널 도우려 할 때마다 맞지만 않았어도 애초에 흉 같은 게 생길 일이 없지!"

"날 돕는다고?" 베로가 무릎을 짚고 일어나서 하비에게 따졌다.

"사흘 동안 너를 세 번 봤고, 그때마다 뇌진탕에, 국물 화상에, 이제 열상까지 생겼다고! 네가 진짜 누굴 죽일까 봐 걱정된다!"

베로가 나를 보고 경고했다. "입 닫고 있어요!" 나는 음산한 웃음을 토했다. "그나저나 너 여기서 뭐 하는 거야?" 그녀가 하비를 노려보며 물었다.

"저녁 내내 술집 밖에서 너를 기다렸어."

"내가 저 술집에 있는 건 어떻게 알고?"

하비가 호주머니에서 휴대전화를 꺼냈다. 그는 베로를 뚫어져라 응시하며 버튼을 눌렀다. 베로의 가방 깊숙이서 희미한 신호음이 울렸다. 베로의 벨소리가 아니었다. 하비의 살벌한 표정으로 짐작건대 그도 뭔가 알고 있는 모양이었다. "도난당한 내 휴대전화를 추적했더니 그 술집이더라. 그게 어째서 네 가방 속에 있는지 설명해보시지?"

나는 운전대에 머리를 박았다.

"됐고." 베로는 눈을 부라리며 가방에서 지갑과 휴대전화를 꺼내 하비가 뻗은 손에 놓았다. "미친놈처럼 차를 몰고 우리를 미행할 바엔 그냥 술집에 들어오지 그랬어."

"장난해? 경찰이 득실거리는 곳에? 나를 털어간 강도가 나올 때까지 기다리는 편이 훨씬 낫지. 포콰이어 경찰이 너를 차까지 호위해 줄 줄은 꿈에도 몰랐네."

"강도질한 거 아니니까 그 일로 나한테 뭐라 할 생각 마! 핀레이랑 내가 널 찾아낸 걸 다행으로 알아. 그리고 남자가 나한테 문을 열어준 게 그렇게 화낼 일이야?"

하비는 어린이용 시트에 등을 기댔다. 그가 목소리를 낮추자 차 안의 긴장이 조금 누그러졌다. "네가 나를 찾아냈다면, 내 물건은 왜 가져가?"

"어째서 지갑에 콘돔이 잔뜩 들어 있는 거야?"

"지금 누가 화를 내야 하는 건데?"

베로가 입을 닫고 앉은 채로 몸을 돌렸다. "병원 가는 길에 의사들이 네 옷을 찢을 경우에 대비해 호주머니를 비운 거야."

"뇌진탕인데 옷을 찢어?"

"원래 그렇게 하는 거야. 〈그레이 아나토미〉를 봤으면 알 텐데."

하비는 고개를 절절 흔들었다. "어젯밤에 진짜 무슨 일이 있었는지 말 안 할 거야?"

"꼭 말해야 돼?"

"라몬한테 물어본다?"

하비와 베로가 서로를 노려보는 사이 진눈깨비가 차에 톡톡 부딪쳤다.

"하비한테는 얘기하는 게 좋겠어요." 무엇을 빼고 무엇을 말할지, 베로가 내 말투에서 읽어내길 바라며 조심스레 제안했다. "어떻게든 차를 없애야 해요. 지금 있는 곳에 계속 둘 순 없어요." 더 이상은 곤란했다.

"무슨 차요?" 룸미러에서 마주친 하비의 눈빛이 번뜩였다.

베로는 내 뜻에 따르겠다는 듯 양손을 쳐들었다.

"애스턴마틴 수퍼레제라를 분해해서 팔려면 얼마나 걸릴까요?" 내가 하비에게 물었다.

하비가 믿기지 않는다는 듯 껄껄 웃었다. 그의 시선이 베로와 나 사이를 오가는 동안 웃음 소리가 점차 잦아들었다. "그런 차를 갖고 무슨 짓을 꾸미려고?"

"설명하자면 길어."

"네 사촌도 알아?"

"그 차가 라몬의 폐차장에 있어."

"라몬도 그 차에 대해 안다면, 며칠 전에는 왜 나한테 아무 말도 안 했어?"

"라몬이 철저히 입단속을 시켰거든." 하비는 한 방 얻어맞은 듯 어린이용 시트에 늘어졌다. 그는 얼음 낀 옆창을 돌아보며 한 손으로 얼굴을 문질렀다. "하비, 라몬은 걱정돼서 그러는 거야. 자기 정비소가 수상한 일에 엮이는 걸 원하지 않는 거라고."

하비가 쓸쓸하게 웃었다. "나는 평생 라몬을 알고 지냈어, V. 장담하는데, 라몬이 걱정하는 건 정비소가 아냐." 그의 눈이 거울 속에서 내 눈을 찾았다. "돈이 얼마나 필요한데요?"

"많을수록 좋아요. 하지만 남의 눈에 띄어선 안 돼요. 추적당하면 곤란하거든요."

"저는 수수료 10퍼센트를 받아요."

"나한테 돈 빌려준 사람들도 그랬지." 베로가 중얼거렸다.

하비는 잔소리를 억지로 참는 듯 고개를 저으며 욕을 중얼댔다. 그는 무거운 한숨을 쉬며 자리에 앉은 채로 몸을 숙였다. "열쇠 좀 내놔봐. 일단 차를 직접 확인해야겠으니까." 베로가 항의하려 하자 그는 한 손을 들었다. "영업시간 이후에 갈 거야. 라몬한테는 아무 말 안 할게." 그가 덧붙였다.

베로는 열쇠고리에서 빼낸 창고 열쇠를 하비에게 건네며 '고마워' 하고 웅얼거렸다. 그는 열쇠를 호주머니에 넣고 후드를 썼다. "며칠 있다가 핀레이 집에 들러서 처분하는 데 얼마나 걸릴지 알려줄게."

"우리는 집에 없을 거야." 베로가 차문을 밀며 말했다.

외투 그림자에 가려 하비의 표정을 읽을 수 없었다. 그는 호주머니에서 휴대전화를 꺼내어 베로에게 던졌다.

"갖고 있어. 그래야 네가 어디 있는지 알지." 우리를 찾지 말라고 당부하기도 전에, 그는 차에서 내려 자기 차로 달려갔다.

10

베로와 나는 월요일 아침 해가 뜨자마자 전세 버스에 올랐다. 커피가 담긴 보온병을 끌어안고 차 뒤쪽에 몇 안 남은 자리 하나를 차지했더니 당장이라도 눈이 감길 것 같았다. 실비아에게 보낼 수정본을 들여다보느라 밤을 새다시피 했다. 잘나가는 형사가 지닌 훈훈한 매력(또는 그것을 향한 주인공의 갈망)을 상상하기는 어렵지 않았지만, 타이핑을 시작할 때마다 악당이 나타나고 누군가 죽어나갔다. 간밤에 내 주인공이 자기 차로 뭉개버린 사람은 '냉장고 마이크'로 불리는, 문신투성이의 육중한 건달이었다. 그러다 새벽 4시, 침대에 들기 직전에 나는 한 챕터를 통째로 삭제했다.

베로가 앉은 자리에서 몸을 쭉 뻗어 주변의 다른 승객들을 살피다가 나를 쿡쿡 찌르며 소곤거렸다. "알고 있었어요? 해거티 부인도 오는 거!"

나는 커피가 새는 보온병을 떼어놓으며 허리를 세웠다. "어디요?"

베로가 우리 몇 줄 앞의 틀어 올린 백발을 가리켰다. 젠장. 넷플릭스

시청하듯 우리 집을 지켜보던 여자가 이제 우리를 수사할지도 모를 형사들과 한 주 내내 붙어 지내며 친분을 쌓게 되다니.

"같이 온 사람은 누굴까요?" 베로가 그 옆자리에 앉아 부인과 이야기를 나누는 훤칠하고 매력적인 남자를 보며 물었다. 낯이 익었지만 누구인지 떠올리는 데 시간이 좀 걸렸다.

"손자인가 봐요." 연휴 때 부인 집에 왔던 남자였다. 쓰레기를 버리러 나왔다가 우편함을 비우는 나와 마주쳐 황급히 어색한 자기소개를 하던 기억이 났다.

바로 앞자리에서 갑자기 머리가 튀어올라 나는 놀라서 가슴을 움켜쥐었다. 거북딱지 안경을 쓴 젊은 여성이 머리받이 너머로 우리를 보고 미소 지었다. 베로보다 더 어려 보여서 그녀가 어떻게 등록비를 부담했을지 궁금해졌다. 식사가 제공되는 일주일 숙박비는 절대 만만하지 않다. 우리 둘의 계좌에 얼마 남지 않은 잔액을 따져본 다음, 베로와 나는 내 신용카드로 등록비를 지불했다. 부스스한 빨간 머리의 젊은 남자가 그녀 옆에서 불쑥 올라왔다. 그는 머리 받침대 위로 손을 내밀었다. "저는 라일리라고 해요. 이쪽은 맥신이고요." 그가 엄지손가락으로 여자를 가리켰다.

"맥스라고 부르세요. 경찰 아카데미 완전 기대돼요!" 여자가 말했다.

뭐라 대꾸하려 하자 베로가 팔꿈치로 내 옆구리를 찔렀다.

"두 분은 어떤 일을 하세요?" 맥스가 물었다.

"핀레이는 유명한 작가—"

"그건 아니에요." 내가 말을 잘랐다. 내 작가 경력을 돌아보면, 결코 좋은 쪽으로 유명하다고는 할 수 없었다.

"나는 핀레이 작가님의 회계사예요. 차기작이 될 로맨틱 서스펜스 소설의 자료 조사차 참가하게 됐어요."

맥스가 좌석 등받이 위로 눈을 크게 떴다. "정말요? 라일리와 저는 방송을 해요. 팟캐스터죠."

"범죄 수사에 얽힌 비화를 다루는 팟캐스트예요. 이번 주에 우리가 참가하는 활동을 전부 방송에서 소개할 생각이에요." 라일리가 설명했다.

"작가님도 영상에 담고 싶어요." 맥스가 제안했다. "여기 어떻게 오셨는지, 한 주 동안 무얼 얻고 싶으신지 여쭤봐도 될까요? 소설 아이디어를 어디서 얻으시는지 사람들이 궁금해할 거예요."

나는 얼굴이 아플 정도로 딱딱한 미소를 지었다. "그렇겠지요."

"기꺼이 도와줄 거예요." 베로가 나를 제물로 던졌다.

버스가 움직이기 시작하자 라일리와 맥스는 제자리에 앉았다.

"아무한테나 쓸데없는 얘기하지 마요. 이번 주엔 싹쓸이를 찾는 데만 집중해야죠." 내가 속삭였다.

"아니. 당신 임무는 두 가지예요. 첫째, 펠릭스를 위한 일, 둘째, 실비아를 위한 일. 원고를 수정해야 우리가 돈을 받죠."

"도저히 못 고치겠어요."

"할 수 있어요. 내가 도울 테니까."

"어떻게 도와요?"

"당신이 일을 끝낼 때까지 가만히 안 놔둘 작정이에요. 게다가—" 버스가 주간 고속도로 위를 덜컹거리자 베로는 좌석을 뒤로 젖혔다. "며칠 아이들을 떼어놓고 기숙사에서 지내면서 섹시하고 듬직한 경찰들을 대상으로 취재를 하다 보면 영감이 찾아올 거예요."

내게 영감은 필요치 않았다. 새로운 이력이 필요할 뿐. 경찰, 시체, 러시아 마피아와 관계없는 이력이었으면 했다.

"그래서 어쩔 계획이에요?" 베로가 물었다.

"술집에서랑 똑같죠. 우리 둘이 갈라져서 최대한 여러 사람한테 접근한다. 이것저것 질문의 덫을 치고 누가 뭔가를 흘리기를 기다린다."

"염탐은 언제 시작하죠?"

"염탐은 내가 할 거예요."

"당신이 왜 해요? 염탐 실력도 형편없으면서."

"뭐가 형편없어요?"

"지난 번에 테리사 집에 염탐하러 들어갔다가 못 빠져나와서 난리를 쳤죠. 내 사촌이랑 견인차까지 동원해서 당신을 구출하러 갔잖아요. 역시 염탐은 내가 맡아야 해요."

"그건 나중에 얘기해요." 나는 차창 밖으로 줄어드는 차량을 지켜보았다. 도시의 교외가 경사진 들판으로 바뀌면서 지평선에 블루리지 산맥의 흐릿한 윤곽이 펼쳐졌다. 지역 공공안전 연수원은 지난가을에 닉을 따라 방문한 법의학 연구소에서 서쪽으로 몇 킬로미터 떨어진 프린스윌리엄 카운티의 옛 구치소 부지에 세워졌다. 나는 주머니 속 작은 총알을 만지작거렸다. 싹쓸이의 총격을 피해 달아난 후 애스턴마틴에서 뽑아낸 총알이었다. 조지아에게 이번 주에 포렌식 전문가 몇 명이 강의를 할 수도 있다고 들었다. 잘하면 그중 한 명에게 총알을 보여주고 뭔가 알아낼 수 있을 것이다.

연수원에 가까워지자 전세 버스 두 대가 속력을 늦추고 검문소에 정차했다가 정문을 통과했다. 주위는 숲이었고, 연수원 부지는 칼날이 붙은 철조망으로 둘러싸여 있었다. 철조망 너머로 띄엄띄엄 자리 잡은 낮은 벽돌 건물들, 육상 트랙과 훈련장 몇 개가 보였다. 저 멀리 5층짜리 타워가 파수병처럼 우뚝 서 있었다. 차창을 통해 타워의 잿빛 벽돌 벽에 그려진 소방서 로고가 보였다.

베로와 나는 다른 96명의 학생과 함께 빈 주차장에 내렸다. 도장이 벗겨지고 펜더가 움푹 팬 구형 경찰차 몇 대가 훈련용 차량을 위한 주차 공간을 차지하고 있었다. 연수원 로고를 단 구급차 몇 대가 드문드문 서 있었다. 주차장 너머, 타이어 자국이 남은 주행로에는 주황색 안전 고깔이 점점이 놓여 있었다.

나머지 아카데미 학생들과 줄을 서서 기다리는 동안 베로와 나는 서로 바짝 붙어 온기를 나누었다. 여행 가방은 끌고, 컴퓨터 가방은 아스팔트에 고인 물에 젖지 않도록 그 위에 얹었다. 참가자 안내 자료와 이름이 표시된 목걸이가 쌓여 있는 접이식 테이블을 향해 줄이 서서히 줄어들었다. 우리가 테이블에 도착하기 전에 '강사'라는 문구가 박힌 회색 운동복 차림의 남자가 우리를 맞았다.

"성함요?" 그가 클립보드를 확인하며 물었다.

"베로니카 루이스요." 베로가 말했다. 그는 그녀의 이름에 확인 표시를 했다.

"핀레이 도너번요." 그의 입 오른쪽에서 뻗어나와 포콰이어 카운티 경찰서 비니 밑으로 이어지는 두껍고 불룩한 흉터를 외면하기가 쉽지 않았다.

남자가 서류에서 고개를 들었다. 그가 슬며시 웃자 흉터 없는 쪽 입꼬리가 올라갔다. "귀에 못이 박이도록 들었던 핀레이가 바로 당신이군요! 저한테 빚진 게 좀 있으시죠?"

"참가비라면 이미 다 냈는데요." 나는 클립보드의 내 이름을 확인하느라 뒤꿈치를 들고 몸을 뻗으며 말했다.

그는 클립보드를 뒤로 치우며 거칠게 웃었다. 흉터 때문에 웃는 얼굴이 어색했다. "경찰 배지를 반납하던 날, 닉 앤서니가 나보다 마음에 드는 파트너를 못 구한다는 데 100달러를 걸었죠. 그런데 당신을 처음 만난 주에, 닉이 100달러를 내놓으라며 우리 집에 나타났더군요. 그때부터 입만 열면 당신 얘기예요." 그가 내게 손을 내밀었다. "찰리라고 해요."

내 입에서 안도의 한숨이 나왔다. "닉의 옛 파트너시군요." 그와 악수를 하며 말했다. "저도 말씀 많이 들었어요." 찰리는 닉과 오랫동안 함께 일하다가 구강암 진단을 받았다. 그가 치료 때문에 퇴직을 앞당기자 결국 조이가 닉의 새 파트너가 되었다.

찰리가 클립보드의 내 이름에 확인 표시를 하며 말을 이었다. "그나저나 화염병 얘기를 듣고 감탄했어요. 여기 묵는 동안은 불 지르는 걸 자제해주시겠어요? 부탁드려요."

베로가 애매하게 웃었다.

"네, 자제할게요." 내가 찰리에게 말했다. 그는 따뜻한 갈색 눈에 주름을 잡으며 미소 지었다. 찰리의 빈자리 때문에 힘들어했던 닉을 이해할 것 같았다.

찰리는 다음 접수대를 가리켰다. "짐을 가져가서 제복 입은 경찰한테 보고하고 가방을 검색대에 올려놓으면 수업에 참여할 수 있어요."

"검색대라고요?" 내가 물었다.

"학생들은 개인 총기나 무기를 반입할 수 없고, 시설 내에서는 알코올이나 불법 약물도 금지예요. 그래서 학생들을 버스로 실어 나른 거죠." 그는 우리 뒤의 빈 전세 버스를 가리켰다. "안 그러면 수업 마친 후에 다들 정문을 들락날락할 거 아녜요. 한 사람당 한 번씩만 검문하고 끝내야 관리가 수월하죠." 그는 두 번째 테이블을 가리켰다. "가방 검사가 끝나면 참가자 자료랑 이름표를 수령하세요. 봉투 안에 방 열쇠, 일정표, 캠퍼스 지도, 보건 안전 책임 면제 각서가 들어 있어요. 각서에 서명한 후, 짐을 숙소에 가져다놓고 편한 운동복으로 갈아입은 다음에 곧장 훈련장으로 나오세요. 휴대전화는 방에 두고요." 그가 시계를 확인했다. "첫 수업은 22분 뒤에 시작이네요. 서둘러야겠어요. 늦으면 1분당 팔굽혀펴기 한 번이에요."

뒤를 돌아보니 베로와 내가 맨 마지막이었다. 우리는 여행 가방을 포장도로 위로 끌었다. 검색이 끝나자 뒤처진 사람들을 따라 기숙사로 이동했다. 가방을 들고 층계 두 개를 올라 3층에 다다랐다.

베로가 우리 방문을 열었다.

"여기예요?" 그녀는 가방을 침대의 금속 프레임 밑에 떨어뜨렸다. 그녀가 얇은 비닐 매트리스를 발로 누르자 스프링이 삐걱거렸다. 한 사람당 베개와 담요, 풀 먹인 흰 침대보가 하나씩 지급되었다. 하지만 이 방에는 까탈스러운 유아나 갈아야 할 기저귀, 설거지할 접시, 개어야 하는 빨래, 막무가내인 전남편, 부담스러운 에이전트, 무엇보다 죽은 사람이 없다는 점이 마음에 들었다. 그 정도면 이번 주는 별로 나쁘지 않을 것 같았다.

나는 침대에 얼굴을 묻고 쓰러지면서 언제까지나 이대로 있고 싶다고 생각했다. "팔굽혀펴기 이야기 진짜일까요?" 내가 물었다.

베로는 블라인드를 열고 훈련장을 내다봤다. "얼른 옷을 갈아입어야겠어요. 진짜인지 직접 확인할 생각은 없으니까."

우리는 청바지와 부츠를 벗어던지고 요가 바지와 운동화로 갈아 입었다. 모자와 장갑으로 무장하고 운동복 상의 위에 이름표 목걸이를 걸고 서둘러 훈련장으로 나갔다. 베로와 함께 사람들을 따라가다가 닉과 눈이 마주쳤다. 그의 뒤에서 팔짱을 낀 채 나를 응시하는 조이를 발견하자, 닉의 엷은 미소도 나를 안심시키지 못했다. 찰리는 손목시계를 확인하고 우리에게 엄지손가락을 슬쩍 들어 보였다.

"여러분 안녕하세요." 닉의 목소리가 확성기를 통과해 들려왔다. "시민 경찰 아카데미에 오신 것을 환영합니다. 저는 이번 아카데미의 총 책임자인 니콜러스 앤서니 형사입니다. 페어팩스 카운티 경찰서 마약조직범죄팀 소속이죠." 학생 몇 명이 좋아 죽겠다는 듯 키득거렸다. 주위를 둘러보니 여성과 남성의 성비 불균형이 심했다. 딜리아의 유치원에서 만난 엄마도 몇 명 눈에 띄었다.

닉이 말을 이었다. "이번 주에 여러분을 지도할 강사님들은 모두 전, 현직 경찰과 법률 전문가입니다. 궁금한 점이 있으면 뭐든지 질문하세요. 여러분에게 경찰들의 생활을 조금이나마 체험할 기회를 드리는 것이 이 과정의 목표이므로, 한 주 동안 훈련에 적극 참여해주시길 당부드립니다." 내 앞에 서 있던 여자가 휘파람을 불었다. 다른 몇 명이 함성을 지르자 와자지껄한 웃음이 터졌다. 확성기 뒤에서 닉은 너그럽게 미소지었다. "이런 활동에는 고도의 집중력이 필요하기 때문에, 여러분의 안전을 위해 수업에 휴대전화를 가져오는 것은 금지되어 있습니다." 닉은 사람들의 탄식이 가라앉기를 기다렸다. "여러분은 직업 훈련을 받으러 온 것이 아니기에, 원하시면 참관만 하는 것도 가능합니다. 하지만 훈련 참가자 가운데 평가 결과가 우수한 학생에게는 점수가 부여됩니다. 득점을 가장 많이 한 팀은 마지막

날 저녁에 있을 수료식에서 상장을 받게 되고요."

"1등 상품이 뭐예요?" 베로가 외쳤다.

"자랑할 권리가 생기죠. 강사들이 칭찬도 해드리고요." 닉의 대답에 강사 몇 명이 낄낄거렸다. 타이리스가 베로에게 눈을 찡긋했다.

"그 정도면 괜찮네요." 베로도 장난스레 눈썹을 찡긋했다.

닉이 지팡이를 딸깍이며 우리 팀 앞을 서성댔다. "아카데미 입학 전에 신입생들은 강도 높은 체력 검사부터 받게 됩니다. 파트너와 함께 민첩성 과정을 통과해야 하죠." 닉은 자신의 뒤에 배치된 주황색 안전 고깔을 가리켰다. "파트너와 협력하는 법을 배우는 것은 우리의 중요한 교육 목표 중 하나입니다. 협력에는 신뢰와 팀워크가 필요하죠. 훌륭한 파트너와 함께라면 사건을 좀 더 쉽게 해결할 수 있습니다. 파트너는 현장에서 여러분의 생명을 구할 수도 있지요." 닉의 눈길이 내 쪽으로 향했다. 조이도 닉의 어깨 너머로 나를 뚫어져라 보고 있었다. 그가 오전 내내 나를 지켜보는 것 같아 마음이 점점 불편해졌다. "여러분은 파트너와 함께 실물 크기의 인체 모형을 운반할 겁니다. 모형의 무게는 68킬로그램인데, 혹시 몸이 불편하셔서 이 민첩성 훈련에 빠지고 싶은 분들은 그렇게 하셔도 무방—"

베로가 내 귀에 대고 속닥거렸다. "68킬로그램? 가뿐하네요. 해리스는 그보다 훨씬 무거웠잖아요. 안드레이 보로프코프는 말할 것도 없고— 으악!" 내게 발가락을 밟힌 그녀가 비명을 질렀다.

닉이 외쳤다. "인체 모형을 결승선까지 옮긴 다음에는 훈련장을 네 바퀴 돌아야 합니다. 코스마다 가장 빨리 들어온 팀에 점수가 부여되고요. 질문 있습니까?" 그가 사람들을 살폈다. "그러면 이제 짝을 지어 가장 가까운 고깔 옆에 줄을 서세요. 이번 훈련에 참가하지 않을 분들은 강사님들을 도와주시고요. 클립보드와 스톱워치를 챙겨 로디 경관님의 지시를 받으시면 됩니다."

나는 사람들 위로 솟은 로디의 머리를 발견하고 그쪽으로 다가갔다. 베로가 나를 휙 끌어당겼다. "뭐 하는 거예요?"

"참관하려고요."

"말도 안 돼요." 그녀가 나를 원뿔 앞으로 이끌었다. "어차피 제대로 체험하려고 온 거 아니냐고요."

"아니죠." 나는 힘주어 소곤거렸다. "우리는 싹쓸이를 찾으러 왔잖아요."

"그렇다고 앉아서 구경이나 할 생각이에요? 해거티 부인도 참여하는데요." 베로는 훈련장에 있는 이웃집 노인을 가리켰다. 그녀의 운동화는 핫핑크 립스틱에 어울리는 핫핑크색이었고, 운동복 엉덩이에는 '섹시'라는 글자가 박혀 있었다. 부인은 손자와 손을 잡고 간단한 스트레칭을 했다.

"마을 지킴이팀이야 우리 적수가 못 되죠."

"그렇겠지만, 라일리와 맥스가 문제네요." 베로가 팟캐스터팀 쪽으로 고갯짓했다. 그들은 출발선 옆에서 요란하게 런지를 하고 있었다. "저 두 사람은 놀러 온 게 아니니까요. 그래도 당신 체력이 더 좋을 거예요. 나만 믿고 잘 따라와요."

내가 눈동자를 굴리자 베로가 바닥에 앉아 발가락으로 손을 뻗었다. 그녀는 내 다리를 찰싹 때리며 스트레칭을 시작하라고 손짓했다. 타이리스가 옆에 쪼그리고 앉더니 베로의 귓가에 바짝 다가갔다. "꿀팁 하나 알려드려요?" 베로는 솔깃하여 고개를 끄덕였다. "무릎부터 굽히고 다리를 움직여요. 여성들은 힘이 주로 하체에서 나오는데, 인체 모형은 보기보다 훨씬 무겁거든요."

"뭐지?" 트랙으로 달려가는 그를 노려보며 베로가 말했다. "나한 테 시체 옮기는 요령을 가르치겠다고? 어이가 없네." 베로는 일어서 서 소매를 걷어붙였다. "이번에는 우리가 확실히 이겨야겠어요."

"꼭 해야 되는 건 아니에요." 귓가에 들리는 닉의 목소리에 고개를 돌리자 그의 목에 걸린 호루라기가 보였다.

"아니, 꼭 해야 돼요." 베로가 말했다.

닉은 피식 웃으며 자신의 스톱워치를 보았다. "알았어요, 그럼. 준 비됐나요?"

"잠깐만요." 베로가 말했다. "인체 모형에 대해 궁금한 게 있는데 요. 운반할 때 온전한 상태로 옮겨야 하나요, 아니면 조금 변형해도 되나요? 왜냐하면 내가 볼 때—."

"준비됐어요!" 나는 베로를 출발선으로 밀었다. "정신 나갔어요?" 나는 그녀의 뒤통수에 대고 소곤거렸다.

"내가 못할 질문이라도 했어요?"

호루라기가 울렸다. 베로가 트랙으로 쏜살같이 달려갔다. 그녀는 매끄러운 나무 판자로 만들어진 높은 장애물로 뛰어오르더니, 한 손 으로 꼭대기를 붙잡고 몸을 끌어올렸다. 장애물에 걸터앉은 그녀는 목을 길게 빼고 라일리와 맥스를 찾았다.

"빨랑빨랑 움직여요, 핀레이!" 베로가 내게 소리쳤다. "그것밖에 못 해요? 숨 좀 쉬어요! 코로 들이쉬고, 입으로 내쉬고!"

"이건 라마즈 호흡이 아니라고!"

"어서, 힘 줘요!"

"힘 주는 게 어떤 건지 알기나 해요?" 나는 그녀가 뻗은 손을 꽉 잡고 투덜대며 장애물 위로 몸을 끌어올렸다. 꼭대기에 닿자마자 시소처럼 휘청대다가 반대편으로 얼굴부터 추락했다. 베로가 우아하게 뛰어내려 두 발로 착지할 때 나는 배를 깔고 판자를 미끄러졌다. 겨우 내려갔더니 베로는 이미 다음 장애물에 다다라 밧줄 그물 밑에서 팔꿈치로 땅을 짚고 낮은 포복을 하고 있었다.

"말도 안 돼." 나일론 그물 밑으로 사라지는 그녀의 발을 보며 숨을 헐떡였다.

"할 수 있어요, 핀레이!" 베로가 고개를 돌려 소리쳤다. "폐차장에 쌓여 있던 차 밑을 긴다고 생각해요!"

"그런 말은 전혀 도움이 안 되거든요!" 포기하고 비속어를 구시렁대며, 무릎을 꿇고 그물 밑에 엎드렸다. 베로의 신발 뒤축을 보면서 배를 끌고 이동했다. 그녀가 일으킨 먼지가 날아와서 눈을 깜박여야 했다.

베로는 재빨리 반대편으로 빠져나갔다. 발꿈치를 들고 경기가 어떻게 진행되고 있는지 살폈다. "우리가 따라잡고 있어요, 핀. 서둘러요!"

내가 몸을 내밀자, 베로는 나를 끌어냈다. 그녀를 뒤따라 허리를 숙이고 콘크리트 터널 사이로 들어갔다가 다시 콘크리트 터널 위로 지나갔다. 우리는 늘어선 타이어를 뛰어넘고 출렁이는 밧줄 그물을 지나 가로대를 넘었다. 흙을 뒤집어쓰고 녹초가 된 채 목적지에 이르자, 심폐소생술 훈련용 마네킹이 반듯하게 누운 채 우리를 기다리고 있었다.

베로와 나는 잠시 무릎을 짚고 숨을 몰아쉬었다. 이마에 땀을 흘리며 훈련장을 살폈다. 라일리와 맥스는 이미 인체 모형과 씨름하고 있었다. 묵직하게 늘어진 팔다리를 땅에 질질 끌면서 앞으로 달려

가려는데, 뜻대로 되지 않는 모양이었다. 라일리는 마네킹의 두 발을 잡고 뒤로 휘청거렸다. 맥스는 마네킹의 겨드랑이 밑에 두 팔을 끼운 채, 팔에 걸려 넘어지지 않고 머리와 몸통의 무게를 버티려고 안간힘을 썼다.

"마네킹이 사람 잡겠네." 베로가 중얼거렸다.

해거티 부인의 손자가 우리를 앞질러 달려갔다. 부인의 두 팔이 그의 목에 감겨 있고, 앙상한 다리는 그의 옆구리에 걸쳐져 있었다. 손자가 모형을 집으러 몸을 숙이는 순간, 해거티 부인이 목에 단단히 매달린 채 나를 보며 씩 웃었다. 끙 소리를 내며 손자는 모형을 팔로 안아올린 채 앞으로 치고 나갔다. 해거티 부인은 그의 등에서 말을 탄 기수처럼 통통거렸다.

결승선까지 업혀서 갈 모양이었다.

"후드 티셔츠 끈 좀 줘봐요." 숨을 헐떡이며 운동복 목둘레의 구멍에서 끈을 잡아당겼다. 나는 마네킹의 팔 옆에 무릎을 꿇었다. 베로는 발 옆에 무릎을 꿇었다. 잠시 후, 우리는 마네킹의 팔다리를 돼지 묶듯 결박했다. 그녀가 다 됐다는 뜻으로 고개를 끄덕이자 내가 말했다. "셋까지 세는 거예요."

우리는 천천히 발 맞추어 걷기 시작했다. 그러다 함께 속도를 높였다. 인체 모형이 우리 사이에서 일정하게 흔들리자 발걸음은 더 빨라졌다. 양옆의 팀이 입을 떡 벌리고 우리를 쳐다봤다. 추월당한 순간 해거티 부인의 손자는 우리를 멍하니 응시했다. "우리 너무 잘하는 거 아녜요?" 베로가 숨을 헉헉대며 말했다. "지금 떠오르는 장면이 있는데―"

"말하지 마요!" 이렇게 시선을 끌 줄 알았으면 차라리 마네킹을 스케이트보드에 덕테이프로 고정시켜 결승선까지 굴리는 편이 나았겠다 싶지만 해거티 부인이 이기는 꼴을 두고 볼 수는 없었다.

분필로 그은 흰 선이 시야에 들어오자 베로와 나는 비틀대며 로디의 발치에 모형을 떨어뜨렸다. 그는 마네킹의 발목을 묶은 끈을 보고 이맛살을 찌푸리며 스톱워치를 눌렀다.

베로와 나는 짙은 입김을 내뿜으며 빈 트랙으로 느릿느릿 들어가서 달리기를 시작했다. 다른 팀들이 따라오자 베로는 선두를 유지하기 위해 안쪽 레인으로 이동했다. 나는 그녀와 보조를 맞추며 눈으로 관람석과 사이드라인을 훑었다. 경쾌하게 달리면서도 우리가 감시당하고 있다는 기분을 떨칠 수 없었다. 첫 바퀴를 마치는 순간 나는 장애물 코스 쪽을 돌아봤다. 조이가 양손을 허리에 짚은 채 우리의 마네킹을 내려다보고 있었다. 가늘게 뜬 그의 시선이 트랙을 도는 우리를 따라왔다.

11

베로와 나는 비틀거리며 점심 쟁반을 들고 붐비는 구내식당 안쪽의 빈 테이블로 이동했다. 훈련장을 다 돌고 나니 다리가 후들후들 떨렸지만, 무감각한 상태는 오래가지 않았고 내일 아침에 찾아올 근육통이 두려워졌다.

베로가 샌드위치 내용물을 깨작거렸다. 소시지를 집어 쿵쿵거리기도 했다. "여기 혹시 감옥이에요? 아무리 봐도 감방 음식인데."

"내가 어떻게 알아요." 구치소에 침입했다가 닉에게 들키는 바람에 갇혀 있던 몇 시간 동안, 내게 먹을 것을 준 사람은 없었다. 하지만 땅콩버터와 잼을 바른 눅눅한 샌드위치는 두 번 다시 감방에 가지 말아야 할 이유가 되기에 충분했다.

구내식당 저쪽 끝에서 직원 휴게실로 통하는 문이 열리자 반대편에 차려진 산해진미가 한 눈에 들어왔다. 테이블 위에 커피 주전자며 쿠키와 빵 접시, 각양각색의 치즈, 고기, 과일 쟁반이 가득했다. 새머러가 저녁 식사로 보이는 초콜릿 칩 쿠키를 접시에 담아 휴게실 문을 나섰다. 그녀는 구두굽을 바닥 타일에 또각거리며 구내식당을 걸어오다가 우리를 발견하고 테이블 옆에 멈췄다.

"와, 결국 해내셨네요!" 땟국물에 절은 채 이마에 들러붙은 우리의 머리카락을 보자 그녀의 미소에 살짝 연민이 깃들었다. "두 분, 지낼 만하세요?"

"내일 아침이 되어야 알겠어요." 쑤시는 어깨를 돌리며 말했다.

"위로가 될지 모르겠지만 두 분, 오늘 민첩성 테스트에서 대단하셨다면서요. 직원 휴게실에서 내기를 하고 있거든요."

"저쪽 음식은 맛있나요?" 내가 물었다.

베로가 내 쪽으로 다가오며 속삭였다. "핀레이 말은, 저기 술이 있는지, 우리가 술을 손에 넣으려면 누구를 죽여야 하는지 궁금하다는 뜻이에요."

새머러가 웃음을 터뜨렸다. "미안하지만, 술은 없어요. 좀 구해드리고 싶어도 이 아카데미 책임자가 하도 깐깐해서 허락하지 않을 거예요." 그녀가 내 쪽으로 고개를 기울였다. "하지만 두 분이 잘 얘기하면, 그분이 한 병 몰래 갖다줄지도 모르죠." 그녀가 눈을 찡긋하자 뺨이 달아올랐다. "저는 수업 전까지 이메일을 몇 통 보내야 해서요. 두 분 힘내세요. 오후에 아주 특별한 수업이 있거든요. 하마모토 경위가 학생들을 좀 살살 다뤄야 될 텐데." 그녀는 쿠키를 한 입 크게 베어 물며 밖으로 나갔다.

"좋은 생각이 있어요. 오늘 밤에 직원 휴게실에 침입하는 거예요." 베로가 말했다.

"안 돼요. 쿠키를 훔치는 건―"

"경범죄일 뿐이고 꼭 필요한 생존 기술이죠. 새해 결심 따위는 갖다버려요. 그 정도 칼로리는 이미 소모했잖아요." 베로는 쿠키와 우유를 남김없이 먹은 다음 쟁반 내용물을 쓰레기통에 던졌다. "새머러 말마따나 오후 수업이 엄청 고되겠죠?"

"시간표에는 뭐라고 되어 있어요?" 내가 쿠키를 씹으며 물었다.

"점심시간 후 매트실로 집합하라고만 적혀 있어요."

하마모토 경위가 누군지, 무엇을 시킬지는 알 수 없지만, 매의 눈으로 우리를 감시하는 조이 앞에서 흙밭을 기는 것보다는 나을 터였다.

언니가 내 옆자리에 털썩 앉았다. "내 머리 괜찮아?" 그녀는 지친 눈으로 머리를 매만지며 물었다. "내 셔츠는 어때? 바지랑 어울려?"

"잘 어울려, 조지아. 뭐가 그리 걱정이야?"

"오늘 오후에 수업이 있거든. 좀 단정해 보이고 싶어서." 그녀는 구내식당을 슬며시 훑었다. "입 냄새는 안 나고?" 언니가 몸을 돌려 내 얼굴에 숨을 뱉었다.

나는 뒤로 물러났다. "왜 이래?"

"자, 저한테 해보세요." 베로가 테이블 위로 몸을 숙였다. 조지아가 그녀의 손에 숨을 불자 베로는 냄새를 맡았다. "나쁘지 않아요. 겨드랑이는요?" 베로가 조지아의 팔을 높이 들어 올리고 가까이 다가갔다. "괜찮네요."

"방금 새머러가 다녀갔어." 무심히 말을 꺼냈다가 언니의 뺨에 피가 몰리는 것을 보자 의심이 확신으로 굳어졌다. "좋은 사람 같아."

"섹시하고요." 베로가 맞장구를 쳤다.

"언제 데이트 신청할 거야?"

언니가 벌떡 일어섰다. "와, 시간이 벌써 이렇게 됐네. 가봐야겠어."

그녀는 일어나면서 내 샌드위치 반쪽을 슬쩍 집었다. 내가 항의하기도 전에 언니가 식당을 빠져나갔다.

"조지아가 뭘 그리 망설이는지 모르겠어요. 새머러는 괜찮은 사람 같던데."

베로가 나를 보고 고개를 저었다. "유전인가 봐요."

"무슨 소리예요?"

"당신이랑 닉도 똑같으니까요. 진짜 당신 언니를 위해서라도 새머러가 킬러가 아니길 바랄 뿐이에요."

그 생각을 하자 속이 쓰렸다. 언니가 좋아하는 사람을 뒷조사해야 한다는 게 싫었다. "새머러가 아니란 걸 어떻게 확실히 할 수 있을까요?"

"모르죠. 방법을 찾아야 해요." 베로는 내 샌드위치의 남은 반쪽을 베어 물었다. "나도 땅콩버터와 잼을 바른 샌드위치를 가져올걸 그랬어요. 나쁘지 않은데요." 베로가 나머지를 입에 쑤셔 넣으며 말했다. 그녀는 손에 묻은 빵 부스러기를 털었다. "가요. 팔굽혀펴기를 했다간 점심 먹은 걸 다 토하겠어요. 늦으면 안 돼요."

우리는 캠퍼스 지도를 보고 매트실로 이동해 나머지 사람들과 함께 줄을 섰다. 파란색 체육관 매트가 바닥에 깔려 있고 섬뜩한 훈련용 인체 모형이 구석에 배치되어 있었다. 나는 금속 받침대 위에 올려진 몸통들을 보고 전율이 이는 것을 애써 참았다. 아직도 전남편의 농장에 묻혀 있는 칼 웨스터버가, 엄밀히 말해 그의 냉동된 일부가 떠올라 마음이 불편했다.

베로와 함께 앞쪽으로 이동했다. 키 큰 두 사람의 어깨 사이에 끼인 채 강사와 눈이 마주치자 몸이 경직되었다. 수갑을 든 조이가 사람들 앞에 서 있었다.

"저는 조지프 밸러펀트 형사입니다." 그의 목소리는 확성기가 필요 없을 정도로 체육관 벽에 쩌렁쩌렁 울렸다. 그는 수갑을 가만히 딸깍거리며 시선을 내 눈에서 다른 사람들에게로 옮겼다. 그가 나를 등지는 순간 비로소 이 체육관의 두 번째 강사가 눈에 들어왔다. 검은 머리에 간간이 회색 줄이 섞인, 몸집이 작은 아시아계 중년 여성이었다. 그녀는 학생들을 향해 따뜻한 미소를 지었다. 발을 어깨너비로 벌린 채 두 손을 등 뒤에서 맞잡고 있었다. 이곳의 경찰들이 우리 앞에서 연설할 때 취하는 자세였지만, 연회색 아카데미 체육복 차림의 이 여성이 그렇게 서 있는 모습은 훨씬 푸근해 보였다.

"오늘 오후에 여러분은 다양한 체포 기술을 배울 예정입니다." 조이가 입을 열었다. "순응하는 용의자와 불응하는 용의자에게 수갑 채우는 연습을 하게 됩니다." 그는 다른 강사를 손으로 가리켰다. "여기 계신 하마모토 경위님이 여러분께 방어 기술을 가르쳐줄 겁니다." 조이는 다시 수갑을 가볍게 짤랑거리며 체육관 반대편으로 천천히 걸음을 옮겼다. "호신술은 우리가 새로 임용된 경찰들에게 가르치는 가장 중요한 기술이죠. 저 역시 저를 해치거나 죽이려는 사람을 수없이 맞닥뜨렸는데요." 그의 날카로운 시선이 똑바로 나를 향했다. "눈앞에 진짜 총구를 맞닥뜨린 순간, 영웅이 되겠다는 생각은 할 수 없죠. 머릿속에는 살아남아야겠다는 생각뿐입니다." 체육관이 너무 조용해서, 그가 발을 디딜 때마다 운동화 밑창에서 공기 새는 소리가 들릴 지경이었다. "이곳 아카데미에서 가르치는 것은 살아남는 방법입니다. 연령, 신장, 체력, 성별에 관계없이 반복하여 연습하면 저희가 지도하는 기술을 전부 습득할 수 있습니다." 조이는 입을 닫고 하마모토 경위에게 손짓했다.

경위가 성큼성큼 앞으로 걸어나왔다. 그녀는 체격에 비해 놀랄 만큼 호방하고 진지한 음성으로 집중을 요구했다. 학생들은 조이를 대상으로 수갑 채우는 법을 시연하는 그녀를 지켜보았다. 조이가 등을 돌리자 그녀는 그에게 수갑을 채웠다가 벗겼다. 시범이 끝난 것처럼 보이는 순간 조이가 몸을 틀어 경위의 목으로 손을 뻗었다. 그녀는 눈에 보이지도 않을 만큼 날랜 동작으로 조이를 제압하여 쓰러뜨린 다음, 얼굴을 매트에 누르고 등 뒤에서 손목을 결박했다.

학생들이 박수를 치기 시작했다. 하마모토 경위는 짧게 목례를 하더니 수갑을 풀고 조이가 일어나도록 도왔다. 두 사람은 다른 위치에서 다른 방식으로 공격하며 몇 차례 시연을 반복하고는, 느린 동작으로 각 단계를 설명했다. 다 끝나자 조이는 체육관 구석에서 수갑이 가득 담긴 플라스틱 통을 꺼냈다.

"학생 중에 지원자가 필요해요." 조이의 말에 몇 명이 손을 들었다. "해거티 부인, 이쪽으로 올라오세요." 그가 손짓했다. 그녀는 당당한 걸음으로 매트로 향했다. 그녀가 옆에 다다르자 조이는 구부정한 어깨에 손을 얹었다. "또 뵙네요."

해거티 부인이 안경테 너머로 그를 살폈다. "우리 언제 만난 적 있수?"

조이의 시선이 내 쪽으로 옮겨왔다가 얼른 멀어졌다. "한 달 전에 제가 부인 쓰레기통을 길가로 옮겨드렸는데, 기억 안 나세요?"

"그때는 키가 더 컸던 것 같은데."

조이는 공손히 웃었다. "그런 말 많이 듣습니다."

베로가 팔꿈치로 내 옆구리를 찔렀다. "들었죠? 조이가 누군지 전혀 모르는 거예요."

"아니면 그냥 기억을 못 하거나요."

"도너번 씨." 조이가 불렀다. 나는 머리를 홱 들었다. "파트너랑 두 분이 수업에 집중을 못 하시는 것 같은데 앞으로 나와서 좀 도와주 시죠."

사람들이 갈라지며 길을 터주었다. 나는 어색하게 웃으며 앞으로 걸어나가 매트 위 해거티 부인의 옆에 섰다. 조이가 내 앞에 수갑을 늘어뜨렸다. "해거티 부인이 체포되었어요. 당신이 제압해야 해요."

"내가 협조해야 하나요?" 해거티 부인의 질문에 학생들이 웃음을 터뜨렸다.

조이는 기괴하게 웃었다. "그러실 필요 전혀 없어요."

나는 그의 손에서 수갑을 잡아채며 해거티 부인에게 웃어 보였다. "돌아서주세요." 상냥하게 부탁했다. 그녀는 대답 대신 앙상한 두 주 먹을 쳐들고 매트 위를 돌았다. 학생들이 입을 손으로 가린 채 수군 거렸다. 나는 조이를 돌아봤다. "못 하겠어요. 이분 손자가 지켜보고 있잖아요. 제가 실수로 다치게라도 하면 어떡해요?"

"용의자를 제압하지 않으면 팀 점수가 감점돼요." 그는 웃음기를 감추려는 듯 입에 문 이쑤시개를 움직였다. 나를 악당으로 만들려는 수작이 분명했지만, 그 장단에 놀아날 생각은 없었다.

나는 얼굴에 미소를 띠고 수갑을 해거티 부인에게 내밀었다. "여 기요. 제가 돌아설 테니 수갑을 채우시겠어요?"

그녀가 내 팔을 주먹으로 때렸다.

조이는 입에 문 이쑤시개를 돌리며 낄낄거렸다.

나는 매트를 박차고 자리로 돌아갔다. 베로가 내 어깨를 잡았다.

"감점은 절대 안 돼요!" 그녀가 이렇게 말하며 나를 돌려세웠다. "저 할머니를 얼른 해치워요."

나는 심호흡을 하며 매트로 돌아갔다. 부인의 이성에 호소해야 했다. "해거티 부인." 차분히 입을 열었다. "이건 그냥 연습이잖아요. 폭력을 쓸 필요는 없어요. 돌아서서 손을 뒤로─". 나는 그녀에게 정강이를 걷어차이고 고꾸라졌다.

"이제 그만해요." 나는 한쪽 다리로 깡충깡충 뛰며 말했다. 내가 부인의 팔목을 붙잡자 그녀는 내게 주먹을 날렸다. 그 팔목에 수갑을 채우자 비명을 질렀다. 몇 사람의 야유와 과장된 탄식을 들으며, 그녀를 돌려세워 다른 손목을 붙잡고 등 뒤에서 결박했다. 박수를 치는 사람은 베로뿐이었다.

나는 조이를 노려보며 손의 먼지를 털었다. 턱을 높이 쳐든 채 매트에서 걸어 나왔다. 베로가 박수치던 손을 멈췄다. 그녀는 눈을 동그랗게 뜨며 내 뒤를 가리켰다. 갑자기 무릎에 통증이 번졌다. 나는 엎어지면서 얼굴을 바닥에 정면으로 찧었다. 신음이 쏟아졌다. 해거티 부인은 내 엉덩이를 깔고 앉으며 의기양양하게 외쳤다. "얍!"

환호성이 터졌다. 그녀의 손자는 휘파람을 불었다.

조이가 팔을 펴고 천천히 박수를 쳤다. "멋진 반격이었어요, 해거티 부인." 그는 해거티 부인의 수갑을 풀고 부축하여 일으켰다. 조이의 구두가 내 얼굴 옆에 나타났다. 그가 학생들에게 말했다. "규칙 하나, 절대로 상대를 과소평가하지 말 것. 규칙 둘, 절대로 상대를 시야 밖에 두지 말 것. 자, 이제 시작합니다." 그는 나를 바닥에 둔 채로 말했다. "한 팀당 수갑 한 개, 매트 한 개씩 챙기세요. 하마모토 경위와 제가 돌아다니면서 봐드릴게요."

모여 있던 학생들이 둘씩 짝을 지어 체육관 곳곳으로 흩어졌다. 베로는 이 매트 저 매트로 옮겨 다니며 조언을 하는 조이를 흘겨보며 나를 일으켜 세웠다.

"조이가 당신한테 왜 이러는지 당최 모르겠어요. 자기 파트너의 목숨을 구해준 사람이잖아요. 잘못한 것도 없는데 왜—."

"저 사람이 아는 잘못은 없죠." 베로의 말을 바로잡았다.

우리 매트로 다가오는 하마모토 경위를 보고 베로와 나는 입을 닫았다.

"고맙습니다, 경위님." 그녀의 뒤에서 조이가 작은 소리로 말했다. "이 팀은 제가 봐드리죠." 그가 풀린 수갑을 들고 다가오자 등골이 오싹해졌다. 나는 턱을 들고 그를 마주 쏘아보았다.

"몸을 돌려요." 그가 조용히 지시했다.

"제가 수갑 채우는 연습을 하는 줄 알았는데—." 조이가 내 손목을 쥐고 돌려 세우자 숨이 턱 막혔다. 그의 신발이 내 발 사이를 살짝 걷어차 두 발을 벌렸다.

수갑이 찰칵 닫혔다. 그가 내 귓가에 바짝 다가왔다. "아직은 당신 꿍꿍이를 모르겠지만, 계속 지켜볼 거예요. 괜한 수작을 부렸다가는 후회할 줄 알아요."

"무슨 말씀인지 모르겠네요."

"그렇겠죠. 당신은 좋은 사람이고 모두 당신을 좋아하니까. 나도 좋은 사람깨나 만나봤고, 좋은 사람은 항상 구린 데가 있죠." 수갑이 탁 열리자 나는 얼른 그의 손이 닿지 않는 곳으로 물러났다. "연습 좀 해두는 게 좋을 거예요. 필요한 날이 있을 테니까."

12

호신술 수업을 듣는 동안 해가 넘어가고 하늘은 짙게 멍들었다. 베로와 나는 층계를 올라 기숙사 방으로 향했다. 열쇠로 문을 열고 들어가 침대 위로 쓰러졌다.

"누가 여기 오자고 그랬죠?" 나는 숨을 몰아쉬며 물었다. 내 요가 바지는 옷을 다 갖춰 입었을 때는 절대 젖을 수 없는 부위가 땀에 절어 있었다.

"당신 언니 생각이잖아요." 베로가 한 팔을 눈 위로 올리며 말했다. "다시는 조지아 말을 듣나 봐요. 경찰 아카데미에 가면 섹시한 경찰이 널렸다면서 우리를 꼬셨잖아요. 식사는 형편없고, 온수도 잘 안 나오고, 첫날부터 몸집이 우리 절반밖에 안 되는 여자한테 엉덩이를 걷어차인다는 얘기는 아무도 안 해주다니요. 〈NCIS〉에서는 수갑 채우는 모습이 얼마나 섹시했는데." 어디선가 긁적이는 소리가 들려, 우리는 입을 닫았다. "방에 쥐까지 나오면 당장 여기서 나갈 거예요." 베로가 투덜거렸다.

긁는 소리가 커졌다. 베로의 팔이 얼굴에서 미끄러졌다. 뭔가 창문에 부딪치는 순간 우리 둘은 벌떡 일어나 앉았다. 일어서서 그쪽으로 살금살금 다가갔지만, 유리에는 우리 모습만 비쳤다. 벽 스위치로 달려가서 불을 껐다. 밖에서 움직임이 느껴지자 베로는 베개로 손을 뻗었다.

"어쩌려고요?" 베개를 머리 뒤로 쳐드는 베로를 보고 소곤거렸다.

"무기로 쓰려고요. 오늘 수업에서 배운 거 없어요? 이 베개는 즉석 무기예요. 누가 침입하면 얼굴을 후려칠 거예요. 기습적으로요. 상대가 맞고 기절한 사이에 베개로 질식시키는 거죠." 유리를 짚는 커다란 손을 보고 우리 둘은 입을 떡 벌렸다. "핀레이, 그렇게 멀뚱히 서 있을 거예요? 무기를 찾아 들고 몸을 숨겨요."

기숙사 방을 둘러보고는 어둠 속에서 정신없이 여행 가방을 뒤졌다. 무기 비슷한 물건이라고는 헤어드라이어뿐이었다. 드라이어에 엉킨 옷을 풀고 베로 옆 벽에 몸을 딱 붙였다. 그녀는 나를 보고 눈동자를 굴렸다. 내 드라이어를 보고는 이마를 잔뜩 우그렸다. 그녀는 자기 베개를 내 손에 쥐여주고 내 드라이어를 낚아채 권총처럼 쥐었다. 벽에 등을 붙이고 천장을 겨누는 그녀를 나는 멍하니 보았다.

시커먼 형체가 창틀을 가득 채우자 우리는 소스라쳤다. 금속과 금속이 마찰하는 소리가 들렸다.

"잠금장치를 열려는 거예요! 언니한테 전화해야겠어요. 아니면 닉이나."

"그럴 시간 없어요." 잠금장치가 딸깍 열리자 베로가 말했다. "우리는 둘이고 상대는 하나예요. 더구나 우리는 오후 내내 호신술을 배웠잖아요."

120

"상대는 전문가 같은데요. 그러면 승산이 없죠." 내가 속닥거렸다.

"전문가가 뭐 별거라고요. 핀, 당신만 봐도 알 수 있는데!"

창문이 스르르 열리자 나는 숨을 혹 들이켰다. 그 사이로 다리 하나가 쑥 들어오자 베로의 눈 흰자위가 커졌다. 나는 베개를 높이 들어올렸다. 침입자의 운동화가 방에 가볍게 착지하자 베로는 헤어드라이어를 쳐들었다.

"잡아요!" 그녀가 외쳤다. 나는 베개를 힘껏 휘둘렀다. 베개가 얼굴을 후려치는 순간, 남자는 욕을 하며 베로 쪽으로 나자빠졌다. 베로는 그의 어깨 위로 뛰어올라, 한쪽 팔로 목을 감고 다른 손에 든 드라이어로 머리를 내리쳤다. 남자는 베로 위에 쓰러지지 않으려고 빙빙 돌았다. 그는 비틀거리며 처음에는 옷장, 다음에는 침대와 충돌하더니, 결국 침대 모서리에 얼굴을 부딪치며 바닥에 쓰러졌다. 베로는 그의 손목을 등 뒤로 당겨 헤어드라이어 전선을 감았다. 무릎으로 척추를 압박하며 그녀는 남자의 머리카락을 움켜쥐었다. "잡았어요, 핀레이! 불 좀 켜봐요!"

나는 벽 스위치로 달려가 전등을 켰다.

하비가 붉으락푸르락한 얼굴로 우리를 보고 눈을 깜박거렸다. 땀에 젖은 베로의 양말 한 짝이 얼굴에 붙어 있고 내 헤어드라이어가 엉덩이 사이에 늘어져 있었다. 베로가 손을 놓고 천천히 뒤로 물러나자 하비는 스스로 전선을 풀었다.

"미안해요." 나는 이렇게 웅얼거리며 황급히 창문을 닫았다. "당신인 줄 몰랐어요."

베로는 입술을 깨물었다. 하비가 일어서자 베로는 이마의 누르스름한 멍을 살폈다. 그 주위에도 이미 새로운 멍이 생기고 있었다. "내가 로즈힙 오일을 너무 믿었나." 작은 소리로 중얼거리는 그녀에게 하비가 성큼성큼 다가갔다.

"나를 죽일 셈이지? 3학년 때 이미 너는 나를 자전거로 치려 했었어."

"그건 사고였어."

"중학교 때는 높은 다이빙대에서 나를 밀었고."

"그것도 사고였어."

"동창회 날 내 맥주에 설사약을 넣은 건?"

"그건 고의였다, 왜?" 얼굴을 닿을 듯이 맞댄 채 베로는 그에게 손가락질했다. "네가 딴 애랑 데이트해서 내 짜증을 돋웠잖아."

그는 내 헤어드라이어를 베로 손에 쥐여주었다. "얼마나 걱정했는 줄 알아! 오늘만 열 번도 넘게 전화했어. 왜 안 받는 거야?"

"강의 중에 휴대전화를 지참하면 안 돼."

"여기 들어오기는 또 얼마나 힘들었는지 알아? 배달부한테 뇌물을 주고 빵 나르는 트럭에 숨어서 들어왔다고! 그나저나 네가 왜 경찰 연수원에 있어?"

"숨어 있는 거야."

"누굴 피하려고?"

"사람들."

"하고 많은 장소를 두고 여기를 선택한 이유가 뭐야?" 베로가 대답하지 않자 그는 두 손을 쳐들었다. "차에 생긴 총알구멍은 또 뭔데, V?"

"설명하자면 좀 길어."

"총알이 날아올 때 네가 차 안에 있었는지 신경 쓰여서 묻는 거잖아!"

"당연히 아니지!"

"다행이네." 하비가 중얼거렸다.

"누가 핀레이한테 총을 쏜 거야."

하비는 콧등을 꼬집으며 베로의 매트리스에 주저앉았다.

"애스턴마틴을 살펴보셨나 봐요? 차를 없앨 수 있을까요?"

하비가 고개를 들었다. "몇 군데 전화를 돌려봤어요. 차를 분해할 수 있는 사람을 안다는 사람을 알아요."

"얼마나 걸려?" 베로가 물었다.

"옮길 준비하는 데만 며칠이 걸릴걸."

"며칠씩이나!"

"라몬의 정비소 뒷마당에서 분해할 수는 없어, V! 이 일은 라몬에게 비밀로 하자며?" 두 사람은 눈을 맞춘 채 말없이 대치했다.

"좋아." 베로가 창문 쪽으로 손짓했다. "돈은 최대한 많이 받아내고, 끝나면 알려줘."

하비가 멈춰섰다. "그게 다야? 내가 돈을 가져올 때까지 경찰들 사이에 숨어 있겠다고?"

베로가 팔짱을 꼈다.

"그래. 알아서 해라." 하비가 중얼거렸다. 그는 창가로 다가가 블라인드 사이에 손가락을 끼우고 캠퍼스를 내려다봤다. 학생들이 기숙사에서 식당으로 이동하며 잡담을 나누는 소리가 들렸다. "지금은 못 나가. 저 사람들이 다 없어지기 전에는 안 되겠다. 잠시 여기서 신세 좀 져도 될까?"

베로는 손톱을 들여다보는 척했다. "난 상관없어. 괜찮아요, 핀?"

두 사람은 방 반대편에서 서로의 눈치를 살폈다. "나는 따뜻한 물로 샤워를 좀 하고 뭘 좀 먹어야겠어요. 당신은 여기 있어도 괜찮겠어요?" 나는 코트를 집으며 베로에게 물었다.

하비는 베로의 침대 옆 벽에 등을 대고 한쪽 발을 세웠다. 하비가 관심없는 척하자 베로는 그를 냉랭하게 쏘아보며 고개를 끄덕였다.

"알았어요. 내가 돌아올 때까지 서로 죽이지는 말아요." 베로의 침대에 놓인 헤어드라이어를 운동용 가방에 챙겼다. 무슨 일이든 운에만 맡기지는 말아야겠다 싶었다.

운동 가방을 복도 끝 공동 욕실의 빈 샤워부스에 내려놓고 수도꼭지를 틀었다. 가느다란 물줄기는 잠시 미지근한가 싶다가 갑자기 시체를 보존해도 좋을 법한 온도로 뚝 떨어졌다. 오늘 오전에 여자 탈의실에서 보았던 짙은 안개를 떠올리며 소지품을 챙겼다. 저녁 식사를 하러 가는 학생들의 무리를 헤치고 체육관으로 향했다. 아까 점심때 보았던 푸짐한 음식으로 짐작건대, 샤워기 물도 훨씬 따뜻할 것 같았다.

표지판을 따라 들어간 탈의실이 비어 있는 것을 보고 안심했다. 샤워기를 켜고 물이 따뜻해지기를 기다리며 휴대전화를 확인했다.

온몸에 문신을 한 뉴저지 출신의 건장한 남자가 뭉개진 채 발견되었다는 기사는 아직 없었다.

들어온 알림을 꼼꼼히 살폈다. 몇 시간 전, 내가 수업을 듣고 있을 때 스티븐이 보낸 동영상을 열어보았다. 딜리아가 그의 트럭 뒷좌석에서 무거운 공구 벨트를 무릎에 놓은 채 방글거렸다. 재크도 까르르 웃어대며 플라스틱 망치를 휘둘렀다. 카메라가 물러나면서 아이들과 함께 스티븐을 화면에 담았다. 그는 머리를 매만지고 카메라를 자신이 잘 나올 각도로 조절하며 미소 지었다.

'얘들아, 엄마한테 인사해!' 스티븐이 말했다.

재크가 망치를 흔들며 꽥 소리를 질렀다. '엄마!'

딜리아가 손을 흔들자 내 얼굴에 절로 웃음이 번졌다. '아빠랑 점심 먹고 나서 모험을 떠날—.'

영상이 끊겼다. 스티븐이 보낸 문자를 읽었다.

우리 모두 당신이 보고 싶어. 금요일에 내 집에서 가족끼리 저녁 식사 어때? 당신이랑 나랑 아이들만.

나는 휴대전화를 보며 이맛살을 찌푸렸다. 이건 공동 양육을 위한 화해의 제안일까, 아니면 데이트 신청일까? 나는 신속히 답장을 보냈다. '가족끼리 저녁 먹는 거 좋지. 다음 주에 우리 집에서 준비할게. 요리는 베로랑 내가 하고.'

휴대전화를 운동 가방에 넣고 스티븐을 머릿속에서 몰아내면서, 운동복을 벗고 미지근한 물보라 속으로 들어갔다. 다 씻고 나니 탈의실에 옅게 김이 서렸다. 수건으로 머리를 닦고 말렸다. 운동복에 머리를 집어넣는데 배에서 꼬르륵 소리가 났다. 더러운 옷과 헤어드라이어를 운동 가방에 챙겨 넣고 자동판매기를 찾아 복도로 나갔다.

농구 코트에서 목소리가 들렸다. 체육관 바닥에 운동화가 끽끽 마찰하고 공이 쿵쿵 부딪쳤다. 나는 문짝 사이로 울리는 낮고 우렁찬 목소리를 알아듣고 걸음을 늦췄다. 발끝으로 서서 작은 창문을 들여다봤다.

조이가 몸을 숙인 채 로디를 피해 공을 방어하고 있었다. 로디는 그를 굽어보다가 공을 잡아채 찰리에게 던졌다. 찰리는 슛을 하기 위해 공을 코트 저쪽으로 드리블했다. 그의 뒤, 코트 밖에는 닉이 지팡이에 의지해 서 있었다. 그는 백보드 밑으로 날아온 공을 잡아 안쪽으로 다시 던져주었다. 닉은 이따금씩 동료들과 농담을 주고받으며 웃음을 띠었지만, 경기가 코트 가운데로 이동하자 문 쪽으로 관심을 옮겼다. 나는 그의 눈에 띄지 않았기를 바라며 몸을 숙였다.

환한 자판기 불빛을 따라 복도를 내려갔다. 수중에 지닌 푼돈을 과자 자판기에 넣었다. 내 손가락이 쿠키와 초콜릿바 버튼 사이에서 머뭇거렸다. 새해가 겨우 17일 지났고, 아이크에 대해서는 할 수 있는 것이 별로 없기에, 한 가지 결심만큼은 포기하지 않기로 했다. 결국 치즈 크래커를 선택했다.

기계 내부의 코일이 움직여 부실한 저녁거리를 선반 쪽으로 이동시켰지만, 충분히 가깝지는 않았다. 치즈 크래커는 기울어져 유리에 걸렸다. 욕을 하며 자동판매기를 어깨로 쳤다. 크래커는 꿈쩍도 하지 않았다. 무릎을 꿇고 입구에 팔을 넣어 구멍 반대편을 더듬었다.

"지금 그만두면 2급 경범죄로 끝낼 수 있어요."

동작을 멈췄다. 닉의 지팡이가 서서히 다가왔다. "그거, 처벌이 무거운가요?"

유리에 반사된 그가 어깨를 들썩했다. "구류 60일에 벌금 500달러예요. 그렇게 따지면 엄청나게 비싼 과자죠."

내가 손을 확 빼자 금속 칸막이가 쾅 닫혔다. "저녁을 놓쳤어요." 내가 변명하듯 말했다. "지갑이 기숙사 방에 있는데 돌아가기가 뭣해서요. 베로가……." 닉이 눈썹을 치켜올렸다. "……자고 있어서. 그런데이 망할 자판기가 한 장 밖에 없는 내 달러를 삼켰단 말이에요."

닉이 웃음을 참았다. "나도 저녁을 먹으려던 참이에요. 나한테 주방 열쇠가 있는데, 같이 갈래요?"

나는 따뜻한 밥 한 끼에 지나치게 안달난 사람처럼 보이지 않으려 애썼다. "와, 좋아요. 고마워요."

"잘됐네요." 그가 활짝 웃었다. "사물함에서 물건만 좀 꺼내고요. 금방 돌아오죠."

닉이 남자 탈의실로 사라지고 나서, 자판기를 마지막으로 밀쳤다. 등 뒤에서 체육관 문이 벌컥 열리자 나는 도둑질하다 들킨 사람처럼 소스라쳤다. 조이가 떠밀린 것처럼 문틈으로 비틀대며 뒷걸음질했다. 농구공을 팔에 낀 찰리가 조이의 가슴을 손가락으로 세게 밀며 복도로 따라 나왔다.

찰리가 얼굴을 일그러뜨리며 말했다. "자네가 어떤 인간인지, 무슨 계략을 부리는지 내가 모르는 줄 알지? 물러나는 게 좋을 거야, 밸러펀트. 내가 닉 앤서니랑 6년을 같이 일했다고. 저 친군 바보가 아냐. 지금은 아니라도 조만간 자네 실체를 간파할걸."

조이는 찰리의 손을 떨쳤다. "당신 실체를 간파했듯이?"

하필 그 순간에 치즈 크래커가 자판기에서 쿵 미끄러졌다. 찰리와 조이는 얼른 서로에게서 물러나 이쪽을 돌아봤다.

내가 입을 열었다. "죄송합니다. 방해할 생각은 없었어요. 그냥 먹을 것 좀 사려고요."

탈의실 문이 천천히 열렸다. 닉이 절뚝거리며 복도로 나오더니 멈춰 서서 우리 셋을 눈으로 훑었다. "별일 없는 거죠?"

조이가 헛기침을 했다. "나가서 저녁 좀 먹으려고. 같이 가도 되고.

돌아오는 길에 연구소에 들러 자네가 기다리던 보고서도 가져올 거야."

찰리는 공을 튀기며 등등한 미소를 지었다. "조이, 자네 형사 맞아? 분위기 파악 좀 해."

조이는 닉의 손에 들린 더플백을 힐끗 보더니 내 발치의 운동 가방으로 시선을 옮겼다.

"미안해요." 닉이 내 쪽으로 절뚝절뚝 걸어오며 말했다. "전 선약이 있어서요. 연구소에서 연락 오면 문자 주세요. 오전에 들러서 보고서를 가져올 테니."

조이의 눈이 가늘어졌다. "핀레이를 교정 밖으로 데리고 나가겠다고?"

"그런 말 한 적 없는데요."

"아니라고 한 적도 없잖아."

닉이 조이를 마주보고 물었다. "대체 왜 그래요?"

조이가 어깨를 으쓱했다. "아무것도 아냐. 자네가 정한 계획이고 규칙이잖아. 저 여자랑 자고 싶어서 그것들을 어기면 모양새가 좋지 않다고. 그뿐이야."

찰리가 튀기던 공을 멈췄다. 지팡이를 잡은 닉의 손마디에 힘이 들어갔다.

"이봐." 조이가 양손을 쳐들었다. "그냥 솔직히 말해주는 거야, 닉. 파트너라면 응당 그래야 하잖아." 그는 찰리를 차갑게 쏘아보고 탈의실로 사라졌다.

찰리가 공을 떨어뜨렸다. 그는 내 옆으로 다가와 자판기를 힘껏 흔들었다. 초코볼 한 봉지가 치즈 크래커 옆에 떨어졌다. 분명 초코볼 값은 안 넣었는데. 찰리는 내게 꾸벅 인사하며 과자 두 개를 건넸다. "숙녀분이 시장하시다잖아, 닉. 자네가 식사 대접을 못 하면 나라도 해야지." 찰리는 닉의 어깨를 툭 치고는 공을 드리블하며 탈의실로 향했다.

"미안해요." 닉이 두 사람 뒤에서 닫히는 문을 보고 눈살을 찌푸렸다. "조이가 왜 저러는지 모르겠어요. 당신이 저녁 식사를 거절한대도 이해해요. 기숙사까지 바래다드리죠."

"아니에요." 내가 재빨리 대꾸했다. 닉이 방에 있는 하비를 보는 것만은 막아야 했다. 배관을 타고 내려가는 모습을 본다면 더 큰일일 테고. 나는 닉의 뒤편 탈의실을 슬쩍 보았다. 자동판매기 과자로 저녁을 때우고 조이와 다시 마주칠 위험을 감수하는 쪽과, 닉이랑 주방에 가서 따뜻한 음식을 먹으며 궁금한 것들을 물어보는 쪽. 둘 중 하나를 택해야 한다. 나는 어깨에 운동 가방을 걸쳤다. "배고파 죽겠어요. 어서 가요."

13

닉과 함께 구내식당 건물로 천천히 걸어갔다. 횡단보도 앞에서 잠시 멈추어 경찰차가 지나가기를 기다렸다. 나는 그 차가 출구 차선을 서서히 지나 정문을 나가는 모습을 지켜보았다. 검문소 내부의 야간 당직자가 누구인지 알아볼 수 있었다. 순찰차가 다가가자 그는 휴대전화에서 고개를 들고 차단봉을 여는 버튼을 누르며 운전자에게 손짓했다.

이 연수원을 떠나는 일이 더없이 간단해 보였다.

"학생이 캠퍼스를 벗어나는 게 그렇게 큰일인가요?"

닉은 지팡이로 횡단보도를 딱딱 짚으며 곰곰 생각했다. "사실 그렇지도 않아요. 진짜 나가더라도 돌아왔을 때 몸수색을 받는 정도겠죠."

"그렇다면 조이는 왜 그리 언짢은 걸까요?"

"조이는 당신이 나갈까 봐 언짢은 게 아니에요. 당신이 '나랑' 나가는 게 싫은 거지."

"왜요?"

"내가 조금만 순진했다면 조이가 우리 사이를 질투하는 줄 알았을 거예요."

나는 터지려는 웃음을 참았다. "왜 그렇게 생각했을까요?"

"관심이 지나치잖아요. 당신에 대해 어찌나 꼬치꼬치 캐묻는지."

목덜미의 털이 곤두섰다. "뭘 물었는데요?"

닉은 어찌 대답할지 고민하는 듯 잠시 말이 없었다. "대부분은 당신과 나의 관계에 대한 질문이었어요. 당신을 언제부터 알고 지냈는지, 우리가 어떻게 만났는지, 우리 사이에 뭔가가 있었는지."

"뭔가라뇨?"

"우리가…… 얼마나 가까운 사인지 궁금한 거죠." 그가 나를 곁눈으로 흘끔거렸다.

그가 뭐라고 대답했는지 궁금했지만 티 내지 않으려 애썼다. "그래서 뭐라고 했어요?"

"알 거 없다고 했죠." 우리 사이에 어색한 침묵이 맴돌았다. 석 달 전에 닉의 차에서 나눈 키스도 포함되는 건가? 내가 그것을 원했던가? 무엇보다, 그러거나 말거나 조이가 무슨 상관이지? 닉이 겸연쩍은 얼굴로 말했다. "이런 말 괜히 꺼냈나 봐요. 조이도 별 뜻 없었을 거예요. 그냥…… 일 얘기 말고 다른 화젯거리를 꺼내고 싶었는지도 모르죠. 내가 아직 자신에게 마음을 완전히 열지 못했다고 느끼나 봐요."

"왜죠? 둘이 잘 지내는 줄 알았는데."

닉이 희미하게 고개를 저었다. "정확히 뭐라 꼬집어 말할 수 없는데요, 핀." 그가 잘 들리지 않을 만큼 목소리를 낮췄다. "조이는 참

든든하고 괜찮은 파트너예요. 일부러 재수없게 군다고는 생각지 않아요."

"그냥 원래 그런 사람이다?"

닉의 얼굴에 웃음이 번졌다. 그는 구태여 부인하지 않았다. "조이는 너무 직설적인 게 흠이죠. 그래서 본의 아니게 사람들에게 불쾌감을 줄 때가 있어요."

"찰리는 조이가 왜 못마땅할까요?"

"눈치챘어요?"

"눈치 못 채기가 더 힘들죠."

모퉁이를 돌아 식당으로 향하면서 닉은 어깨를 으쓱했다. "찰리의 불만도 남들과 다르지 않을 거예요. 조이는 질문이 너무 많죠. 그게 사람들 기분을 거스르나 봐요. 후임자로서 힘든 점도 분명히 있을 거예요. 옆에 다른 사람이 없을 때는 당연히 파트너한테 의지할 수밖에 없을 텐데, 조이 앞에는 찰리의 그림자가 길게 드리워져 있잖아요. 조이가 질투를 느낀다는 내 표현이 별로 틀리지 않을 거예요."

"찰리는 참 괜찮은 분 같아요."

"당신도요." 닉은 식당 차양 밑에서 잠시 걸음을 멈췄다. 그가 나를 돌아봤다. 무슨 생각을 했는지 닉은 입술을 벌렸다가 다시 다물었다. 그가 카드 키를 스캐너에 대고 문을 열어주며 말했다. "들어가요. 내가 저녁을 준비하는 동안 몸 좀 녹여요."

그가 무슨 말을 할 참이었는지 궁금했다. 닉은 나를 주방으로 안내했다. 머리 위 쨍한 형광등 대신, 그는 조리대 위 은은한 조명 몇 개를 밝혔다. 그러고는 내 외투를 앞치마 옆에 걸었다. "편히 쉬고 있어요. 뭐 좀 마실래요? 주스? 우유?" 그는 지팡이를 딸깍거리며 시체 여섯 구는 들어갈 법한 대형 스테인리스 냉장고로 다가갔다. "미안하지만 펠릭스의 레스토랑만큼 고급스럽지는 않아요."

나는 웃음을 터뜨렸다. "그래도 여기가 훨씬 낫죠! 혹시 커피 있어요?" 나는 눈을 비비며 물었다.

"밤샐 거예요?"

"실비아한테 원고를 보내야 해요."

"직원 휴게실에 가봐요. 좀 남아 있을 거예요. 미리 말해두는데, 스타벅스를 기대하면 안 돼요."

"알았어요." 문틈을 지나 어두컴컴한 구내식당에서 직원 휴게실로 이어지는 비상등을 따라갔다. 익힌 브로콜리 냄새가 감돌았다. 한 시간쯤 전에 그것이 있었다는 유일한 흔적이었다.

직원 휴게실 문은 잠겨 있지 않았다. 조명을 켰다. 맞은편 벽에 걸린 화이트보드에 내 이름이 빨간색으로 적혀 있었다. 그 위에 표가 그려져 있었다. 맨 왼쪽 열에는 학생팀이 나열되었고 그 옆에 점수가 적혀 있었다. 다음 열의 숫자는 우리가 획득한 점수가 아니라 순위였다. 내기가 진행 중인 모양이었다. 베로와 내가 선두였다!

언니 말이 과장이 아니었다. 강사들이 정말로 우리에게 돈을 걸고 있었다. 몇몇은 다른 팀에 걸었지만, 대부분은 베로와 나를 택했다. 우리가 완전히 망한다는 데 건 사람은 딱 한 명, 조이 밸러펀트뿐이었다.

뒤숭숭한 마음으로, 수납장에서 잔을 꺼내어 커피를 따랐다. 은빛 유리 주전자에 남은 찌꺼기는 쓰지만 아직 따뜻했다. 커피를 홀짝이며 문으로 향하다가 디저트가 담긴 쟁반 옆에 멈췄다. 재빨리 문 쪽을 살핀 다음 비닐 덮개를 들고 쿠키 두 개를 집어 운동복 주머니에 챙겼다. 티가 나지 않게 나머지 과자를 재배치하고 조명을 껐다.

휴대전화가 진동했다. 화면에 엄마 이름이 떴다.

"엄마?" 나는 주방 밖에서 전화를 받았다. "지금은 통화하기가 조금 곤란해. 나중에 다시 전화해도 될까?"

"엄마! 안녕?"

걸음을 멈추고 발신자를 제대로 봤는지 화면을 확인했다. 딜리아가 어떻게 우리 엄마 전화로 연락했지? "딜리아였구나. 할머니가 아빠 집에 오셨니?" 스티븐이 우리 엄마를 자기 집에 부를 이유가 무엇일까? 스티븐이 집을 나간 이후로 두 사람은 같은 공간에 발을 들여놓은 적이 없는데.

"아니. 아빠랑 재크랑 나랑 비밀 임무를 추행하러 우리 치베 갔다가 할머니 할아버지 치베 온 거야."

"비밀 임무? 재밌었겠다." 무슨 소리일까? 스티븐이 갖고 있던 내집 열쇠는 석 달 전에 베로가 압수했는데. "아빠가 집에 어떻게 들어갔어?"

"그게 체일 채미이쳤는데 말이야." 빠진 앞니 구멍으로 혀가 미끄러지면서 발음이 샜다. "일단 차람들 눈에 띄지 않게 뒤뜰로 들어가쳐. 그리고 아빠가 츠크루드라버로 창문을—."

"스크루드라이버를 썼다고?"

"맞아! 하지만 아빠는 몸집이 커서 창문으로 들어갈 수 없었쳐. 그래서 창문을 열어주기만 하고 내가 대신 올라가쳐 아빠랑 재크가 들어올 추 있게 뒷문을 열어줘쳐. 재크랑 내가 츠파이처럼 몰래 들어가츠니까 해거티 부인도 우리를 못 봤겠치." 딜리아가 혼잣말을 하듯 속삭였다.

"엄청 재밌었겠다." 전남편을 스크루드라이버로 살해하는 것도 그만큼 재밌으려나? "아빠도 스파이였어?"

"아빠는 계속 욕을 했쳐. 열쇠를 찾아도 안 보이니까 '씨' 뭐라고 했쳐." 바람 피우는 걸 알고 스티븐을 집에서 쫓아낸 후, 그가 테리사를 위해 숨겨둔 열쇠는 없애버렸다. "창문에 끼어쓸 때도 욕을 해쳐. 그리고." 딜리아가 갑자기 목소리를 높였다. "아빠가 2층에서 벽창을 정리하는 차이에 재크가 놀이방 카펫에 초콜릿 치럽을 쏟으니까 아주 나쁜 말을 다 해쳐."

"벽장에서?" 나는 말을 멈췄다. 스티븐이 내 옷장에서 발견한 무언가가 아이들을 우리 엄마 집으로 데려간 이유가 되었을까? "딜리아, 지금 아빠랑 같이 있어?"

"아니, 오늘은 할머니랑 할아버지 집에서 자기로 해쳐."

"할머니 좀 바꿔줄래?"

"할머니랑 할아버지가 뉴츠를 보고 있어서 재크랑 내가 재미있는 걸 못 봐. 할머니는 나보고 처른 찰이 될 때까지 아이패드를 쓰면 안된대. 컴퓨터에는 나쁜 차람들이 엄청 많다면쳐."

"그래, 그건 할머니가 제일 잘 알지." 나는 관자놀이를 손으로 누르며 휴대전화를 들고 주방에서 멀찍이 떨어졌다. "할머니 좀 바꿔줘."

부스럭대는 소리가 들리더니 엄마가 전화를 받았다. "핀레이니?"

"아이들이 왜 거기 있어? 스티븐은 어디 가고?"

"모른다."

"모른다니?"

엄마가 목소리를 낮췄다. "그래도 멀쩡히 살아서 갔으니까 걱정 마라, 핀레이."

나는 콧등을 꼬집었다. "애초에 그 집에는 왜 갔대?"

엄마가 여닫이 문을 휙 닫고 주방으로 들어가 소곤거리듯 말했다. "오늘 오후에 스티븐이 전화로 우리 집에 가도 되냐고 묻는 거야. 목소리에 잔뜩 골이 나 있었어. 처음에는 걱정이 되더라고. 스티븐이 혹시…… 그 일에 대해 알게 됐나 싶어서. 그런데 아이들을 데려가도 되는지 묻더라고. 급한 일이 생겨서 오늘 밤에 아이들을 맡길 사람이 필요하다면서. 그래서 우리 집에 데려오라고 했지."

빌어먹을 스티븐. "그가 어디로 갔는지는 알아?"

"말을 안 하더라. 그냥 중요한 일이라고만 하고."

휴대전화를 귀에서 떼고 시간을 확인했다. "미안. 스티븐이 아이들을 이렇게 엄마한테 떠넘길 줄은 몰랐어. 내가 데리러 가야겠어. 우버를 불러서 아이들 취침 시간 전에 그쪽으로 갈게." 닉에게 부탁하면 태워줄지도 모른다. 베로는 여기 계속 있어도 된다. 하비가 차를 해체해서 돈을 마련할 때까지 베로는 기숙사에 있는 편이 안전할 것이다.

"아서라. 애들이 와 있으니까 좋은데, 뭘. 넌 경찰 교육인지 뭔지 끝까지 받아. 아이들은 교육 마치고 데려가면 되지." 엄마가 송화구를 막은 듯 아빠 목소리가 희미하게 들렸다. "끊어야겠다. 네 아빠가 등이 쑤시는데 찜질팩을 못 찾겠대."

"아빠한테 얼른 나으라고 전해줘. 아이들한테 나 대신 뽀뽀해주고. 고마워, 엄마."

통화가 끝나자마자 스티븐의 번호를 눌렀다. 음성사서함으로 연결되었다. "스티븐? 핀레이야. 방금 엄마랑 딜리아랑 통화했어." 나는 나무라는 투로 덧붙였다. "급한 일이 생겼다며? 당신이 오늘 오후에 우리 집에 침입한 것과는 상관없는 일이었으면 좋겠네. 이 메시지 확인하면 전화해."

나는 휴대전화를 호주머니에 넣고 커피를 주방으로 가져갔다. 군침 도는 향이 나를 맞이하자 스티븐 따위는 뇌리에서 사라졌다. 쇠고기, 양파, 마늘이 담긴 팬이 가스레인지 위에서 쉭쉭거렸다. 닉은 셔츠 소매를 팔꿈치까지 걷어붙이고 허리에 빨간 앞치마를 두른 채 나를 등지고 서 있었다. 그는 한 손으로 지팡이를 짚고서 다른 손으로 음식을 저었다.

내 뒤의 문이 닫히자 그가 이쪽을 돌아봤다. "한참이나 어디 갔었어요? 커피 찾다가 길 잃은 줄 알았잖아요."

"미안해요. 엄마 전화 받느라."

닉은 숟가락을 내려놨다. "무슨 일 있어요?"

"별일 아니에요. 그냥…… 스티븐 때문에요." 닉의 걱정을 덜어주고 싶었다. 아이들은 부모님 집에 무사히 잘 있고 스티븐은 지금 이 순간 가장 생각하기 싫은 사람이었다. "메뉴가 뭐예요?" 배가 꼬르륵거려 가스레인지 위에서 끓고 있는 냄비를 기웃거렸다.

"내 집이 아니라 칠리 콘 카르네랑 비스킷은 안 되고, 오늘은 스파게티를 만들려고요."

"좋은데요. 뭘 도와드릴까요?"

앞치마를 걸친 닉이 나를 돌아보며 미소 짓자 현기증이 날 것 같았다. "그냥 편히 있으면서 말상대나 해줘요." 그는 나름대로 정성껏 차린 식탁을 가리켰다. 의자 두 개와 식탁보, 냅킨, 식기가 준비되어 있었다. 한가운데에 유리병이 놓였고, 투명 플라스틱 컵 두 개에 포도주스가 따라져 있었다. 나는 의자 하나를 조리대로 끌고 가서는 빵 조각에 마늘과 버터를 듬뿍 바르는 닉을 턱을 괴고 지켜보았다. 따뜻한 커피가 위장으로 들어가자 눈꺼풀이 스르르 감기고 하루의 스트레스가 녹아내렸다.

"아카데미 첫날인데, 어땠어요?" 그가 빵을 오븐에 넣으며 물었다.

"힘드네요." 솔직히 털어놓았다. "하마모토 경위님한테 혼쭐이 났잖아요. 회복이 안 될지도 몰라요."

닉은 웃음을 터뜨리며 절뚝절뚝 냉장고로 다가갔다. "위로가 될지 모르겠지만 당신이랑 베로, 오늘 정말 최고였어요."

닉이 채소 칸을 뒤지는 모습을 그윽한 시선으로 바라봤다. 피로 때문인지, 그와 편하게 대화를 나누고 있어서인지, 앞치마를 걸친 그 모습이 너무 근사해서인지, 불쑥 이 말이 튀어나왔다. "내가 아카데미에 안 오기를 바란 이유가 뭐예요?"

그는 한 팔로 양상추 한 포기, 오이 한 개, 토마토 한 개를 안은 채 냉장고에서 나를 돌아보며 미간을 찌푸렸다. "그게 무슨 소리예요?" 그는 일그러진 얼굴로 가스레인지 옆에 놓인 도마 앞으로 갔다.

"샘이랑 조지아가 참가를 권했을 때, 나더러 오지 말라고 한 사람은 당신뿐이었잖아요."

"아니에요." 그는 조리대에 기대어 지팡이를 모서리에 걸며 고개를 저었다. "그건 당신이랑 아무 상관 없어요, 핀. 전혀요." 그는 자신의 주위를 손으로 가리켰다. "이 모든 게…… 내근이며 서류 작업, 홍보 업무…… 죄다 나랑 어울리지 않죠." 그는 어떻게 설명할지 궁리하는 듯 팔짱을 끼고 미간에 주름을 잡았다. "다른 형사들이 내 사건을 맡는 것이 영 보기 싫어요. 매주 상담과 재활 훈련을 받아야 하고, 의사들이 업무 복귀 시기를 정해줄 때까지 기다리는 것도 싫어요. 찰리를 보며 나도 언젠가 그처럼 될지 모른다고 생각하는 것도 싫고요." 그 말을 하는 닉의 얼굴에 죄책감이 스쳤지만, 여태 본 적 없는 그의 솔직한 모습, 연약한 모습이 사랑스러웠다.

닉은 도마를 돌아보다가 실수로 지팡이를 바닥에 쓰러뜨렸다. 그것을 주우러 몸을 굽히다가 통증을 느낀 듯 얼굴을 찌푸렸다. 나는 얼른 일어나 지팡이를 주웠다. 그것을 쥐여주며 그와 눈을 맞췄다.

"고마워요." 그의 목소리가 거칠었다.

"별말씀을요." 나는 지팡이를 놓는 것도 잊은 채 속삭였다. 우리 둘 다 한참 동안 움직이지 않았다.

가스레인지 옆에서 타이머가 울렸다.

우리 사이의 마법이 풀린 듯, 내가 지팡이를 놓으며 헛기침을 했다. "스파게티가 다 됐나 봐요. 샐러드 만들까요?"

"앉아 있어요." 그가 타이머를 집으며 나를 만류했다. "내가 금방 만들 수 있어요."

나는 의자를 식탁으로 밀고, 술이었으면 더 좋겠다고 생각하며 포도주스를 꿀꺽꿀꺽 마셨다. 도움이 필요하냐고 재차 물었지만 닉은 주방에서도 다른 모든 곳에서만큼 자신만만해 보였다. 그는 조리대와 가스레인지 사이를 오가며 샐러드를 준비하고, 파스타 면을 건지고, 오븐에서 마늘빵을 꺼냈다. 내게 손가락 하나 까딱하지 못하게 하면서 한 손으로 샐러드와 접시를 식탁으로 분주히 옮겼다.

"엄청 맛있어 보여요." 파스타가 수북이 담긴 접시를 보고 말했다. "요리는 어디서 배웠어요?" 마늘빵을 한입 베어 물었다. 버터를 흠뻑 머금은 빵이 바삭하고 따뜻했다. 나는 행복에 겨워 탄성을 질렀다.

"시행착오의 결과죠." 닉이 의자에 앉아 접시를 내려놓으며 말했다. 호기심 가득한 내 표정을 보고 그가 설명했다. "어릴 때 어머니가 '투 잡'을 뛰셨거든요. 내가 저녁마다 여동생이랑 같이 먹을 밥을 준비해야 했죠."

"아버지는 어디 계셨어요?" 나는 파스타를 한입 가득 우물거리며 물었다.

"내가 여덟 살 때 떠났어요. 그 후로는 소식을 못 들었고요."

나는 깊은 연민을 느끼며 접시에서 눈을 들었다. 스티븐도 나를 떠났지만, 적어도 그는 아이들을 외면하지 않았다. "힘들었겠어요."

"꼭 스튜처럼 말하네요." 그가 나를 놀렸다. "설마 시간당 상담료를 청구하는 건 아니겠죠?"

"무슨 소리예요? 당신이 저녁을 차려줬잖아요. 돈은 내가 내야 되겠는데요."

웃음이 가라앉고 우리는 음식을 씹으며 서로를 번갈아 흘끔거렸다.

"당신 책은 어떻게 되어가는지 궁금했어요."

"내 책요?"

"12월에 집필하던 소설 있잖아요. 실종된 변호사는 어떻게 됐는지. 끝났어요?"

피가 뺨으로 쏠리는 기분이었다. "아니요." 나는 파스타를 보면서 말했다. "실비아는 아직 멀었대요. 결말을 수정해야 한대요." 그녀의 (또는 그 택시 기사의) 제안은 별로 생각하고 싶지 않았다. 닉이 앞치마를 두르고 저녁 식사를 준비하는 모습을 본 지금은 에이전트가 내게 기대하는 장면을 상상하기가 훨씬 쉬울 것 같았지만.

닉은 생각에 잠긴 듯 이마를 찡그렸다. "지난번에 결말이 뜻대로 안 풀린다고 했잖아요. 그 변호사가 다음 편에서 다시 등장하나요?"
나는 한쪽 눈썹을 치켜올렸다. "스포일러를 원하는 게 아니라요." 그
가 서둘러 덧붙였다. "그 남자가 아직도 곁에 있는지 궁금해서요."

닉은 줄리언의 이름을 몰랐고, 내가 변호사를 만났다는 것과 내
책에 나오는 변호사의 수상한 실종이 우리의 실제 경험과 비슷하다
는 정도만 알았다. 나는 빈 접시를 보고 빙그레 웃었다. "그 이야기는
끝났어요. 주인공이 마음을 접었죠. 이제 주인공 곁에는 믿음직한
친구만 남았어요."

'둘이서 손을 잡고 절벽으로 차를 몰았잖아요.'

내가 그의 빈 접시로 손을 뻗었다. "당신이 요리를 했으니 설거지
는 내가 할게요."

닉이 도우려고 자리에서 일어났다. "미안해서 뭐라도 해야겠다 싶
었어요. 지난번 저녁 식사는 데이트라 부르기도 뭣하잖아요." 그가
접시를 놓을 때 우리의 어깨가 스쳤다. 내 반응을 의식한 듯, 데이트
라는 단어에 망설임이 담겨 있었다.

"데이트가 아니었으니까요."

"데이트든 아니든, 정말 멋진 저녁이었어요."

"펠릭스의 레스토랑에서 쫓겨나고 쓰레기통에도 들어갔죠. 벌써
기억이 가물가물한가 봐요?"

포크로 향하는 내 손을 닉이 잡았다. 그의 손은 따뜻했고, 짓궂은
미소는 내 얼굴 가까이 다가와 있었다. "그날 저녁 일은 또렷이 기억
해요. 지로프의 레스토랑은 내가 당신을 데려가고 싶었던 곳이 아니
고요."

침을 꿀꺽 삼켰다. 소설에서는 이 순간 형사의 시선이 킬러의 입술

로 옮겨간다. 그녀는 눈을 감는다. 숨이 가빠온다. 그와 함께할 생각
에 그녀는 가슴이 두근거린다.

'그녀는 오랫동안 도망 다니기만 했다. 그는 그녀를 갈망하며 내내
바짝 뒤를 쫓았다. 하지만 그의 손이 그녀의 손목을 부드럽게 감싸
쥔 지금, 그녀가 달아날 곳은 어디에도 없었다.

그녀는 달아나고 싶지 않았다. 적어도 오늘 밤은.

결코 함께하지 못할 달콤한 미래를 약속하는 그의 입술에 그녀는
손가락을 댔다. 그녀가 감옥에 가지 않을 거라고 그가 장담할 수 있
을까. 그녀는 죄를 지었는데. 그가 그녀를 안전하게 지켜줄 수 있을
까. 그의 친구들로부터, 혹은 적들로부터.

하지만 오늘 밤만큼은 예외였다.

머나먼 이곳에 그녀의 정체를 아는 사람은 없다.

그녀는 그의 셔츠를 붙잡고 입술을 맞부딪쳤다. 운명의 그날 밤 이
후 처음 나누는 키스는 절박하면서도—.'

"핀? 괜찮아요?" 닉이 근심 가득한 얼굴로 나를 굽어보았다.

나는 그를 올려다보았다. 내 손이 그의 앞치마를 움켜쥐고 있었다.

"괘, 괜찮아요." 나는 헛기침을 했다. "그냥 현기증이 좀 났어요. 탄
수화물을 통 못 먹었더니."

'디저트는 꿈도 꾸지 마. 디저트 생각은 접어. 넌 디저트를 원하지
않아. 먹을 필요도 없어!'

닉이 내 이마에 손을 짚었다. "좀 앉아 있어요. 얼굴이 빨갛고 맥박
도 좀 빠르군요."

"정말요?"

구내식당 어딘가에서 문이 열렸다. "닉!" 조이의 목소리가 식당에 쩌렁쩌렁 울렸다. 나는 닉의 앞치마에 거품과 주름을 남긴 채 손을 놓았다. 아직도 무릎이 후들거렸다. 주방 문이 벌컥 열렸다. 조이가 내가 있는 줄도 모르고 곧장 가스레인지 앞으로 달려왔다. "어이, 파트너, 냄새 좋은데! 무슨 요리야?"

닉이 지팡이로 바닥을 쾅쾅 찍으며 조이에게 다가갔다. "중요한 일이에요?"

조이는 닉의 앞치마에 서류를 끼웠다. "약물 검사 보고서가 들어와서."

"내일 검토해도 되잖아요." 닉은 그것을 돌려주려 했다.

조이는 소스팬 뚜껑을 들고 손가락으로 찍어 맛을 보더니 조리대 위에 접시가 있는지 살폈다. "들어봐…… 희생자 네 명한테서 마리화나, 아편, 코카인이 검출됐어…… 그건 예상을 벗어나지 않지. 그런데 희생자 5호는—."

닉은 뚜껑을 빼앗아 다시 냄비에 덮었다. "내일 확인한다고 했잖아요." 그가 내 쪽으로 고갯짓했다.

조이가 몸을 돌렸다가 나를 보고 흠칫했다. 그의 눈이 주방과 희미한 조명, 식탁보, 우리가 미처 치우지 못한 주스 잔을 훑었다. 그는 천천히 닉을 돌아보았다. 닉은 그를 노려보며 따질 기세였다.

나는 엄지손가락으로 출구를 가리켰다. "전 이만 가볼게요."

"여기 있어요." 닉이 서류철을 떠밀며 조이에게 말했다. "갈 데가 있을 텐데요?"

"새머러가 알아서 할 거야."

"시간표에 적힌 이름은 새머러가 아닌데요."

조이의 턱에 힘이 들어갔다. 그는 닉의 앞치마에 찍힌 젖은 손자국을 노려봤다. "그럼 아침에 보자고, 파트너. 혹시라도 그 전에 정신이 돌아올지 모르니 보고서는 책상 위에 둘게." 그는 봉투를 들고 문이 부서져라 열어젖히며 밖으로 나갔다.

14

설거지를 하고 남은 음식을 치우는 내내 닉은 말이 없었다. 우리 사이에 타올랐던 불꽃은 조이가 들이닥친 순간 완전히 꺼졌다. 문을 잠그기 전에 주방을 한 번 더 둘러보는 닉의 모습에 좌절감이 감돌았다. 조이가 쳐들어온 덕에 내가 공개된 장소에서 닉의 앞치마를 찢고 민망한 짓을 벌이지 않아 다행이라 해야겠지만…… 나 역시 실망스럽기는 마찬가지였다.

나를 바래다주는 닉과 나란히 걸으며 눈으로는 기숙사의 벽돌담을 훑었다. 우리 방에 불이 켜져 있었다. 닉이랑 같이 가고 있다고 베로에게 잽싸게 경고 문자를 보낸 다음 하비가 이미 떠났기를 바라며 휴대전화를 주머니에 넣었다.

닉이 기숙사 건물 입구에 멈췄다. 아카데미 학생 한 무리가 전부 문 밖으로 나올 때까지 우리는 어색한 침묵 속에서 기다렸다. 그중 여자 몇 명(그리고 적어도 남자 한 명)이 지나가면서 닉에게 추파를 던지자, 나는 닉을 놀리고픈 충동을 참으며 혀를 깨물었다. 마지막으로 나오는 맥스와 라일리를 보고, 닉의 등 뒤에 몸을 숨겼다.

하지만 맥스의 눈에 띄고 말았다. "안녕하세요, 핀레이! 베로랑 같이 영화 보러 가시죠? 로디 경관님이 팝콘도 튀긴대요!"

"오늘이 영화 보는 날이었어요?" 닉에게 물었다.

"강당에서 〈양들의 침묵〉을 본대요. 30분 뒤에 시작해요."

나는 몸서리를 치며 맥스에게 외쳤다. "고맙지만 됐어요."

닉은 웃음을 참으며 마지막 사람이 사라지기를 기다렸다가 내 손을 잡았다.

"오늘 일은 미안해요." 그는 누가 엿들을세라 목소리를 낮췄다. "내 파트너가 들이닥치기 전까지만 해도 분위기가 좋았는데."

"나도 즐거웠어요. 저녁 잘 먹었어요."

그는 내 뺨에 담백하게 입을 맞췄다. 고개를 돌려 그의 입술에 키스하고픈 충동을 참느라 엄청난 의지력을 동원해야 했다. "내일 일정은 꽤 힘들 거예요. 푹 자둬요."

"당신도요." 그가 물러나자 나는 가쁜 숨을 몰아쉬었다.

닉은 내가 출입증을 스캔하고 안으로 들어간 후에 문이 완전히 닫힐 때까지 기다렸다가 건물을 떠났다. 나는 계단을 두 칸씩 뛰어올라 우리 방문 앞에 귀를 대고 확인한 다음 문을 열었다.

베로가 침대에서 벌떡 일어났다. "어, 혼자 왔네요?" 그녀가 매트리스에 엎드려 베개를 머리에 덮었다.

"저녁거리 가져왔어요." 나는 호주머니에서 쿠키를 꺼냈다.

"배 안 고파요."

"초콜릿 칩밖에 없더라고요."

베로가 베개를 매트리스에 떨어뜨리며 벌떡 일어났다. 나는 쿠키

두 개를 그녀의 무릎에 놓으며 물었다. "하비는 어디 있어요?"

베로가 쿠키를 우물거리며 대답했다. "갔어요. 돈이 마련되면 연락한대요. 당신은 어디 갔다 온 거예요?"

"저녁을 놓쳤어요. 그랬더니 닉이 나를 주방에 데려가서 요리를 해줬죠."

그녀는 쿠키를 씹던 것도 잊고 기대에 찬 눈빛으로 나를 보았다. "디저트도 있었나요?"

"조이가 들어오는 바람에 식욕이 달아났죠." 나는 신을 벗고 침대에 털썩 앉았다. "우리가 아카데미에 들어온 이후로, 조이는 내가 점점 더 못마땅한가 봐요. 자기 파트너 옆에 얼씬하는 것도 싫어해요."

"그보다 닉이 하는 일에 기웃대는 게 싫겠죠. 뭔가 숨기는 게 있는 게 분명해요."

나는 천장을 응시하며 생각했다. 강사들은 일주일 동안 이곳에 머무르며 사건과 통상 업무를 처리할 임시 사무실을 배정받았다. 나는 일어나 앉아 침대 옆으로 다리를 늘어뜨렸다. "일정표 갖고 있어요?"

내가 갑자기 재촉하자 베로는 눈살을 찌푸렸다. 그녀는 배낭에서 수업 시간표를 꺼내어 내게 건넸다. 나는 조이의 이름이 있는지 훑으며, 주방에서 닉이 조이더러 오늘 저녁에 갈 데가 있지 않냐고 했던 말을 떠올렸다. '영화의 밤' 진행자를 확인했다. 로디 경관과 조이의 이름이 적혀 있었다.

'혹시라도 그 전에 정신이 돌아올지 모르니 보고서는 내 책상 위에 둘게……'

조이의 사무실이 열려 있을 거라는 뜻이다. 영화는 적어도 두 시간 동안 상영될 것이다. 나는 일정표를 넘겨 캠퍼스 지도를 들여다봤다.

"어디 가게요?" 내가 일어나 코트를 걸치자 베로가 물었다.

"염탐하러요."

베로는 눈을 가늘게 뜨고 신발을 신는 나를 보았다. "당신이 염탐을 한다면, 나는 뭘 해야 되죠?"

"〈양들의 침묵〉 어때요?"

강당 창문을 들여다봤다. 영화는 이미 시작되었다. 조이는 뒷줄 통로쪽 자리에 팔짱을 끼고 앉아 있었다. 로디가 계단을 오르내리며 팝콘이 가득 담긴 종이 봉투를 나눠주었다. "염탐은 내가 맡기로 했잖아요." 강당으로 떠밀리며 베로가 항의했다.

"염탐을 하면 쫄쫄 굶어야 되고 감시를 하면 팝콘을 먹을 수 있죠." 로디가 직원 휴게실 전자레인지를 주방 카트에 실어 강당으로 가져왔다. 그것을 복도의 콘센트에 꽂았다. 그 옆의 테이블에는 탄산음료가 든 캔과 전자레인지용 팝콘 용기가 놓여 있었다.

베로가 간식 카트를 훑어보고 콜라를 챙겼다. "좋아요. 염탐은 양보하고 나는 감시를 맡을 게요. 암호는 뭘로 정하죠?"

"암호라뇨?"

"조이가 그쪽으로 간다고 당신한테 경고 문자를 보낼 때 쓸 암호죠." 베로가 창문을 들여다봤다. "한니발 렉터 어때요? 조이가 한니발 렉터를 좀 닮았잖아요. 당신을 쳐다볼 때 간이라도 빼먹을 듯이 눈에 광기가 서리는 게—"

"들어가요!" 그녀를 문으로 밀며 속삭였다. "암호 같은 건 필요없어요. 영화가 이제 막 시작됐으니 시간은 충분해요."

나는 사무실 쪽으로 걸음을 옮겼다. 지도에 표시된 방 번호와 강사들의 이름을 대조하며 오늘 밤에는 늦게까지 일하는 사람이 없기를 기도했다.

조이의 사무실은 어둑한 복도 끝에 있었다. 문이 닫혀 있기에 손잡이를 돌려보았다. 잠기지 않은 것을 알고는 마음이 놓이는지 겁이 나는지 헷갈렸다. 들어가서 문을 닫았다. 심장이 콩닥거려 문에 기대고 서 있었다. 창가로 달려가 블라인드를 닫고 불을 켰다.

들어왔어요.

베로에게 문자를 보냈다.

베로가 사진 한 장으로 회신했다. 어둡고 약간 흐릿한 이미지였다. 얼굴 가까이 가져와 자세히 들여다봤다. 조이가 웅크리고 앉아 고개를 뒤로 젖히고 눈을 감은 모습이었다.

휴대전화를 주머니에 넣고 방을 둘러보며 무엇부터 시작할지 생각했다.

책상 위에 조이의 랩톱이 열려 있었다. 터치패드로 손을 뻗는 순간 휴대전화가 또 진동했다.

베로: 장갑 끼는 거 잊지 마요.

핀레이: 젠장.

베로: 이래서 염탐은 내가 해야 된다니까.

핀레이: 닥치고 팝콘이나 먹어요.

외투 주머니에서 꺼낸 손모아장갑을 끼면서, 사전에 철저히 준비하지 않고 임시변통에 기대는 나 자신이 한심하다고 생각했다. 뭉툭한 모직 손가락으로 스페이스바를 눌렀다. 비밀번호를 입력하라는 메시지가 뜨자 욕을 주절대며 랩톱을 내려놨다.

조이의 책상 서랍을 열었다. 내용물은 빈약했다. 한 주 동안 사용할 최소한의 물품이 전부였다. 스테이플러, 점착식 메모지, 이쑤시개 한 통, 펜 한 줌, 까놓은 껌 한 통…….

"분명히 뭔가 숨기고 있어." 그의 책상에서 돌아서며 중얼거렸다.

문 뒤의 고리에 그의 가죽 재킷이 걸려 있었다. 그것을 툭툭 두드리다가 호주머니에 든 열쇠 뭉치를 꺼냈다. 장갑 위에 펼쳐 가장 작은 열쇠를 골랐다. 방을 훑어봤다. 책상과 창문 사이에 문서 보관함이 보였다. 열쇠를 끼우자 딸깍 소리가 났다.

금속 서랍이 스르르 열렸다. 장갑 낀 손으로 담배 한 갑을 옆으로 치우고 그 밑의 내용물을 살폈다. 수업 시간표, 강사 비상연락망, 학생 명단, 쓰다 만 보고서 한 묶음, 서류 무더기. 색인표에 적힌 이름을 확인하다가 아는 이름을 보고 동작을 멈췄다. 찰스 콕스.

조이가 왜 찰리의 이름이 적힌 서류철을 갖고 있을까?

서류철을 서랍에서 꺼내어 내용을 훑어보다가 그 안에 담긴 개인 정보의 방대한 양에 놀랐다. 약 20년에 걸친 고용 기록, 승진 임명장, 퇴직 기록, 찰리의 암 진단과 치료에 관한 상세한 정보, 표창장 사본과 몇 가지 사소한 징계 기록 등이 망라된 자료였다. 여백에는 손글씨로 메모가 적혀 있었다. 날짜. 전화번호. 대부분 알아볼 수 없었고 무슨 뜻인지 이해할 수도 없었다.

서류를 나머지 물건과 함께 제자리에 돌려놓으며, 조이의 앞에는 찰리의 그림자가 길게 드리워져 있다는 닉의 말을 떠올렸다. 조이는 닉의 옛 파트너에 대해 최대한 많이 알면 그를 넘어설 수 있다고 생각한 모양이다. 지금은 두 사람 사이에 어떤 경쟁이 벌어지고 있는지 신경 쓸 여력이 없었다.

서랍을 닫고 열쇠를 조이의 외투에 돌려놓았다. 조이 밸러펀트에게 비밀이 있다면, 이런 데다 두지는 않을 터였다.

휴대전화가 진동했다. 장갑을 벗고 베로의 문자를 확인했다.

베로: 견인차.

핀레이: ???

베로: 급히 견인이 필요하면 이 암호를 보내요.

핀레이: 참 나.

베로: 뭐 좀 찾았어요?

핀레이: 아무것도.

순간 내 손가락이 화면 위에서 머뭇거렸다. 휴대전화에서 손을 떼고 주머니에 넣은 다음, 조이의 책상 위에 놓인 봉투를 집었다. 주방에서 닉에게 전하려 했던 바로 그 봉투였다.

궁금한 마음에 장갑 낀 손으로 봉투를 열었다. 약물 검사 다섯 건의 의뢰인은 펠릭스의 변호인 에카타리나 리바코프였다. 각 보고서는 부검 결과와 일치했다. 희생자 네 명은 머리에 총을 맞고 죽었다. 다섯 번째는 일산화탄소 중독으로 사망했다. 약물 검사의 양성 결과를 보고 조이가 주방에서 닉에게 하려던 말을 떠올리자 등골이 서늘해졌다.

'희생자 네 명한테서 마리화나, 아편, 코카인이 검출됐어…… 그런데 희생자 5호는—.'

다섯 번째 희생자는 케타민 양성 반응을 보였다.

희생자의 이름은 확인할 필요도 없었다. 이미 알고 있으니까. 그에게 약을 먹인 사람이 바로 나니까. 그는 펠릭스의 회계사 해리스 미클러였다. 내 미니밴에서 발견된 그의 시체를 베로와 함께 맨 먼저 묻었다.

안 돼. 안 돼, 안 돼, 안 돼, 안 돼!

몇 주 후면 펠릭스의 재판이 시작된다. 캣은 이 보고서를 어떻게 이용할 작정일까?

복도를 걸어오는 발소리에, 온몸이 뻣뻣해졌다.

젠장, 젠장, 젠장! 장갑 낀 손을 부들부들 떨며 보고서를 봉투에 넣고 조이의 책상에 올려놨다. 누가 문을 가볍게 두드리는 소리에, 쿵쾅대는 가슴을 안고 숨을 곳을 찾았다. 벽장이 없었다. 몸을 숨길 가구도 전혀 없었다.

문손잡이가 돌아갔다. 열리는 문 뒤로 얼른 들어갔다. 숨을 죽이고 벽에 딱 붙었다.

꼼짝 않고 서 있으니 문이 다시 닫혔다. 1미터쯤 앞에 서 있는 닉의 등을 보자 숨도 제대로 쉴 수 없었다. 짙은 담배 냄새를 참으며 조이의 재킷 뒤에 몸을 숨겼다. 닉은 조이의 의자에 앉아 약물 보고서를 집었다. 페이지를 살살이 훑다가 5번 사망자에 이른 순간, 그는 소리 죽여 욕설을 내뱉었다.

호주머니에서 내 휴대전화가 진동했다. 닉이 고개를 들었다. 한 손으로 잠든 랩톱 화면의 각도를 천천히 조절하는 그를 보며, 나는 숨소리도 낼 수 없었다.

역시 그랬다. 조이는 내 흔적을 찾아내 나를 체포할 작정이었다. 아이들은 괜찮을 거라고 나는 속으로 생각했다. 닉이 나를 감옥에 끌고 가도 아이들을 돌봐줄 베로가 있다고.

닉이 내 쪽으로 귀를 기울였다. 그의 의자가 회전했다. 사무실 문이 벌컥 열리며 코끝에 닿았지만 비명을 애써 삼켰다. 눈이 욱신거리고 눈물이 쏟아질 것 같았다.

부디 베로였으면.

"여기서 만날 줄은 몰랐네." 조이의 말투는 뾰족했다. "검사 보고서는 내일 봐도 된다더니."

책상 의자가 삐걱거렸다. "느긋하게 여유나 부리겠다는 뜻은 아니었어요. 선배가 강당에 한참 있어야 될 것 같아서."

조이가 끙 소리를 냈다. "베로가 왔다는 말을 듣고 타이리스가 나 대신 있겠다고 나서기에. 신참이 그 여자를 한 주 내내 강아지마냥 졸졸 따라 다니네."

나는 아주 천천히 호주머니에 손을 넣어 휴대전화의 진동을 잠재우고 베로가 조금 전에 보낸 문자를 열었다.

베로: 한니발 렉터가 방금 강당을 나갔어요.

나는 황급히 답장을 보냈다: 견인차!!!

베로: 진짜요???
핀레이: 당장 날 여기서 꺼내줘요!!!

제발, 베로가 교란 작전을 펼치러 나타나기 전에 조이가 사무실 문을 닫지 않기를 기도하며 나는 눈을 질끈 감았다.

"어떻게 생각해?" 조이가 물었다.

닉은 길게 한숨을 뱉었다. "변호인이 내세울 수 있는 건 합리적 의심이 전부예요. 내가 아는 캣이라면 이 보고서를 불독처럼 물고 늘어져 배심원들에게 의심을 심으려 할 거예요. 이 한 사람의 죽음이 그럴듯한 동기를 지닌 다른 누군가의 범행일 수도 있다고 배심원들을 설득한다면 검사의 주장에 힘이 빠지게 돼요. 한 건에 의문이 생기면 결국 살인 전부에 의문을 품을 수밖에 없고요."

"지로프가 미클러의 살인에도 관여했다는 사실을 증명하지 못한다면 말이지."

닉은 힘없고 풀 죽은 목소리로 대꾸했다. "이 보고서를 읽으니 지로프 짓이라는 확신이 약해지네요. 미클러의 아내의 진술에 따르면 케타민은 해리스가 피해자들을 납치할 때 사용한 약물이에요. 수사관들이 미클러의 사무실과 차에서 케타민 병을 발견했어요. 그렇다면…… 누가 그에게 약을 먹여 독살했나 하는 문제가 생기죠. 케타민은 미클러를 살해한 동기가 복수라는 인상을 줘요. 더구나 비폭력적인 살해 방법이라면? 범인이 여성일 가능성이 있죠. 한 번도 살인을 해본 적 없는 사람요. 다시 말해 해리스의 피해자 중 한 명일 수 있어요."

"그러면 해리스는 어쩌다 펠릭스의 다른 희생자 넷과 한 곳에 묻혔을까?"

"펠릭스의 부하들이 미클러를 찾으러 갔다가 이미 죽은 그를 발견했다면? 그저 아무도 찾지 못하도록 다른 시체들과 함께 버렸을 수도 있죠."

들으면 들을수록 속이 불편해졌다. 일부는 옳은 추리였다. 조이와 닉이 그런 방향으로 추리를 이어가면 더 큰 진실에 다다를 터였다. 해리스 미클러를 죽인 사람이 따로 있다면? 그 범인은 죽은 사람들과 모종의 관계가 있고, 시체들이 이미 그곳에 묻혀 있다는 사실을 알고서 미클러를 잔디 농장에 묻었다면?

날카로운 화재경보 소리에 나는 소스라쳤다.

"깜짝이야!" 닉이 말했다. "이건 또 뭐지?"

닉과 조이가 방을 뛰쳐나갔다. 나는 문 주위를 살피고 장갑으로 귀를 가려 경보음을 막으며 조이의 사무실을 빠져나갔다. 희미한 연기 냄새가 복도에 떠돌았다. 모퉁이를 돌다가 베로와 부딪치는 순간 비명을 질렀다.

"설마 진짜로 불을 지른 건 아니겠죠?" 내가 물었다.

그녀는 두 손가락 끝을 살짝 벌리며 한쪽 눈을 찡긋했다. "아주 작은 불이에요."

경보기가 꺼졌다. 닉과 조이가 복도를 돌아다니면서 아카데미 학생들에게 기숙사로 돌아가라고 외쳤다. 나는 베로를 여자 화장실로 끌고 들어가, 모든 칸막이 아래를 확인한 후 물었다. "어떻게 아무도 모르게 불을 지를 수가 있죠?"

"내가 지른 거 아녜요." 그녀가 세면대에 걸터앉으며 말했다. "타이리스한테 팝콘 한 봉지 만들어달라고 부탁했어요. 그가 등을 돌린 순간에 조리 시간을 늘려놓고 전자레인지에 불이 붙을 때까지 주의를 붙잡아뒀을 뿐이죠."

"어떻게 주의를 붙잡아뒀다는 건지."

베로가 눈을 굴리며 말했다. "그게 뭐가 어렵다고요. 조이 뒤는 좀
캐봤어요?"

나는 베로 옆에 기대섰다. "그보다 조이가 뭘 캐냈는지가 더 큰 문
제예요."

15

다음 날 아침, 베로와 나는 테이블 한구석에 붙어 앉아 식사를 했다. 구내식당은 오늘 있을 수업을 화제 삼아 이야기꽃을 피우는 학생들로 시끌벅적했다. 나는 두 잔째 커피를 비웠다. 그 빌어먹을 약물 검사 보고서 걱정에 밤새 한숨도 못 잤고 글 한 줄 못 썼다.

베로가 입가에 붙은 토스트 부스러기를 털었다. "우리가 싹쓸이를 찾지 못하면 그 보고서에 뭐라고 적혀 있든 별 의미가 없어요. 펠릭스가 노발대발해 경찰에 아이크 얘기를 흘리면 우리 둘 다 철창행이니까. 여기 온 지 이틀이 지났건만 성과가 없네요. 조사 범위를 넓혀야겠어요. 오늘은 어쩔 계획이에요?"

나는 시간표를 우리 사이에 펼쳤다. "우리 둘 다 하루 종일 수업을 받잖아요. 참가하는 수업마다 점수를 따고 있고요. 우리 언니는 수사 절차를, 조이는 압수 수색을 가르친다고 되어 있어요. 스튜는 피해자 보호, 새머러는 사이버 범죄—"

"나 그거 들을래요. 또 뭐가 있어요?"

"강당에서는 포렌식 강연, 훈련장에서 경찰견 시연이 있고, 소방 훈련 타워에서는 방화 시연이 있어요."

베로가 몸을 부르르 떨었다. "그런 거라면 우리 둘 다 충분히 봤잖아요. 재미있는 건 언제쯤 하죠?"

"내일은 실습 두 가지를 골라야 해요. 경찰들이랑 순찰차를 탈 수도 있죠." 나는 일정표에서 로디의 이름을 가리켰다. "나는 로디의 차를 신청할래요. 로디를 몇 시간쯤 지켜볼 수 있잖아요." 그를 우리의 유력 용의자로 올리거나 목록에서 아예 삭제할 기회였다.

"안 될 말씀." 베로가 시간표를 낚아채며 말했다. "당신은 이미 세 번이나 닉이 모는 경찰차에 탔잖아요. 로디는 내 차지예요. 당신은 웨이드한테 사격 수업을 받아요. 애스턴마틴에서 뽑은 총알, 아직 갖고 있죠?"

"내 운동 가방에 있어요."

"그것도 가져가봐요. 웨이드가 쓸모 있는 조언을 해줄지 모르잖아요."

"어디서 났다고 말해야 하죠?"

"소설가답게 지어내봐요."

맥스와 라일리가 식판을 들고 배식 줄을 벗어나 북적대는 식당에서 빈자리를 찾는 모습을 보고 우리는 입을 닫았다. 맥스는 우리를 발견하고 활짝 웃으며 다가왔다.

그녀와 라일리는 우리 맞은편에 앉았다. "어젯밤에 영화 같이 보셨으면 좋았을 텐데요." 맥스가 우유팩을 열며 내게 말했다. "끝까지 못 본 건 아쉽지만, 덕분에 소화기 사용법을 연습했어요. 불 끄는 데 소화기 두 개를 써야 했거든요."

"두 개나요? 전자레인지 팝콘에 불이 붙었다면서요?" 나는 베로에게 눈을 흘겼다. "불이 꽤 크게 났나 봐요."

베로가 슬며시 웃었다. "그래도 작가님 차기작보다 뜨겁진 않을 거예요."

"책 얘기가 나와서 말인데." 맥스가 오트밀을 뜨며 말했다. "작가님 인터뷰를 준비할 겸 어젯밤에 초기 작품 몇 편을 조사했어요. 아마존닷컴에 올라온 리뷰 24건도 다 읽었고요."

베로가 내 팔꿈치를 쿡 찔렀다. "들었어요, 핀? 그새 하나 늘었네요. 누가 썼을까요?"

라일리가 수첩을 확인했다. "'농부스티븐'이라는 독자가 그 작품을 '미국 현대 문학의 우수한 본보기'라고 평가했군요. 현실성은 조금 떨어지지만 섹스 장면도 좋다고 했고요."

베로가 두 손으로 탁자를 쾅 내리쳤다. "뭐? 섹스 장면이 좋다고? 그런 인간이 좋은 섹스에 대해 뭘 안다고!"

맙소사. 전남편이 내 책에 서평을 남기다니.

"작가님의 새 시리즈에 대한 기사도 읽었어요. 킬러를 주인공으로 하는 소설이죠? 악당 입장에서 글을 쓰는 게 여간 까다롭지 않을 텐데요." 맥스가 펜 뚜껑을 열었다. 내 말을 받아쓸 작정인가?

"주인공은 악당이 아니에요. 영웅이죠." 내가 지적했다.

베로가 끼어들었다. "전형적인 영웅은 아니죠. 인정해요, 핀. 당신의 킬러는 결함투성이잖아요."

"결함투성이라뇨. 윤리적 잣대가 얼마나 엄격한 인물인데요. 그녀는 그냥……."

"되는대로 사는 사람이죠." 베로의 말에 나는 즉각 반박했다.

"……오해를 받고 있는 거예요."

라일리는 고개를 끄덕이며 뭐라고 열심히 휘갈겼다. "맥스랑 제가 궁금한 건, 킬러의 머릿속으로 들어가기 위해 어떤 조사를 하시는지예요."

베로가 초코우유를 뿜었다.

나는 테이블 아래에서 그녀를 걷어찼다. "주로 인터넷 검색을 하죠."

맥스가 고개를 들었다. "강사 가운데 프로파일러가 없어서 유감이네요. 어제 본 영화에 나온 클래리스 스틸링 같은 사람요. 작가님의 킬러가 어떤 사람인지, 그녀가 어떤 동기로 움직이는지 깊이 이해하는 데 도움을 줄 텐데요."

나는 커피를 내려놨다. 호기심에 시간표를 집어 어떤 수업이 있는지 훑었다. 내가 벌떡 일어서자 베로가 얼빠진 표정으로 나를 보았다.

"시계 좀 봐요! 커비 박사 수업에 늦겠어요!" 나는 식판을 들며 베로를 재촉했다.

"우리 인터뷰는요!" 맥스가 뒤에서 소리쳤다.

"나중에요!" 내가 약속했다.

맥스 말대로…… 아카데미에 프로파일러는 없지만, 경찰서 전담 정신과 의사도 제법 괜찮을 듯했다.

베로와 나는 계단 앞에서 갈라지기로 했다. 베로는 새머리의 사이버 범죄 강의실로 향하고, 나는 이제 막 시작된 스튜의 수업을 찾아갔다. 뒤쪽 자리로 조용히 들어가 그에게 물어볼 질문 목록을 정리하고, 무엇보다 어떻게 총알을 손에 넣었는지 이야기를 꾸며볼 작정이었지만, 강의에 푹 빠져 내가 여기 온 이유를 잊어버렸다. 피해자의 권리 보호에 대한 그의 강의는 인신매매, 가정 폭력, 성폭력에 걸친 어둠의 영역을 폭넓게 다루었다. 실제 사건을 토대로 피해자, 사법 당국과 공조한 경험도 소개했다. 나는 그와 닉이 월요일마다 무슨 이야기를 나눴는지, 닉이 어떤 트라우마를 목격했는지 더 궁금해졌다.

스튜의 강의가 끝났고, 나는 강의실에서 뭉그적거리며 다른 학생들이 나갈 때까지 시간을 끌었다. 그는 나를 발견하고 누군지 안다는 듯 미소 지었다. 나는 내 소개를 하고 손을 내밀었다.

"반가워요, 핀레이." 그가 메신저백을 내려놓고 내 손을 잡는 순간 역시나 싶었다. "닉이 당신 칭찬을 많이 했어요."

어떻게 반응해야 할지 난감했다. 모두 스튜를 좋아하는 것 같았지만 닉은 자신의 상담 내용에 대해서는 말한 적이 없다. "고맙습니다, 커비 박사님. 질문이 있는데 잠깐 시간 내주실 수 있나요?"

"얼마든지요. 스튜라고 불러줘요." 그는 맨 앞줄의 의자를 권하며 내가 앉기를 기다렸다가 자기도 책상 모서리에 앉았다.

"닉한테 들으셨는지 모르겠는데, 저는 스릴러를 쓰는 작가이고 새 작품을 구상하고 있어요. 사실 경찰 아카데미에 참가한 것도 다음 소설에 필요한 취재를 하고 싶어서고요. 소설 속 등장인물 하나가……." 나는 잠시 주저했다. 부패한 형사를 전문 용어로 뭐라고 부르더라? "……범죄에 연루된 형사인데요."

스튜의 눈썹이 안경테 위로 솟았다. "그 잘나가는 형사는 아니었으면 좋겠네요."

"아니에요!" 그의 미소에 나는 얼굴을 붉히며 말을 더듬었다. "그쪽은 아니고요. 제 이야기에 나오는 악당도 형사거든요. 은밀히 나쁜 사람들 밑에서 일하는. 이 인물을 제대로 묘사하고 싶은데, 심리를 이해하는 데 도움을 주실 수 있나 해서요." 살짝 죄책감이 느껴졌다. 심리학자에게 거짓말을 하려니 꼭 신부에게 거짓말하는 기분이었지만, 스튜는 알아차렸는지 아닌지 딱히 티를 내지 않았다.

"어려운 질문이네요." 그가 신중하게 입을 열었다. "이런저런 이유로 법의 반대편에 선 경찰들을 상담한 적은 있지만, 사례마다 차이가 있는 데다 저마다 지닌 고유한 문제에도 영향을 받았으니까요."

"무슨 말씀이시죠?"

"법집행기관에서 일하는 사람들은 우리 같은 일반인은 도저히 견디지 못할 험한 일들을 감당하지만, 보상은 크게 따르지 않죠. 좋은 사람으로 살기가 늘 쉬운 건 아니에요. 악당이 되는 편이 차라리 쉽게 느껴질 때가 많아요."

나는 또 어떤 질문을 할까 고민하며 입술을 깨물었다. 스튜의 말을 들으니 누구라도 싹쓸이가 될 수 있을 것 같았다.

"소설에서 부패한 형사를 묘사할 때 쓸 만한, 뭔가 구체적인 단서가 있을까요?"

스튜는 안경을 콧등 위로 올렸다. "음, 현실적으로 돈은 꽤 강한 동기가 되죠. 경찰들이 땅콩을 놓고 노름을 하는 데는 다 이유가 있다니까요." 그는 뭔가 알겠다는 듯 빙긋 웃었다. "혹시 이 질문이 닉과 관계있나요?" 내가 어리둥절한 표정을 짓자 그가 덧붙였다. "소설 속 인물을 이해하고 싶으시다지만, 어쩐지 다른 일이 궁금하신 것 같아서요."

"무슨 말씀이세요?" 내가 조심스레 물었다.

"입 밖으로 꺼내기 어려운 주제를 안전하게 탐구하고 싶을 때 우리는 은유를 사용하죠. 관계에서 상처를 받은 경험이 있다면, 새 연인이 사실은 나쁜 사람이 아닌지 의심하는 것도 당연해요. 다시는 상처받지 않게 자기 자신을 보호해야 할 테니까요. 가상의 인물을 창조하는 것 역시 자신의 두려움과 트라우마를 직시하는 좋은 방법이죠. 과거를 극복하려면 어떻게 해야 하는지도 이해할 수 있고요." 그는 말을 멈추고 내게 생각할 시간을 주었다. "상담 내용은 아무것도 말씀 못 드리지만, 닉이 좋은 사람이라고 말하는 건 비밀 누설이 아니겠죠? 닉은 시련을 겪었지만, 든든한 지원을 받고 있으며 자신의 일을 잘 해내고 있어요. 당신의 관심이 닉에게는 큰 힘이 될 거예요." 그는 한쪽 눈썹을 찡긋하며 내게 귀띔했다.

그의 말을 조용히 곱씹으며 고개를 끄덕였다. 이야기의 방향이 살인자의 마음이 아닌 내 마음을 분석하는 쪽으로 전환되자 나는 공허하고 혼란스러워졌다. 누군가 내 속에 든 것을 밖으로 꺼내고, 내게는 정리해야 할 혼란만 남은 기분이었다.

스튜는 연민 어린 미소를 지으며 시계를 힐끗했다. "이제 다음 강의실로 가봐야 해요. 당신도 다음 수업이 있을 텐데요. 혹시 궁금한 게 또 있나요?"

"두 살배기 아이가 공중화장실에서 숨바꼭질하는 버릇이나 다섯 살배기가 사람들에게 달려들어 끌어안는 습관은 어떻게 고쳐야 할까요?" 스튜는 의아한 듯 고개를 갸웃하며 나를 응시했다. "언니가 육아 블로그에서 봤다는데, 제 아들은 배변 훈련을 회피하는 건강하지 못한 상태고, 제 딸은 부모의 이혼 때문에 애착 형성에 문제가 생겼대요." 나는 자신 없이 웃으며 내 인생에서 가장 중요한 한 부분을 망친 것은 아니라고 스튜가 확인해주기를 기다렸다.

스튜가 말했다. "내가 배변 훈련 전문가는 아니지만 숨바꼭질 같은 놀이는 아이들에게 무언가가 당장은 보이지 않는다 해도 여전히 세상에 존재한다는 확신을 강화하는 수단이죠. 달려들어 포옹하는 습관은 자기 표현이 확실한 아이들에게는 딱히 이상하거나 우려스러운 행동이 아니고요. 아드님이 엄마한테서 조금 떨어져도 엄마가 자신을 찾을 거라 믿고, 따님이 좋아하는 사람들에게 거침없이 애정을 표현하는 것을 건강하지 못하다고 볼 수는 없죠. 오히려 우리가 아이들에게서 배울 점이 있어 보이네요."

"그 말씀도 은유죠?"

스튜는 메신저백을 집으며 눈꼬리에 주름을 잡았다. "아이들은 회복력이 놀랄 만큼 뛰어나요, 핀레이. 어른이라고 못 할 거 없죠."

그가 나가고 문이 닫히자, 복도에서 웅성대던 소리도 멎었다. 텅 빈 교실에 홀로 남았지만, 내 여주인공에게 아직 희망이 있다는 묘한 안도감을 느꼈다.

16

스튜의 강의실을 나왔더니 베로가 복도에서 기다리고 있었다. "스튜가 뭐래요?" 그녀가 나와 보조를 맞추며 물었다. 나는 아카데미 학생들을 헤치고 지나가며 다음 강의실을 찾았다.

"우리 용의자 목록을 좁히는 데 도움이 될 말은 없었어요. 새머리의 수업에서는 뭘 건졌어요?"

"그녀의 매력?" 베로가 고개를 흔들었다. "엄청 예쁘고 똑똑하고 세련된 여자예요. 구두 취향도 고상하고."

"캠이 한 말 기억하죠? 인터넷에서는 누구나 다른 사람 행세를 할 수 있다고. 명품 구두는 비싼 법이죠." 돈은 강력한 동기이자 보편적인 동기다. 여기 있는 누구라도 후한 보상에 눈이 멀어 잘못된 행동의 유혹을 받을 수 있다. "샘이 여자라고 해서 우리가 찾는 사람이 될 수 없는 건 아니잖아요. 나는 싹쓸이를 멀리서 봤을 뿐이에요. 샘은 그 저격수만큼 키가 훤칠한 데다, 머리를 묶고 남자 옷을 걸치면 어두운 데서는 얼마든지 남자처럼 보일 수 있어요."

"글쎄요, 핀. 샘이 연쇄살인범 같다는 인상은 전혀 못 받았는데요. 샘은 세상에 존재하는 온갖 사이버 범죄를 연구했어요. 총기 말고 키보드로 나쁜 놈들을 제압하죠."

"그게 샘이 총을 쓸 줄 모른다는 뜻은 아니잖아요."

"맞아요. 그래도 확실히 총보다는 키보드가 어울려요. 겉옷 안쪽에 권총집도 없던 걸요. 정장 맵시를 망치기 싫어서일 거예요."

"옷차림이 근사하다는 이유로 그녀를 배제할 순 없어요."

"그렇죠. 하지만 똑똑하다는 건 배제할 이유가 되죠. 샘이 사이버 기술을 나쁜 데 쓰기로 작정했다면 남의 계정을 해킹해 돈을 빼낼 수도 있었을 텐데 뭐 하러 사람을 죽여서 손을 더럽혀요? 생각해봐요." 다가오는 학생들을 피하며 베로는 목소리를 낮췄다. "싹쓸이는 그 커뮤니티를 발견하자마자 펠릭스를 협박할 수도 있었어요. 하지만 청부 살인으로 수입원을 확보하는 쪽을 택했죠. 자기 실력으로 펠릭스 밑에서 일하는 전문적인 사이버 범죄자들에 맞서기는 역부족이라 여긴 거예요."

그 말에 일리가 있었다. "좋아요. 샘은 제외하죠. 일단은. 하지만 만일 샘이 우리 언니한테 데이트 신청을 하면 다시 뒷조사에 들어갈 거예요. 다음 수업은 뭐예요?"

베로가 자기 시간표를 내밀었다. "다음 수업 때문에 여기까지 당신을 찾으러 왔잖아요. 강당에서 무슨 수업을 하는지 봐요. 30분 남았어요."

나는 걸으면서 강의 제목을 소리 내어 읽었다. "범죄 현장 포렌식: 흔적과 패턴 찾기."

"아니, 강사를 보라고요." 베로는 그 옆에 적힌 이름을 톡톡 두드렸다. 도구 흔적 조사관인 모하메드 샤리프 박사와 실험 분석 전문가 피터 킴이었다. "당신이 연구소에서 만났다던 그 피트 아닌가요? 당신 책을 읽는다는?"

나는 시간표를 당겨 피터 킴이라는 이름 아래 적힌 약력을 확인했다. 피트에게 성을 물어본 적은 없지만, 토양과 범죄 흔적을 분석하는 피터가 한 연구실에 몇 명이나 있을까? "틀림없어요!"

"아직 그 총알 갖고 있어요?" 베로가 물었다. 나는 고개를 끄덕였다. "서둘러요. 강의 시작 전에 만나보게요."

베로와 나는 문을 열고 강당을 들여다보며 아직 대부분의 좌석이 비어 있다는 데 안도했다. 단상 위 두 연단 사이에 스크린이 걸려 있었다. 우리 뒤에서 문이 닫히자 피트가 자료에서 눈을 떼고 고개를 들었다. 그는 허둥대느라 자료를 단상 위에 흩뜨리며 내 쪽으로 달려왔다.

"와, 핀레이! 여기 오실 줄은 몰랐어요." 그는 단상 옆에서 내 손을 잡고 열렬히 흔들었다. "실은…… 아예 몰랐던 건 아니고요. 이번 주에 오신다는 얘기는 닉한테 들었어요. 제 강의에 오실 줄 몰랐다는 뜻이죠!" 그는 내 옆에 선 베로를 보았다.

그의 얼빠진 표정을 보고 내가 말했다. "미안해요. 이쪽은 우리 베이비시터, 베로예요."

"회계사죠." 베로가 고쳐 말했다.

"어, 와, 회계사시구나." 피트가 손을 내밀어 베로와 악수했다. "숫자를 좋아하시겠네요. 저도 숫자가 좋아요." 그는 눈썹을 치켜올렸다. "아, 전화번호를 알려달라는 뜻은 아니고요. 그건 부적절하죠. 뜬 금없기도 하고요. 그냥 숫자를 말한 거예요." 피트는 손을 거두고 양 팔을 옆구리에 딱 붙였다. 겨드랑이에 생기기 시작한 축축한 얼룩을 감추려는 모양이었다. "두 분이 제일 먼저 오셨네요." 그는 몸을 숙여 바닥에 흩어진 자료를 모았다. 나도 무릎을 꿇고 종이 몇 장을 주웠다. "강의 시작까지 아직 10분 남았지만 원하시는 자리에 앉으세요. 제 눈에 안 보이는 곳에 앉으시면 좋겠는데……" 그가 도리질했다. "그게 아니라, 제가 긴장하면 어쩔 줄을 모르는데, 정도가 심해지면—"

"피트." 나는 허리를 숙여 그와 눈을 맞추며 자료를 건넸다. "부탁할 게 있어서 좀 일찍 왔어요." 샤리프 박사로 추정되는 다른 연단의 강사가 여태 자료를 진지하게 들여다보고 있다가 우리를 흘끔거렸다. 나는 목소리를 낮추고 무대 커튼의 붉은 주름 속으로 피트를 살짝 끌어당겼다. 베로가 따라와 우리 뒤로 커튼을 치자 피트는 자신의 겨드랑이를 조심스레 큼큼거렸다. 그가 팔을 다시 옆구리에 붙였다. 나는 백팩에서 총알을 꺼냈다. 그것은 도저히 총알로 보이지 않았다. 적어도 나는 그런 총알을 본 적이 없다. 오히려 시든 꽃처럼 보였지만 피트는 무엇인지 대번에 알아보는 눈치였다.

그는 총알을 집어 어둑한 조명 아래서 실눈을 뜨고 살폈다. "이런 게 어디서 났죠?"

나는 베로를 보았다. 이야기를 미처 꾸며내지 못했다. "우리가……아니, 우리 친구가 발견했는데요. 이런 총알은 어떤 총으로 쏘는지 알고 싶어서요."

피트는 미심쩍은 표정이었다. "친구분은 이걸 어디서 찾았대요?"

"그게……"

"학교 운동장에서 발견했대요." 베로가 나오는 대로 지껄였다. 피트는 놀랍지 않다는 듯 고개를 끄덕였다. "내가 핀레이한테 다음 책 첫 장면에 넣으라고 제안했어요. 아이들이 천진난만하게 뛰어노는 운동장에서 평범한 아이 엄마가 중요한 증거를 발견하고, 그 출처를 직접 조사하기로 결심하는 거예요."

"와!" 피트의 눈이 우리 둘 사이를 오갔다. "굉장한 이야기가 되겠어요. 하지만 주인공 혼자 힘으로 많은 것을 밝힐 수는 없을 거예요. 분석을 도울 전문가가 필요하겠죠. 총기 조사관이라든지."

"웨이드처럼요?" 내가 물었다.

"웨이드 코피? 사격 교관 말씀이세요?" 피트는 상처받은 표정이었다. "아니요, 그분은 총 쏘는 법을 가르칠 뿐이에요. 주인공에게는 도구 흔적을 분석할 줄 아는 포렌식 전문가가 필요해요."

"당신 같은?" 베로가 간절히 물었다.

"네. 아니, 그게 아니라, 꼭 그런 건 아니지만—"

"이 총알에 대해 설명해주실 수 있나요?" 내가 물었다. 강당이 웅성대는 소리로 가득차기 시작했다.

"제가 딱히 이런 분야 전문가는 아니어서요." 피트는 이렇게 말하며 총알을 우리에게 내밀었다. 베로가 배낭에서 꺼낸 공책을 찢어 전화번호를 적었다. 그것을 피트에게 내밀자 그의 눈이 휘둥그레졌다. "하지만 알아봐줄 사람을 알아요." 그가 베로의 번호를 챙기며 얼른 덧붙였다.

"고마워요, 피트." 나는 가방 지퍼를 잠그며 말했다. "이 일은 우리끼리 비밀로 해요, 알았죠? 다른 사람은 아무도 몰랐으면 해서요."

피트의 얼굴에 자부심이 서서히 번졌다. "아하, 알겠어요. 이 얘기가 닉의 귀에 들어갈까 봐 그러시죠? 이번 중심 인물이 형사가 아니라 실험실 연구원이라서! 1권에 나온 잘나가는 형사의 실제 모델이 닉이라고 경찰서 내에 소문이 파다한데, 섹시한 과학자에게 관심을 뺏기면 자존심깨나 상하겠어요!"

베로가 코웃음을 참았다. 나는 그녀를 꼬집었다.

피트가 의기양양하게 웃었다. "비밀 꼭 지킬게요." 그가 총알을 들어 보였다. "영웅은 입이 무겁잖아요. 역경을 이겨내고 결국……." 그는 베로를 곁눈질했다. 나는 그가 '결국' 무엇을 상상하는지 짐작할 수 있었다. 그는 엄지손가락으로 어깨 너머를 가리키며 커튼 쪽으로 뒷걸음질했다. "강의 시작 전에 자료를 다시 정리해야겠어요." 그가 손을 흔들자 총알이 손가락에서 미끄러져 떨어졌다. 피트가 탕 소리를 내며 나무 바닥에 떨어진 총알을 주우려고 허둥댔다. 그러고는 커튼을 더듬으며 뚫린 곳을 찾았다.

피트가 커튼 속으로 사라지자 베로는 고개를 절레절레 흔들었다. "핀, 아무래도 피트가 우리를 구해줄 것 같지 않네요."

"그가 영웅이 될 필요는 없어요. 그 총알을 어떤 총으로 쐈는지만 알려주면 그만이죠." 그리고 입을 다물어주기를 바랄 뿐이었다.

17

다음 날 아침 식사 후, 베로는 함께 순찰을 나설 로디 경관을 만나러 정문으로 향하고 나는 웨이드에게 사격 수업을 받기 위해 지도를 보며 사격장을 찾아갔다. 다른 학생 몇 명이 이미 웨이드의 사무실에서 대기하며 작은 창문 틈으로 빈 사격대를 내다보고 있었다. 해거티 부인의 손자는 발돋움한 할머니가 균형을 잃지 않도록 팔로 부축하고 있었다. 찰리는 무심히 벽에 기대서서 다른 경찰 몇 명과 잡담을 나누는 중이었다. 그가 고개를 까딱하며 내게 알은체를 했다. 나는 장갑을 벗고 어수선한 사무실 벽에 기댔다.

웨이드가 몰고 온 찬 공기가 내 머리칼을 날렸다. 내 옆을 스쳐 책상으로 향하는 그의 옷에서 매캐한 담배 냄새가 났다. 그는 우리를 눈으로 살피며 청재킷을 벗어 의자 팔걸이에 걸쳤다. 다른 형사들이 외투 안에 착용하는 멜빵이나 벨트 총집 없이 늘어난 티셔츠만 입고 있었다. 양팔에는 현란한 문신이 빼곡했다. 그가 바람에 헝클어진 머리를 쓸어 넘기자 목에 레이저로 지운 듯한 문신의 흔적이 드러났다.

"집중하세요." 웨이드가 교관 한 명에게 총을 들어보라고 손짓했다. "이 총은 지그자우어 P226입니다. 실제 경찰용으로 쓰이는 권총이죠. 많은 경찰들이 선호하는 무기이고요."

"오늘 우리가 쓸 총인가요?" 한 학생이 물었다. 몇몇 교관이 웃음을 터뜨렸다. 교관은 지그자우어를 도로 총집에 넣었다.

웨이드가 우리에게 플라스틱 상자를 하나씩 나눠주며 말했다. "여러분은 이걸 쓸 겁니다. 훈련용 권총과 보호 장비, 22구경 탄약이 들어 있어요. 교관과 일대일로 연습합니다." 웨이드는 클립보드 무더기를 찰리에게 건넸다. "지정된 교관을 따라 사격장으로 이동하세요. 우선 면책 각서를 작성하고, 지시가 있을 때까지 총기를 잡아서는 안 됩니다."

학생들이 사격장으로 줄지어 들어갔지만 나는 그곳에 남아 있었다.

웨이드가 책상 끄트머리에 걸터앉아 내 클립보드로 추정되는 서류에 뭔가를 표시했다. 침묵이 어색해서 나는 헛기침을 했다. "안녕하세요, 코피 형사님. 저는—"

"웨이드라고 불러요. 아니면 코피라고 하든가." 그는 고개도 들지 않았다.

"네, 죄송해요. 기억하실지 모르겠는데, 저는—"

"조지아 동생이고 닉의 애인이죠? 알아요. 여기 서명해요." 그는 클립보드의 방향을 돌려 책상 위에 놓았다. 나는 닉의 애인으로 규정되는 데 항의하려고 입을 열었지만 웨이드는 이미 서랍 속을 뒤지고 있었다.

클립보드를 집어 면책 조항을 훑다가 같은 줄을 세 번 읽고 포기했다. 웨이드는 왠지 나를 안절부절못하게 했다. 퉁명스런 태도나 문신, 이곳에서 유일하게 경찰처럼 느껴지지 않는다는 사실 때문만은 아니었다. 나를 향하는 것이 아니라 통과하는 것 같은 시선 때문이었다. 그에게는 이곳과 어울리지 않는 의뭉스러움이 있었다. 나머지 강사들은 하나같이 직급이나 '형사'라는 직함으로 불리기를 원했다. 예외없이 꿰뚫어 보는 듯한 시선에 차분한 태도를 장착하고 있었다. 어깨를 펴고 안정감 있게 다리를 벌리며 절도 있게 걸었다. 웨이드는 뭘 하든 어정쩡하고 덤벙대는 느낌이었다. 그런데도 내가 면책 각서를 들여다보는 사이, 웨이드가 뒷주머니에서 씹는담배 통을 꺼내 입에 한 덩어리를 물면서 나를 빤히 뜯어본다는 느낌을 지울 수 없었다.

양식에 서명하고 클립보드를 그에게 돌려주었다.

"갑시다." 웨이드는 성큼성큼 걸어 사격장 문을 밀었다. 건들대는지 절뚝대는지 알 수 없는 애매한 걸음걸이였다. 그는 곧장 벽걸이에 걸린 귀마개와 고글을 움켜쥐고 내 몫의 플라스틱 상자를 하나 남은 빈 칸막이의 허리 높이 선반에 놓았다. 그는 상자에서 꺼낸 귀마개와 고글을 내게 건넸다. "어서 써요."

"그러면 제가 지시를 어떻게 알아듣죠?" 그는 대답할 생각은 않고 자기도 귀마개를 착용했다. "말수가 적으시네요. 알았어요." 나는 보호 장비를 착용하며 말했다. 아크릴 유리 너머 바로 옆 칸막이에 해거티 부인이 보였다. 그녀는 탄창에 총알을 장전하는 찰리를 보며 히죽거렸다.

웨이드는 자신이 이곳에 있다는 사실 자체가 불만인 양 탄약 상자를 선반에 쿵 내려놨다.

"그럼…… 경찰이 아니신가요?" 내 상자에서 총과 탄창을 꺼내는 웨이드에게 물었다. 그의 기분을 거스를 질문이라면, 장전하기 전에 하는 편이 나을 터였다.

웨이드의 턱에 힘이 들어갔다. 탄창을 총에 장전하는 그의 손놀림이 빠르고 부드러웠다.

그가 권총을 내밀자 입이 바짝 탔다. 총을 응시하다가 다른 칸막이에서 갑자기 터진 총성에 소스라쳤다.

"전에 권총 본 적 있어요?" 귀마개를 통해 들리는 그의 음성은 조금 울리기는 해도 꽤 또렷했다.

나는 고개를 끄덕였다. 가장 최근에 보았을 때, 총은 내 옆머리를 누르고 있었다. 웨이드는 내가 총을 잡기를 기다렸지만 나는 총에서 눈을 뗄 수가 없었다.

"잡아본 적은요? 쏘아봤다든가?" 웨이드가 물었다.

나는 고개를 저었다.

웨이드는 총을 천천히 조심스럽게 내 손에 쥐여주고, 자신의 손을 움직여 어디를 어떻게 잡아야 하는지 보여주었다. 내 손가락의 위치를 바로잡으며, 그는 한결 부드러운 목소리를 냈다. "14년 동안 경찰 생활을 했어요."

"왜 그만두셨죠?" 웨이드가 이야기를 꺼낸 것이 반가웠다.

"무릎이 안 좋아서요. 다른 이유도 있었지만." 그는 내 손을 올려 권총으로 정면을 똑바로 겨누게 했다.

"마약조직범죄 수사팀에 계셨어요?"

"한동안은요." 웨이드가 버튼을 누르자 종이 과녁이 트랙을 따라 뒤로 물러났다. "남들처럼 순경으로 시작했어요. 형사가 된 후로 몇

174

년간 여러 부서를 옮겨 다녔고요. 마지막 4년은 마약조직범죄 수사팀에 있었어요. 위장요원이었죠. 목숨을 건지려고 창문으로 뛰어내렸다가 무릎이 고장났어요. 그다음은 뻔하죠."

내 총부리가 살짝 아래로 처졌다. 웨이드는 그냥 잠복근무를 한 것이 아니라 위장요원으로 활동했다. 문신과 부스스한 더벅머리는 그런 사정을 비롯한 많은 것을 설명했다. 언니가 위장경찰에 대해 이야기한 적이 있지만, 이름을 말한 적은 없었다. 언니 역시 그들이 누군지 모르는 듯했다. 그들은 뒤를 지켜줄 파트너도 없이 혼자 일하고, 가족이나 친구들과도 연락을 끊은 채 범죄의 세계에 몸을 담근다. 단 한 번의 실수로도 쥐도 새도 모르게 사라질 수 있다.

"발을 넓게 벌려요." 웨이드가 내 자세를 고쳐주며 말했다. "어깨를 앞으로 내밀고 무릎에 힘을 빼요. 이제 두 팔을 앞으로 쭉 뻗어요. 과녁의 중심을 조준해요. 가슴 한가운데를."

"머리가 아니고요?"

"질량의 중심 말이에요. 그래야 명중할 확률이 높아요. 준비가 다되면 손가락을 방아쇠에 걸고 당겨요."

나는 떨리는 숨을 천천히 들이쉬고 천천히 내쉬며 손가락을 방아쇠로 옮긴 후 소음에 대비했다. 귀마개를 파고든 익숙한 펑 소리에 눈을 질끈 감았다.

"좋아요." 웨이드가 말했다. "코를 좀 들긴 했지만, 처음 치고 나쁘지 않네요. 다음번에는 눈을 감지 말아요." 웨이드가 내 점수를 기록하는 동안 나는 해거티 부인의 과녁을 슬쩍 살폈다. "종이에서 눈을 떼지 말라니까요." 웨이드가 나를 꾸짖었다. "다시 해봐요."

탄창에 든 나머지 총알을 발사하는 사이 웨이드가 말없이 자세를 고쳐주었다. 모든 총알을 종이에 박기는 했지만, 과녁을 뚫은 것은 그중 절반 정도였다. 웨이드가 재장전하는 법을 알려주었다. 나는 총알을 넣으면서 또다시 해거티 부인의 종이를 훔쳐봤다. 탄창을 다 비운 모양이지만 그녀의 종이에는 구멍이 하나도 없었다.

찰리가 해거티 부인의 훈련용 총을 한쪽으로 치웠다. 그는 권총집에서 자기 총을 꺼냈다. 사격장이 조용해졌다. 찰리는 내가 지금껏 본 가장 큰 리볼버의 약실에 장전을 하고 실린더를 제자리에 끼운 다음 총을 해거티 부인에게 건넸다.

"맙소사." 다른 교관이 말했다. "찰리가 매그넘을 맡기려나 봐요." 교관 몇 명이 한 곳에 모여 거대한 리볼버를 들어 올리는 부인을 소리없이 비웃었다.

"괜찮을까요?" 한쪽 눈을 감고 흔들리는 총신을 노려보는 해거티 부인을 보며 나는 웨이드에게 물었다.

담배를 우물거리는 웨이드의 입술이 씰룩대는 순간, 해거티 부인이 방아쇠를 당겼다. 귀마개를 했는데도 귀청이 찢어질 것 같았다. 휘청대며 뒤로 나자빠지려는 부인을 찰리가 붙잡았다.

"후! 그거 참 재미있네!" 찰리의 부축을 받으며 그녀가 말했다. 교관들이 웃으며 박수를 쳤다. 찰리는 그녀의 어깨 너머로 종이에 뚫린 하나뿐인 구멍을 가리켰다. 해거티 부인은 눈을 가늘게 뜨고 그것이 어디 있나 살폈다.

"왜 해거티 부인은 큰 총을 쓰죠? 불공평한데요." 내가 말했다.

웨이드가 대꾸했다. "크기에 현혹될 거 없어요. 총이 클수록 쥘 수 있는 면적이 넓어서 통제하기 쉬워요."

칸막이 너머의 찰리가 웨이드를 보고 씩 웃었다. 그 삐뚤어진 입술이 웨이드를 도발했다.

침을 뱉는 찰리를 웨이드가 콜라 캔 너머로 응시했다. 그는 캔을 내려놓고, 내가 장전을 마치기도 전에 내 훈련용 권총을 받아 들었다. 웨이드가 등 뒤의 청바지 허리띠 안쪽으로 손을 뻗자 셔츠가 들춰지면서 그 밑에 감춰져 있던 납작한 총집이 드러났다. 그는 총을 꺼내어 탄창을 확인한 다음, 내 손에 쥐여주고 글록 로고 주위로 그립을 바로잡았다.

사방이 다시 조용해지자 웨이드는 버튼을 눌러 내 과녁을 4.5미터쯤 뒤로 보냈다. "모 아니면 도죠." 그가 큰 소리로 외치자 찰리가 히죽거렸다.

"지금 뭐 하시는 거예요?" 나는 말을 더듬었다. "저걸 어떻게 맞혀요. 너무 멀잖아요."

"맞힐 수 있어요. 눈만 크게 뜨면."

"하지만 다들 보고 있잖아요."

"그 말인즉슨 해거티 부인한테 지면 직원 휴게실에서 모두의 입방아에 오르내릴 거라는 뜻이죠." 그는 종이 쪽으로 고개를 까딱했다. "질량 중심을 노려요. 자, 얼른 해치웁시다."

이를 악물고 총을 고쳐 쥐었다. 교관들이 숙덕거리는 가운데 나는 웨이드의 나직한 지시에 따라 과녁을 조준했다. 이번에는 눈을 부릅뜨고 방아쇠를 당겼다. 경찰 한 명이 낮은 휘파람 소리를 냈다. 찰리는 내게 모자를 벗고 절하는 시늉을 했고 웨이드는 추가된 거리에 가산점을 매겼다.

"끝났어요." 웨이드가 외쳤다. "다들 사격에 집중해요. 총알 한 상자를 다 쏘고 나서 점수를 집계하고 클립보드를 강사에게 넘겨요."

"왜 다른 강사들과 다른 총을 쓰시죠?" 주위에서 다시 총성이 울리기 시작하자 나는 웨이드에게 물었다.

"당신한테 보여주기 전에도 내게 총이 있었다는 거 알았어요?" 그의 물음에 나는 고개를 저었다. 그가 셔츠 밑에 손을 넣어 꺼내기 전까지는 청바지 뒷주머니에 꽂힌 글록의 존재를 전혀 몰랐다. "무기를 다루는 방식을 보면 그 사람에 대해 많은 것을 알 수 있어요." 그의 말투로 짐작건대 직접 누군가를 그런 식으로 관찰한 경험이 있는 모양이었다. "경찰들은 누구에게나 보이도록 큰 총을 차고 다녀요. 내가 그러고 다니다가 들켰다면 위장 잠입 첫날에 끝장이 났겠죠." 그는 다른 경찰들을 턱으로 가리켰다. "경찰처럼 보여서도 안 되고, 경찰처럼 말해서도 안 되고, 경찰처럼 무기를 들고 다녀서도 안 돼요. 내가 나쁜 놈이라고 다른 나쁜 놈들도 믿게 만들어야 해요."

"그래요? 당신이 나쁜 놈이었다고요?" 그 말을 입 밖에 냈다는 데 스스로 놀라 더럭 겁이 났다.

그는 침 뱉는 통을 들고 입술을 삐죽거렸다. "내가 나쁜 놈인지 궁금한 거예요, 아니면 나쁜 짓을 했는지 궁금한 거예요?"

나는 방아쇠를 당기며 생각했다. "차이가 있나요?"

웨이드는 통을 내려놓으며 고민하는 듯했다. "그런 일을 오래 할수록 구분하기가 어려워져요. 거짓말은 누구나 하는 법이니." 그는 총을 들고 딸깍 소리를 내며 탄창을 재장전했다. "숨기는 데 능한 사람과 그렇지 못한 사람이 있을 뿐."

나는 그 말을 곱씹으며 의미를 가늠했다. 그가 글록을 내게 돌려주었다.

"극성 엄마들과 로터리클럽 할머니 외에 누구를 가르치죠?" 나는 우리가 술집에서 만난 날 그가 했던 말을 그대로 옮겼다.

그의 입꼬리가 올라갔다. "왜요? 나를 당신 책에 등장시키게요?"

"그러겠다면 대답해주실 거예요?"

"일단 쏴요. 말해줄 테니." 웨이드는 과녁 쪽으로 고개를 기울였다. 그는 내가 몇 차례 다시 장전하여 총알을 다 쏠 때까지 기다렸다가 입을 열었다. "나는 주로 경찰서에서 시험과 훈련을 담당해요." 그가 총성 사이사이에 말했다. "판사, 장관, 연구원, 변호사처럼 총기 은닉 소지를 허가받으려는 일반인이나 경찰 관계자를 지도하기도 하고요."

"여기서 총을 제일 잘 쏘는 사람은 누구죠?" 나는 남은 총알을 모조리 발사하며 물었다. "당신을 제외하고요."

그는 몸을 숙여 내 그립을 바로잡았다. "몇 달 전에 물었으면 샘이라고 대답했을 거예요."

"새머요?" 나는 놀라움을 감추지 않았다. "그분은 사이버 범죄 전문가인 줄 알았는데요."

"훈련은 다른 경찰들과 똑같이 받아요. 조이도 제법 쏘는 편이고. 여기서 사격할 때 보니 꽤 정확하더군요. 하지만 조명을 밝힌 사격장에서 정지된 목표물을 맞히는 건 어렵지 않죠. 두 사격수가 컴컴한 데서 서로의 연기만 보면서 발사하는 것과는 다르니까. 더구나 총을 두 방 맞은 후에는? 불가능에 가깝죠."

나는 빈 총을 내렸다. "닉을 말씀하시는 거예요?"

웨이드가 총을 받았다. 귀마개 때문에 그의 목소리가 작게 들렸다. "내가 이런 말 했다는 거, 닉한테는 비밀이에요. 그 자식은 안 그래도 콧대가 너무 높으니까."

"뭐가 닉한테 비밀이라고?" 우리 뒤에서 목소리가 들렸다. 돌아보니 마지막 학생들이 줄지어 사격장을 나가고 있었다. 찰리가 팔짱을 끼고 서서 마지막 남은 총알을 글록에 장전하는 웨이드를 응시했다.

"아무것도 아니에요." 웨이드가 이렇게 대꾸하며 내게 총을 건넸다.

"좋아. 자네가 핀레이를 고생시킨다고 닉한테 일러바칠 일이 없기를 바랐는데, 보아하니 닉은 걱정 안 해도 되겠네."

웨이드가 투덜거렸다. "그 자식한테 나는 여자가 싫어하는 짓은 절대 안 한다고 전해요." 찰리가 껄껄 웃었다.

"여긴 뭐 하러 왔어요, 찰리?"

"훈련용 순찰차 열쇠가 필요해. 오늘 오후에 비상 차량 훈련이 있거든. 학생들을 운전 연습장으로 데려가 해거티 부인한테 원형 코스 운전을 시켜봐야겠어. 핀레이 씨는 조수석에 타도 되고요."

내 손가락이 미끄러졌다. 총성이 울리자 웨이드는 몸을 수그렸다. 천장의 플라스틱 조명 커버가 산산조각 났다. 나는 얼른 방아쇠에서 손가락을 떼고 총을 내렸다. 플라스틱 조각이 바닥에 흩어져 있었다.

웨이드가 가슴 깊은 곳에서 낄낄 소리를 냈다. 찰리도 가세해 둘이 동시에 웃어대기 시작했다. "뭐가 웃겨요! 해거티 부인은 눈이 침침해서 주행기록계도 못 읽을 텐데!" 나는 발끈했다.

"연습용 트랙이에요." 찰리가 말했다. "그래 봤자 타이어나 좀 태우겠지. 그분한테는 간만에 하는 짜릿한 경험이 될 테고요. 염려 말아요. 나도 안 할 일을 그분한테 시키지는 않을 테니." 찰리는 눈을 찡긋했다. 그래도 해거티 부인이 멋대로 할 여지는 적지 않을 터였다.

"열쇠 가져올 테니까 내 저격수 잘 감시하고 있어요." 웨이드가 찰리에게 말했다. "그리고 당신." 그가 내게 말했다. "조명에 무슨 원한이라도 있어요?"

"아까 그 말 무슨 뜻이죠?" 웨이드가 나가자 찰리에게 물었다. 나는 책상 위 작은 창문으로, 오른쪽 상단 서랍 속을 뒤지는 웨이드를 지켜봤다.

찰리가 대답했다. "그냥 옛날 일에 뒤끝을 부리는 거예요. 몇 년 전에 웨이드와 닉이 여자 때문에 사이가 틀어졌고, 닉은 웨이드를 용서하지 않았거든요." 찰리는 표적을 향해 턱짓했다. 나는 가슴에 불편하게 내려앉는 감정을 애써 무시하며 몸을 돌려 마지막 몇 발을 쏘았다. "위로가 될지 모르겠지만, 웨이드는 당신이 마음에 드나 봐요." 사격을 마친 내게 찰리가 말했다. "이 바닥에서 웨이드 코피가 좋아하는 사람은 한 손으로 꼽을 정도예요."

"어떻게 아세요?"

"웨이드가 당신한테 걸었거든요."

"직원 휴게실에 있는 그 화이트보드 말씀이세요?" 내가 건조하게 물었다.

찰리가 눈을 가늘게 떴다. "당신처럼 점잖은 여성이 직원 휴게실에는 뭐 하러 기웃거려요? 설마 압수된 술을 맛보러?"

"거기 술도 있나요?"

"오른쪽에서 세 번째 수납장, 소화기 밑에 있어요."

"닉이 그런 말은 안 해줬어요."

"닉이 안 해준 말은 또 있을 거예요. 나도 당신한테 걸었으니 말해주는 건데." 그는 고개를 깊이 숙이고 목소리를 낮췄다. "나라면 오늘 밤에 일찌감치 잠자리에 들겠어요." 이유를 묻기도 전에 찰리는

181

문 쪽으로 돌아섰다. 웨이드가 찰리의 손에 자동차 열쇠 꾸러미를 쥐여주고 두 사람은 서로를 지나쳤다. "운전 연습장에서 봐요, 도너번 씨." 찰리가 돌아보며 외쳤다.

웨이드가 자기 총을 잡았다. "기분이 어때요?" 그가 총을 다시 허리띠에 끼우며 물었다.

"좀 나아졌어요." 나는 귀마개와 고글을 벗어 플라스틱 상자에 넣으며 대답했다. 웨이드는 벽에 설치된 버튼을 눌렀다. 과녁이 요란하게 끽끽대며 다가와 내 앞에 뚝 멈췄다. 총알구멍으로 빛이 새어 나왔다. 자신감이 시들해지는 기분이었다. 구멍은 제멋대로 흩어져 있었다. 멀리서 볼 때보다 훨씬 엉망이었다.

"오늘 잘했어요." 웨이드가 내 점수를 집계하며 말했다. 그는 걸려 있던 종이를 빼내어 내게 건넸다. "이것만 기억해요. 당길 생각이 아니면 방아쇠에 손가락을 대지 말 것. 일단 손가락을 걸었다면 절대 의구심을 품지 말고요. 항상 가슴을 똑바로 겨눠요." 그는 나와 눈을 맞춘 채 과녁을 건넸다. 처음으로 그의 눈에서 형사를 어렴풋이 느꼈다. 그가 내게서 범죄자의 흔적을 느끼지 못했기를 바랄 뿐이었다.

18

수업이 끝난 후 기숙사 방문을 열었더니 베로가 침대에 엎드려 내 랩톱을 들여다보고 있었다.

"뭐 하는 거예요!" 나는 화면을 탁 닫았다.

"쓰나미라니! 대체 뭐 하자는 거예요!" 그녀가 무릎을 짚고 일어서자 나는 컴퓨터를 집어 그녀의 머리 뒤로 들었다. "킬러와 형사가 뜨거운 시간을 보내고 있었잖아요. 해변에서 막 옷을 벗고 뒤엉키려는 참인데 쓰나미가 두 사람을 덮친다니, 그게 무슨 꼬장이에요?"

"꼬장이라뇨! 자연재해잖아요."

"멕시코에도 쓰나미가 있어요?"

"몰라요! 가봤어야 알죠." 스티븐과의 가장 색다른 잠자리는 대학 시절 그의 남학생 클럽 주차장에 서 있던 픽업트럭 바닥이었다.

"오늘 저녁에 이 장면 고쳐요, 핀레이. 쓰나미는 없애고—"

"알았어요, 태풍으로 바꾸죠 뭐."

"태풍이 왜 와요! 킬러는 해변에서 형사에게 자신의 감정을 고백할 거예요. 대담하고 용감하게 두려움에 맞설 거라고요. 상대가 똑같이 고백해도 겁먹고 꽁무니를 빼지 않죠. 거센 파도처럼 형사를 덮칠—."

"파도는 안 된다면서요."

"하룻밤의 쾌락과 열정에 자신을 던질 거예요."

"그다음엔? 두 사람 다 결국 상처만 입을 텐데요."

"아랫도리에 모래가 좀 묻겠지만…… 섹스에는 마찰이 좀 필요하죠."

베로가 랩톱 컴퓨터를 내게 내밀었다. 나는 못마땅한 한숨을 쉬며 받았다. 베로는 이해하지 못했다. 변호사 때와는 다르다. 그때는 부담이 적었다. 그는 주인공을 체포할 수 있는 사람이 아니기에 가까워져도 위험하지 않았다.

형사는 달랐다. 다음 날 아침에 킬러는 어떻게 될까? 그저 엉덩이에 묻은 모래를 털고 자수해야 할까? 두 사람의 사연은 찰과상과 알로에 베라로 끝날 성질의 것이 아니다. "생각해볼게요." 나는 신을 벗어던지고 매트리스 위에 쓰러졌다. "로디와 함께한 드라이브는 어땠어요?"

"따분했어요." 베로는 몸을 돌려 천장을 응시했다. "나더러 운전대도 못 잡게 하던걸요. 규정이니 원칙이니 하는 소리만 지껄이고. 경광등이랑 사이렌도 못 켜게 하는 거 있죠? 두 시간이나 단속을 하면서 딱지 한 장 안 끊었어요. 전부 경고만 하고 보내주고. 그래서 내가 두 번이나 잠들었잖아요. 힘든 하루를 보내고 기분이 처진 것 같아서 크림 케이크 한 통을 사서 둘이 나눠 먹고, 다른 순경 몇 명이랑 주차장에서 좀 빈둥거렸어요."

"그중에 흥미로운 인물이 있던가요?"

"아무도 없었어요."

"로디 경관은요? 그가 싹쓸이일 수 있다고 생각해요?"

"절대 아니죠. 싹쓸이 치고는 너무 따분해요. 진짜예요, 핀." 베로가 나의 냉소적인 표정을 보고 말했다. "로디한테 20년이나 경찰 생활을 했는데 형사가 못 된 이유가 뭐냐고 물었거든요. 그랬더니 뭐라는지 알아요? 승진하는 데 별 관심 없고, 그냥 지금 하는 일이 좋다는 거예요. 로디의 아내가 맥린에서 성형외과를 한대요. 같이 차를 타고 클리프턴에 있는 로디의 저택 앞에도 가봤어요. 돈이 아쉽지 않은 사람이에요. 절대 싹쓸이일 수가 없죠."

"충격이 있던 날에 대해서는 좀 물어봤어요? 조이가 한 얘기랑 아귀가 맞나 해서요."

"그런 것 같기도 하고 아닌 것 같기도 했어요." 베로는 모로 누워 나를 마주 보며 팔꿈치로 몸을 받쳤다. "로디는 확실히 기억하고 있었어요. 그날 밤에 식사를 하고 아내에게 줄 크리스마스 선물을 급하게 사느라고 조이에게 전화를 걸어 우리 집을 대신 맡아달라고 부탁했대요. 조이의 차가 도착하자마자 현장을 떠났고요. 전조등을 비춰 서로를 확인했을 뿐 차에서 내리지는 않았다네요. 돌아왔을 때는 조이는 이미 가고 없었고요."

"조이가 실제로 거기 얼마나 있었는지 모른다는 뜻이네요. 근무를 교대해준 사람이 조이가 맞는지도 확실치 않고."

"바로 그거죠."

"그 말은 여전히 조이가 유력 후보라는 뜻이에요. 아무튼 로디는 절대 아니란 말이죠?"

베로가 나를 보고 눈을 깜박였다. "거북이 한 마리가 길을 건너는 걸 보면 경광등을 켜고 4차선 도로의 차량을 모조리 정지시키는 사람이에요, 핀. 우리 용의자 명단에서 맘 편히 제거해도 된다고 봐요. 당신은요? 코피 형사한테서 뭘 좀 알아냈어요?"

"그 사람은 형사가 아니에요. 이제는요." 나는 찰리, 웨이드와 나눈 대화 내용을 베로에게 그대로 옮겼다. 웨이드에 대해 알게 된 사실도 빠짐없이 전했다. 그가 왜 이곳의 경찰들과 다른 총을 지니고 다니는지, 왜 다르게 행동하는지에 대해. 경쟁심이 강하고 닉과 라이벌 관계라는 사실도 이야기했다. 말하고 보니 모든 단서가 웨이드를 유력 용의자로 지목하는 듯했지만, 나를 불안하게 하는 사람은 웨이드가 아니었다.

"찰리에 대해 어떻게 생각해요?" 베로를 돌아보며 물었다.

그녀는 나를 위아래로 훑었다. "내 말 언짢게 듣지 마요. 아무래도 당신한테는 좀 늙었죠. 그래도 그건 당신이 알아서 판단할 문제니까요."

나는 그녀의 머리에 베개를 던졌다. "찰리가 싹쓸이일 수도 있겠냐는 뜻이잖아요."

"착한 사람 같던데요." 베로가 내 베개를 끌어안으며 내 말이 미심쩍다는 듯 대꾸했다.

"그렇긴 하지만, 있는 그대로를 보자고요. 찰리는 요즘도 매주 닉을 만나요. 닉은 찰리에게 숨기는 게 없다고 했고요. 찰리는 준비되지 않은 상태에서 일을 그만둬야 해서 경제적으로 타격을 입었을 거예요. 그렇게 보면 모든 조각이 들어맞잖아요." 하지만 무엇보다 웨이드가 한 말이 자꾸 머릿속을 맴돌았다.

'거짓말은 누구나 하는 법이니. 숨기는 데 능한 사람과 그렇지 못한 사람이 있을 뿐.'

찰리는 호감을 주는 사람이었지만 규칙을 별로 중시하지 않았다. 대놓고 어기지는 않지만 융통성이 지나쳤다. 직원 휴게실에 들어갔다고 나를 꾸짖으면서도 술이 어디 있는지 슬쩍 알려주었듯이. 내게 오늘 밤 일찍 잠자리에 들라고 귀띔한 것도 마찬가지였다. 닉이라면 그런 정보를 내게만 알려주는 것은 불공평하다고 여겼을 것이다. 찰리는 닉에게 나를 데리고 나가서 저녁을 먹으라고 권하기도 했다. 반면 조이는 명백한 규정 위반은 아닐지라도 그래서는 안 된다고 주장했다.

나는 이틀 전 저녁에 체육관에서 우연히 엿들은 찰리와 조이의 언쟁을 떠올렸다.

찰리는 조이를 밀치면서 닉 앤서니는 바보가 아니라고 했다. 지금은 아니라도 조만간 조이의 실체를 간파할 거라고도 했다.

조이의 반응을 떠올리자 팔에 소름이 돋았다. '당신 실체를 간파했듯이?' 그 말은 닉이 마땅히 봐야 할 것을 보지 못했다는 뜻이다. 찰리가 뭔가 숨기고 있다는 사실을.

'좋은 사람은 항상 구린 데가 있죠.' 조이는 수업 중에 내게 이렇게 경고했다.

찰리와 조이가 둘 다 거짓말을 했다면, 둘 중 누가 나쁜 사람일까?

19

요란한 쾅쾅 소리에 잠을 깨어 침대에 벌떡 일어나 앉았다. 침침한 눈을 깜박이며, 펼쳐진 랩톱이 내 허벅지에서 바닥으로 미끄러지기 직전에 허둥지둥 붙잡았다. 화면이 깨어나면서 내 원고를 띄웠다. 잠들기 전에 마지막으로 입력한 단어 뒤에 커서가 깜박였다. 베로가 이불을 뒤집어쓰며 베개에 얼굴을 묻었다. 누가 우리 방문을 쾅쾅 두드렸다.

"학생들! 전부 일어나요!" 귀에 거슬리는 조이 목소리였다. "여러분은 방금 범죄 현장으로 호출됐습니다. 살인사건을 해결해야 돼요. 10분 내로 훈련장으로 집합! 자, 어서 나와요!" 문 두드리는 소리와 외침 소리가 복도 저쪽으로 멀어졌다.

나는 랩톱을 닫고 침대 옆으로 다리를 내리며 베로의 어깨를 흔들었다. "일어나서 옷 입어요. 10분 안에 범죄 현장에 가야 돼요." 베로가 반응이 없자 나는 그녀의 이불 귀퉁이를 잡고 홱 젖혔다.

베로는 베개를 붙잡고 몸을 둥글게 웅크렸다. "나를 침대에서 끌어냈다가는 이 방이 범죄 현장이 될 줄 알아요."

"좋아요. 그럼 팔굽혀펴기는 당신이 해요." 나는 잠옷 바지를 벗고 청바지에 몸을 끼웠다.

불을 켜자 베로는 몸을 굴려 나를 노려봤다. "지금 몇 시예요?"

"1시 조금 지났어요."

"누군지 몰라도 빨리 죽여야겠네요."

"그러니까 빨리 일어나라고요." 외투를 걸치며 말했다. "자, 얼른 입어요." 베로의 여행 가방에서 스웨터와 두꺼운 바지를 꺼내 그녀의 침대 위에 던졌다. 베로는 마지못해 일어나서 옷을 입고 복도로 따라 나왔다. 우리는 게슴츠레한 눈으로 기숙사를 나서는 무리에 섞였다. 대충 세어보니 침대를 나온 사람은 전체 인원의 겨우 절반 정도였다.

"이게 무슨 상황이죠?" 베로가 헝클어진 머리를 느슨하게 묶으며 물었다. 우리는 훈련장에 도착했다. 강사 전원이 그곳에 와 있었다. 그들은 클립보드를 들고 스티로폼 컵에 담긴 커피를 마시면서, 입김을 뿜으며 잡담을 나누고 있었다.

그들 가운데 지팡이를 짚은 닉이 서 있었다. 이 시간에도 눈빛이 초롱초롱했다. "그냥 역할극을 좀 할 거예요."

베로가 눈을 비볐다. "형사님, 이건 한밤중에 외간 남자가 방문을 두드릴 때 기대할 수 있는 역할극이 아닌데요."

타이리스의 눈썹이 치솟고 입으로 향하던 컵이 뚝 멈추더니 외투 앞섶에 커피를 뿜었다.

닉은 쓴웃음을 참고 타이리스는 소매로 커피 얼룩을 문질렀다. "참고할게요, 루이스 양." 우리가 이곳에 모인 이유에 대해 웅성대며 추측하는 소리가 잠잠해지기를 기다렸다가, 닉은 뒤에 있는 학생들에게도 잘 들리도록 목소리를 높였다. 나는 재잘대는 라일리와 맥스의 시선을 피했다. "여러분, 잘 들으세요! 대부분의 강력범죄는 밤에 일어납니다. 범죄 신고 역시 야간 근무 때 많이 들어오기 때문에 형사들은 곤히 자다가도 바로 일어나서 범죄 현장을 조사해야 하죠. 오늘 밤 여러분처럼요. 앞으로 90분 동안 여러분은 실제에 최대한 가까운 상황을 경험할 거예요." 내 언니가 각 팀에 손으로 그린 지도를 나눠주기 시작했다. "방금 경찰관 한 명이 긴급 출동 명령을 받았어요. 외딴 숲속에서 개를 산책시키던 사람이 시체를 발견했다는 내용입니다. 신고자는 본인의 이름은 밝히지 않고, 시체가 묻힌 곳의 대략적인 위치만 알려주었어요. 그곳을 찾아 조사하는 것이 여러분의 임무입니다. 시체가 정말로 있다면, 맨 먼저 발견한 팀이 20점을 얻습니다. 그 팀은 범죄 현장을 보존할 책임도 지죠. 그러면 강사들은 다른 팀에게 다양한 과제를 내줄 거예요. 모든 증거는 신중하게 다루어져야 합니다. 여러분이 찾아낸 모든 증거는 주말 전에 체포영장을 발부받아 용의자를 기소하는 데 쓰입니다. 질문 있습니까?" 누군가 하품으로 대답을 대신했다.

"내일 몇 시에 일어나야 하죠?" 다른 학생이 물었다.

"첫 수업을 10시에 시작합니다. 오늘 훈련을 신속히 끝내면, 3시 전에 기숙사로 돌아가서 쉴 수 있어요."

"사건을 해결하면 몇 점을 받나요?" 갑자기 정신을 번쩍 차린 베로가 물었다.

찰리와 로디가 조용히 손바닥을 마주쳤다. 다른 강사들이 삼삼오오 모여 직원 휴게실 화이트보드에 적힌 베팅을 조정하는 것이 못마땅한 듯 조이는 팔짱을 꼈다. 나는 웨이드가 있는지 살폈지만 그들 중에는 보이지 않았다.

팀원들끼리 재잘대는 소리가 커지자 닉은 목소리를 높였다. "오늘 밤 여러분이 저녁 식사를 하는 동안 강사들이 범행 현장을 꾸몄어요. 목격자 진술을 통해 얻은 증거를 포함한 모든 증거에는 일정한 점수가 걸려 있어요. 조지아와 타이리스가 점수를 기록할 겁니다. 오늘 수업에서 배운 모범 사례와 조사 절차를 따르는 팀에 보너스 점수가 주어집니다. 수색 방법이 부적절하거나, 증거를 잘못된 방법으로 취급하거나, 증거 보관 연속성*을 유지하지 못하면 감점되고요. 다른 질문 있습니까?" 닉이 클립보드를 조지아에게 넘겼다. "좋습니다. 지도에 표시된 숲으로 이동하세요. 도착하는 대로 수색을 시작해도 됩니다. 여러분이나 파트너가 시체를 발견하면 가까이 있는 강사를 부르세요. 우리가 가서 지시 사항을 전할 겁니다."

베로가 나를 재촉해 다른 팀들 앞으로 이끌었다. 우리에게 손을 흔드는 라일리와 맥스는 못 본 척했다. "뭘 꾸물거려요? 얼른 가요!" 지켜보는 강사들 앞에서 베로가 내 외투를 잡아당겼다.

"시체를 먼저 찾으려고 혈안이 된 사람들처럼 보이겠어요."

"그게 뭐 어때서요. 부활절 달걀 찾기랑 비슷한데 이게 더 재밌잖아요."

"영하의 날씨에 컴컴하고 초콜릿도 없는데 어째서 이게 더 재밌다는 거예요?"

"이번에는 들킬 걱정을 안 해도 되니까요." 베로가 무리를 저만치

---

* 증거물의 수집, 보관, 인수인계 등의 과정에서 조작이나 변경, 단절이 없었음이 보증되어야 증거물이 법적 효력을 갖는다는 원칙.

앞질렀다. 나는 입김을 뿜으며 그녀를 힘겹게 따라갔다. "거기부터 살펴봐요." 베로는 일렬로 선 시커먼 나무들을 가리키며 내게 지도를 건넸다. 나는 호주머니에서 휴대전화를 꺼내 손전등 앱을 켰다. 베로가 그것을 내 손에서 낚아채 전원을 껐다. "무슨 짓이에요? 수업에 휴대전화 지참하면 안 되는 거 몰라요? 강사들한테 들키면 감점이에요. 해거티 부인에게 질 수는 없다고요." 베로는 휴대전화를 내 호주머니에 넣고 자기 외투에서 평범한 손전등을 꺼냈다. 그녀는 손전등으로 우리가 걷는 땅 위를 넓게 비추었다.

"왜 여기서 멈춰요? 다른 팀은 전부 깊은 숲속으로 들어가는데." 나무 사이로 라일리와 맥스의 손전등이 티끌만 하게 보였다. 해거티 부인과 그녀의 손자도 시야에서 사라졌다.

"닉이 가매장된 무덤을 찾으랬잖아요. 가매장이란 대충—."

"가매장이 무슨 뜻인지는 나도 알아요."

"시체를 끌고 와서 얼른 처리하고 싶은 사람이 숲속 깊이 끌고 가겠어요? 그러니 산책로 근처에서 시작하자고요."

나는 그 말에 토를 달지 않았다. 걷고 싶지 않아서였다. 우리는 수풀을 헤치고 다녔다. 베로의 손전등 불빛이 멀리서 수색 중인 나머지 학생들의 불빛과 교차되어 만화경 같은 무늬를 만들었다. 그녀는 울퉁불퉁한 땅 옆에 무릎을 꿇고 나뭇가지와 나뭇잎 부스러기가 쌓인 곳에 손전등을 비췄다.

"봐요." 베로가 몸을 더 숙인 채 고개를 틀었다. "이거 보여요?" 마른 잎 사이로 허연 물체가 살짝 보였다. 나는 무더기에서 튀어나온 나뭇가지를 뽑아 그 밑에 숨겨진 마네킹의 팔을 드러냈다.

"형사님, 찾았어요!" 베로가 다른 나뭇가지를 뽑으며 외쳤다.

분하다는 듯 온 숲속에 탄식이 퍼졌다. 수풀 사이로 발소리가 울렸다. 다른 팀들이 시체를 보려고 우리 뒤에 반원을 형성하자 불빛이 한 점으로 수렴되었다.

베로와 나는 마지막 나뭇가지를 던져버리고, 흙 속에 얕게 팬 구덩이를 드러냈다. 심폐소생술 훈련용 마네킹의 플라스틱 팔다리가 구멍에서 돌출되었다.

"잘했어요." 닉이 절뚝절뚝 다가오며 소리쳤다. "피해자가 숨을 쉬는지 확인한 학생 있습니까?"

"그럴 필요 없어 보이는데요, 형사님." 내 뒤에서 라일리가 말했다.

닉이 껄껄 웃었다. 사람들은 양옆으로 갈라져 그에게 길을 내주었다. "함부로 추정하면 안 돼요. 추정은 얼마든지 틀릴 수……." 닉은 시신 앞에서 멈칫했다. 그는 눈을 가늘게 뜨고 잘린 팔다리를 살폈다. 그는 강사 한 명 한 명에게 비난의 눈빛을 던지며 말했다. "이게 무슨 짓이죠? 누가 내 마네킹의 사지를 절단했습니까?" 강사 몇 명이 놀라서 웃음을 터뜨렸다.

"보세요, 형사님." 반대편에 서 있던 맥스가 손전등으로 마네킹의 얼굴을 비추며 이쪽으로 돌아왔다. "피해자의 이마에 이름이 적혀 있어요."

"어디 봐요." 닉이 절뚝거리며 매장지를 빙 돌아 그녀의 손전등을 받아 들었다. 그는 지팡이에 기댄 채 얕은 구덩이를 들여다봤다. "진짜, 이게 무슨 짓인지." 닉의 불빛이 키득거리는 강사들에게로 옮겨갔다. "죽은 사람에게는 당연히 이름이 있겠죠." 그가 건조하게 말했다. "조사도 안 해보고 피해자 이름이 칼이라고 단정할 수는 없어요."

베로와 내 얼굴이 굳어졌다. 그녀가 팔꿈치로 내 옆구리를 찔렀다.

"알아요!" 내가 쉿소리를 냈다.

닉이 말을 이었다. "아무튼 사망자의 위치를 찾아낸 도너번 경관과 루이스 경관에게 30점을 드립니다. 지금부터 검시관을 기다리는 동안 이 인근을 보존할 책임은 두 분에게 있어요. 검시관 역할은 우리 포렌식 연구원 피터 킴이 맡아주실 겁니다." 한 손에는 플라스틱 상자를, 다른 한 손에는 손전등을 든 피트가 수풀을 헤치고 다가왔다. 불룩한 파카 밑으로 실험복이 엿보였다. 피트가 범죄 현장 밖에서 다른 팀을 상대하는 동안 베로와 나는 시신 근처를 어슬렁거렸다.

"잘했어요." 닉이 내게 돌돌 말린 폴리스 라인을 건네며 말했다. 그는 내 등을 쓰다듬고 나머지 학생들에게 다가갔다.

고사리를 발로 밟으며 베로와 나는 나무 밑동에 노란 테이프를 감는 작업을 시작했다. "마네킹은 난도질됐어요. 누가 칼이라는 이름을 써놨고요. 우연일 리 없어요." 내가 속닥거렸다.

"맞아요." 베로가 소리 죽여 대꾸했다. "칼 웨스터버가 어떻게 죽었는지 아는 사람은 이 세상에 몇 명 없죠. 그중에 칼이 토막 나서 냉동실에 들어갔다는 사실을 세상에 떠벌릴 만큼 멍청한 사람은 아무도 없고요. 우리도 불안해할 필요 없어요." 베로가 마지막 테이프를 찢으면서 말했다. "형사들은 별로 신경을 안 쓰는 것 같던데요. 칼이라는 이름은 흔하디 흔하잖아요? 강사들이 어떻게 반응하는지 봤죠? 그중 한 명이 닉을 엿 먹이려 한 거예요. 누군지 몰라도 〈워킹데드〉를 너무 많이 봤나 봐요. 11개의 시즌 내내 앤드루 링컨이 '칼!' 하고 외치면서 절단된 신체 부위를 피해 다니잖아요." 베로는 릭 그라임스를 흉내 낸 거친 목소리로 그 이름을 외치면서 좀비 같은 표정으로 비틀거렸다.

몇 사람이 우리 쪽을 돌아보며 낄낄거렸다. 나는 베로에게 주의를 주었다.

학생들이 흩어져 범죄 현장을 구획하고 증거를 찾기 시작했다. 닉은 떨떠름한 미소를 지으며 다른 강사들에게 합류했다. 그들은 훼손당한 마네킹을 두고 닉을 놀려대면서 서로를 범인으로 지목했다. 베로 말이 맞는지도 모른다. 그녀와 나 외에는 별로 동요하는 사람이 없었다.

"당신은 어떤지 몰라도 나는 다른 팀이 이기는 꼴을 보려고 한밤중에 억지로 침대 밖으로 나온 게 아니에요. 좋은 단서를 다 빼앗기기 전에 우리도 서둘러야 해요. 할 거예요, 말 거예요?"

"곧 갈게요." 나는 그녀를 안심시켰다.

베로는 범죄 현장으로 돌아가고, 나는 수색하는 사람들에게서 멀어졌다. 노란 테이프 밑을 통과해 가시 철조망으로 다가갔다. 다른 팀들을 등지고 휴대전화를 숨긴 채 스티븐의 번호를 다시 눌렀다. 이번에도 음성사서함으로 넘어갔다.

"스티븐, 핀레이야." 주위에 사람이 있는지 등 뒤를 확인하며 소곤소곤 말했다. "내가 당신한테 맡긴 물건 있잖아? 잠시 농장에 보관해달라고 부탁한 거…… 그냥 그게 잘 있나 궁금해서. 당신이 어디 옮겼거나…… 다른 사람한테 알리지 않았나 해서. 이 메시지 확인하면 전화해줘." 토막 난 마네킹이 우연이 아닌 것 같다는 느낌에 불안하고 심란한 마음으로 전화를 끊었다. 저만치 앞에서 '뭔가 발견한 것 같아요', '이걸 봉지에 넣어야 하나요, 형사님?' 따위의 외침과 강사들이 대꾸하는 소리가 들렸다. 내 언니는 추가 점수를 매기고 있었다.

휴대전화 불빛 속에서 땅에 떨어진 구겨진 종이를 보고 나는 멈칫했다. 허리를 숙여 그것을 주웠다. 종이는 건조했다. 이곳에 떨어진 지 오래되지 않았다는 뜻이다. 그게 아니면 간밤에 내린 진눈깨비와 얼음비로 지금쯤 곤죽이 되어 얼어붙었을 것이다. 종이를 펼쳐 불빛에 비춰보았다. 어제 날짜가 찍힌, 여기서 멀지 않은 철물점 영수증이었다. 세 가지 물건이 현금으로 구입되었다. 작업용 장갑 한 켤레, 쇠톱, 유성 마커.

서둘러 수풀을 헤치고 노란 테이프 밑으로 들어가 베로를 찾았다. "이것 봐요. 내가 발견했어요." 그녀에게 영수증을 내밀었다.

그것을 받아 든 베로의 눈이 휘둥그레졌다. "어디서 찾았어요?"

"폴리스 라인에서 저쪽으로 약 30미터 지점요." 나는 그것을 발견한 위치를 대충 가리켰다.

"너무 멀잖아요." 베로가 영수증을 내게 내밀며 말했다. "거긴 범죄 현장 밖이에요. 강사들이 단서는 전부 시신에서 15미터 이내에 떨어뜨렸다고 했단 말이에요. 아니면 밤새 수색해야 하잖아요. 왜요? 왜 그러는데요?" 내가 영수증을 받으려 하지 않자 베로가 물었다.

"구입한 물건이 뭔지 좀 봐요."

베로가 영수증을 보고 미간을 찌푸렸다. "이 훈련의 단서라면 사건 현장에서 왜 그렇게 먼 데다 떨어뜨려놨겠어요?"

"훈련과 상관없다면?"

"이제 마무리합시다, 여러분." 닉이 소리쳤다. "증거물을 봉투에 담아 라벨을 달고 강사와 함께 증거 보관 연속성 서류에 서명하세요."

나는 베로에게서 영수증을 받아 호주머니에 넣었다.

"아직 살인 흉기도 못 찾았는데요." 해거티 부인의 손자가 지적했다.

"저희 경찰도 못 찾을 때가 있습니다." 닉이 솔직하게 말했다. "모두 숙소로 돌아가서 눈 좀 붙이세요. 내일은 검찰에서 자원봉사자 몇 분이 오셔서 모의 재판을 도와주실 거예요." 그 소식에 사람들이 흥분하여 웅성거렸다. 그들은 숲을 지나 기숙사로 돌아가기 시작했다.

베로는 발끝으로 서서 사람들을 살폈다. "나는 피트를 따라가서 우리 총알에 대해 뭘 좀 알아냈는지 물어볼게요. 기숙사에서 봐요."

나는 라일리와 샘을 피하려고 나머지 무리에서 뒤처졌다. 우리가 발견한 마네킹 생각을 떨칠 수 없었다. 해리스 미클러의 약물 검사 보고서와 칼이라는 이름의 마네킹 사이에서, 과거의 유령들이 다시 돌아와 나를 괴롭힌다는 느낌을 받았다. 지팡이가 딱 소리를 내며 내 앞을 가로막자, 나는 헉 소리를 내며 가슴을 움켜쥐었다.

"한밤중에 숲속을 혼자 돌아다니면 안 돼요. 여기 누가 어슬렁댈지 어떻게 알아요." 닉은 내 손을 잡고 쓰러진 나뭇가지를 넘도록 도왔다.

"마네킹을 난도질한 도끼 살인마 같은 사람 말이죠?"

그는 고개를 절레절레 흔들었다. "맞아요, 그런 사람. 누구 짓인지 밝혀지면 손해 배상을 청구할 거예요." 앞이 훤히 잘 보였지만 닉은 내 손을 놓지 않았다. 우리는 그의 지팡이가 만드는 리듬에 따라 천천히 걸었다. "나는 밤새 잠도 못 자고 내일 쓸 자료를 수정해야 돼요. 모의 재판 때 쓰려고 준비한 부검 보고서에는 피해자가 교살당한 걸로 되어 있거든요. 이름도 칼이 아니었고요."

칼 웨스터버 생각을 떨치려고 일부러 소리 내어 웃었다. 닉을 비롯한 경찰들은 그 마네킹을 심각하게 여기지 않았다. 아무래도 내가 생각이 너무 많았던 모양이다. "위로가 될지 모르겠지만, 재미있는 수업이었어요. 한밤중에 억지로 침대에서 나와야 했던 것만 빼면요. 미리 귀띔 정도는 해줄 수 있었잖아요."

"그러면 다른 팀한테 불공평하죠. 하지만 찰리한테는 얘기했어요."

나는 일찍 잠자리에 들라는 찰리의 조언을 떠올리며 실눈을 뜨고 닉을 보았다. "그게 뭐 어쨌다고요."

"그러니까요." 그는 나무 옆에 멈추어 줄기에 몸을 기대고 나를 끌어당겼다. 그에게서 커피와 가죽 재킷 냄새, 희미하게 톡 쏘는 향수 냄새가 났다. 치명적인 세 가지 조합에 숨이 가빠진 순간, 그가 내 외투 지퍼로 손을 뻗었다. "그런데요." 그는 매혹적인 저음을 내며 지퍼를 내렸다. 안주머니로 손을 뻗더니 내 몸을 건드리지 않고 용케 휴대전화를 꺼냈다. "수업 시간에 이런 걸 갖고 있으면 안 돼요. 압수해야 하지만 경고 한 번으로 봐주죠." 내가 그것을 낚아채자 닉은 피식 웃었다. 화면이 잠겼는지 확인하고 휴대전화를 집어넣자 닉의 짓궂은 미소가 진지해졌다. "무슨 일 있어요? 당신이 전화를 하러 현장을 떠나는 모습을 봤어요. 아이들한테 별일 없는 거죠?"

"네, 그런 건 아니고. 그냥…… 스티븐이 말썽이에요." 나는 짜증 섞인 한숨을 지었다.

닉이 고개를 끄덕였다. 우리 사이에 진지한 침묵이 흘렀다. 어쩐지 스티븐은 우리 결혼을 끝장낸 후에도, 내 삶의 모든 것이 자신을 중심으로 돌아가게 만들었다. 나는 관자놀이를 손으로 짚었다. "그 사람 얘기는…… 안 하면 안 될까요?"

닉은 슬며시 웃으며 얼굴에서 뗀 내 손을 잡았다. "사실 당신한테 하고 싶었던 얘기가 또 있어요. 우리, 어젯밤에 주방에서 시작한 대화를 아직 못 끝냈잖아요.”

“어떤 대화요?” 내가 조심스레 물었다.

“당신이랑 함께 보내는 시간이 얼마나 좋은지 얘기했었죠.” 그는 내 엄지손가락을 쓰다듬으며 부드럽게 말했다. “당신이 여기 와서 기뻐요. 내 말이나 행동이 그렇게 느껴지지 않았다면 미안해요. 경찰 아카데미가 끝나면 우리─”

“닉!” 내 언니의 날카로운 외침이 나무 사이로 밉살맞게 끼어들었다.

닉은 고개를 뒤로 젖히고, 묵직한 한숨을 공중으로 토했다. “금방 갈게요!” 닉이 소리쳤다. 내가 슬며시 몸을 떼자, 닉은 내 손을 자신의 두 손으로 감쌌다. “손이 얼음장이네요. 들어가서 따뜻한 음료 좀 마실래요? 직원 휴게실에 핫초콜릿이 있어요. 어차피 나는 보고서를 수정해야 하니까요. 같이 있고 싶어요.”

“그러면 안 될 것 같아요.” 핫초콜릿이라는 말이 흡사 ‘디저트’처럼 들렸다. 이번 주는 새해 결심과 마감에 충실해야 한다. 킬러를 찾고, 사채업자를 피하고, 건강한 음식을 먹고, 아무도 죽지 말아야 한다. 그리고 소설 원고를 고쳐야 한다. 나는 뒷걸음질하다가 나무뿌리에 걸려 넘어질 뻔했다. “어제 실비아 제안대로 글을 수정하느라 밤늦게까지 깨어 있었어요. 잠을 좀 자야겠네요. 당신도 일을 마무리해야 할 테고요. 내일 수업 시간에 만나요.”

“내가 바래다주지 않아도 괜찮겠어요?”

“숙소가 코앞인데요, 뭘.” 나는 훈련장에 퍼진 희미한 불빛을 엄지손가락으로 가리켰다. “문제없어요. 여기 경찰 천지인걸요.”

닉이 웃음 지었다. 그는 움찔하며 다리에 체중을 실었다. “혹시 마음이 바뀌면 와요. 나 사무실에 혼자 있을 거예요.” 그가 눈을 반짝

빛내며 내 언니를 찾아 절뚝절뚝 걸어갔다.

　외투를 단단히 여미고 종종걸음으로 컴컴한 훈련장을 가로질렀다. 휘몰아치는 바람에 정신이 번쩍 들면서, 간밤에 겪은 오싹한 사건들이 선명히 되살아났다. 하지만 닉은 그 토막 난 마네킹을 보고도 별로 놀라지 않았다. 강사들에게 그 일은 대담한 장난일 뿐이었다. 전부 우연이었다. 영수증은 범죄 현장에 떨어져 있다가 바람에 날려갔을 터였다. 그것을 조지아에게 건네고 점수를 땄어야 했나 보다.

　돌풍에 날린 머리카락이 눈을 가렸다. 머리를 옆으로 쓸어 넘기다가 희미한 담배 냄새를 느꼈다. 깜박이는 붉은 빛이 언뜻 보였지만, 훈련장을 둘러싼 건물들을 둘러봐도 사방이 조용하고 어둡기만 했다. 기숙사 쪽으로 이동하다가 다시 작은 불빛을 보았다. 빨간 담뱃불이 소방 훈련 타워의 옥상 테라스에서 타고 있었다. 그 순간, 불빛이 희미해졌지만 바람을 타고 온 담배 냄새는 더 진해졌다. 시커먼 형체가 옥상 위의 낮은 벽에 기대어 나를 지켜보고 있었다.

　서둘러 기숙사로 다가가 스캐너에 출입증을 댔다. 문은 꿈쩍하지 않았다. 안을 들여다봤다. 새벽 2시 30분. 로비는 텅 비어 있었다. 다들 자러 들어갔을 것이다. 다른 문을 찾으려고 건물 주위를 돌다가, 다음 모퉁이에서 들리는 나직한 대화 소리에 걸음을 멈췄다.

　"나한테 허튼 수작 부리는 거면—." 조이의 거친 목소리가 분명했다.

　"제가 일을 방해하러 여기까지 왔겠어요?" 나는 두 번째 목소리도 알아듣고 그쪽으로 고개를 기울였다. 캠이었다. "제가 직접 찾았어요. 말씀드렸다시피요."

공포가 나를 덮쳤다. 캠은 무엇을 발견했을까? 또는 발견했다고 주장할까? 마피아 밑으로 들어가 컴퓨터 해킹하는 일을 하기 전까지 캠은 조이의 비밀 정보원으로 활동하며 자신이 저지른 경범죄의 죗값을 치렀다. 지금은 캠이 누구에게 충성하는지 알 수 없다. 정보원으로서 조이에게 보고를 하고 있을까? 아니면 이 모든 게 펠릭스 지로프 밑에서 하는 일을 감추려는 위장에 불과할까? 어쨌거나 캠은 나를 궁지에 몰아넣기에 충분한 약점을 쥐고 있었다.

나는 모퉁이 너머를 흘끔거렸다. 조이가 캠을 벽에 밀어붙인 채 주먹을 들고 있었다. 둘의 얼굴이 붙을 듯이 가까웠다. "여기를 몰래 들어오다니 제정신이 아니군."

"너무 그러지 마세요. 숲으로 들어왔으니까요. 제가 철조망을 자르는 건 아무도 못 봤어요."

조이가 캠을 벽에 거칠게 밀어붙였다. "너, 아주 위험한 짓을 하고 있어."

"도움을 드리려고 그러는 거예요!"

나는 망설일 새도 없이 모퉁이를 돌았다. "이게 무슨 짓이에요?"

두 사람이 황급히 떨어졌다. 캠의 가죽 재킷이 갈가리 찢겨 있었다. 철조망에 찔린 듯 손바닥에서 피가 뚝뚝 떨어졌다. 그는 달아나야 할지 거짓말을 해야 할지 판단이 안 서는 듯 조이를 흘끔거렸다. 조이는 캠의 옷깃을 움켜쥐었다.

"여기서 뭐 해요?" 조이가 나를 쏘아보았다. "기숙사에 있어야죠."

나는 두 사람을 번갈아 보았다. "출입문이 잠겼는데 출입증 인식이 안 돼서요. 다른 문을 찾던 중인데 아무래도 제가 방해가 됐나 봐요."

"아무 일도 아니에요. 애송이 하나가 몰래 들어왔을 뿐. 나처럼 너그러운 사람을 만나다니 운이 좋은 녀석이죠. 이 녀석을 연수원 밖으로 내보내려던 참이었어요." 그는 기숙사 쪽으로 턱을 내밀었다. "어서 들어가요. 여긴 걱정할 거 없으니까."

"시간이 늦었어요. 저 아이 부모님이 얼마나 걱정하시겠어요? 제가 아이를 양호실에 데려다줄게요. 손에 붕대를 좀 감아야겠네요. 핫초콜릿도 먹이고요." 조이 때문에 위험에 처한 건지, 여기서 뭘 하고 있었는지 알아내려면 캠과 단둘이 있을 시간이 필요했다. 캠에게 휴대전화를 내밀었다. "엄마나 아빠를 여기로 불러야 하면 내 휴대전화를 써요." 캠은 할머니랑 살았지만, 내가 아는 티를 냈다가는 우리 둘 다 곤경에 빠질 수 있었다.

캠이 조이의 눈치를 살폈다.

"내 전화를 쓰면 돼요." 조이가 말했다.

"진짜 나랑 같이 안 가도 되겠어요?" 캠을 재촉했다. "이 형사님이랑 얘기가 끝날 때까지 여기서 기다릴게요."

캠은 얼른 고개를 저었다. "저는 괜찮아요. 아무 걱정 안 하셔도 돼요."

"가자." 조이가 캠을 주차장 쪽으로 밀었다. 캠은 후드를 머리에 푹 눌러써서 얼굴을 가렸다. 그는 잠시 나와 눈을 맞췄다가 내 위의 기숙사 창문을 올려다보고는 돌아섰다.

엄지손톱을 깨물며 정문으로 성큼성큼 걸어가는 두 사람을 지켜봤다. 조이는 당직 경찰에게 손을 흔든 다음 캠과 함께 바리케이드를 지나갔다. 그가 차 열쇠를 누르자 세단이 불빛을 번쩍였다. 그는 캠을 거칠게 차 안으로 밀어넣었다. 조이가 캠을 해치지는 않을 거라고 나는 생각했다. 두 사람이 같이 있는 모습을 내가 목격했으니까.

시야에서 사라지는 조이의 차를 보며 나는 조이가 그 정도로 냉혹하거나 어리석은 사람은 아닐 거라고 믿고 싶었다.

20

캠과 조이가 떠난 후, 기숙사 뒷문으로 들어가 계단을 뛰어올랐다. 잠옷 차림의 베로가 침대 위에 책상다리를 하고 앉아 무릎에 놓인 내 컴퓨터를 들여다보고 있었다. 그녀는 과장된 동작으로 키를 하나 누르더니 뿌듯한 표정으로 나를 보았다.

창가로 달려가서 블라인드를 젖히는 나를 보고 그녀는 인상을 구겼다. "무슨 일 있어요?"

"왜요?"

"귀신이라도 본 사람 같아서요."

창문은 잠겨 있지 않았다. 억지로 침입한 흔적도 없었다. 하지만 안쪽 창틀에 희미한 붉은 얼룩이 묻어 있었다. "어젯밤에 하비가 나가고 나서 창문을 잠갔어요?"

"아니요. 왜 그래요? 무슨 일인데요?"

"내가 방금 밖에서 누굴 만났는지 알아요?" 베로의 멍한 시선을 보고 설명했다. "캠이 여기 들어왔어요. 철조망을 몰래 넘어왔다가 조이한테 붙잡혔나 봐요."

베로가 내 랩톱을 옆으로 치웠다. "우리를 찾으러 온 걸까요?"

"글쎄요. 물어볼 수가 있어야죠. 둘이서 조이 차를 타고 떠나기 전에 나누는 대화를 조금 엿들었어요."

"뭐라던가요?"

"캠이 뭔가를 찾았다고 말했어요. 그게 뭔지는 못 들었고요."

베로는 긴장했다. "설마 그 꼬마가 아이크에 대해 일러바친 건 아니겠죠?"

"아닐 거예요." 나는 캠이 조이에게 끌려 가기 전에 마지막으로 했던 말을 떠올렸다. '아무 걱정 안 하셔도 돼요.' 그래놓고 그는 곧바로 우리 기숙사 창문을 올려다봤다. "캠이 우리 방에 들어왔을지도 몰라요. 이상한 물건이 있는지 어서 찾아봐요."

베로가 침대에서 급히 내려와 나를 도왔다. 우리는 방 안을 헤집기 시작했다. 담요와 옷가지를 한쪽으로 던지고, 매트리스와 베개 밑을 뒤지고, 서랍을 열어보고…… 언뜻 보기에 없어진 물건은 없었다. 내 컴퓨터는 베로의 침대 위에 있었다. 베로의 휴대전화는 수업에 가기 전에 놓아둔 그대로 협탁 위에서 충전되고 있었다. 우리 지갑도 제자리에 얌전히 놓여 있었다. 내가 보기에 이상한 물건은…… 없었다.

침대 옆에 열린 운동 가방에 손을 넣어 필기할 때 쓰는 스프링 노트를 꺼냈다. 표지에 지문 형태의 핏자국이 찍혀 있었다. 그 사이에서 노트에서 찢은 종이가 떨어졌다. 네모나게 접힌 종이 안쪽에 작고 단단한 덩어리가 들어 있었다. 그것을 조심스레 펼쳤다.

금니 하나가 내 손에 떨어졌다. 뿌리에 핏기가 말라붙어 있었다.

이를 떨어뜨리며 나오려는 비명을 억눌렀다. 금니가 타일 바닥에 쨍그랑 떨어져 베로 쪽으로 튀어갔다.

"이게 뭐예요?" 베로가 그것을 피해 뒤로 물러나며 말했다.

"아이크 것이 틀림없어요."

"그건 나도 알아요! 펠릭스가 이걸 왜 우리한테 보내냐고요?" 베로는 세면도구 가방을 뒤져 소독 물티슈를 건넸다.

피부에 소름이 돋아서 물티슈로 손가락을 정신없이 문질렀다. "몰라요. 쪽지에 뭐라고 적혀 있어요?"

베로는 접힌 종이의 모서리를 집어 들어 올렸다. 뭉툭한 글씨로 휘갈겨 쓴 캠의 메시지였다.

그분의 인내심이 바닥나고 있어요. 싹쓸이가 누군지 알아내셨으면 당장 밝히세요. 안 그러면 사람들이 죽어나갈 거예요. 그분께 약점을 잡히셨잖아요. 언제 까발려질지 몰라요. 이런 말 했다고 저를 죽이실 건 아니죠?

엄중하게(사전 찾아봤어요),

C

"우리가 돈을 못 받는다는 뜻이네요." 베로가 내게 쪽지를 건넸다.

나는 오만상을 찌푸리며 바닥에 떨어진 치아를 물티슈로 집었다. 그것을 다시 캠의 쪽지로 싼 다음 불이라도 붙은 듯 가방 속에 떨어뜨렸다.

"역겨워요." 베로가 말했다.

"이건 일종의 보험이에요." 나는 두 손을 청바지에 벅벅 문지르며 말했다. 이 치아는 분명 펠릭스의 경고였다. 캣과의 합의를 확실히 이행하라고 우리를 압박하는 수단이었다. "우리가 싹쓸이를 처리하면 캣도 아이크를 처리하기로 약속했지만, 아직 싹쓸이가 누구인지 밝히지 못했으니 캣도 아이크의 시체를 없애지 않은 거예요. 적어도 '전부' 없앤 건 아니죠." 나는 몸서리를 쳤다.

베로가 내 어깨를 토닥였다. "긍정적으로 생각해요. 캠은 우리가 싹쓸이의 이름만 내놓으면 된다고 했어요."

"그래서요?"

"펠릭스한테 이름을 알려주면 캣이 아이크를 처리하겠죠. 우리는 마코에게 진 빚을 갚을 다른 방법을 찾으면 돼요. 그러면 문제가 해결되죠."

"싹쓸이가 누구인지 알아낼 방법이 없는데 어떻게 이름을 알려줘요? 피트랑은 얘기 좀 해봤어요?"

"수업 끝나고 피트를 쫓아갔어요." 베로가 침대에 털썩 앉으며 말했다. "피트가 이 분야 전문가인 샤리프 박사랑 얘기해봤는데, 그 사람은 경찰서의 공식 사건에만 관여하기 때문에 우리 총알은 안 봐줄 거래요. 그게 다가 아니에요. 그 자식이 우리 총알을 압수했어요. 학생들이 연수원에서 총알을 갖고 있으면 안 된다면서."

"우리가 가진 유일한 증거잖아요!"

"돌려받을 수 있게 피트가 애써보겠대요. 그 와중에 내가 짠 2단계 계획을 말해볼게요. 돈에 관한 소식도 있어요." 그녀의 눈빛이 다시 초롱초롱해졌다. 전에도 본 적 있는 눈빛이지만 좋은 징조는 아니었다.

"걱정할 소식인가요? 왜 이리 걱정이 되는지……."

"좋은 소식부터 들을래요, 나쁜 소식부터 들을래요?"

나는 외투를 벗어 침대에 던졌다. "나쁜 소식은 뭐예요?" 나쁜 쪽부터 먼저 해치우는 편이 나을 터였다.

"하비 연락을 받았어요. 매수를 원하는 사람을 찾았대요. 오늘 밤에 라몬의 가게에서 만나서 차를 옮기기로 했대요. 금요일까지 하비 손에 돈이 들어올 거예요."

나는 얼굴을 찌푸리며 신발을 벗어 던졌다. "그게 나쁜 소식이에요?"

"그 남자한테 15만 달러밖에 못 받는다잖아요. 하비가 수수료 10퍼센트를 떼어갈 거고."

"좋은 소식은 뭔데요?" 나는 방으로 들어온 순간에 본 베로의 표정을 떠올리며 조심스레 물었다. 그녀는 내 컴퓨터를 보고 있었다. 연수원 와이파이로 뭘 하고 있었든 사채업자나 러시아 마피아와는 관계가 없기를 바랐다.

"실비아가 새 결말이 마음에 든대요."

나는 한쪽 다리로 균형을 잡은 채 오른쪽 양말을 벗다가 그대로 경직되었다. "결말을 쓰지도 않았는데 어떻게 새 결말이 마음에 들 수가 있죠?" 싱글거리는 베로를 보니 심장이 철렁했다.

"우리가 점심 먹고 있을 때 실비아가 당신 휴대전화로 결말을 어떻게 고치고 있느냐고 물었죠. 마침 당신이 줄을 서 있기에 내가 답장을 보냈고요. 주인공들이 황홀한 섹스 후에 멕시코의 뜨거운 해변에서 마르가리타를 마시고 있다고 했어요."

"아니, 안 돼요!" 나는 양말을 벗어 그녀의 머리에 던지며 소리쳤다. "황홀한 섹스가 다 뭐예요. 두 사람은 지금—"

베로가 내 양말을 피해 손가락을 쳐들었다. "쓰나미라는 단어를 꺼내기만 해봐요. 나머지 부분까지 내가 써버릴 테니까. 형사랑 킬러가 300페이지 내내 헐떡거리고, 막판에는 벨로키랍토르까지 등장시켜 광란의 밤을 보내게 할 거예요. 그렇게 써서 당신 에이전트한테 보낼 거라고요." 그녀는 내가 입을 닫기를 기다렸다가 손가락을 내렸다. "방금 당신이 어떻게 수정할지 요약한 자료를 실비아에게 보냈어요." 베로는 단호하게 덧붙였다. "마감일을 미뤄달라는 요구도 했고요. 감사 인사라면 접어둬요."

혈압이 치솟아 머리까지 쿵쿵 울렸다.

"당신한테 필요한 게 뭔지 알아요?" 베로가 물었다.

"원고료?"

"그것도 필요하죠. 가요." 베로는 내게 양말을 던져주고 자기 외투를 집었다.

"어딜 가려고요?"

"직원 휴게실에 쿠키랑 술 있잖아요."

베로와 나는 식당 문을 살며시 열었다. 컴컴한 구내식당은 묘지처럼 음산했다. 가지런히 놓인 빈 테이블은 비석 같고 겹겹이 쌓인 의자는 벽에 으스스한 그림자를 드리웠다. 우리는 살금살금 직원 휴게실에 다가가 문에 귀를 대보고 내부를 들여다봤다.

전등 스위치로 손을 뻗었더니 베로가 내 손을 때렸다. "제정신이에요? 그러다 들켜요." 그녀는 외투에서 손전등을 꺼내 스위치를 켰다. "찰리가 술이 어디 있다고 했죠?"

"소화기 밑 수납장에요."

베로가 한가운데 놓인 뷔페 테이블을 돌아 수납장 앞에 무릎을 끓었다. "잠겨 있어요. 열쇠를 찾아야 해요."

나는 머리 위의 수납장을 뒤지며, 전날 밤에 머그잔을 찾다가 본 내화성 열쇠 보관함을 떠올렸다. 그것을 열어 카드 키 더미를 뒤적였다. "이걸로 열어봐요." 나는 그녀에게 작은 금속 열쇠를 건넸다.

잠금장치가 열리자 베로는 짓궂은 미소를 지었다. 그녀는 압수품을 뒤져 위스키 한 병을 골랐다. 나는 선반에서 짝이 맞지 않는 잔 두 개를 꺼냈다. 우리는 수납장에 등을 대고 바닥에 앉았다. 뷔페 테이블에 덮인 식탁보 덕분에 문 쪽에서는 우리가 보이지 않을 터였다.

베로는 잔에 술을 조금 따르고 병을 우리 사이에 내려놨다. 한 모금 벌컥 들이켜자 눈물이 날 지경이었다. 내가 병을 여는 사이 베로는 뷔페 테이블에서 쿠키를 한 움큼 가져왔다. 그녀는 내 손에 두 개를 쥐여주었다. "새해 결심 어쩌고 하는 소리는 집어치워요. 힘든 하루였잖아요. 지금은 그런 말 듣기 싫어요." 그녀는 수납장에 머리를 기댄 채 쿠키를 오물오물 씹었다. 유혹에 못 이겨 쿠키를 맹렬히 씹어 삼키며 낮게 신음하는 나를 보고 베로가 피식 웃었다.

"조이가 우리가 지는 쪽에 걸다니 어이가 없어요." 그녀가 화이트보드에 손전등을 비추며 말했다. "내 생각을 말해줘요? 조이가 당신을 못살게 굴고 닉한테 당신 흉을 보는 건 당신을 나쁜 사람처럼 보이게 하려는 속셈 같아요. 그래야 당신이 그의 부패를 증명해도 아무도 안 믿을 거 아녜요."

"나쁜 사람처럼 보이는 거라면, 우리 둘 다 엄청 잘하고 있잖아요." 우리는 마네킹을 옮기고 시체를 발굴하는 과제에서 최고 점수를 받았고, 나의 과속 운전은 많은 이들의 눈살을 찌푸리게 했다.

베로가 잔 뒤에서 빙그레 웃었다. "해거티 부인만 아니면 진짜 우리가 1등을 할 수도 있겠어요."

아무리 생각해도 베로가 왜 그렇게 1등에 목을 메는지 알 수 없었다. 경비 일체가 포함된 버뮤다 여행권이나 상금이 걸린 것도 아닌데. 닉(혹은 타이리스)의 칭찬이 그녀의 중요한 동기인지는 심히 의심스러웠다. 그런데도 베로는 주어진 과제를 수행하는 데 어지간히 열심이었다.

베로가 경찰인 척하며 메이시스 백화점에서 일하는 애이미를 심문하던 그날을 떠올렸다. 닉이 총에 맞았던 그날도 베로는 구급차를 부를 때 경찰 행세를 하며 경찰 드라마에서 주워들은 대사를 읊었다. 법의 편에 서고 싶은 사람이 나 혼자만은 아니었던 모양이다.

"포렌식 회계 같은 분야도 있다고 들었어요." 내가 말했다.

술이 목에 걸렸는지 베로가 캑캑거렸다. 등을 토닥여주자 곧 안정을 되찾았다. 그렇게 가망 없는 꿈이라고 생각되지는 않았다. 베로는 젊고 건강하고 집요하고 총명했으며, 대담함과 뻔뻔함의 중간쯤에 있었다. 훌륭한 수사관의 자질을 충분히 갖춘 셈이다.

"아무래도 중범죄를 저지른 사람을 뽑지는 않겠죠."

"어떤 죄든 영장이 발부된 것도 아니잖아요." 아직까지는.

베로는 술병을 들고 우리 잔을 다시 채웠다. "그런 그렇고, 수업 끝나고 닉이랑 같이 어디로 사라졌었는지 털어놓는 게 어때요?" 그녀가 천연덕스럽게 화제를 돌렸다."

"당신 엉덩이에 새겨진 J자 문신의 의미부터 말해준다면요. 하비랑 아무 상관 없다는 소리는 말아요." 베로는 내가 국가 기밀이라도 폭로한 듯 입을 떡 벌렸다. 하지만 그녀는 잘 때 크롭 티셔츠와 밑위가 짧은 잠옷 바지를 입었고, 한밤중에도 더우면 이불을 걷어차는 습관이 있었다. 나는 그녀가 오늘 밤 범죄 현장 실습에 참가하려고 침대에서 나오기 직전에 왼쪽 허리밴드 위에서 그 글자의 절반을 언뜻 보았다.

베로는 딸꾹질을 하며 나를 손가락으로 겨눴다. "잘 모르나 본데, J로 시작하는 사람 이름은 널리고 널렸어요. 지미 팰런도 있죠. 예수랑 잭 다니엘스도 있잖아요." 그녀가 머그를 들어 보였다. "그런 눈으로 보지 말아요. 그 문신을 했을 때 나는 순진해빠진 열여덟 살이었어요. 짠돌이 사장 밑에서 일하는 바람에 문신 지울 돈도 없었다고요."

이번에는 내가 입을 떡 벌릴 차례였다. "그냥 지우기 싫었던 거 아니고요?"

"아, 제발!"

구내식당 문틈으로 사람들의 목소리가 들렸다. 베로는 손전등을 끄고 우리가 먹던 쿠키와 머그를 챙겨 식탁보 밑으로 숨었다. 위스키 병이 떠올라 아차했지만, 곧바로 휴게실 문이 열리고 불빛이 쏟아져 들어왔다. 내가 식탁보에 손을 뻗어 우리가 숨은 테이블 밑을 가리는 순간, 구두 한 켤레와 지팡이가 테이블을 돌아 커피포트로 향했다.

"그럼 누가 보냈을까요?" 닉의 긴장된 음성이 들렸다. 수납장 문이 쾅 닫혔다.

"모르지." 조이가 대답했다. "저녁 식사 후에 조지아, 로디랑 범죄 현장을 꾸밀 때만 해도 마네킹은 멀쩡했어. 훈련 마치고 나서 강사 한 명 한 명한테 물어봤어. 아무도 실토를 안 하던데. 다들 어찌된 일인지 모른다고만 하지."

"어쨌거나 누가 그걸 파내서 토막 내고, 사진을 찍어서 펠릭스 지로프한테 이메일로 보냈다는 뜻이잖아요. 선배는 그 사실을 어떻게 알았어요?"

"내 비밀 정보원 하나가 지로프의 네트워크로 침투하는 통로를 찾으려고 고생깨나 하고 있거든. 그 친구가 파일이 첨부된 이메일을 봤다는 거야."

"맙소사, 캠 얘기잖아요." 닉이 고개를 흔드는 소리가 들리는 것 같았다. "그 애 말을 믿는다고요?"

"그 녀석이 우리 전문가한테 범죄 현장을 그대로 묘사했어, 닉. 마네킹에 적혀 있던 이름도 안다고. 내게 발신 시각, 제목, 발신자의 이메일 주소까지 알려줬어. 가짜 신분으로 만든 구글 계정이야. 샘, 나한테 했던 얘기 닉한테도 해줘봐요."

베로와 나는 서로를 마주보았다. 새머러가 하도 조용해서 둘 다 이 공간에 다른 사람이 있는 줄은 몰랐다.

"구글에 다니는 친구한테 부탁했어요. 비밀 정보원이 한 말이 사실로 확인됐대요. 정보원이 알려준 G메일 계정에서 펠릭스의 주소로 이메일이 발송됐어요. 친구한테 첨부파일 내용까지 확인해달라고 했더니 영장 없이는 안 된대요."

"그런데 발신자가 누군지는 모른다는 거죠?" 닉이 물었다.

"네." 새머러가 대답했다. "확실한 건 우리 네트워크의 IP에서 전송됐다는 것뿐이에요."

"여기서요? 내부자 소행이라는 뜻이에요?"

"아니면 캠퍼스 와이파이에 접근할 수 있는 사람이거나요. 여기라고 보안이 완벽한 건 아니니까." 그녀가 인정했다. "그래도 뚫기가 쉽지는 않죠. 누군지 몰라도 분명히 아카데미 내부에서 이메일을 보냈어요. 우리 네트워크가 해킹당했다고 볼 여지는 없고요."

"정문을 드나든 기록은 확인했어요?" 닉이 물었다.

조이가 대답했다. "여기 있으면 안 될 사람은 아무도 없었어."

닉이 초조한 듯 지팡이로 바닥을 두드렸다. "이메일에 뭐라 적혀 있던가요? 사진 말고 다른 건 없었어요?"

"샘이 인쇄를 해놨어."

종이가 부스럭거렸다. 닉이 소리내어 읽었다. "내가 원하는게 뭔지 알면서 시간을 너무 *끄는군.* 당신이 묻어둔 비밀을 전부 폭로하기 전에 돈을 갚기 바란다."

"이 말이 무슨 뜻일까요?" 새머러가 물었다.

"누가 지로프를 협박하고 있네요." 닉이 퍼즐을 푸는 듯 신중하게 말했다. "자기 요구를 안 들어주면 증거를 넘기겠다고 으름장을 놓고 있어요. 그나저나 무슨 증거일까요?"

"나도 그게 궁금해." 조이가 말했다. "땅에 묻힌 시체라면 곧 있을 지로프의 재판에서 증거로 쓰일 수 있겠지만, 그 마네킹처럼 난도질당한 시체는 발견된 적 없잖아."

"칼이라는 이름은 어디서 나왔을까요?" 닉이 물었다.

"지로프의 수사 파일을 훑어봤는데 말이야. 칼이라는 이름이 딱 한 번 나왔어. 칼 웨스터버. 사망 진단서에 따르면 작년에 말기 암으로 사망했고 가족 묘지에 묻혔어."

베로가 내 손을 꽉 쥐었다. 전부 사실은 아니었다. 칼의 대부분은 그의 집 근처, 가족 묘지에 묻혀 있지만, 그의 직접적인 사인은 암이 아니다. 더구나 그의 일부는, 아주 큰 일부는 아직 내 전남편의 농장에 묻혀 있다.

다시 종이가 부스럭거렸다. 닉의 목소리에 깃든 다급함에 나는 소름이 돋았다. "펠릭스한테 발송된 이 메시지가 칼과 관계가 있을까요?"

"확률은 낮지만, 그 남자의 무덤에 협박의 빌미가 될 만큼 지로프와의 관계를 확실히 보여주는 단서가 있을지 몰라. 확인할 가치가 있을 것 같은데."

베로가 테이블 밑에서 내 손을 잡았다.

"그런 추측만으로 시체를 파내겠다고 영장을 받을 수는 없죠. 판사에게 가져갈 좀 더 확실한 증거가 필요해요." 닉이 대꾸했다.

조이가 물었다. "칼의 아내 바버라 웨스터버는 어떨까? 우리가 사유지를 들쑤셔도 개의치 않을까?"

"바버라는 펠릭스 지로프 얘기만 들어도 나만큼이나 치를 떨어요. 해볼 만하겠네요. 수업은 내일 10시부터 시작해요. 첫새벽에 웨스터버의 집으로 출발하면 모의 재판 전에 돌아올 수 있어요. 샘, 우리 네트워크 트래픽을 다시 조사해서 같은 주소로 보낸 다른 이메일이 있는지 확인해줄래요? 이번이 처음이 아닐 수도 있으니까요."

"알겠어요."

"나는 우리가 마네킹을 묻었던 곳 주변을 수색해볼까? 뭘 좀 발견할 수도 있잖아?" 조이가 물었다.

"안 그래도 돼요. 그 사진을 연출한 솜씨는 아마추어의 것이 아니에요. 오늘 밤에 학생 수십 명이 숲을 누빌 거라는 사실을 알고 있었고요. 차라리 학생들이 발견한 증거가 있는지 조사하는 편이 낫겠어요. 훈련과 상관없는 단서가 튀어나올지 또 알아요?"

내가 호주머니 속의 철물점 영수증을 만지작거리는 사이 그들이 나가고 직원 휴게실 문이 닫혔다.

"상황이 안 좋은데요." 베로가 말했다.

"닉보다 먼저 웨스터버 부인을 찾아가야 해요. 경찰들이 무덤을 팠다가 토막 난 칼을 발견하면 그의 죽음을 수사하겠죠. 그러면 화살은 곧장 바버라 웨스터버와 그녀의 딸에게로 향할 것이고, 테리사 다음은 우리예요." 칼을 살해한 책임은 펠릭스에게 있지만, 그 은폐에는 우리 모두 관여했다. "어서요, 우리도 가야 해요."

"가긴 어딜 가요?" 베로가 나를 휴게실에서 어두컴컴한 구내식당으로 내몰며 소곤거렸다. "아무 데도 못 가요. 차도 없잖아요!"

"바버라 웨스터버한테 남편 시체를 딴 데로 옮기라고 전해야 하는데, 우리 전화로 할 순 없잖아요."

나는 출입문을 열고 차양 밑을 서성거렸다. 얼음과 질척한 빗방울이 섞인 찝찝한 비가 내리기 시작했다. 정신을 차리려고 한 손으로 얼굴을 쓸었다. 담장 밖 주차장이 인도에 흐릿하게 반사되었다. 이름을 적고 외출할 수는 없었다. 나갔다 들어온 기록이 남는다. 어쨌거나 정문의 당직자 앞을 통과해 차를 구하는 수밖에 없다.

"몰래 빠져나가서 하비한테 도로 근처로 오라고 하면 어떨까요?" 베로가 제안했다.

"오늘 밤에 애스턴마틴 구매자를 만난다면서요." 게다가 하비는 이미 너무 많은 것을 알고 있다. 이 일은 우리끼리 해결해야 했다.

위장 순찰차가 주차장으로 진입했다. 당직 경찰관이 손을 흔들어 검문소를 통과시켰다. 그 세단은 완전히 정지하지도 않고 정문으로 들어섰다.

나는 호주머니에서 휴대전화를 꺼내어 화면을 들여다봤다.

"어쩌려고요?" 베로가 물었다.

"언니한테 문자 보내려고요."

나는 '일어났어?'라고 입력했다.

점 세 개가 나타나고 곧이어 답 문자가 들어왔다. '왜?'

'티슈랑 감기약 사러 약국에 다녀와야 해. 언니 차 좀 빌려도 될까?' 조지아는 바이러스를 무서워했다. 나를 직접 태워주겠다고 나설 리 없었다.

'미안. 급한 일이 있어서 나왔어. 아침에 돌아갈 거야. 닉한테 너를 데려다줄 수 있는지 물어볼게.'

취기 때문인지 발작하듯 웃음이 터졌다. 비를 피해 소매로 얼굴을 가리고 발끝으로 서서 주차장 너머를 내다봤다. 아니나 다를까, 언니의 차는 보이지 않았다. 나는 팔을 얼굴에서 떼고 줄지어 선 낡은 경찰차들을 살폈다.

훈련용 순찰차…… 웨이드는 책상 서랍 맨 위 오른쪽에 열쇠를 보관한다.

"차는 내가 구할 수 있을 것 같아요. 당신은 유니폼을 좀 구해 올래요? 강사들이 입는 체육복이나 모자 같은 거."

"어디서 찾아야 할까요?" 베로가 물었다.

"탈의실이나 세탁실에 가봐요. 제복이면 뭐든 상관없어요. 여기 경찰이 입을 만한 옷이면 돼요. 따뜻한 옷이 좋겠네요." 돌아서는 베로에게 말했다. 아주 힘든 밤이 되리라는 예감이 들었다.

21

직원 휴게실 수납장의 금속 상자에서 훔친 카드 키를 스캔하면서 무엇을 예상했는지 알 수 없지만 딸깍, 잠금장치 풀리는 소리에 나는 깜짝 놀랐다. 웨이드의 사무실은 퀴퀴한 담배 냄새가 감돌았다. 사격장을 향한 창으로 희미한 빛이 들어왔다. 칸막이 하나에 불이 켜져 있었다. 조명 밑에는 구멍이 빽빽이 뚫린 종이 과녁이 유령처럼 매달려 있었다.

"저기요?" 누군가 다른 사람이 있을 경우에 대비해 이렇게 외쳤다. 머릿속으로는 이미 새벽 3시에 훔친 열쇠로 여기 들어온 이유를 지어내고 있었다. 내 목소리가 메아리로 돌아오자 사무실을 살금살금 가로질렀다. 감시 카메라가 있는지 사무실을 구석구석 확인했지만, 어제 본 단 하나의 카메라는 사격장 내부 칸막이를 향해 있었다. 웨이드의 책상으로 다가가 그의 책상 오른쪽 위 서랍을 열었다. 씹는 담배 통과 말보로 한 갑, 메모지, 라이터 밑을 뒤적이다 열쇠 뭉치를 발견했다. 열쇠마다 유성펜으로 표시가 되어 있었다.

실눈을 뜨고 제조사, 모델, 생산 연도를 확인하며 가장 오래된 차를 찾았다. 낡은 훈련용 세단이라면 연료가 거의 떨어지거나 먼지가 앉아도 아무도 눈치채지 못할 거라는 계산이었다.

열쇠 꾸러미 하나를 골라 서둘러 출구로 향했다.

문손잡이로 손을 뻗다가 공기 중에서 담배 연기를 감지하고 멈칫했다. 웨이드의 사무실 쪽을 돌아보니 창문을 통해 사격장에 걸린 종이 과녁이 보였다. 나는 몸서리를 치며 열쇠를 호주머니에 넣고 밖으로 나가 문을 닫았다.

30분 후, 사격장 뒤에 서 있는 낡아빠진 훈련용 순찰차에 앉아 있으려니 얼어 죽을 것 같았다. 앞유리에 진눈깨비가 흩날렸다. 환풍구로 싸늘한 외풍이 스며들었지만 배기가스가 눈에 띌까 봐 엔진을 켤 수 없었다.

창문 두드리는 소리에 기겁했다. 페어팩스 카운티 경찰서 배지가 붙은 짙은 색 외투가 차창을 채웠다. 앞에 달린 금색 이름표는 유리에 낀 살얼음 때문에 잘 보이지 않았다. 경찰관은 벨트를 끌어올리고 다시 문을 두드렸다.

망했다.

내가 여기에 있는 이유를 꾸며내려고 머리를 쥐어짜며 창문을 아래로 내렸다. 경찰관이 허리를 굽혀 안을 들여다봤다.

"베로?" 숨을 죽인 채 그녀의 이름을 뱉었다.

베로는 못마땅한 눈으로 차 내부를 훑었다. 그녀의 몸에 두 사이즈쯤 큰 경찰 외투의 어깨 위로 찬비가 튀었다. 베로는 내 쪽 차 문을 열고 열쇠를 내놓으라고 손을 내밀었다. "훔칠 차를 고르는 임무는 앞으로 절대 당신한테 맡기지 않겠어요. 완전 고물차잖아요. 시동이나 걸리면 다행이겠네."

"이 차는 망가뜨려도 수리비 때문에 누굴 죽일 필요는 없을 거 아네요."

"이번에도…… 우리 잘못이 아니었잖아요."

"차가 뭐가 중요하다고요. 그 제복은 어디서 구했어요?"

"타이리스한테 빌렸어요." 그녀는 빗물 때문에 눈을 깜박이며 내게 내리라고 손짓했다. "걱정 마요. 내놓으라고 안 할 거예요."

"빌렸다니, 그게 무슨 뜻이에요? 자기 제복이 없어졌는데 어떻게 찾지 않을 수가 있죠? 그 사람 이름표까지 달려 있잖아요, 베로!"

그녀는 발끝으로 서서 엉덩이에 낀 바지를 잡아당겼다. "빨리 좀 움직일 수 없어요? 옷이 젖어서 은밀한 부위가 폴리에스테르 바지에 쓸린다고요. 타이의 사각팬티가 자꾸 흘러내려서 벗어버렸거든요."

"타이 속옷을 왜 입어요?" 내가 당황하여 물었다.

"그 사람이 내 것을 입고 있으니까요." 그녀는 나를 어깨로 밀쳤다. 나는 센터 콘솔 위에서 몸을 뒤틀어 조수석으로 넘어갔다. 베로는 차에 타고 문을 닫았다.

차에 시동을 거는 그녀의 헐렁한 옷소매를 보고 입을 떡 벌렸다. "어찌 된 일인지 별로 알고 싶지 않네요."

"어렵지 않았어요. 잭 다니엘스를 들고 타이 방에 찾아가서 내 팬티를 입은 모습을 꼭 보고 싶다고 했죠. 그렇게 옷을 바꿔 입은 거예요."

"미쳤어요! 타이가 당신을 신고하면 어쩌려고?"

"내가 장담해요. 타이는 이 일에 대해 입도 뻥긋 안 할 거예요."

"뭘 믿고 그렇게 장담해요?"

베로는 통풍구 앞으로 양손을 뻗고 다이얼을 돌렸다. "일어나보니 뽕브라랑 분홍 레이스 티팬티만 걸친 채 수갑을 차고 침대에 묶여 있더라는 얘기를 진짜로 타이가 파트너한테 할까 봐요? 걱정 붙들어 매요." 그녀의 말에 나는 머리를 양손에 묻었다. "수갑 열쇠는 두고 왔어요. 찾는 데 시간이 좀 걸릴 수도 있어요. 잠깐만 빌려주면 제복 차림의 야한 사진을 보내주겠다고 약속도 했고요."

심장이 멎는 기분이었다.

베로는 미러 선글라스를 끼고 서리 제거기를 켰다. "트렁크에 타요."

나는 고개를 번쩍 들었다. "내가 왜 트렁크에 타요!"

"검문소 당직자 눈에 띄면 어쩌려고요?"

"그럼 내가 운전할 테니 당신이 트렁크에 타요!"

"제복은 내가 입었잖아요." 베로가 레버를 당겨 트렁크를 열었다.

나는 씩씩거리며 운전석에서 내렸다. "무슨 일이 있어도 검문소에서 멈추지 말아요." 나는 베로에게 경고했다. "당직 경찰과 눈을 맞추거나 대화를 시도할 생각도 말고요. 문을 열어주거든 손만 한번 흔들고 계속 차를 몰아요."

"어디로요?"

"가장 가까운 마을로 가서 제일 먼저 보이는 24시간 편의점에 들러야 해요. 웨스터버 부인한테 연락할 선불 휴대폰을 살 거예요. 칼을 옮기라는 얘기만 전하고 바로 돌아오는 거죠." 나는 트렁크로 들어가 주황색 안전 고깔 더미를 옆으로 밀고 그 옆의 공간에 자리 잡았다. 내가 마지막으로 본 것은 머리를 단단히 틀어 올리고 미러 선글라스로 얼굴을 가린 베로였다. 나를 가두는 그녀의 가녀린 몸이 타이리스의 빳빳한 제복 속에서 낭창거렸다.

내 휴대전화가 진동하기 시작했다. 몸을 옆으로 비틀어 호주머니에서 그것을 꺼냈다. 화면에 베로의 이름이 뜨면서 트렁크 내부에 섬뜩한 푸른 빛이 드리웠다.

화면을 두드려 영상 전화를 받았다. 베로의 휴대전화는 옆 조수석에 놓인 채 그녀의 옆모습을 비췄다. 앞유리의 와이퍼가 규칙적으로 움직였다.

"거기 있으면 갑갑할 것 같아서요. 어때요? 꼭 놀이기구 같죠?" 차가 과속방지턱을 넘는 순간 베로가 말했다. 순찰차가 물웅덩이를 지나가자 차 바닥에 물이 튀었다.

"멀미 나요." 나는 눈을 감고 입으로 숨을 쉬었다. 비좁고 어두운 공간에 도로의 아스팔트 냄새와 안전 고깔의 플라스틱 냄새가 진동했다. 베로가 빨리 꺼내주지 않으면 곧 토할 것 같았다.

"걱정 말아요, 핀. 금방 꺼내줄게요." 그녀는 대시보드 밑에서 소형 마이크를 꺼내 버튼을 눌렀다.

"뭐 하는 거예요?" 갑자기 밀려든 극심한 공포에 욕지기마저 쑥 들어갔다.

베로는 통화 버튼을 눌러 입술에 갖다 댔다. "바쁜 척해야죠." 그녀의 목소리가 스피커에서 송출되어 주차장에 쩌렁쩌렁 울렸다. 베로는 황급히 전원을 끈답시고 아무 스위치나 마구 눌렀다. 라디오에서 컨트리음악이 터져나왔다. 파란 불빛이 그녀의 식겁한 얼굴 위로 소용돌이쳤다. 사이렌을 두 번 울린 후에야 간신히 조용해졌다.

나는 고개를 뒤로 젖히고 눈을 질끈 감았다. 남자 네 명의 살인과 유기에 연루된 우리는 결국 베로의 티팬티 때문에 감옥에 갈 것이다.

"진정해요. 검문소에 다가가고 있으니." 그녀가 말했다.

나는 숨을 죽이고 화면에 시선을 고정했다. 베로는 전조등 불빛을 줄이고 와이퍼를 껐다. 조금 전까지만 해도 어두웠던 운전석에 검문소에서 퍼져 나온 빛이 가득 찼다. 빛은 베로의 그림자를 반사했다. "무슨 일이에요?" 차가 속도를 줄이자 심장이 멎을 것만 같았다.

"근무자가 창문을 열고 있어요." 베로는 낮은 휘파람 소리를 내며 선글라스를 내리고 그를 자세히 보려고 고개를 틀었다.

"차를 멈추면 안 돼요, 베로!"

"진정해요. 밖에 비가 퍼붓고 있어요. 앞유리를 통해서는 나를 못 알아봐요. 아…… 됐어요! 차단봉이 올라가네요. 내게 지나가라고 손짓해요."

차가 다시 속도를 높일 때까지 숨도 쉴 수 없었다. 도로의 요철을 지나갈 때 내 머리가 트렁크 바닥에 아프게 부딪쳤다.

베로가 찔끔했다. "미안해요."

"얼른 가서 빨리 좀 내보내줘요!" 눈을 감고 구토를 참는 데 신경을 집중했다. 차가 급커브를 돌자 나는 안전 고깔에 부딪쳤다. 잠시 후 엔진이 꺼졌다. 휴대전화도. 나는 트렁크 뚜껑을 쾅쾅 두드렸다.

밀려드는 찬 공기를 폐 깊숙이 들이마셨다. 베로의 손을 잡고 트렁크를 나와 축축한 땅에 떨어졌다. 미끄럽고 어두운 도로 위에서 그녀의 테니스화가 하얗게 빛났다. 타이리스의 검은 제복 바짓단은 대충 말려 올라가 있었다.

나는 일어나서 뒷범퍼에 기댄 채 정신을 추슬렀다. 우리가 있는 곳은 건물 뒤편이었다. 냄새로 짐작건대 주유소였다.

"내가 들어가서 선불전화를 구해 올게요." 베로가 제안했다.

"안 돼요!" 나는 벌떡 일어서다가 하마터면 넘어질 뻔했다. "그 옷을 입고 어딜 들어가요. 차 안에 있어요. 내가 갈 테니." 나는 후드를 당겨 얼굴을 가리고 건물을 돌다가 우리가 어디에 있는지를 깨닫고 걸음을 멈췄다. 사흘 전에 전세버스를 타고 지나간 교차로였다. 신호등 사이에 상점이 몇 개 늘어서 있었다. 주유소, 구멍가게, 은행······ 그리고 철물점.

호주머니에서 구겨진 종이쪽지를 꺼냈다. 맞은편 철물점의 간판은 숲속 범죄 현장 훈련 때 발견한 영수증의 상호와 일치했다.

편의점 앞으로 다가갔다. 출입문 위에 보안 카메라 두 대가 보였다. 하나는 주유소 쪽을, 다른 하나는 도로 쪽을 향해 있고 (다행히) 철물점은 그 너머였다.

가게 안으로 들어서자 문 위에서 종이 딸랑거렸다. 야구 모자를 쓴 추레한 젊은 남자가 계산대 뒤에 웅크리고 앉아 성인 잡지를 뒤적이고 있었다. 잡지 화보 위에 그가 먹는 초코파이 부스러기가 떨어져 있었다. 그는 캔 콜라를 한 모금 마시고 입 안에서 울걱대다가, 목울대를 꿀렁이며 삼키자마자 트림을 했다. 나는 계산대 옆에 진열된 저렴한 선불전화를 발견하고 남자 앞에 놓았다. 그는 잡지에서 눈을 떼고 나머지 초코파이를 입에 쑤셔 넣으며 계산대에 요금을 입력했다. 나는 현금을 내고 선불전화를 챙긴 다음 봉투는 요구하지 않고 가게를 나섰다.

건물을 돌아 순찰차의 운전석 창문을 두드렸다. 베로가 화들짝 놀라며 가슴을 움켜쥐고 창문을 내렸다. "나와봐요." 조수석에 선불전화를 던지고 그녀에게 손짓했다.

"제복이 남들 눈에 띄면 안 된다면서요."

"생각이 바뀌었어요." 베로는 평소 경찰 행세를 하고 싶어 했다. 지금이 기회였다. "편의점에 들어가서 어제 오전부터 찍힌 보안 카메라 영상을 보여달라고 해요." 나는 영수증을 펼쳐 들고 발행 시각을 가리켰다. "이 철물점이 길 건너편에 있어요. 물건을 사러 온 싹쓸이나 그의 차가 카메라에 찍혔을 수 있어요."

"영장도 없는데 편의점 점원이 녹화된 영상을 보여주겠어요?"

나는 그녀의 팔을 잡고 차 밖으로 끌어냈다. "타이리스를 구슬려 브래지어까지 입혔잖아요. 이 정도는 식은 죽 먹기죠." 베로를 데리고 건물을 돌아가 문 앞으로 밀었다. 종이 울리고 베로가 가게에 들어서자 점원이 고개를 들었다. 그는 허리를 세우고 잡지를 얼른 덮더니 콜라 캔을 계산대 밑으로 옮기다가 떨어뜨릴 뻔했다.

"안녕하세요, 경관님." 과자 코너로 슬며시 들어가 진열대 너머를 훔쳐보자 남자가 민망한 듯 뺨을 붉히고 있었다.

베로는 미러 선글라스를 벗고 엄지손가락을 허리띠에 꽂은 채, 검은 눈으로 계산대 위의 과자 부스러기를 훑었다. 그녀가 계산대로 다가가자 점원은 잡지를 뒤집었다. "그 음료는 돈 내고 마시는 겁니까?" 베로가 그를 내려보며 물었다.

점원이 말을 더듬기 시작했다. "어…… 아니…… 아직요. 돈은 나중에—"

"그러니까 전에도 이런 적이 있다는 거죠?" 그녀는 초코파이 비닐 포장지를 집어 그의 얼굴 앞에서 흔들었다. 그가 잡지로 손을 뻗자 베로는 그것을 냉큼 집었다. 그녀는 잡지를 펼쳤다가 서로 들러붙은 책장을 보고 그를 노려보았다. 점원은 침을 꿀꺽 삼켰다. 베로가 잡지를 다시 그의 앞에 떨어뜨리며 말했다. "당신이 치안 문제 해결에 협조하면 여기 사장님한테 당신이 과자를 마음대로 먹는다는 얘기는 덮어두죠."

남자의 얼굴이 벌게졌다. "어떻게 도와드리면 돼요?"

베로가 계산대로 몸을 숙이고 목소리를 낮췄다. 점원은 창밖의 빈 주차장을 살피더니 계산대 뒤로 따라오라고 손짓했다. 두 사람은 '직원 전용'이라 표시된 문으로 사라졌다.

벽에 설치된 TV에서 맥도날드 광고가 나왔다. 빵 진열대를 살피고 있으려니 배에서 꼬르륵 소리가 났다. 크림 케이크 옆에서 어정대는 사이 광고는 뉴스로 바뀌었다.

"……이 차량은 어제 오전 컬페퍼 서부의 사유지를 통과하는 외딴 시골길에서 발견됐습니다. 목격자들은 인근에서 연기 냄새가 난다고 신고했는데요, 오늘 밤 수사관들은 이 사건의 수사를 잠시 보류하고……." 나는 TV를 올려다보다 화면 속 사진을 보고 흠칫 놀랐다. "……차량의 소유자는 뉴저지 주 플레전트빌의 이그네이셔스 그린들리로 밝혀졌습니다. 아이크라고도 불리는 이 남성의 아내는 사흘 전 실종 신고를 하면서, 플레전트빌 경찰서에 남편이 북버지니아로 출장을 갔으며, 연락을 받지 않아 걱정이라고……."

베로가 뒷방에서 나왔다. 그녀는 내 옆에 멈추더니 입을 헤벌린 채 시선을 화면에 고정했다.

"경찰은 이 남성을 목격한 시민은 누구든 지역 경찰서에 신고해 달라고 당부했습니다. 그린들리 씨의 아내와 고용주는 인터뷰를 거부……."

"가요." 나는 후드를 당겨 얼굴을 가리며 문 쪽으로 돌아섰다.

"캣이 저 남자를 처리하기로 한 거 아니었나요?" 우리가 차로 향하는 동안 베로가 속닥거렸다. "아이크의 얼굴이 뉴스에 쫙 깔렸다고요!"

"믿을 사람을 믿었어야죠." 우리는 순찰차로 들어가서 문을 닫았다. 나는 복잡한 머릿속을 추스르며 창밖을 응시했다. "차가 불에 탔죠. 그런데 시체 얘기는 전혀 없었어요. 그 차에는 아이크를 우리와 연결 지을 증거가 없을 거예요."

"이제는 마코도 아이크가 죽었다는 사실을 확실히 알 거 아녜요. 아이크가 내 사촌의 정비소에 갔었다고 경찰에 알리면 어떡해요?"

"아이크가 마코 밑에서 어떤 일을 했는지 생각하면, 마코가 자기 발로 경찰을 찾아갈 리는 없죠. 우리는 침착하게 싹쓸이를 찾아내어 캣이 합의를 착실히 이행하기를 바라는 수밖에요. 점원이 감시 카메라 영상을 보여주던가요?"

"보긴 했는데 철물점 입구는 카메라에 잡히지 않았어요. 앞쪽 주차장밖에 안 보이더라고요. 영수증에 찍힌 시각의 10분 전후를 확인했는데 경찰차는 없었어요."

"위장 순찰차도?"

"눈에 띄는 차는 없었어요. 싹쓸이가 가게에 들렀더라도 주차는 다른 데 했나 봐요."

나는 선불전화의 포장을 벗기고 한 달 전에 칼의 아내가 알려준 번호를 눌렀다. 그날 밤에 우리는 그녀의 주방 식탁에 둘러앉아 칼에게 무슨 일이 일어났는지 경찰에 절대 알리지 않기로 뜻을 모았다. 그녀는 전화를 받지 않았다.

"모르는 번호는 안 받나 봐요." 베로가 말했다.

나는 휴대전화를 응시했다. 메시지를 남기는 것은 너무 위험이 컸다. 바버라의 휴대전화 음성 메시지가 증거로 쓰이기라도 하면 닉은 내 목소리를 곧바로 알아챌 것이다. 나는 시간을 확인했다. 대시보드를 보니 4시가 조금 지나 있었다.

"해 뜨기 전까지 아직 몇 시간 남았어요. 웨스터버의 집은 여기서 별로 멀지 않아요. 바버라가 집에 있는지 한번 가보자고요." 내가 제안했다.

22

바버라의 사유지에 인접한 시골 구멍가게의 낡은 외벽 옆에 차를 댈 무렵 진눈깨비는 옅은 가랑비로 바뀌었다. 웨스터버의 집으로 가려면 우리가 주차한 곳에서 숲속을 잠깐 지나가야 했다.

"어쩔 계획이에요?" 베로가 물었다. 선글라스를 벗어도 그녀는 여전히 오빠의 핼러윈 의상을 입은 어린애 같았다.

"일단 그 집에 가서 바버라가 집에 있는지 확인해요." 바버라의 주방에는 산탄총이 있었기에, 무턱대고 행동하는 것은 현명하지 못했다.

"집에 없으면 어떡해요?"

베로가 정말로 답을 듣고 싶어서 한 질문 같지는 않았다.

지난번에 왔을 때와 대략 같은 방향이기를 바라며 숲으로 들어갔다. 나는 쓰러진 나무에 걸려 넘어지지 않게 조심하면서, 손전등으로 땅을 비추는 베로의 뒤를 바짝 뒤따랐다. 우리는 경사진 언덕을 내려가 웨스터버의 집으로 향했다.

"불이 다 꺼져 있어요." 베로가 말했다.

"새벽 4시 30분이잖아요. 자고 있겠죠." 나는 현관 계단을 올라가 죽은 사람도 깨울 만큼 요란하게 문을 두드렸다.

베로가 창문을 들여다봤다. "테리사 집에 갔을지도 몰라요." 그녀는 이를 덜덜 떨었다.

"그렇다고 우리가 그 집에 무작정 쳐들어갈 수는 없어요. 테리사가 가택 연금을 위반한 이후로 스물네 시간 내내 감시받고 있을 텐데요."

나는 팔을 문지르며 돌아서서 바버라의 빈 진입로 옆에 위치한 헛간을 응시했다.

"싫어요, 싫어요, 싫어요." 베로가 웅얼거렸다.

나는 무거운 한숨을 뱉으며 현관 계단을 터벅터벅 내려갔다. "바버라의 헛간을 살펴봐요. 삽이 있으면 좋겠네요."

"그 말 할 줄 알았어요."

헛간에서 찾은 튼튼한 삽과 정원용 장갑을 갖고 언덕을 올라 바버라의 집 뒤에 있는 작은 묘지로 이동했다.

"불 좀 비춰봐요."

베로가 손전등으로 칼의 묘비 앞을 비추었다. 한 발을 삽날 위에 얹은 채 잠시 생각했다. 다 어리석고 허무한 짓이다. 나는 스티븐이 숨겨놓은 열쇠를 치웠지만, 그가 우리 집에 침입하는 것을 막을 수는 없었다. 오히려 집 안으로 들어가겠다는 그의 오기를 부추겼을 뿐이다. 칼의 시체를 옮기는 것도 다르지 않다. 닉은 보자마자 무덤이 파헤쳐졌다는 것을 알고 영장을 받겠다는 결심을 굳힐 터였다.

삽을 바닥에 던졌다. 장갑을 벗고 휴대전화를 꺼냈다.

"뭐 하는 거예요?" 베로가 물었다. 나는 무덤 몇 개를 오가며 고인들의 이름을 내 브라우저에 입력했다. 그 사이 베로는 묘비에 불빛을 비추었다. "시체를 옮기는 줄 알았는데요."

"시체 말고 비석을 옮겨야겠어요." 칼을 옮기는 것이 아니라 그의 시체가 다른 곳에 있다는 착각을 일으키는 것이 목표였다.

"무슨 소린지 통 모르겠어요."

"칼을 파낸들 둘 곳이 없잖아요. 닉이 내일 여기 와서 땅을 판 흔적을 발견하면 영장을 청구할 구실이 생기는 거예요. 우리는 닉의 수사가 더뎌지게만 만들면 돼요. 비석 두 개만 맞바꾸면 표석이 제자리에 있고 땅을 건드린 흔적도 없는 것처럼 보일 거 아녜요. 닉이 무덤을 파헤칠 영장을 받는다 쳐도—."

"무덤 속에는 다른 사람의 시체뿐이다?"

"여기." 나는 나머지보다 작은 묘지 옆에 무릎을 꿇고, 베로에게 휴대전화에서 검색한 사망 기록을 보여주었다.

그녀의 이마에 주름이 잡혔다. "도리스 웨스터버? 여자잖아요."

"화장장에서 부고를 냈어요. 관을 묻은 게 아니니 무덤이 작을 거예요."

"재만 묻혔군요." 베로가 덧붙였다.

칼의 추도문이나 공식 부고 기사는 없을 터였다. 그의 죽음에 관심이 쏠리는 것을 바버라가 원치 않을 테니까. 칼의 친척과 동료들에게 바버라는 집에서 조용하고 간소하게 장례를 치렀다고 말했다. 우리가 할 일은 비석을 옮긴 후 칼은 화장되었으며 이것이 그의 유해라고 바버라와 입을 맞추는 것 뿐이었다.

"뭘 하든 서둘러야 해요. 날이 밝을 때까지 몇 시간 안 남았어요.

해 뜨기 전에 차를 몰고 아카데미 정문을 통과해야 하잖아요."

베로와 나는 삽날을 이용해 묘비 두 개를 땅에서 뽑아냈다. 베로가 한쪽을, 내가 반대쪽을 들어올렸다. 서로 티격태격하고 비틀대면서 조심조심 묘비를 바꾸었다. 이틀 전의 장애물 코스를 연상시키는 작업이었다. 욕을 훨씬 많이 내뱉고 발가락을 자주 찧었을 뿐. 모든 일이 끝났을 무렵, 우리의 손에는 굳은살이 박이고 추위로 빨개진 코에서 콧물이 흘렀다.

흩어진 낙엽을 원래 있던 무덤 둘레에 발로 밀어놓고 입김을 내뿜으며 결과물을 살폈다. 온몸이 욱신거렸다.

베로의 입술이 시퍼랬다. "은밀한 곳까지 얼어버렸어요."

"이걸 제자리에 돌려놓고 얼른 돌아가요."

타이의 제복 바짓단을 땅에 질질 끌며, 베로는 나와 함께 언덕 아래 헛간으로 향했다. 나는 낡은 헝겊으로 삽에 묻은 흙과 지문을 닦았고, 베로는 장갑을 벗어 갈고리에 걸었다. 갈라진 널빤지 틈으로 밝은 빛줄기가 들어왔다. 우리는 동작을 멈췄다. 타이어가 자갈 위를 으드득 굴러왔다.

빼꼼 열린 헛간 문을 통해 진입로로 들어가는 닉의 차가 보였다. 전조등이 꺼졌다.

"바버라예요?" 베로가 기대하며 물었다.

나는 고개를 저었다. "닉이랑 찰리예요." 희미한 달빛 속에서 조수석에 앉은 찰리의 옆모습을 알아보았다.

"아침에나 올 줄 알았는데!" 베로가 소곤거렸다.

"급했나 봐요."

닉이 눈을 가늘게 뜨고 앞 유리를 통해 바버라의 집을 보았다. 지금 창고 문을 열었다가는 그의 눈에 띌 수밖에 없다. "저 두 사람이 테라스에 도착하는 순간, 줄행랑을 치는 거예요."

베로는 터무니없는 소리 말라는 듯 나를 빤히 쳐다봤다. "자기가 달리는 모습을 봐야 하는데."

"자신감을 줘서 고맙네요."

차 문이 열렸다. 틈새를 내다보니 닉과 찰리가 차에서 내려 테라스로 향하고 있었다. 닉의 지팡이가 계단을 쿵쿵 찍었다. 요란하게 문 두드리는 소리가 들렸다. 나는 살금살금 헛간을 나가 모퉁이에서 그쪽을 내다봤다.

"여기가 그 현장이란 말이지." 찰리가 생각에 잠긴 채 테라스 난간 너머로 앞마당의 검은 자국을 응시했다. 그가 미소 짓자 흉터가 당겨 올라갔다. "화염병을 던졌다며? 자네가 그 여자를 왜 좋아하는지 알겠어."

닉이 그의 옆에서 지팡이에 기댄 채 슬며시 웃었다. "다행이네요. 핀레이도 선배가 마음에 드나 보던데. 조이만 마음을 돌리면 좋을 텐데요."

"무슨 소리야?"

닉은 고개를 저었다. "총격전 이후로 조이랑 핀은 내내 껄끄러워요. 서로 의심한달까…… 둘 다 상대를 견제하고 있어요."

"자네랑 조이처럼?"

닉은 웃음을 참았다. "제가 왜 조이를 의심해요?"

"이제 인정하지? 파트너도 아닌 나를 여기 데려와놓고."

닉의 웃음이 멎었다. "잠도 안 오고, 도저히 아침까지 기다릴 수가 없어서요. 선배가 제 문자를 받고 일어났잖아요. 그뿐이에요."

"조이한테 간다는 말은 했고?"

닉은 시선을 피했다.

"내가 조이를 어떻게 생각하는지 자네도 알잖아, 닉. 나는 숨기는 법이 없으니까. 그리고 조지아의 동생은 똑똑한 사람이야. 자네도 그랬잖아. 핀레이는 감이 좋다고. 그 여자가 밸러펀트를 의심한다니, 나라면 조심하겠어."

닉은 마당을 보며 눈살을 찌푸렸다.

"왜 그래?" 찰리가 물었다.

"그냥…… 잘 모르겠어요, 찰리. 그날 밤 일이 도무지 이해가 되지 않아서요. 핀레이의 진술서를 백만 번쯤 읽었어요. 핀레이는 스티븐이 실종된 날 오후에 스티븐의 캘린더에서 여기 주소를 발견하고 그를 찾으러 왔다고 했거든요."

"그런데?"

"그런데 스티븐은 여기 없었단 말이죠. 테리사는 와 있었고요. 핀레이가 잃어버린 휴대전화도 여기 있었고. 그 말은 두 사람이 그 며칠 전에 만난 적이 있다는 뜻인데요. 이유가 뭘까요? 테리사와 핀레이는 서로 앙숙인데."

"자네가 이해하지 못하는 건 핀레이와 테리사의 관계가 아니라 핀레이와 전남편의 관계 아닐까? 핀레이가 여기서 뭘 했든, 전남편을 보호하려고 한 행동일 테니, 자네는 질투심에 시달리다 못해 머릿속으로 그 여자가 여기 온 다른 이유를 만들어내고 있어. 질투한다는 걸 인정하기 싫어서 말이야." 닉이 반박하려고 입을 열자 찰리는 손가락을 들었다. "아니라고 할 필요 없어. 내가 자넬 잘 아니까."

닉은 졌다는 듯 빙그레 웃으며 고개를 저었다.

찰리가 그의 어깨에 손을 얹었다. "집에 아무도 없나 본데 나랑 묘지 쪽을 좀 둘러보는 게 어때? 옛날처럼."

닉은 지팡이를 톡톡 내리쳤다. "저를 따라오실 수 있겠어요, 영감님?"

"6개월 내내 항암 치료랑 방사선 치료를 받았어도 아직 자네보다 나을걸."

그들은 웃으며 테라스 계단을 내려왔다. 내가 다시 헛간으로 뛰어들어 문을 닫자마자 두 사람은 모퉁이를 돌아 얼어붙은 풀밭을 바삭바삭 밟았다.

나는 그들의 목소리가 들리지 않을 때까지 기다렸다. "이제 달아나야 해요. 숲길을 빙 둘러서 차로 돌아가면 돼요."

베로가 고개를 끄덕였다. 나는 헛간 문을 나가 베로를 위해 붙잡고 있었다. 그녀가 발을 내디디는 순간, 타이의 바지에 걸린 갈퀴가 바닥에 쓰러졌다. 날이 철컹대는 소리가 온 마당에 메아리쳤다.

"들었어요?" 언덕 꼭대기에서 들리는 닉의 목소리는 희미했지만 또렷했다.

"집에서 나는 소리 같은데." 찰리가 말했다.

베로와 나는 헛간에서 쏜살같이 달려나왔다. 숲으로 질주하는 사이 발밑의 덤불이 뚝뚝 부러졌다. 우리 뒤에서 손전등이 딸깍 켜져 풍경 사이로 빛을 비추었다. 베로와 나는 나무 두 그루 뒤에 웅크린 채 숨을 몰아쉬었다.

"경찰입니다!" 닉이 소리쳤다. "거기 누굽니까?"

덤불 사이로 그들의 발소리가 다가오자 베로와 나는 나무에 몸을 밀착했다. 내 입김이 손전등에 잡힐까 봐 손으로 입을 막았다. 찰리의 구두가 내 몇 미터 옆에서 멈추었다. 내 심장이 마구 날뛰었다. 심장이 갈비뼈에 닿는 소리가 그의 귀에 들릴 것만 같았다.

"거기 뭐예요?" 닉이 소리쳤다.

"아무것도 없어." 찰리가 덤불에 무릎을 꿇으며 말했다. "너구리 몇 마리가 소란을 피운 모양이야. 가자고." 손전등 빛이 휙 사라지고 발소리도 멀어졌다.

닉의 손전등이 다시 한번 이쪽을 서서히 훑고 나서 찰칵 소리를 내며 꺼졌다. 베로와 나는 그들이 언덕 위로 사라지기를 기다렸다가 전속력으로 달리기 시작했다.

23

베로와 나는 숨을 몰아쉬며 허청허청 숲을 빠져나왔다.

"큰일 날 뻔했어요."

"두 사람이 우리를 봤을까요?"

"그건 모르지만, 다시 수색하러 오기 전에 여기를 빠져나가요." 나는 순찰차의 조수석 쪽에 털썩 기대어 내 쪽 손잡이를 잡았다. 베로는 후드를 돌아 반대편으로 갔다. 그녀는 운전석 문 옆에 서서 지붕 너머로 나를 보았다. "왜요? 왜 그래요?" 내가 물었다. 나는 서둘러 그녀 쪽으로 갔다가 발걸음을 뚝 멈췄다. 심장이 튀어나올 듯이 요동쳤다. "이건……."

"누가 페니스를 그려놨네요." 베로와 나는 몇 발짝 뒤로 물러나 전체 이미지를 살폈다. 파란 스프레이 페인트로 그린 거대한 남근이 차 길이만큼 뻗어 있고, 고환은 절묘하게도 뒷바퀴 주위에 맞춰져 있었다. 타이어 둘레에서 페인트가 뚝뚝 흘러내렸다.

"맙소사."

베로가 문으로 손을 뻗었다. "타요, 어서 가야 돼요."

"가긴 어딜 가요? 거대한 페니스가 그려진 차를 몰고 아카데미로 갈 수는 없어요!"

"어디가 됐든 가야 해요, 핀. 닉과 찰리는 언제든지 돌아올 수 있고, 그들이 돌아왔을 때 우리가 이 볼썽사나운 차에 앉아 있으면……." 타이의 바지 주머니를 두드리던 베로의 표정이 일그러졌다.

"안 돼, 안 돼, 안 돼요! 설마 차 열쇠를 잃어버린 건 아니죠?"

"달리다가 떨어뜨렸나 봐요! 달리는 건 좋은 생각이 아니라고 내가 말했잖아요!"

"어떡하죠?" 나는 문이란 문은 다 당겨보며 물었다. 가장 가까운 마을도 여기서 수 킬로미터 거리였고 내 지갑은 조수석 밑에 있었다.

베로가 차를 응시했다. 육두문자를 뱉으며 그녀는 후드 위로 몸을 숙여 앞유리 와이퍼를 자기 쪽으로 당겼다. 말랑말랑한 검정 덮개를 젖히고, 그 밑에서 가느다란 금속 막대를 꺼냈다.

"욕하지 말아요." 그녀는 나의 미심쩍은 표정을 무시하고 막대 끝을 구부려 차문과 창틀 틈으로 슬쩍 찔러 넣었다. 그것을 옆으로 움직이며 몇 차례 시도 끝에 적절한 위치에 끼운 다음 위로 홱 당겼다. "들어가요." 그녀가 문을 열며 말했다.

내가 조수석에 들어갔더니 베로는 운전석 좌석을 뒤로 한껏 밀고 운전대 밑의 대시보드 아래쪽에서 플라스틱 커버를 제거했다. "우리가 열쇠 없이 경찰차에 시동을 걸다니 믿을 수가 없어요." 전선을 만지는 그녀를 보며 나는 엄지손톱을 깨물었다. "꼭 차를 훔치는 기분이에요."

"세 시간 전에 훔쳤잖아요."

"훔치긴요. 빌린 거지. 열쇠를 갖고 있었잖아요."

"우리가 애스턴마틴 열쇠를 갖고 있었던 것처럼?"

그 말을 부정할 수 없었다. "라몬이 가르쳐줬어요?"

"내가 이걸 할 줄 안다는 사실을 알면 라몬은 나를 가만두지 않을 거예요. 하비가 하는 걸 지켜봤어요. 두 번." 베로는 전선 두 가닥을 이었다. 차가 들썩이며 시동이 걸렸다. 그녀는 플라스틱 커버를 제자리에 끼우고 도로로 접어들면서 자기 휴대전화를 내게 던졌다.

"라몬의 정비소까지 경치가 가장 좋은 길을 찾아줘요. 신호가 적을수록 좋아요."

"정비소는 아직 안 열었잖아요."

"그래서 가는 거예요. 가게에 스프레이 페인트를 지울 도구가 있을 거예요."

내가 찾은 가장 외진 도로로 베로를 안내했다. 일정하게 지나가는 나무들을 보자 솟구쳤던 아드레날린이 차츰 잦아들었다.

베로는 도로와 백미러를 번갈아 살폈다. "닉이 자기 파트너한테 말도 안 하고 여기 온 게 이상하지 않아요?"

"아침까지 기다리기 싫었나 보죠. 조이는 규칙에 목매는 사람이잖아요."

"정말 그럴까요? 남들한테 반듯하고 성실한 사람으로 보이고 싶은 것뿐인지도 모르잖아요? 그냥 다 연출일 수도 있고. 찰리도 조이를 의심하는 모양이던데."

"찰리는 영장 없이 여기저기 들쑤시고 싶어서 안달 난 사람 같죠."

"모르겠어요, 핀." 베로가 신중하게 고개를 저었다. "조이 밸런펀트를 겪으면 겪을수록 그가 싹쓸이라는 확신이 들어요."

부정하기 어려웠다. 닉은 분명 파트너를 의심하고 있다. 찰리는 대놓고 그를 의심했다. 그렇다 해도 조이를 펠릭스의 개들에게 물어뜯기게 할 수는 없었다. 우리가 확실한 증거를 손에 넣기 전까지는.

침묵에 빠진 사이 평범한 시골길은 차선과 신호등이 있는 도로로 바뀌었다. 진짜 경찰차가 우리를 잡으려고 기다리고 있을까 봐 샛길을 전부 확인하면서 지나갔다. 베로는 라몬의 정비소에서 한 블록 떨어진 경계석 옆에 차를 댔다. 전조등은 껐지만 엔진은 켜두었다.

"왜 여기서 멈춰요?"

베로는 폐차장 입구를 가리켰다. 문 앞에 낯익은 검정 카마로가 보였다. 그 옆에는 날렵한 검정 캐딜락 SUV가 공회전하고 있었다. "하비가 와 있어요." 그녀는 실눈을 뜨고 앞유리를 내다봤다. "하비랑 이야기하는 남자 둘은 안면이 없고요."

전조등에 비친 남자들의 표정이 예사롭지 않았다. 그중 한 명이 양손을 쳐들고 하비에게 호통을 쳤다.

"하비가 오늘 밤에 애스턴마틴 매수자를 만난다고 했잖아요?"

"일이 잘 안 풀리는 모양인데요. 쌍안경 좀 줘봐요." 가방에서 쌍안경을 꺼내어 베로에게 건넸다.

"길 건너편에 서 있는 차는 뭐죠? 같이 온 사람일까요?" 나는 정비소 맞은편의 남색 아우디를 가리켰다. 꺼진 전조등 사이의 연노란색 번호판이 선명하게 보였다. 베로가 쌍안경 초점을 맞췄다. "같이 온 사람 아니에요. 저 차는 뉴저지 번호판을 달고 있어요." 그녀는 쌍안경을 내 손에 쥐여주며 말했다.

나는 쌍안경을 눈에 갖다댔다. 아우디 운전자는 우리를 발견하지 못한 듯했다. 그는 격렬하게 말다툼을 벌이는 하비와 남자들 쪽으로 거대한 카메라 렌즈를 향했다. 카메라는 라몬의 주차장을 지나 거리로 향하더니 천천히 우리 쪽으로 방향을 틀었다. 카메라를 든 사람은 나를 발견한 듯 렌즈로 앞유리를 자세히 들여다봤다. "젠장, 나를 본 것 같아요."

아우디의 상향등이 켜졌다. 베로와 나는 따가운 빛을 피해 눈을 가렸다.

"어디, 해보자 이거지." 베로가 대시보드의 버튼으로 손을 뻗었다.

"베로, 이건 바보 짓이에요."

그녀는 사악하게 웃으며 차를 움직이기 시작했다. 상향등이 켜졌다. 파란 불빛이 번쩍이고 사이렌이 울렸다. 폐차장 문 옆에서 한바탕 소동이 벌어졌다. 하비의 고객들은 SUV로 달아나다가 서로 걸려 넘어졌다. 하비는 자신의 카마로를 향해 뒷걸음질치기 시작했다. 그는 눈을 가늘게 뜨고 우리 차 옆면에 그려진 거대한 페니스를 살폈다. SUV가 경계석을 넘어 달아나거나 말거나 하비는 우리 차에서 눈을 떼지 못했다. 아우디가 타이어를 끽끽거리며 SUV를 뒤쫓았다. 베로도 엔진에 시동을 걸었다. 우리가 아우디를 쫓아 출발하는 모습을 지켜보며, 하비는 곧 터지기라도 할 듯이 머리를 움켜쥐었다.

"베로, 속도를 줄이고 경광등을 꺼요! 누가 우리를 볼지도 몰라요."

베로는 우리의 파란 불빛이 아우디의 후면을 비출 때까지 가속페달에서 발을 떼지 않았다. 그녀가 사이렌보다 목소리를 높였다. "얼른 저 차 번호판을 찍어요."

나는 한 손으로 대시보드를 붙잡고 휴대전화로 사진을 찍었다. "됐어요. 차 돌려요. 정비소로 가게." 베로가 순찰차의 속도를 더 높였다. 나는 좌석에 몸을 딱 붙여야 했다.

"저대로 달아나게 놔둘 수는 없어요. 저 남자가 정비소를 감시하고 있었잖아요, 핀레이! 하비 사진도 찍었다고요."

"지금은 어쩔 수 없어요!"

우리 앞의 신호등이 노란색으로 바뀌었다. 신호등 앞에서 차량의 정지등이 도미노처럼 켜졌다. 아우디는 속도를 줄이는 차들 사이를 요리조리 빠져나가며 속도를 높였다.

"썅." 베로가 이 사이로 내뱉었다. 아우디가 교차로를 쌩하니 지나가자 베로도 가속페달을 꾹 밟았다.

순찰차가 아우디를 뒤쫓는 사이 나는 문을 꽉 잡았다. "베로, 신호가—."

"따라잡을 수 있어요."

베로는 순찰차 속도를 더 올렸다. 신호등이 빨간색으로 바뀌었다. 우리 앞에서 차들이 다가오기 시작했다. 그중 한 대는 우리의 경광등과 사이렌에 당황했는지 교차로 한복판에 우뚝 멈췄다.

베로가 운전대를 홱 꺾어 맞은편 차의 후드를 아슬아슬하게 피했다. 심장이 철렁하는 순간 차체가 과속방지턱 위로 펄쩍 뛰어올랐다. 나는 꺅 비명을 질렀다. 우리 차 바퀴가 땅에 다시 닿자 한쪽 눈을 살며시 떴다.

도로가 2차선으로 줄었다. 우리 앞에 길고 검은 아스팔트가 뻗어 있었다. "따라붙고 있어요." 베로가 중앙선에 차를 걸친 채 속도를 높였다.

"어쩌려고요?"

"저 차를 세워야죠."

"세우고 나서?"

"그건 아직 생각 안 해봤어요!" 순찰차의 방향을 틀며 베로는 계기판 밑의 마이크로 손을 뻗었다. "좀 켜줘요."

"안 돼요! 달리는 페니스가 차를 세우라고 하면 누가 말을 듣겠어요!"

"제복 입은 사람이 누구죠, 핀레이? 나예요! 나, 경찰복 입었다고요!"

"알았어요!" 나는 스피커를 켰다.

베로는 스위치를 누르고 마이크를 입술에 갖다댔다. 그녀의 말이 신의 목소리처럼 우렁차게 터져 나왔다. "경찰입니다. 속도를 줄이고 차를 세우세요." 아우디가 아주 조금 느려졌다. "봤죠? 먹힌다니까!" 베로는 길 중앙을 차지하고 아우디를 갓길로 몰았다. 아우디는 살짝 비틀대며 속도를 조금 더 늦췄다. 운전자가 앞좌석 위로 몸을 숙여 글로브박스로 손을 뻗고 있었다. "봐요, 면허증이랑 등록증을 꺼내고 있잖아요. 차량 검문은 내가 잘 알아요. 로디 옆자리에 탔을 때 유심히 봤으니."

운전석 창문이 내려갔다. 운전자는 한 손으로 운전대를 잡고 있었다. 그는 다른 손을 우리 쪽으로 뻗었다.

"베로, 저 사람 총 갖고 있어요!" 그가 총을 발사하자 우리는 몸을 숙였다. 베로는 가속페달을 밟으며 운전대를 오른쪽으로 꺾어 아우디의 범퍼 바로 뒤로 이동했다.

"총 내려놓고 차 세워!" 베로가 마이크에 대고 소리쳤다. 운전자가 다시 총을 쏘았다. 나는 문손잡이를 잡았다. "이 자식아! 차 세우라니까 말귀 못 알아들어?"

운전자는 창밖으로 몸을 내밀어 우리를 똑바로 조준했다. 그가 방아쇠를 당기는 순간 베로는 운전대를 홱 꺾었다. 순찰차가 도로에서 벗어나자 우리는 비명을 질렀다. 차는 풀밭으로 들어가 들판 가장자리에 멈췄다.

아우디의 미등이 점점 멀어졌다. 우리를 둘러싼 잡초 위로 파란 불빛이 소용돌이쳤다. 나는 떨리는 손으로 사이렌을 껐다.

"괜찮아요?" 운전대를 쥔 베로의 손마디가 하얬다.

"괜찮아요." 비명을 지른 탓에 내 목소리가 거칠었다. "당신은요?"

"뭐, 괜찮아요." 베로는 경광등을 껐다. 우리 차 전조등이 탁 트인 들판을 비추자 어둠 속에 동물들의 휘둥그레진 노란 눈들이 보였다.

베로 쪽 문이 벌컥 열렸다. 그녀는 비명을 지르며 누군가에게 팔을 잡혀 밖으로 끌려나갔다. 나도 문을 열고 허둥지둥 밖으로 나갔다가 하비를 보고 가슴을 쓸어내렸다.

그의 시선이 베로를 구석구석 훑었다. "맙소사, 베로니카! 너 죽을 뻔했어."

"나 멀쩡해." 하비가 베로를 끌어안자 그녀의 목소리는 그의 재킷에 묻혔다.

나는 다리에 힘이 풀려 트렁크에 기댔다. "나도 멀쩡해요. 궁금한 사람이 있는지 몰라도."

베로는 하비의 품에서 빠져나와 허리띠를 끌어올리고 타이의 헐렁한 제복 소매를 걷었다.

"무슨 이딴 옷이 다 있어? 그리고 이런 차는 어디서 났어?" 하비가 베로에게 물었다.

"빌렸지." 베로가 대답했다.

"빌렸다고?" 하비는 그 한마디로 모든 게 설명된다는 듯 되뇌었다. "누구한테?"

베로는 양손을 허리에 짚었다. 제복 소매가 손 주위로 늘어졌다. 바지 허리에서 빠져나온 셔츠 자락은 무릎에 닿을 지경이었다. "네가 무슨 상관이야."

하비는 타이의 이름표를 보고 이를 악물었다. "이게 다 무슨 상황인지 설명해볼래?"

"싫거든."

하비가 쓴웃음을 터뜨렸다. "요만큼 남았었는데." 그는 좌절한 눈빛으로 엄지와 검지를 붙이며 말했다. "애스턴마틴 거래가 성사되기까지 요만큼 남았었다고."

"그렇게 안 보이던데. 그 사람들 주저하는 것 같더라."

"너한테 몇천 달러 더 갖다주려고 내가 과한 요구를 했나 보네! 네가 그 순간에 나타나지만 않았어도 그 사람들 마음을 돌릴 수 있었어. 그렇게 요란하게 경광등을 번쩍거렸으니, 이제 다시 부를 수나 있을지 모르겠다."

하비는 차 옆을 서성대며 머리를 쓸어 넘겼다. 베로 쪽 문을 닫다가 페인트 낙서를 보고는 고개를 흔들었다. "차 꼴이 이래갖고 어딜 돌아다니겠어."

"해 뜨기 전에 아카데미에 돌려놓아야 해요. 저건…… 지우고요." 나는 남근을 가리켰다.

하비는 땅이 꺼지도록 한숨을 쉬며 문을 열었다. 그는 운전대 아래를 보고 인상을 쓰며 천천히 베로를 돌아봤다.

"열쇠를 잃어버렸어." 베로가 변명하듯 말했다.

하비는 꺼림칙한 웃음을 지으며 문을 열어주고 차에 타는 베로를 지켜봤다. "미는 것 좀 도와주세요." 그가 내게 말했다.

베로가 후진기어를 넣자 하비와 나는 후드에 기댄 채 풀밭을 지나 도로 갓길까지 차를 밀어올렸다. 하비는 카마로를 타고 우리를 뒤따라 정비소까지 짧은 거리를 이동했다. 그는 잠긴 문을 열고 순찰차를 안으로 들인 후 문을 닫았다.

"페인트 희석제는 선반 위에 있어요. 제가 걸레를 찾아볼게요." 베로는 사무실 문으로 사라지는 하비를 바라봤다. 그가 사라지자, 베로는 사촌의 작업대 위 전등을 켜고 수납장을 뒤졌다.

"여기요." 그녀가 내게 헝겊과 매니큐어 제거제 냄새가 나는 병을 건넸다.

나는 차 옆에 무릎을 꿇고 냄새 나는 액체에서 몸을 멀찍이 떨어뜨린 채 헝겊에 조금 부었다. 컴컴한 차고는 으스스했다. 바로 이곳에서 펠릭스 지로프를 처음 대면한 밤이 떠올라 마음이 불편했다. 낙서가 빨리 지워지기를 바라며 벅벅 문질러 닦았다. 베로가 작업대에서 걸레 하나를 더 가져와 내 옆에 무릎을 꿇었다. 원을 그리며 페인트를 닦는 나를 보며 그녀는 혼자 킬킬거렸다.

"뭐가 웃겨요?"

"이번 주에 당신이 남근을 가장 가까이 한 순간이 바로 지금 아닌가요? 경찰 아카데미는 겨우 이틀 남았는데 아직도 닉을 정복하지 못했잖아요."

"닉을 정복한다고 해결되는 문제는 없어요."

"간절한 욕구를 무시한다고 해결되는 문제도 없죠."

"당신이 할 말은 아닌 거 같은데요." 나는 하비가 나간 문을 가리켰다.

"하비랑 나는 끝난 지 오래예요."

"그 말 안 믿어요. 저 남자, 아직 당신을 사랑하는 게 틀림없어요."

"괜히 저러는 거예요. 별 의미 없어요. 늘 그랬어요." 나는 마지막 문장에서 약간의 슬픔을 감지했다. 내가 곪은 상처에 붙어 있던 밴드를 잡아뗀 건가 싶었다.

"둘 사이에 무슨 일이 있었어요?"

"몰라요." 베로는 차를 벅벅 문질렀다. "대학 입학을 앞둔 여름이었어요. 우리가 사귀는 사이인 줄 알았는데 여름이 지나니까 갑자기 아무 사이도 아닌 거예요. 하비는 내가 학교로 떠나기 일주일 전에 사라졌어요. 그냥…… 휙 하고요. 문자도 없고, 전화도 안 되고, 말 한마디 없이 잠수를 타버렸죠. 그래서 나도 연락을 끊었어요. 추수 감사절에 하루 일찍 집에 도착해서 사촌이 일하는 정비소를 찾아갔더니 하비가 거기 있더라고요."

"무슨 일이 있었던 거예요?"

"아무렇지 않은 척하더라고요. 우리 사이에 아무 일도 없었다는 듯. 다음 날 저녁 식사 시간에 라몬이랑 같이 우리 집에 나타났지만, 엄마가 하비를 집에 들이지 않았어요." 베로는 그 일을 떠올리며 슬며시 웃었다. "그렇게 노발대발하는 엄마는 처음 봤어요. 하비한테 나를 가질 자격이 없는 놈이라고 했어요. 자기 딸한테 한참 부족하다는 거죠." 베로의 미소가 희미해졌다. "엄마한테 오히려 그 반대라고 말할 용기는 없었어요."

베로는 뒤로 물러서서 우리의 작업을 점검했다. 문질러 닦은 부위에 아직 남근의 형태가 희미하게 남아 있고 타이어 접지면에 파란 페인트가 묻어 있었다. 연수원에 도착할 즈음에는 도로의 먼지로 가려지기를 바랄 뿐이었다.

하비가 걸레 한 움큼과 폐차장에서 슬쩍했을 헌 타이어를 들고 뒷문으로 들어왔다. 그는 외투를 벗고 플란넬 셔츠 단추를 풀어 얇은 흰 내의를 드러냈다. 베로와 나는 뒤로 물러나 하비에게 공간을 내주었다. 그는 순찰차 밑에 신속하게 기중기를 설치해 차체 뒤편을 바닥에서 들어올렸다. 옷 밖으로 어깨 문신이 비쳐 보였다. 그는 파란 타이어를 차에서 분리해 옆으로 밀어놓고 새것 같은 타이어를 끼웠다. 작업이 끝나자, 그는 앞쪽 패널 옆에 무릎을 꿇고 남은 파란색 페인트를 문질러 닦았다. 베로를 돌아보니 넋을 놓고 하비를 지켜보고 있었다.

머리와 내의가 땀에 흠뻑 젖은 하비가 마침내 일어섰다. 그는 내의를 벗어 관자놀이에 흐른 땀방울이 후드에 떨어지기 전에 얼른 닦고 플란넬 셔츠를 집었다. 하비의 몸에는 문신이 빼곡했다. 팔이나 등에는 맨살을 찾아보기 어려울 지경이었지만, 가슴에는 딱 하나만 새겨져 있었다. 작은 'V'가 심장에서 가까운 왼쪽 가슴을 장식했다. 그가 플란넬 단추를 잠그자 그 끝만 살짝 보였다. 베로의 엉덩이에 새겨진 'J'와 수상할 정도로 비슷했다.

나는 웃음 띤 입술 위를 손가락으로 두드리며 베로를 돌아봤다. '그럴 줄 알았어'라는 말이 하고 싶어서 입이 근질근질했지만 꾹 참았다.

"그래서 이제 어쩔 거야?" 베로가 얼굴을 붉히며 그에게 물었다.

하비는 셔츠로 손에 묻은 타이어 얼룩을 닦았다. "매수자한테 연락해서 원래 가격의 10퍼센트를 깎아주겠다고 하지 뭐. 그러면 다시 찾아올지도 몰라." 베로가 뭐라 따지려고 입을 열자 하비가 작업대에 셔츠를 던지며 말했다. "걱정 마. 내 몫에서 제할 테니까."

"네 적선 따위는 바라지 않아."

"그럼 뭘 바라는데, V?" 하비가 베로를 내려다봤다. 그의 검은 눈이 베로의 눈처럼 이글거렸다. 베로가 한순간이라도 하비에게 자신에 대한 감정이 남아 있지 않다고 생각했다면 사실을 부정하는 것이다.

정비소의 온도가 몇 도쯤 치솟는 기분이었다. 나는 헛기침을 했다. "고마워요, 하비. 얼마를 받든 우리는 괜찮아요." 시간은 5시 30분에 가까웠다. 해 뜨고 나서 순찰차를 돌려놓으려 하다가는 들킬 수밖에 없다. "어두울 때 연수원으로 돌아가야 해요." 나는 베로를 차로 떠밀었다. 두 사람이 서로를 죽이기 전에. 아니면 입을 맞추기 전에. 어느 쪽이든 아카데미 복귀는 지체된다. 실비아의 독촉과 베로의 끈질긴 압박에도, 우리 둘 다 자신의 로맨스를 고쳐 쓰는 데 낭비할 시간은 없었다. 싹쓸이가 누구인지 밝혀 펠릭스의 관심을 벗어날 시간이 이틀밖에 남지 않았다.

24

해가 지평선 위로 올라오기 직전에 연수원에 도착했다. 아카데미에서 조금 떨어진 곳에 차를 세우고, 나는 다시 트렁크로 들어갔다. 베로는 앞좌석에 자기 휴대전화를 세워두었다. 정문을 통과하는 아슬아슬한 순간에 나는 숨을 죽이고 귀를 쫑긋 세웠다. 우리 차 전조등이 가까워지자 초소를 지키던 경찰은 휴대전화에서 눈을 떼고 지붕의 경광등을 흘끔 보더니 들어가라고 손짓했다. 베로는 차를 다른 훈련용 순찰차들 옆에 대고 나를 트렁크에서 꺼내주었다.

"다른 사람 눈에 띄기 전에 기숙사에 들어가서 제복부터 벗어요." 내가 몸의 먼지를 털며 말했다. 벌써 6시에 가까웠기에, 수업 시작 전에 조깅이나 아침 체조를 하러 방에서 나오는 경찰이 몇 명쯤 있을 터였다. "조금만 있으면 구내식당이 문을 열어요. 내가 아침거리를 좀 가져갈 테니 방에서 만나요."

베로는 타이의 외투 속에 몸을 옹송그린 채 이를 달달 떨며 기숙사 뒷문으로 종종걸음을 쳤다. 따뜻한 커피 한 잔과 도넛을 기대하며, 나는 서둘러 식당으로 향했다. 수업 시작 전에 샤워를 하고 잠시라도 눈 붙일 시간이 남아서 다행이었다.

"핀레이!" 뒤에서 언니의 목소리와 함께 와다다 달려오는 발소리가 들렸다. 몸을 돌리는 순간 딜리아가 내 다리에 달려들었다. 재크도 내 품에 와락 안기더니 둘이서 내게 뽀뽀 세례를 퍼부었다.

아이들을 끌어안고 그 냄새를 들이켰다. 언니의 차에서 묻어온 온기가 남아 있고, 머리카락에는 엄마의 주방 냄새가 희미하게 배어 있었다. "너희 둘이 여긴 어쩐 일이야?" 나는 아이들의 이마에 입을 맞췄다. 내 언니가 아이들의 여행 가방을 인도 위로 끌고 왔다.

딜리아가 콧등을 찡그렸다. "엄마한테서 이상한 냄새 나."

내 언니는 아이들의 가방을 놓고 나를 수상하다는 듯 훑었다. "어찌 된 거야?"

나는 재크를 인도에 내려놓고 헝클어진 머리를 눈 뒤로 쓸어넘겼다. 머리카락에 솔잎이 섞여 있었다. 외투에는 가시가 박혀 있고 신발은 진흙투성이였다. 나는 발을 아이들 뒤로 숨겼다. "감기약을 너무 많이 먹었나 봐. 어젯밤에 숲속에서 범죄 현장 수업이 끝나고 어찌나 피곤하던지, 샤워도 못 했어." 내가 훌쩍이는 척하자 언니는 슬그머니 뒤로 물러났다. 내 손에 묻은 페인트 희석제 냄새가 언니가 있는 곳까지 풍기지 않길 바랄 뿐이었다. "왜 아이들이 엄마 집에 있지 않고?"

"몇 시간 전에 엄마 연락을 받았어. 아빠한테 소행성만 한 신장 결석이 생겼다는 거야. 엄마가 아빠를 병원에 데려가야 한다며 나더러 아이들을 좀 봐달라고 했어. 그런데 오늘 아침에 아빠가 응급실에 입원하게 돼서 혼자 둘 수 없나 봐. 아이들을 데려갈 수 있느냐고 물어보려고 스티븐한테 전화를 걸었는데 안 받더라. 10시에 수업이 있어서 짐을 챙겨 아이들을 여기로 데려왔지 뭐야."

나는 달아나려는 재크와 씨름한 끝에 파닥거리는 아이를 겨우 허리춤에 안았다. "아빠는 괜찮아? 우리도 병원에 가봐야 하는 거 아냐?"

"괜찮대. 엄마가 지극정성으로 보살피고 있으니까. 결석은 비뇨기과 의사가 레이저로 날려버릴 테고. 아빠는 구경꾼들 앞에서 컵에다 소행성을 배출하면 돼. 몇 시간 후면 다시 말짱해질걸. 너는 좀 어때?"

나는 하품을 참았다. "따뜻한 물로 샤워하고 한숨 자면 다 괜찮을 거야."

"다행이다." 언니는 내게 아이들의 여행 가방과 기저귀 가방을 건넸다. "배고파 죽겠다. 난 수업 전에 뭘 좀 먹고 잠도 좀 자야겠어. 늦지 마. 닉이 대단한 수업을 준비하고 있나 봐. 몇 시간 있다가 보자."

"그런데 조지아." 나는 등 뒤에서 언니를 불렀다. 재크가 담요를 내놓으라고 칭얼대기 시작했다. "아이들은…… 어떻게 해야 돼?" 구내식당으로 사라지는 언니를 보며 한숨지었다.

딜리아가 내 소매를 당겼다. "엄마, 안으로 들어가면 안 돼? 나 추워."

"그래, 들어가자." 여행 가방 두 개를 한 손에 들고, 기저귀 가방은 팔에 걸고, 재크를 옆구리에 안은 채 딜리아를 체육관으로 이끌었다. 문을 발로 당겨 열었다. 아이들을 여자 탈의실로 데려가는 동안 내 몸에 얼마 안 남은 아드레날린이 분비되는 느낌이었지만 아무도 없는 것을 보니 마음이 놓였다. 딜리아의 여행 가방에서 컬러링북과 마커를 꺼내주고 재크에게는 마른 과자를 안겼다. 담요를 찾아 여행 가방을 뒤졌지만 보이지 않자 욕이 절로 나왔다. 샤워실 앞에 재크를 내려놓고 아이들이 각자 딴 데 정신이 팔려 있는 사이 베로에게 간단한 문자 메시지를 보냈다.

> 핀레이: 아이들이 여기 왔어요. 설명하자면 길어요. 체육관으로 갈아입을 옷 좀 갖다줄래요?
> 베로: 하하, 농담도 참……

"자, 사진 찍자." 아이들이 카메라를 올려다봤다. 딜리아는 손에 마커 얼룩을 묻힌 채 눈을 크게 뜨고 삐끔한 이를 드러냈다. 나는 아이들의 머그샷을 베로에게 보냈다.

> 베로: 이게 무슨 상황?! 당장 갈게요.

딜리아의 태블릿에 애니메이션을 띄워놓고, 아이들이 완전히 정신이 팔린 틈을 타 엄마에게 전화했다.

"핀레이? 아이들 일은 미안하게 됐다. 네 언니가 봐주고 있어. 나는 네 아빠를 병원에 데려가야 해서." 엄마가 병원 밖으로 나왔는지 소음이 멎었다.

"딜리아랑 재크는 내 옆에 있어."

"조지아는 어디 가고? 아이들을 봐주기로 약속해놓고!"

내가 이혼한 이후로 다들 그런 식이었다. "내 걱정은 안 해도 돼. 다 잘하고 있으니까. 아빠는 좀 어때?"

"괜찮아. 짜증을 부려서 그렇지. 비뇨기과 의사 말로는 순환도로에 교통 체증이 생긴 거래. 간호사한테 모르핀 좀 달라고 했다."

"많이 힘들대?"

"아니, 네 아빠 때문에 내가 힘들다."

나는 웃음을 터뜨렸다. "엄마도 좀 쉬어. 아빠한테 나 대신 뽀뽀해주고. 아빠 수술 끝나면 전화해줘, 알았지?"

통화를 마치고 보니 아이들은 조용히 놀고 있었다. 이번에는 스티븐의 번호를 눌렀다. 어젯밤처럼 음성사서함으로 곧장 넘어갔다.

"당신 어디야?" 그의 음성사서함에 대고 물었다. "아이들이 지금 경찰 아카데미에 왔어. 전화해." 빨간 종료 버튼을 누르면서, 스티븐이 이미 뒈지지 않았으면 내가 찾아서 죽여버리겠다고 중얼거렸다.

흙투성이 옷을 벗고 물을 세게 틀었다. 샤워커튼을 치고 따뜻한 물을 맞았다. 흙탕물이 소용돌이치며 배수구로 내려갔다. 벽에 붙은 디스펜서에서 샴푸를 듬뿍 짜내어 머리에 문지르면서 커튼 틈으로 아이들이 내가 앉혀둔 자리에 얌전히 있는지 살폈다.

"핀레이?" 베로가 외쳤다.

"이 안에 있어요!" 나는 수도꼭지를 잠그고 빳빳한 흰 수건으로 몸을 감쌌다.

아이들은 만화와 과자를 팽개치고 꽥꽥 소리를 지르며 베로에게 달려들었다. 베로는 내 운동 가방을 벤치에 놓고 재크를 붙잡았다. 그녀는 재크를 빙빙 돌리고 나서 아이 둘을 한꺼번에 꼭 끌어안았다. "우리 아기들이 여긴 어쩐 일이야?" 베로가 달콤하기 그지없는 목소리로 물었다. 나에게 하는 질문이 틀림없었다.

"아빠가 신장 결석으로 입원해서 조지아가 여기 데려왔어요." 나는 꿈틀대며 브래지어를 입고 깨끗한 운동복 상의를 머리에 뒤집어

썼다. 아이들이 다시 애니메이션 앞에 자리를 잡자 나는 작은 소리
로 물었다. "타이한테 제복은 돌려줬어요?"

베로는 고개를 끄덕였다. "타이의 휴대전화로 야한 사진을 보내주
고 제복은 방문 밖 쓰레기봉투에 넣어두고 왔어요. 걱정 안 해도 돼
요." 내가 나무라는 표정을 지었지만 베로는 우쭐했다. "나를 식별할
수 있는 흔적은 하나도 남기지 않았으니까요. 당신은요? 아침거리를
가져온다고 했잖아요." 그녀는 재크의 과자를 한 움큼 입에 넣었다.

"가져갈 틈이 없었어요. 언니가 좀 자야겠다고 해서."

베로가 대답 대신 쓴웃음을 지었다. 나는 운동 가방을 뒤져 나머
지 옷을 꺼냈다.

"내 속옷은 어딨어요?" 나는 청바지를 한쪽으로 치우며 물었다.

"구태여 입어야 하나요? 재크는 어딨죠?"

딜리아가 내 휴대전화에서 고개를 들고 출구 쪽을 가리켰다. "저
쪽으로 가쳐."

"헉!" 청바지를 끌어올려 지퍼를 채우며 탈의실을 박차고 나갔다.
재크의 이름을 외치며 바닥에 떨어진 과자를 따라갔다. 과자는 복도
맞은편 남자 탈의실 입구로 이어지고 있었다.

그 안에서 좋아 죽겠다는 듯 깔깔거리는 소리가 들려왔다.

나는 눈을 질끈 감으며 중얼거렸다. "젠장!"

심호흡을 하며 문을 밀었다. 증기가 확 밀려들고 샤워기 꺼지는 소
리가 들렸다. 재크의 웃음소리가 들렸다. 나는 최대한 큰 소리로 아
이 이름을 속삭였다. 사물함의 복도 사이를 재빨리 둘러보던 중에
재크의 외투가 언뜻 눈에 띄었다. 재크는 반대 방향으로 쌩하니 달
아나다가, 오통통한 손으로 내 팬티를 쥔 채 나를 돌아보며 씩 웃었

다. 아이를 쫓아가던 나는 샤워실에서 나오는 남자를 보고 우뚝 멈췄다. 닉이 절뚝이며 탈의실로 들어섰다. 머리는 축축했고 상반신을 노출한 채 허리에 작고 흰 수건을 두르고 있었다.

재크가 괴성을 질렀다. 나는 내 아들의 외투를 와락 붙잡았다. 옷이 손가락 사이를 빠져나가고 아이는 닉에게 돌진했다. 다음 상황은 고통스러울 만큼 느리게 진행되는 기분이었다.

"와! 이게 누구야. 앗!" 닉은 뛰어드는 내 아들을 황급히 붙잡았다. 재크의 신발이 닉의 수건에 걸리면서 허리의 매듭이 풀렸다. 닉은 허리에서 미끄러지는 수건을 잽싸게 움켜쥐었다.

그는 수건으로 사타구니를 가린 채 다른 손으로는 물기가 남은 가슴 위로 재크를 끌어올렸다.

베로가 내 딸의 손을 잡고 탈의실로 뛰어 들어왔다. 그녀는 미끄러져 멈추며 딜리아의 눈에 손을 얹었다. 하지만 그녀의 휘둥그레진 눈은 뻔뻔스럽게도 닉에게 붙박였다. "와, ……굉장해." 그녀가 감탄했다.

"경찰의 반사 신경이죠." 닉이 헛기침을 하며 말했다. 재크는 내 팬티를 담요마냥 턱에 대고 흡족한 듯이 닉의 가슴에 기댔다. 낮잠 시간이 한참 지났을 터였다.

"안녕하세요, 닉 아저씨!" 딜리아가 베로의 손 뒤에서 말했다.

"안녕, 딜리아." 닉은 당황했다. "아이 좀……." 그가 내게 말했다.

"아, 맞다! 이리 주세요!" 나는 말을 더듬었다.

"자, 엄마한테 가렴." 닉이 재크를 내 품에 안겼다.

"내가 아이들을 자판기로 데려가서 과자를 사 먹이고 있을 테니까…… 알죠…… 진짜 좋은 기회가 왔을 때 혼자 사는 성인 여자가 할 수 있는 걸 마음껏 해요." 베로는 내 귓가로 바짝 다가와 재크를 받아 들었다. "나중에 다 얘기해줘야 돼요. 하나도 빼먹지 말고."

"나 아직 여기 있어요." 닉이 말했다.

"아, 밖에서 기다릴게요." 베로는 아이들을 데리고 밖으로 나갔다. 세 사람이 나가자 탈의실은 갑자기 조용해졌다.

"정말 미안해요." 그의 사생활을 잠시나마 지켜주려고 등을 돌렸지만 맞은편 벽의 전신 거울에도 그의 모습이 비쳤다. 거울 속에서 나와 눈이 마주치자 그는 수건을 단단히 묶었다. 나는 뺨이 확 달아올라 시선을 떨궜다. 내 맨발을 보며 말했다. "아이들이 여기 있으면 안 된다는 거 알아요. 스티븐이 데리고 있었는데, 무슨 일이 생겼는지 아이들을 우리 엄마한테 맡기고 가버렸어요. 공교롭게 우리 아빠가 신장 결석으로 입원해서 엄마가 아이들을 조지아한테 넘겼는데 10시에 수업이 있대서—."

"괜찮아요." 닉은 내 어깨를 잡고 가만히 돌려세웠다. 그가 나를 바짝 끌어당기자 머리가 마비되는 기분이었다. "아이들 얘기는 들었어요. 조지아가 오늘 아침에 어머님 댁에서 연락했거든요. 데려가도 되겠냐고 묻기에 괜찮다고 했어요."

나는 놀라서 그를 보고 눈을 깜박였다. "그랬어요?"

"아니면 당신이 여길 나가야 하잖아요." 닉의 머리카락이 젖어 있어 평소보다 색이 짙고 길어 보였다. 축축한 곱슬머리를 드리운 다정한 갈색 눈에서 시선을 뗄 수 없었다.

"가봐야겠어요." 나는 뒷걸음질하다가 사물함에 부딪쳤다. 닉의 감칠나는 바디워시 향에 방향감각을 상실했다. 어쩌면 몹쓸 호르몬 때문이었는지도. "당신도 곧 수업에 가야 할 텐데 아직 옷도…… 안

입었잖아요."

닉이 재미있다는 듯 입꼬리를 올리며 사물함을 열었다. 그는 옷걸이에 걸린 진청색 정장 셔츠를 꺼내어 어깨에 걸쳤다. 셔츠 사이로 수건이 보였다. 그가 소매 단추를 잠그며 말했다. "우리 수업 말하는 거죠. 당신도 늦지 않게 왔으면 좋겠네요. 신발도 신고요."

"아이들을 봐줄 사람이 없어요. 베로한테 나 대신 수업을 빼먹고 아이들을 보라고 할 수는 없잖아요."

닉의 사물함이 찰칵 닫혔다. 그는 눈을 가늘게 뜨며 내 앞으로 다가왔다. "맞아요. 베로나 부모님, 언니한테 맡길 수는 없죠. 당신 전남편이 책임감 없이 아이들을 다시 떠넘긴 게 문제니까요. 그 사람 아이들이기도 한데 말이죠. 당신이 필요할 때 의지할 수 있어야 하는데 그게 안 되네요."

내 목에 응어리가 생겼다. "전화를 받기라도 해야 그런 말을 하든지 말든지 할 텐데요. 아무래도 내가 아이들을 데리고 집에 돌아가는 편이 낫겠어요."

닉은 턱 근육에 힘을 주며 한 손을 들었다. "그냥…… 여기서 잠깐 기다려요."

그는 사물함을 열고 휴대전화를 꺼냈다. 연락처에서 번호를 찾더니 스피커 모드로 바꾸고 휴대전화를 앞으로 내밀었다. "여보세요, 로디?"

"말씀하세요, 닉."

"체육관에서 근무 가능하신가 해서요. 두 사람이면 좋겠는데. 타이랑 같이 몇 시간만 미성년자 둘을 보호해주실 수 있을까요?"

"알았습니다."

"오는 길에 식당에 들러서 주스도 좀 갖다주세요."

"알았습니다."

닉은 휴대전화를 벤치에 던졌다. "봤죠? 문제가 해결됐어요."

"고마워요." 닉이 셔츠 단추를 채우기 시작하자 나는 더 이상 볼수 없는 것에 대한 아쉬움과 안도감을 동시에 느꼈다. 그의 아찔한 수컷 냄새에 정신이 혼미했다. 전화 통화를 할 때의 듬직한 모습까지보고 나니, 정장 셔츠와 수건만 걸친 닉 앞에서 내 결심을 지키기는 힘들 것 같았다. "너무 신세를 지네요."

"내 동기에 사심이 없지 않다는 건 인정할게요." 그는 내 맞은편 사물함에 기대고는 한쪽 입꼬리를 올리며 눈을 치켜 떴다. "아까 베로가 한 말은 무슨 뜻이죠?"

온몸의 피가 뜨거워지는 기분이었다. "아무것도 아니에요. 그냥…… 장면 묘사가 좀 어려웠거든요."

"어떤 점이 어려워요?" 그는 알 만하다는 듯 엉큼한 미소를 지었다.

내 주인공이라면 대담해졌을 순간이었다. 그에게 얼마나 푹 빠져 있는지, 그를 얼마나 원하는지 인정해야 하는 장면이었다. 이제는 도망 다니기 지쳤다고 고백할 기회였다. 그의 단단하고 축축한 몸을 과감히 쓰러뜨리고 폭풍이 몰아치는 동안 은밀한 부위에 모래에 쓸린 상처를 만들 시간이었다.

"가봐야겠어요." 나는 쉰 목소리를 내며 탈의실에서 뒷걸음질했다. 닉이 두른 수건의 매듭이 나의 의지력만큼이나 위태로워 보였다. "로디를 찾아야죠. 타이도요. 신발도 찾고요. 늦으면 조지아가 팔굽혀펴기를 시킬지도 몰라요. 수업 끝나고 봐요." 나는 돌아서서 문을 나가 베로와 아이들이 나를 기다리는 복도로 달아났다.

25

엉덩이에 불 붙은 사람처럼 남자 탈의실을 뛰쳐나왔다. 베로와 아이들이 자동판매기 옆에서 기다리고 있었다. 내 운동 가방이 그녀의 팔에 걸려 있고 아이들의 여행 가방은 벽에 기대서 있었다. 그녀는 미간을 찌푸리며 휴대전화로 시각을 확인했다.

"수업까지 아직 15분이나 남았어요. 왜 벌써 나와요? 길고 상세한 보고서를 기대하고 있는데."

"요약본으로 만족해야 할 거예요." 나는 베로에게서 가방을 받아 들고 재크를 안아 올려 반대쪽 허리에 걸쳤다.

"10분 동안 뭘 한 거예요?"

"당신이랑 내가 수업에 갈 수 있게 아이들을 돌봐줄 사람을 섭외했죠."

"그래, 누가 봐주기로 했는데요?"

나는 건물 출입문으로 고갯짓했다. 로디의 순찰차가 건물 앞쪽 화재 비상구 앞에 멈추고 있었다.

"아, 뭐야." 조수석에서 내리는 타이리스를 보고 베로가 중얼거렸다. 타이는 평소보다 느릿느릿 움직이고 있었다. '포콰이어 카운티 경찰서'라고 적힌 그의 운동복은 빳빳하게 다림질된 로디의 제복과 완전한 대조를 이루었다. 그는 선배를 따라 로비로 들어왔다.

로디가 선글라스를 벗었다. "밀착 감시가 필요한 어린이 둘이 있다고 들었는데요."

"여기 있어요, 경관님." 베로가 딜리아의 머리를 쓰다듬었다. 재크는 내 어깨에 얼굴을 묻고 도넛 부스러기를 스웨터에 닦았다.

로디는 딜리아 앞에 무릎을 꿇고 눈높이를 맞췄다. 그는 커다란 손으로 사과 주스 두 팩을 딜리아에게 내밀었다. "자, 아가. 엄마랑 베로 이모는 수업에 가야 하니까 아저씨들이랑 몇 시간 같이 있자고. 괜찮겠지?"

딜리아가 실눈을 뜨고 그를 살폈다. 주스 팩은 본체만체하고 그의 배지를 가리키며 물었다. "이거 하나만 주시면 안 돼요?"

"그건 안 돼. 하지만 이건 어때?" 그는 경찰 모자를 벗어 딜리아의 머리에 얹었다. 모자챙이 이마 위로 미끄러져 눈을 가리자 딜리아는 모자를 올리고 그를 보았다.

"아저씨랑 경찰차를 타고 사이렌을 울리면서 나쁜 놈들을 잡으러 가는 거예요?"

로디는 파트너를 보며 쓸쓸하게 웃었다. 타이리스는 쭈뼛대며 베로를 흘끔거렸다. 그의 부자연스런 움직임을 보니 아직도 베로의 속옷을 입고 있는 모양이었다. "오늘은 가번스 경관이 두통이 있어서 사이렌은 안 될 것 같아. 대신에 체육관에서 놀면 어떨까?" 그는 딜리아에게 주스 팩을 건넸다. 딜리아가 만족스러운 듯이 고개를 끄덕이자 모자가 다시 눈을 가렸다. 내가 바닥에 내려놓은 재크도 주스 팩으로 손을 뻗었다.

"아이들을 잘 다루시네요." 내가 로디에게 말했다.

"우리 집에도 애가 둘이라서요. 열여섯 살 먹은 쌍둥이죠. 걱정 마세요, 핀. 우리가 잘 보살피고 있을게요."

괴성을 지르며 복도를 질주하는 재크를 보자 타이리스는 별로 자신이 없는 모양이었다. "뭘 그리 멀뚱히 보고만 있어, 신참?" 로디가 소리쳤다.

"경찰학교에서 이런 일은 안 배워서요." 타이가 더듬거리며 대답했다.

"매뉴얼이 없어서 못 하겠다는 거야? 지금 10-80* 상황이잖아. 어서 가!"

타이는 복도에서 재크를 성큼성큼 뒤쫓았다. 그가 입은 운동복 바지 허리춤 위로 분홍 레이스가 얼핏 보였다. 로디는 고개를 앞으로 기울인 채 눈을 가늘게 뜨고 파트너의 뒷모습을 보았다.

"우리는 가야겠어요. 수업에 늦겠어요. 고마워요, 로디!" 나는 운동 가방을 집으며 말했다. 타이리스가 재크를 감자 자루마냥 등에 둘러업고 돌아왔다. 그가 재크를 내 앞에서 안아 올리자 나는 아이들 앞에 쪼그리고 앉았다. "너희, 로디 경관님이랑 가번스 경관님 말씀 잘 들어야 해. 그럴 수 있지?"

딜리아가 고개를 끄덕였다. 재크는 허공에서 발을 파닥거리며 까르르 웃었다. 나는 아이들에게 뽀뽀를 해주고 둘의 여행 가방과 기

---

* '추격 중'이라는 의미의 경찰 긴급 코드.

저귀 가방은 로디에게 건넸다. 타이가 내 아이들을 체육관으로 데려갔다.

베로와 함께 서둘러 강의실 건물로 이동하면서 수업 일정을 확인했다.

"우리 첫 수업은 뭐예요?" 내가 물었다.

"법정 모의 재판요." 베로가 모퉁이를 돌면서 대답했다. 학생들이 줄지어 강의실로 들어가고 있었다.

"안녕하세요." 맥스가 자기 자리를 포기하고 우리가 서 있는 줄 뒤쪽으로 다가왔다. "어제 컬페퍼 근처에서 불에 탄 차가 발견됐다는 뉴스 보셨어요?" 나는 모의 법정에 들어서며 고개를 끄덕였다. 맥스가 목소리를 좀 낮췄으면 싶었다. "라일리랑 제가 여기 포렌식 전문가 한 분께 여쭤봤는데. 그분 지인 중에 컬페퍼 카운티의 수사관을 아는 사람이 있대요. 그 차 주인이 애틀랜틱시티의 수상한 카지노에서 일했다나 봐요."

라일리도 고개를 격렬히 끄덕끄덕하며 대화에 끼어들었다. "뭔가 살인의 냄새가 나잖아요. 앤서니 형사님께 그 사건 수사관의 인터뷰를 주선해주실 수 있는지 여쭤보려고요."

"인터뷰 얘기가 나와서 말인데, 아직 작가님 인터뷰도 못 끝냈잖아요. 저녁 식사 시간에 계속할 수 있을까요?" 맥스가 물었다.

나는 고개를 푹 숙인 채 베로와 함께 마지막 남은 두 개의 빈 좌석으로 들어갔다. "음, 그러고 싶은데 다른 일이—"

"얼마든지요." 베로가 끼어들었다. 맥스와 라일리는 우리에게 양엄지손가락을 들어 보이고 앞쪽으로 돌아앉았다.

"왜 한다고 했어요?" 내가 씩씩대며 물었다.

"저 둘이 아이크 사건에 대해 제법 아는 것 같아서요. 이 기회에 두 사람한테서 뭔가 알아낼 수도 있잖아요."

"안녕하십니까." 닉이 모두에게 인사했다. 그는 스테이플러가 찍힌 유인물을 세어 뒤로 전달시켰다. 강의실에는 법정과 비슷하게 변호인, 검사를 위한 두 개의 테이블과 증인석이 놓여 있고, 앞쪽 연단에는 판사석이 배치되어 있었다. "새벽에 범죄 현장 훈련을 마치고 다들 충분히 쉬셨기 바랍니다. 우리 같은 형사들은 법정에서 시간을 많이 보내죠. 주로 검찰측 증인으로 출석하는데요. 오늘 있을 형사 재판에서는 어젯밤 현장 조사에서 확인한 사실을 토대로 여러분 가운데 몇 사람이 증언을 할 거예요. 예고해드린 대로, 검찰에서 나온 자원봉사자 두 분이 우리 모의 재판에 참석해주셨습니다."

닉이 자원봉사자들을 앞으로 불러내자 베로가 내 옆구리를 팔꿈치로 찔렀다. 정장에 넥타이를 맨 금발 남자가 맨 앞줄에서 일어섰다. 빨간 머리 여자가 그 옆에 서서 틀어 올린 머리를 매만졌다. 닉은 두 사람과 악수하며 와줘서 고맙다고 인사했다. 다음 순간, 우리 쪽으로 돌아선 두 사람은 줄리언 베이커와 그의 룸메이트 파커였다.

26

"시민 경찰 아카데미를 찾아주신 파커 켈러와 줄리언 베이커 씨를 환영해주십시오!" 닉이 초대 강사들을 가리키자 학생들은 정중하게 박수를 치기 시작했다. "켈러 씨는 검사실 수습 검사이며, 베이커 씨는 형법을 공부하는, 조지메이슨 로스쿨 3학년 학생입니다."

나는 앉은 자리에서 몸을 한껏 낮췄다. 줄리언은 여느 로스쿨 학생이 아니다. 두 달 전까지만 해도 나와 자던 사이였다. 파커는 줄리언을 어지간히 아끼는 룸메이트였고. 나를 그토록 싫어하는 걸 보면, 줄리언을 사랑하는 것이 분명했다.

"도너번 경관님." 닉은 강의실 안의 얼굴들을 훑다가 나를 발견하고 말했다. "현장에 처음으로 도착한 도너번과 루이스 경관님이 우리 모의 재판의 첫 검찰측 증인입니다. 도너번 경관님부터 나와주시죠. 자, 이쪽으로." 닉이 증인석으로 손짓했다.

내가 일어서서 빽빽이 놓인 의자들을 비집고 앞으로 이동하는 사이 줄리언의 미소는 서서히 사라졌다. 파커가 그를 돌아보며 뭐라고

265

소곤거렸다. 줄리언은 고개를 단호히 저어 그녀의 질문을 묵살했다. 내가 증인석에 서자 그는 시선을 피했다.

"원래 검사님이 판사 역할을 해주실 예정이었지만, 오늘 아침에 급한 일이 생겨 이 자리에 함께하지 못하셨어요. 그래서 제가 그 역할을 대신 맡겠습니다. 우리 변호사님 중에서는 어느 분이 검사 역할을 하시겠어요?"

"제가요." 파커가 대답하자 줄리언이 끼어들었다. "제가 하겠습니다." 그는 파커가 뭐라 따지기 전에 자료를 얼른 집어 검사석에 앉았다. 파커는 눈썹을 치켜올리며 변호인석에 서류 가방을 놓고 의자에 앉았다.

닉은 연단에 올라 지팡이를 벤치 팔걸이에 걸고 착석했다. "집행관께서 첫 증인의 선서를 도와주시겠습니까?"

강의실 문 옆에 조이가 기대서 있었다. 그는 팔짱을 낀 채 어깨를 펴고 증인석으로 다가왔다. 이쑤시개가 굳게 다문 입 한쪽에서 반대쪽으로 옮겨갔다. 조이는 이쑤시개를 빼고 강의실의 모든 이에게 들리도록 목소리를 높였다. "증인의 이름을 말씀해주시겠습니까?"

나는 목청을 골랐다. "핀레이 도너번입니다."

"오른손을 드세요." 조이가 무뚝뚝하게 지시했다. "도너번 경관님, 법정에서 오직 진실만을 말할 것을 맹세합니까?"

줄리언의 연한 금빛 눈이 강의실 건너편에서 내 눈과 마주쳤다. 뭔가 경고하는 눈빛 같았다. 이건 모의 재판이라고, 역할극일 뿐이라고 나는 혼잣말했다. 나에겐 대본이 있다. 심폐소생술 연습용 마네킹에 대한 몇 가지 질문에 대답하면 된다. 이 일은 칼 웨스터버와 아무 관계가 없다. "맹세합니다."

조이가 나를 노려보며 이쑤시개를 다시 물고, 증인석을 떠나 문 옆으로 돌아갔다.

닉이 연단에서 학생들에게 말했다. "시간 관계상 양측의 모두 진술은 들은 것으로 하고, 곧바로 다음 순서로 넘어가겠습니다." 그가 줄리언을 돌아봤다. "검사님, 첫 번째 증인을 심문하시죠."

줄리언이 넥타이를 매만지고 대본을 확인하며 발언대로 다가갔다.

"도너번 경관님." 그는 내 눈길을 피하며 딱딱한 말투로 입을 열었다. 내가 알던 바텐더 줄리언이 아니었다. 지금 그는 다림질한 셔츠, 광을 낸 정장 구두, 단정히 맨 실크 넥타이 차림이었다. 내게 웃음 짓던 눈매는 근엄했고, 키스하던 입은 굳게 다물려 있었다. "루이스 경관님과 함께 사망자를 발견하셨죠?"

"네, 맞습니다." 나는 대본대로 대답했다.

"현장에 도착했을 때 상황이 어땠는지 설명해주시겠습니까?"

나는 밋밋한 목소리로 다음 대사를 읊었다. "첫 수색 때 저와 제 파트너는 나뭇잎과 흙에 대충 덮인, 인간의 손으로 추정되는 물체를 발견했습니다."

"그래서 경관님과 파트너는 어떤 조치를 취하셨습니까?" 줄리언이 고개도 들지 않고 물었다.

"나뭇가지를 치우고 시체를 확인했습니다."

"경관님이 보신 것을 법정에 설명해주시겠습니까?" 줄리언이 학생들에게 손짓했다. 다들 넋을 놓고 집중했고, 뒷줄의 학생들은 더 자세히 보려고 몸을 앞으로 기울였다. 해거티 부인은 맨 앞줄 가운데에 앉아 있었다. 그녀는 실눈을 뜨며 안경을 코 위로 밀어 올렸다. 라일리와 맥스는 그녀의 뒤에서 뭔가를 맹렬히 기록하고 있었다.

"사망자는 팔다리가 절단된 채 대충 가매장되어 있었습니다." 나는 몸서리가 나는 것을 참으며 말했다.

"유해를 발견한 다음에는 어떻게 하셨습니까?"

나는 다음 대사를 확인했다. "신고 접수처에 연락해 제가 무엇을 발견했는지 알렸습니다. 그런 다음 범죄 현장을 보존하고 강력반 형사가 올 때까지 기다렸습니다."

"감사합니다, 도너번 경관님." 줄리언은 고개를 까딱하고 연단 쪽을 돌아봤다. "증인 심문은 여기까집니다, 재판장님."

닉이 학생들에게 말했다. "이제 변호인이 반대 심문을 하세요."

파커가 일어서서 증인석으로 다가오다가 옆을 스치는 줄리언에게 입을 다문 채 미소 지었다. 빨간 머리카락을 귀 뒤로 넘기면서 그녀는 내 쪽으로 천천히 걸어왔다. 한쪽 입꼬리만 올린 미소에 나는 움찔했다.

"도너번 경관님." 파커가 자신의 대사를 눈으로 훑으며 운을 뗐다. "조금 전에 형사가 도착할 때까지 기다렸다고 하셨는데요, 도착한 형사는 누구였습니까?"

"니콜러스 앤서니 형사입니다."

파커는 원고를 변호인석의 서류 가방 옆에 놓고 뒷짐 진 채 서성거렸다. "니콜러스 앤서니 형사가 이 사건의 담당자라는 사실을 아셨습니까?"

"어……." 그 대답을 찾으려고 원고를 살폈다. 하지만 답이 보이지 않아서 닉을 올려다봤다. 그는 살짝 고개를 까딱했다. "네." 내가 대답했다.

"앤서니 형사와 함께 일한 것이 처음이었습니까?"

"아닙니다." 나는 주저하며 대답했다. "닉과 저는 전에도 함께 일한 적이 있습니다."

"닉이라면, 앤서니 형사님 말씀이죠?"

"네."

"그분을 잘 아십니까?"

방청석 어디선가 요란한 재채기 소리가 들렸다. 베로가 틀림없었다.

나는 대사를 찾다가 한 페이지가 빠진 것 같다고 생각했다. "그런 것 같은데……."

"그분과 개인적으로 가까운 관계인가요?"

나는 대본을 떨어뜨렸다.

"지금 몇 페이지 하는 거예요?" 해거티 부인이 외쳤다.

"이의 있습니다, 재판장님." 줄리언이 파커를 노려보았다. "검찰측 증인의 개인적인 사생활이 왜 법정에서 언급돼야 하는지 모르겠습니다."

"그런가요?" 파커는 한 손을 허리에 짚고 줄리언을 돌아봤다. "검사께서 이 문제에 특히 관심이 많으신 줄 알았는데요."

"제가 그 문제를 중요하게 생각했다면, 법정에서 갑자기 끄집어내는 게 아니라 사전에 질문했을 겁니다."

닉은 의사봉을 두드려 웅성대는 학생들을 진정시켰다. "인정합니다. 그 질문에 대해 도너번 경관의 답변을 직접 듣고 싶네요. 하지만 이 사건과 연관성이 없다는 검사의 이의는 인정합니다. 그리고 변호인, 변호인도 대본을 받으셨을 텐데요."

"물론입니다, 재판장님." 파커는 변호인석에서 대본을 집었다. 그녀는 그것을 두 손으로 말아 쥐고 증인석으로 돌아와 싱글거리며 말했다. "도너번 경관님, 앤서니 형사가 정직하다고 생각하십니까?"

나는 당황하여 대본을 뒤적거렸다. "네, 그렇지만—."

"그가 누군가를 보호할 목적으로 사실을 속이거나 증거를 숨긴 적이 있었습니까?" 가늘게 뜬 닉의 눈이 파커에게서 내게로 옮겨왔다. 우리 둘 다 그가 언제 증거를 은폐했는지 알고 있다. 구치소에 침입한 나를 닉이 감싸주고 풀어준 날이다. 현장에 있었던 파커가 그 사실을 모를 리 없었다.

"이의 있습니다, 재판장님." 줄리언이 말했다. "사건과 직접적인 관계가 없는 질문입니다."

"인정합니다." 닉이 단호하게 말했다. "변호인께서는 사건과 관계된 질문을 해주세요."

"그렇다면 다른 질문을 하죠." 파커가 줄리언을 가리켰다. "도너번 경관님, 이 검사와 초면입니까?"

"이의 있습니다!" 줄리언이 끼어들었다. "그 질문에 대답하실 필요 없습니다." 그가 강의실 맞은편에서 내 눈을 보며 말했다.

닉이 한쪽 손을 들었다. "변호인, 왜 이런 질문을 하십니까?"

파커가 연단 쪽으로 몸을 돌렸다. "이해충돌을 배제하려는 것뿐입니다, 재판장님. 검사와 증인의 사적인 관계가 제 의뢰인에게 부정적인 영향을 줄 수 있다면 도의적인 배려가 필요하겠지요." 그녀가 내 쪽을 돌아봤다. "도너번 경관님은 선서를 했습니다. 베이커 씨를 만난 것이 이번이 처음입니까, 아닙니까?"

나는 입을 다문 채 말했다. "초면이 아닙니다."

라일리가 손을 들었다. "반대 신문을 원래 이런 식으로 진행하는 건가요?" 맥스가 몸을 앞으로 기울이며 그의 입을 손으로 막았다.

"〈로앤오더〉 드라마에선 이렇게 안 하던데." 베로가 중얼거렸다.

파커는 웅성대는 학생들 틈에서 목소리를 높였다. "도너번 경관님, 베이커 씨를 언제 처음 만났는지 말씀해주시죠."

줄리언이 벌떡 일어섰다. "이의 있습니다, 재판장님!"

"기각합니다." 닉이 나를 뚫어지게 보며 의사봉을 쥔 손에 힘을 주었다. "증인은 질문에 대답하세요."

"아, 젠장." 베로가 소곤거렸다.

나는 대본을 탁 덮었다. "정말 알고 싶어요? 저는 베이커 씨를 작년 10월부터 알았어요."

베로가 벌떡 일어섰다. "이 재판은 무효예요!"

"당최 어디를 하고 있는지 모르겠네!" 해거티 부인이 소리쳤다. "이게 무슨 상황이에요?" 모의 재판정은 곧 잡담으로 소란해졌다.

닉이 일어서서 의사봉을 탕탕 내리쳤다. "잠시 휴정하고, 우리 자원봉사자들께서 여러분의 질문을 받겠습니다! 집행관님, 진행해주세요." 닉은 의사봉을 놓고 지팡이도 팽개친 채 연단을 내려왔다. 파커와 줄리언을 스치고 지나와 내 손을 잡더니, 증인석을 지나 강의실 밖으로 나갔다.

그는 나를 끌고 복도로 나가, 우리가 지나가는 모든 문의 잠금장치를 확인했다. 그는 나를 청소 도구 창고로 끌고 들어가 문을 닫고 불을 켰다. 그의 검은 눈이 이글이글 타올랐다. 나는 금속 선반으로 뒷걸음질하다가 빗자루를 넘어뜨렸다. 페이퍼타월 몇 묶음이 내 주변에 흩어졌다.

"줄리언 베이커? 당신이 만나던 변호사가 저 사람이에요? 얼마나 만났어요?"

"그게 당신이랑 무슨 상관인지 모르겠어요."

"당신 애정 생활이 궁금한 게 아니에요, 핀! 미클러 사건 때문에 묻는 거잖아요! 내가 해리스 미클러의 실종 사건을 조사하는 건 당신도 알았잖아요! 러시의 바텐더들을 찾아간 것도 알면서 당신은 아무 말도 안 했죠! 그때도 저 친구를 만나고 있었어요?"

"아니요!" 나는 팔짱을 꼈다. "만나고 있었다는 표현은 정확하지 않아요."

닉은 몸을 뒤로 젖히고 쓸쓸하게 웃었다. "맞아요. 내가 잊었네요. 당신 책에도 변호사가 나오죠. 지금, 당신이 내게 전부 소설 쓰는 데 필요한 조사였다고 말하는 장면인가요?"

"그냥 당신 생각을 말하는 거예요, 아니면 진짜 내 대답이 궁금한 건가요?"

난방이 켜지고 따뜻한 공기가 천장 환기구에서 흘러나왔다. 닉은 넥타이 매듭 위로 손가락을 밀어넣고 셔츠 윗단추를 풀었다. 그는 내 머리 뒤 선반에 손을 짚고 몸을 숙이며 나를 뚫을 듯이 응시했다. "지금 이 자리에서 진실만 말하고 있다고 맹세할 수 있어요?"

나는 고개를 끄덕였다. 닉이 이렇게까지 가까이 다가오자 정신이 혼미해졌다.

"미클러가 실종된 날 러시에 있었어요?"

"네."

"내가 라몬의 정비소에서 발견한 가발을 쓰고?"

"네."

턱에 잔뜩 힘을 준 채 그는 마침내 긴장된 목소리로 소곤거렸다.

"줄리언한테 그날 밤에 술집에 왔던 금발 여자를 기억하느냐고 물었더니 눈에 띄는 사람은 딱 한 명이었다더군요. 그런데 그 여자는 혼자 술집을 나섰다고, 여자가 떠나기 전에 술집 밖에서 얘기를 나눴다고 했어요. 주방 보조와 손님 한 명에게서 주차장에서 함께 있는 두 사람을 봤다는 말도 들었어요. 그게 당신이었나요?"

목이 메었다. "네."

"왜 당신 이름을 테리사라고 한 거죠?"

눈물로 눈이 화끈거렸지만 나는 깜박이지 않았다. "잘생기고 매력적인 줄리언이 내게 관심을 보이는데, 남편이 딴 여자랑 눈 맞아서 달아난 빈털터리 싱글맘이라고 나를 소개하고 싶지는 않았으니까요! 딱 하룻밤이라도 테리사가 되는 기분을 느끼고 싶었으니까요!"

닉이 한 걸음 물러섰다. 그는 한 손으로 얼굴을 문지르며 낮은 소리로 말했다. "그날 밤에 줄리언을 따로 만났나요?"

나는 고개를 저었다. "줄리언은 내가 집까지 운전할 수 있을 만큼 술이 깼는지 확인하려고 밴까지 따라왔어요. 자기가 퇴근할 때까지 기다리겠냐고 물었지만, 언니한테 맡긴 아이들을 데리러 가야 했어요. 자기 번호를 알려주면서 언제든 전화하라고 했죠. 그렇게 시작된 거예요." 어떻게 대답할지 생각할 필요도 없었다. 내가 한 말은 모두 진실이었다.

닉은 안도의 한숨을 쉬며 고개를 끄덕였다. 나는 그가 왜 그런 질문을 던졌는지를 깨달았다. 나와 줄리언의 불장난이 궁금해서가 아니었다. 내 알리바이를 확인해 내가 해리스 미클러의 실종과 관련이 없다는 줄리언의 진술을 믿고 싶었던 것이다. 해리스와 함께 술집을 나섰다는 금발 여자가 나일 리 없다는 확신을 갖고 싶었던 것이다.

내가 그 여자라면 모든 것이 달라질 테니까.

닉이 거친 목소리로 물었다. "아직 줄리언한테 감정이 남아 있어요?"

"글쎄요. 가끔 생각나긴 해요." 나는 답답해서 한숨을 뱉었다. "줄리언 옆에 있으면 매력적이고 섹시하고 똑똑한 여자가 된 것 같아요. 그 사람은 나 하나만 보거든요. 아이들, 이혼, 실패한 경력 따위에는 신경 쓰지 않고요. 전혀……." 나는 바닥을 내려다보며 얼굴을 찌푸린 채 그 말이 받아들여지기를 기다렸다. 마침내 나는 몇 주 동안 나를 괴롭힌 질문에 대답했다. "그 사람에게 다른 조건은 중요하지 않거든요." 나는 웅얼대며 말을 맺었다.

닉이 내 턱 밑에 손가락을 받쳐 고개를 들고는 주저하는 내 시선을 자기 쪽으로 돌렸다. "당신은 매력적이고 섹시하고 똑똑해요. 그뿐 아니라 지혜롭고 강인하고 용감한 사람이에요. 당신의 전부를 보려 하지 않는 파트너는 당신의 가장 놀라운 면모를 놓친 거예요." 짙은 수염에 둘러싸인 그의 두툼한 입술이 굳게 다물렸다. 그 입술에 키스할 때의 감각을 떠올리자 심장이 콩닥거렸다. 그는 뒤로 물러나며 나를 놓아주었지만 우리 사이의 갑작스런 긴장은 수그러들지 않았다. 누군가 주먹으로 문을 쾅쾅 때리는 소리에 그의 입술이 가늘어졌다.

"닉!" 밖에서 조이의 목소리가 울렸다. "그 안에 있어?"

닉이 소리쳤다. "지금은 좀 내버려둬요, 조이!"

"당장 밖으로 나와. 할 얘기가 있어."

문손잡이가 덜컹거리자 닉은 고개를 떨어뜨렸다. "진짜 조이를 죽이고 시체를 아무도 못 찾는 데 갖다버리든가 해야지." 그는 절뚝거리며 걸어가서 문을 열었다. 학생들이 복도 구석에 늘어서서 손으로 입을 가린 채 수군거리고, 경찰 몇 명은 재밌다는 듯이 우리를 쳐다봤다. 닉은 밖으로 나가 틈을 조금만 남기고 문을 닫았다. 나는 사람들 사이에서 베로를 발견했다. 좁은 문틈으로 우리의 눈이 마주쳤다.

밖을 엿보니 닉이 조이의 멱살을 잡고 있었다. "진짜 중요한 말을 할 게 아니면 각오해요."

조이는 딱 한마디만 했다. "지로프가 달아났어."

27

청소 도구 창고 문틀에 기대선 내게 닉의 충격이 고스란히 전해졌다. 복도 전체가 침묵에 빠졌다.

닉은 파트너를 보고 눈을 깜박였다. "방금 뭐라고 했어요?"

조이는 목소리를 낮췄다. "지로프가 오늘 아침 일찍 탈옥했어. 교도관들이 말하길, 어젯밤 소등 전에는 감방에서 그를 봤다는군. 오늘 아침에 지로프가 두통이 있다며 침대에서 일어나지 않았대. 당직 교도관은 침대에 누워 있는 사람을 확실히 살피지 않았는데, 오후가 되어서야 감방 문을 열어보니, 어떤 수감자와도 기록이 일치하지 않는 남자가 지로프의 죄수복을 입고 있더라는 거야. 그 남자의 신원을 파악하는 중인데 러시아 국적 같다는군."

내 얼굴에서 핏기가 빠져나가는 기분이었다.

닉이 조이의 옷깃을 놓았다. "지로프의 변호사한테는 연락해봤답니까?"

"캣은 뻔한 소리만 해대고 있어. 전혀 몰랐다면서. 우리 측 과실이라

주장하면서 자기 의뢰인이 협박 편지를 수차례 받았고 구금된 상태에서 납치된 거라고 떠들고 있어. 그러면서 수사를 요구하고 있다고."

닉은 머리를 긁적이며 초조하게 서성거렸다. "헛소리예요. 협박받은 사실을 갖고 자기들한테 유리한 판을 짜려는 거죠. 전부 교묘한 속임수예요. 캣이 모든 걸 지휘했을 거라고요."

"조심해." 조이가 복도에 어슬렁거리는 다른 경찰들을 흘끔대며 말했다. "그 여자라면 당신을 명예훼손으로 고소해 가진 걸 전부 빼앗을지도 몰라."

"조언 고맙네요."

"조언 더 해줘? 셔츠 단추 잠그고 넥타이 다시 매. 총경님 연락을 받았어. 한 시간 뒤에 이쪽에 도착하신대."

닉은 조이를 쏘아보며 단추를 채웠다. "여긴 뭐 하러 오신대요?" 그가 넥타이를 목에 두르며 물었다.

"자네한테 직접 그 소식을 전하고 싶어서겠지. 자네가 이 사건에 얼마나 공을 들였는지 잘 아니까."

"지금쯤이면 지로프는 세상 어디라도 갔을 거예요. 재판일에 맞춰 다시 잡아들이긴 글렀어요."

"다들 그를 찾고 있어. 연방수사국까지. 아직 미국 땅에 있다면 곧 찾아낼 거야. 여기." 조이가 닉에게 접힌 종이 한 장을 건넸다. "이걸 보면 기분이 좀 풀리시려나?"

"뭐죠?" 닉이 물었다. 두 사람이 목소리를 낮추자 나는 엿들으려고 문틈에 몸을 바짝 붙였다.

"샘이 어젯밤에 범죄 현장 사진을 전송한 이메일을 찾으려고 네트워크 트래픽을 전부 추적했어. 오늘 결국 이걸 발견했고."

그것을 들여다보는 닉의 눈이 빛났다. "사업체 50곳의 목록이네요."

"유령 회사들이지. 주소지가 전부 이 지역으로 되어 있어."

내 손가락이 문틀을 꽉 감았다. 유령 회사. 애스턴마틴을 소유한 회사처럼. 펠릭스가 내 이름으로 세운 회사처럼. FD 컨설팅도 그 목록에 있을까?

"이 번호는 뭘까요?" 닉이 물었다.

"샘은 해외 은행 계좌라고 보고 있어. 누군지 몰라도 상당히 초조한 모양이야. 말을 듣지 않으면 경찰에 이 리스트를 보내겠다고 지로프를 협박했어."

"이 이메일이 펠릭스한테 언제 발송됐죠?"

"어젯밤 자정쯤에. 펠릭스가 이 목록을 보고 겁을 먹었나 봐."

닉은 고개를 저었다. "펠릭스는 겁을 먹을 사람이 아니에요. 화가 났다면 모를까. 협박범이 아침까지 살아 있다면 그저 운이 좋은 거겠죠."

조이의 휴대전화가 웅웅댔다. 그는 화면을 흘끔 보았다. "이 전화 받아야겠어. 자네 다음 수업은 로디랑 조지아한테 대신 맡아달라고 부탁할게. 총경님 도착하시기 전에 잠시 쉬면서 정신 좀 차리라고."

"고마워요, 조이. 아, 그리고." 닉이 돌아서는 파트너에게 말했다. "버럭해서 미안해요. 내가 잘못했어요."

조이의 눈이 문틈으로 나를 보았다. "잘못 없는 사람이 누가 있겠어."

조이의 발소리가 복도 저편으로 멀어졌다. 벽장 문이 벌컥 열리자 나는 닉의 품으로 쓰러졌다. 그는 한쪽 눈썹을 치켜올리며 나를 내려다봤다. "다 들었어요?"

나는 애써 연민 어린 미소를 지으며 고개를 끄덕였다. "안 들을 수가 없었어요."

그는 나를 위해 문을 붙잡고 있다가 불을 끄고 창고를 닫았다. 복도에 남아 뭉그적거리는 사람은 몇 명뿐이었다. 베로와 로디가 나란히 서서 진지한 표정으로 머리를 맞대고 있었다.

"펠릭스는 어디로 갈까요?" 내가 닉에게 물었다.

"멀리 안 갔을 거예요. 꽁무니 빼고 달아나기에는 너무 오만한 인간이니. 자기 사업체 근처에 숨어 있겠죠."

나는 팔로 몸을 감쌌다. 닉이 바로 이 말을 할까 봐 두려웠다. 펠릭스는 감방을 나와 벌써 우리 가까이 와 있을지도 모른다. 그리고 펠릭스처럼 오만한 사람이 자신을 상대로 이런 게임을 벌이는 싹쓸이를 내버려둘 리 없었다. 그는 문제가 신속히 해결되기를 원한다. 경찰 아카데미는 이틀도 남지 않았다. 싹쓸이를 빨리 넘기지 않으면 펠릭스는 나를 찾아올 것이다.

닉이 고개 숙여 내 눈을 보며 말했다. "당신이 펠릭스 걱정을 안 했으면 좋겠어요. 여기 있으면 당신이랑 아이들은 안전해요. 내가 보장하죠."

"앤서니 형사님?" 닉과 내가 돌아보니 추위로 얼굴이 벌게진 정복 경찰이 모퉁이 뒤에서 나타났다. "방해해서 죄송합니다만, 정문 쪽에 소동이 좀 생겼습니다. 웬 남자가 시민 아카데미에 등록했다면서 들어오겠다고 떼를 쓰고 있어요. 신분증을 확인해보니 명단에 없는 사람이에요. 뉴저지에서 렌터카를 몰고 왔는데, 제출한 면허증도 가짜였어요." 복도 맞은편의 베로가 나와 눈을 맞췄다. "밖으로 내보내려 하니까 거칠게 반항했어요. 몸수색을 했더니 난동을 부리네요."

닉이 눈을 비볐다. "지금은 어디 있죠?"

"정문 쪽에 붙잡혀 있습니다."

"곧 갈게요."

"나는 아이들을 찾으러 가야겠어요." 이렇게 말하며 자리를 뜨려 하자 닉이 내 손을 붙잡았다.

그가 조용조용 말했다. "우리, 방금 저 안에서 있었던 일에 대해 얘기 좀 해야죠?"

"나중에요." 그의 손을 벗어나며 말했다. 오늘 있었던 모든 일에 대해 이야기를 나눌 날이 올지도 모른다. 내가 쏟아낸 작은 진실들과 말해야 했지만 결국 밝히지 않은 큰 진실에 대해. 하지만 지금은 아이들을 찾아야겠다는 생각밖에 없었다. 닉의 말과 달리 이곳에서는 누구도 안전하지 않다.

닉을 청소 도구 창고 옆에 두고 떠날 때 베로와 로디는 보이지 않았다. 서둘러 캠퍼스를 지나 체육관으로 향했다. 보안 검색대 옆에서 경광등이 빙빙 돌았다. 울타리 너머 순찰차 옆에 제복 경찰들이 모여 있었다. 뒷좌석에 갇힌 덩치 큰 남자가 보였다. 그의 눈이 차창을 통해 내 눈과 마주쳤다. 후드를 얼굴에 덮어쓰고 서둘러 아이들을 찾으러 가는 내게 그의 시선이 따라붙었다.

체육관 문을 열었다. 내 아들의 야단스러운 웃음소리가 복도에 메아리 치자 안도감에 현기증이 날 지경이었다. 소리를 따라 농구장으로 향했다. 재크의 멜빵바지 위로 기저귀를 찬 부위가 팽팽했다. 빈 과자 껍데기가 흩어진 코트에서 재크는 공을 쫓고 있었다. 로디와 베로는 옆에 서서 관람석을 올려다보고 있었다. 벤치에 드러누운 타이를 보는 것이었다. 그의 한쪽 팔이 옆으로 늘어져 있고 손톱에 선명한 빨간색이 칠해져 있었다. 딜리아가 타이의 옆에 무릎을 꿇고 앉아, 혀를 내밀고 실눈을 뜬 채 매직 마커로 그의 뺨에 색칠을 하는 데 온 신경을 집중하고 있었다. 타이의 감긴 눈꺼풀에 파란색이 칠해지고, 그 둘레로 태양 광선 같은 검은 선이 그려졌다. 그는 살짝 코를 골고 있었다.

베로가 어깨를 들썩이며 소리 없이 웃었다. 나는 그를 깨울까 봐 입을 막았다.

"정말 죄송해요." 내가 로디에게 속삭였다.

"죄송하긴요." 로디가 잠든 파트너를 지켜보며 고개를 저었다. "오늘 아침에 저 친구한테 전화를 세 번이나 하고야 겨우 깨웠어요. 이 일로 귀한 교훈을 얻을 거예요."

"립라이너를 똑바로 그려야 한다는 교훈은 얻겠네요." 베로가 참았던 웃음을 요란하게 터뜨렸다.

딜리아가 고개를 들고 우리를 보며 환히 웃었다. "이것 보세요, 로디 아저씨! 타이 아저씨 예쁘죠?"

로디가 딜리아에게 엄지를 들어 보였다. 타이가 뒤척이기 시작했다. 베로가 낄낄 터지는 웃음을 손으로 가리는 순간 타이가 눈을 떴다.

딜리아가 그의 가슴을 토닥거렸다. "다 됐어요." 딜리아가 마커 뚜껑을 닫자 타이가 얼른 일어나 앉았다. 그가 얼굴에 손을 대자 눈 주위에 그려진 거미 다리가 뭉개졌다. "각질제거제랑 보습제를 꼭 쓰세요. 베로가 그래야 한댔어요."

"물로 씻으면 지워질 거예요." 내가 그에게 외치자 베로는 주먹으로 입을 막고 낄낄거렸다.

로디가 손뼉을 딱 쳤다. 자기 손톱을 들여다보던 타이가 고개를 홱 들었다. "낮잠 시간 끝났어, 신참. 수업하러 가야지. 자, 자, 어서 가자고!"

타이는 관람석을 후다닥 내려왔다.

"고마워요, 로디." 나는 타이를 따라 문으로 향하는 그에게 말했다.

로디가 모자를 기울였다. "별말씀을요. 즐거웠어요."

"당신 말이 맞아요." 나가는 그들을 보며 베로에게 말했다. "저 남자가 싹쓸이일 리 없어요." 그것만큼은 확신할 수 있었다. 오후 내내 아이들한테 시달린 타이는 이제 아이를 갖고 싶어하지 않을 것 같다는 생각도 들었다.

내 아들이 엉망으로 만들어놓은 농구장을 돌아봤다. 재크의 공이 벽 쪽에 팽개쳐져 있었다.

"재크는 어딨죠?" 눈으로 체육관 구석구석을 훑었다. 딜리아가 마커에서 고개를 들고 어깨를 으쓱했다.

"가자, 딜리아!" 베로가 딜리아의 손을 잡고 뒷문으로 달려가는 내 뒤를 따라왔다. 재크가 우리 눈에 띄지 않고 빠져나갈 수 있는 문은 그곳뿐이다.

아이의 이름을 외치다가, 학생 무리에 섞여 강의실 옆문으로 들어가는 재크의 외투를 언뜻 보았다. 나는 그들을 뒤쫓아가 얼른 카드 키를 대고 문이 열리기를 기다렸다. 베로도 딜리아를 안고 나를 따라 안으로 들어왔다. 우리는 복도에서 수다를 떠는 학생 무리를 지나며 재크의 이름을 외쳤다.

해거티 부인을 발견하고 그 옆에 급정거했다. "해거티 부인! 혹시 우리 아이 보셨……." 그녀는 로즈골드색 안경의 두꺼운 렌즈를 통해 눈을 찡그리고 나를 보았다. "…… 아니에요."

복도 저편의 번쩍이는 불빛이 내 눈에 들어왔다. 해거티 부인의 어깨 너머로, 강의실로 사라지는 재크의 LED 운동화를 보았다. 나는 그녀를 스쳐 지나 복도를 질주했다. 내 뒤에서 베로의 운동화가 '끽'하고 타일과 마찰했다. 우리는 강의실 문 안쪽에 미끄러지며 정지했다.

강의실 앞에 낯익은 남자가 서 있었다. 이틀 전 강당에서, 강의 시작 직전에 피터와 함께 연단 뒤에 서 있었던 사람이었다. 그의 등 뒤 화이트보드에 '총기 조사관 모하메드 샤리프 박사'라고 적혀 있었다.

"저 자식이 우리 총알을 압수했어요." 베로가 소곤거렸다.

강의실 건너편에서 재크가 그를 빤히 쳐다보자 샤리프 박사의 목울대가 꿀렁거렸다. 그는 잔뜩 겁먹은 표정으로 내 아들의 운동화에서 깜박이는 LED를 응시했다.

"죄송해요! 아이 때문에 놀라셨죠?" 나는 박사의 다리를 와락 껴안으려는 아들을 붙잡았다. 재크가 키득키득 웃자 남자는 움츠러들었다. 그의 이마에 땀방울이 송골송골 맺히기 시작했다. "샤리프 박사님? 괜찮으세요?"

박사의 시선이 내 쪽으로 옮겨왔다. 문득 뭔가를 깨닫는 눈치였다. "혹시?"

나는 그의 이름을 다시 확인한 다음 그의 신발을 내려다봤다. "모?"

그가 화이트보드 쪽으로 뒷걸음질했다.

경찰 무전기가 빽빽거리더니 로디가 우리 뒤편의 문간에 나타났다. "얼마나 찾았는지 몰라요, 핀레이." 그가 허리띠를 올리며 말했다. "스티븐이 여기 왔어요."

"맙소사!"

로디가 조끼에서 무전기 마이크를 뽑았다. "닉?"

"네."

"찾았어요. 아래층으로 모시고 갈게요."

모가 소리쳤다. "경관님, 이분이 무슨 말을 했든, 저는 월마트 화장실에서 부적절한 행동을 하지 않았습니다!"

로디가 미간을 찌푸리며 우리 둘을 번갈아 보았다.

모가 남자 화장실에서 벌어진 소동을 로디에게 설명하기 전에 내가 끼어들었다. "곧 내려갈게요, 로디. 샤리프 박사님이 아주 중요한 도구 흔적 문제를 도와주기로 하셨거든요. 그렇죠, 박사님?"

모가 힘주어 고개를 끄덕였다. "이 여성분이든 경찰이든 힘닿는 데까지 도와드릴게요. 제발 같이 가자고만 하지 말아주세요."

"이렇게 쉬울 수가." 베로가 중얼거렸다. "로디랑 내가 아이들 짐을 가지고 로비에서 기다릴게요." 베로가 아이들을 데려가고 강의실 문이 닫혔다.

모는 가슴을 움켜쥐며 축 늘어졌다.

"피트가 박사님께 보여드린 총알 있잖아요." 나는 여전히 가쁜 숨을 몰아쉬며 말을 꺼냈다. "그것을 어떤 총으로 발사했는지 아시는 대로 말해주세요." 이 남자는 내게 싹쓸이의 정체를…… 단서를 알려줄 마지막 희망이다. 펠릭스는 달아났고 마코는 우리가 여기 있다는 사실을 안다. 하지만 이 총알이 누구 총에서 발사됐는지를 밝히면 펠릭스에게 그 이름을 알려주면서 캣에게 보상으로 불룩한 돈가방을 달라고 협상할 여지가 생길 것이다.

모는 책상 위에 굴러다니는 서류와 책을 정신없이 뒤지다가 작은 플라스틱 쟁반에 놓인 총알을 집었다. 그는 실험대로 옮겨가 현미경을 켜고 총알을 재물대에 놓았다. 이마의 땀방울을 닦으며 그는 접 안렌즈에 눈을 대고 초점을 맞췄다. 핀셋으로 총알을 요리조리 돌리 며 살펴보더니 재물대에서 꺼내어 내게 건넸다. "9밀리미터 구경이네 요." 그가 내게 나가라고 손짓하며 말했다. "상당히 손상됐고요."

"그게 다예요?" 나는 꿈쩍 않고 물었다. "다른 정보는요? 총기 모 델이라든지……."

그는 열린 문을 붙잡고 나를 떠밀었다. "9밀리미터 탄환을 쓰는 모 델은 흔해요." 그가 짜증스레 말했다. "말씀드릴 수 있는 건 제조사 뿐이에요. 강선 흔적을 보니 글록이네요."

28

 계단을 내려가 건물 입구로 갔지만 베로와 로디, 아이들은 보이지 않았다. 스티븐이 로비에서 팔짱을 낀 채, 복도 끝에서 열띤 대화를 나누는 닉과 조지아, 새머러, 조이를 초조한 듯 흘끔대고 있었다. 고개를 든 닉의 시선이 내 움직임을 따라왔다. 나는 로비를 가로질러 가 스티븐의 어깨를 두드렸다.

 스티븐이 돌아보았다. "핀레이." 그는 팔을 활짝 벌려 나를 끌어안으려 했다. 나는 그의 가슴을 밀쳤다.

 "대체 어디 갔었어?" 내가 거친 소리로 물었다.

 "미안. 딜리아랑 재크를 당신 어머니한테 맡길 수밖에 없었어. 급한 일이 생겨서."

 "내 메시지 못 받았어?"

 "받긴 했는데 좀 바빠서." 그는 한 손을 들며 목소리를 줄였다. "그리고 당신이 내게 맡긴 건 무사해. 칼은 우리가 둔 자리에 그대로 있어. 뭐, 칼의 일부라 해야 하나, 아무튼. 어젯밤에 집에 돌아가자마자 확인했어. 그나저나 무슨 일 있었어? 걱정하는 목소리 같아서."

적어도 당장 전화할 만큼 걱정스럽게 들리지는 않았던 모양이다.

"아무 일 없어. 내가 알아서 하고 있어."

"아이들은 어디 있어?"

"베로가 데리고 있어."

스티븐이 눈을 동그랗게 떴다. "베로도 여기 있어?" 그는 내 어깨 너머로 로비 저편의 경찰들을 흘끔거렸다. "당신 베이비시터에 대해 할 얘기가 있어." 그가 다급하게 말했다. "그 여자는 범죄자야."

"베로가 범죄자라고? 당신, 내 집에 함부로 들어가서 무슨 짓을 한 거야?" 낮게 웅성대던 경찰들이 말을 멈췄다. 내 목소리가 커지자 그들이 일제히 이쪽을 돌아봤다. 스티븐이 내 어깨에 팔을 두르고 복도로 이끌었다. 경찰들에게 들리지 않을 만큼 멀찍이 떨어지자마 자 나는 그의 팔을 뿌리쳤다.

"지난번에 얘기한 대로 집수리를 하려고 들어간 거야. 당신, 언제 부터 침실 협탁에 바이브레이터를 뒀어?"

"내 침실까지 기웃거리다니!" 내가 쇳소리를 냈다.

"기웃거리다니. 손전등을 찾으려고 들어간 것뿐이야. 그 물건이 배 터리를 그렇게 많이 먹어? 서랍 속 건전지를 보니 전기차 한 대는 너 끈히 굴리겠던데."

"딱 10초 줄 테니 내 집에서 뭐 했는지 설명해."

"당신은 다음에 와서 고쳐도 된다고 했지만, 난 당신을 좀 놀라게 해주고 싶었어."

"그래, 성공했네." 나는 이를 악물었다.

"집에 들어갔다가 베로 방에서 수상한 걸 발견했어. 그 여자는 여태 당신을 속여왔어, 핀레이. 루이스는 실명이 아니야. 진짜 성은 라미레스라고. 그 여자 대학 합격 통지서에서 봤어. 당신은 베로가 메릴랜드 대학을 중퇴했다는 사실을 알았―.”

“그러려고 내 집에 침입했어? 베로 뒷조사하려고?”

“그 집은 내 소유야, 핀레이! 내겐 내 집에 어떤 사람이 사는지 알 권리가 있고. 작년 가을에 냉동실에서 본 현금도 어디서 훔친 게 분명해. 그 여자라면 틀림없이 구린 데다 썼겠지.”

“웃기지 마!”

“난 우리 아이들을 보호하려고 이러는 거야!”

“당신 보호는 필요없어, 스티븐. 아이들한테는 아빠가 필요해!”

그는 비웃듯이 입술을 비틀며 로비의 경찰들을 가리켰다. “그래서 여기 온 거야? 아이들 아빠를 찾으려고?” 나는 코로 침착하게 숨을 들이쉬었다. 스티븐은 내게서 떨어져 두 손을 허리춤에 짚고 서성거렸다. “좋아.” 그가 흥분을 가라앉히며 말했다. “당신이 내 말을 귓등으로도 안 듣는다면, 닉한테 베로를 조사하라고 요구하는 수밖에.” 나는 어이가 없어서 웃음을 터뜨렸다.

“메릴랜드 주에서 베로의 체포 영장이 발부됐어, 핀! 사람 쓰기 전에 신원 조사는 했었어야지!”

내 웃음이 뚝 멎었다. 깜짝 놀라 입을 떡 벌린 채 스티븐을 응시했다.

“당연히 했지!” 사실은 하지 않았다. “그리고 메릴랜드에서 있었던 일은 나도 다 알아.” 분명 다 알지는 못한다. 베로에게서 영장 얘기는 들은 적이 없다. 가장 중요한 사실일 텐데도. 내 눈길은 스티븐을 지나 출입문으로 옮겨갔다. 때마침 재크를 허리에 업고 딜리아의 손을 잡은 베로가 들어왔다. 아이들의 짐을 든 로디가 그 뒤를 따랐다.

"당신이 다 안다고 생각하지 마, 스티븐. 베로는 돈을 잃어버렸어. 훔친 게 아니야. 그냥 큰 오해가 있었던 거라고."

"그러면 내가 닉이랑 조지아한테 그 얘기를 해도 문제 될 거 없겠네?" 그가 로비 쪽으로 걸어가기 시작했다.

"그랬다가는 아이들이 당신을 절대 용서하지 않을 거야." 스티븐의 뒤통수에 대고 외쳤다. "나도 당신을 절대 용서 안 해, 스티븐!" 그가 우뚝 멈췄다. 그는 두 주먹을 부르쥐었다가 풀며 서서히 돌아섰다. "이 문제는 집에 가서 내가 베로랑 잘 해결할게. 지금 닉과 조지아한테는 더 중요한 걱정거리가 있어."

"우리 아이들의 안전보다 더 중요한 일도 있어?"

"오늘 아침에 펠릭스 지로프가 탈옥했대. 그래, 스티븐, 저 두 사람은 우리 아이들의 안전을 걱정하고 있어. 그래서 말인데, 아이들을 당신 집에 데려갈 거야, 말 거야?"

스티븐의 얼굴에서 분노가 싹 가셨다. "데려갈게."

"고마워."

스티븐은 나와의 거리를 좁히며 손가락으로 허공을 휘저었다. "하지만 이 합숙 훈련인지 뭔지가 끝나면 말이야, 우리는 가족으로서 이 문제를 상의해야 돼." 그는 호주머니에서 꺼낸 명함을 내밀었다. "상담 전문의 연락처야. 내 변호사가 몇 달 전에 소개해줬어. 도움을 받을 수 있을 거야."

나는 그의 면전에서 명함을 구긴 다음 쓰레기통을 찾아 주위를 두리번거렸다. "전문가 따위는 필요없어, 스티븐!"

"가족 상담 전문의야, 핀레이. 우리 둘이 같이 가야 해! 가이도 그게 좋겠대." 나는 구겨진 명함을 스티븐에게 던졌다. 그는 그것을 다시 내 외투 주머니에 넣었다. "정신이 돌아오면 아이들과 함께, 집에서 보자고." 스티븐이 이를 악물고 말했다.

나는 스티븐을 따라 로비로 돌아가며 아이들에게 보일 미소를 억지로 장착했다. 다리로 달려드는 아이들에게 떠밀려 스티븐은 뒤로 나동그라질 뻔했다.

"와, 스티븐." 베로가 아이들 머리 너머로 말했다. "드디어 나타나셨네요. 고마워서 어쩔 줄을 모르겠어요." 스티븐의 관자놀이에 정맥이 불끈거렸다. 나는 베로를 보고 내 목을 긋는 시늉을 하며 그만하라고 애원했지만, 그녀는 스티븐을 긁는 데 정신이 팔려 알아차리지 못했다. "딜리아가 그러는데, 며칠 전에 핀레이 집에서 주거침입 시범을 보였다면서요? 아이들한테 참 좋은 거 가르치네요."

"아이들은 당신 실체를 전혀 모르죠?" 아이들의 가방을 집어 드는 스티븐의 목소리에 독기가 가득했다. 눈으로는 베로 뒤의 로디를 살피며, 스티븐은 그녀의 귓가로 다가갔다. "알아서 해요. 당신 하는 거 봐서 아이들한테 메릴랜드에서 있었던 일을 알려주든가 말든가 할 테니."

베로의 얼굴에서 웃음기가 사라졌다. 그녀는 로비 저편의 경찰들을 불안한 시선으로 흘깃거렸다. 나는 사색이 된 베로의 어깨에서 기저귀 가방을 받아 들었다. "그 얘긴 나중에 해요." 내가 소곤소곤 말했다. 베로는 시선을 바닥으로 떨어뜨렸다. 나는 아이들의 손을 잡고 스티븐을 출구로 몰았다. 아이들을 트럭에 태우고 다시 건물로 들어갔더니 이번에는 베로가 보이지 않았다.

"무슨 일이에요?" 로비에서 닉을 지나치는 순간, 그가 내 팔꿈치를 잡으며 물었다.

나는 발끝으로 서서, 오후 수업을 마치고 꾸역꾸역 나오는 학생들 사이에 베로의 머리가 보이는지 살폈다. "아무 일 아니에요. 베로가 어느 쪽으로 가는지 보셨어요?"

닉이 복도 끝의 비상구를 가리키는 순간 타이가 뒤에서 다가왔다. "형사님, 오테가 총경님이 찾으십니다."

닉은 타이의 눈 주위로 뻗은 희미한 선과 입술 주위에 남은 붉은 낙서를 유심히 보았다. "곧 간다고 전해줘요." 그는 딴생각을 할 여력이 없다는 듯 고개를 저었다.

"괜찮겠어요?" 닉이 내게 물었다. 내가 고개를 끄덕이자 그는 시계를 확인했다. "몇 분만 있으면 식당이 문을 열어요. 베로랑 가서 뭘 좀 먹어요. 저녁 식사 후에 찾아갈게요." 그의 시선이 내 어깨 너머로 향했다. "우리끼리 할 얘기가 좀 있어요."

몸을 돌리자 때마침 줄리언과 파커가 각자 메신저백을 메고 로비로 다가오고 있었다. 다시 뒤를 돌아보았을 때 닉은 이미 사라지고 없었다.

비상구를 박차고 나가 베로가 지나갔을 통로를 살피다가 문이 열리는 소리에 뒤를 돌아봤다. 줄리언이 나를 부르며 달려왔다.

"지금은 좀 곤란해요." 나는 불안하고 조급했다.

"알아요." 그는 내가 달아날세라 앞을 막아섰다. "지금 신경 쓸 일이 많다는 거. 그냥……" 그는 이마를 가린 곱슬머리를 쓸어 넘겼다. 어스름한 석양이 그의 뺨에 그림자를 드리웠다. "모의 재판 때 일을 사과하고 싶었어요. 파커가 상사의 지시로 자원봉사를 하게 됐고, 혼자 오기 싫다고 해서 내가 같이 온 거예요. 우리 둘 다 당신이

나 넉이 여기 있을 줄은 몰랐어요. 알았으면 안 왔을 거예요. 파커는
자기가 무슨 짓을 하는지도 몰랐을 거고요."

그녀를 감싸는 줄리언이 미웠다. 누군가의 좋은 면을 보는 것과,
내게 보여준 모습을 근거로 사람됨을 판단하는 것은 전혀 다른 문제
였다. "줄리언, 베이커는 자기가 뭘 하는지 정확히 알았어요. 그녀는
당신을 사랑하고 있고, 나를 거짓말쟁이로 만들어 내가 당신한테 부
족한 사람이라는 사실을 증명하려 했어요. 우리가 만나지 않는다는
걸 아직 모르나 봐요."

"미안해요." 그가 조용히 말했다.

나는 한숨을 쉬었다. "당신은 잘못한 거 없어요." 베로의 거짓말을
알면서도 믿어주고 싶었던 나 역시 같은 잘못을 저질렀다. "당신이랑
파커는 친구잖아요, 이해해요. 파커는 당신을 보호하려 했을 뿐이
죠. 그래도 파커한테 우리가 끝난 사이라고 확실히 말하는 게 좋겠
어요."

"그래요? 끝났다고요?" 줄리언은 우리가 헤어졌다는 사실을 파커
에게 말하지 않았다. 그렇다면 그는 우리에게 아직 희망이 있는지
묻는 것일까? 돌아서는 그의 눈에서 나는 후회를 보았다고 생각했
다. "대답 안 해도 돼요. 이젠 다 소용없을 테니까."

"가봐야겠어요." 내가 가만히 말했다. 가로등이 깜박거렸다. 베로
가 겁을 먹고 혼자 있을 터였다. 내게 숨겨온 비밀이 지금쯤 그녀의
양심을 무겁게 짓누르고 있을지 모른다. 베로와 나는 많은 일을 겪
었고, 서로에게 많은 것을 걸었다. 우리는 내 아이들을 함께 키운다.
우리는 서로를 위해 시체를 묻었다. 나는 그것이 많은 것을 설명한다
고 믿어야 했다.

"잠깐만요." 줄리언이 다가왔다. 그는 코트 주머니에 손을 꽂은 채 무슨 말을 할지 고민했다. "내 조언 같은 거 필요 없겠지만, 이런 말을 해줄 사람은 아마 나밖에 없을 거예요. 누가 묻는다고 꼭 대답해야 하는 건 아니에요, 핀. 말하지 않아도 돼요. 닉한테 모든 걸 털어놓을 필요는 없다는 뜻이에요. 당신도 알죠?"

"알아요." 줄리언과 나는 한참 서로를 바라보았다. 한 챕터의 끝에 다다른 기분이었다. 다시 쓰고 싶은 우리의 이야기가 너무나 많은데. 다 안다는 듯, 그의 미소는 씁쓸하고 달콤했다.

"잘 지내요." 줄리언은 떠나고 태양은 지평선 아래로 떨어졌다.

29

계단을 두 칸씩 올라 기숙사 방으로 달려갔다. 아직 남아 있는 베로의 짐을 보고 안도했다. 베로에게 열 번도 넘게 전화했지만, 전부 음성사서함으로 넘어갔다. 다른 학생들과 함께 구내식당에 있는 것도 아니었다. 저녁이라 강의실 문은 전부 잠기고, 사격장도 닫혔다. 내가 둘러보지 않은 건물은 체육관뿐이었다.

체육관 문을 열고 베로의 이름을 불렀다. 농구 코트는 컴컴했다. 헬스장과 매트실도 마찬가지였다. 여자 탈의실 문을 살며시 열었다. 불 꺼진 탈의실은 텅 비어 있었다. 나가려고 돌아서는데 어디서 훌쩍이는 소리가 들렸다.

문을 닫고 자동판매기로 향했다. 경범죄를 저지를 필요가 없기를 기도하며 과자 자판기에 구겨진 지폐 한 줌을 넣었다. 마지막 페이스트리 한 봉지가 떨어졌다. 운이 좋다고 생각하며 음료 자판기도 시도해보았다. 탄산음료가 기분 좋은 쿵 소리를 냈다.

탈의실로 돌아가 불을 켰다. 베로가 훌쩍이는 소리를 따라 유일하게 닫혀 있는 화장실 칸막이로 다가갔다. 몸을 숙여 칸막이 아래를 들여다보니 변기 앞에 분홍색과 흰색이 섞인 낯익은 운동화가 보였다. 나는 문을 두드렸다.

베로의 목소리가 코 푸는 소리에 섞였다. "영장 없으면 안 나가요."

"나예요, 베로. 문 열어요."

"당신 언니가 나를 체포할 거잖아요."

"언니는 당신을 체포하지 않아요."

"그러면 당신 애인이 하겠죠."

"그 사람은 내 애인이 아니에요." 그리고 '우리끼리 할 얘기'를 마치고 나면 그가 내 애인이 될 일은 절대 없을 거라 확신했다. "닉도 당신을 체포하지 않을 거예요. 다른 경찰들도 마찬가지고요."

"체포해야죠. 나는 지명수배자니까."

나는 눈동자를 굴리며 페이스트리를 칸막이 밑으로 밀었다.

"내가 재크인 줄 알아요?"

"진짜 당신을 재크 꼬드기듯 해야겠어요? 들어가게 해줘요."

"안 돼요."

"왜 안 돼요?"

"화장지 디스펜서에 수갑을 채웠거든요."

무거운 한숨을 쉬며 나는 칸막이 밑으로 들어가려고 바닥에 배를 깔았다. "공중화장실 바닥 기는 거, 진짜 지긋지긋하네요."

"혼자 왔어요?"

"그럼 떼로 왔을까 봐요?" 몸을 밀어 넣으며 대꾸했다.

베로는 화장지 디스펜서 둘레에 수갑을 채우고 변기 뚜껑 위에 앉아 있었다. 코는 빨갛고 눈은 부어 있었다. 나는 그녀의 발치에 앉아 벽에 등을 기댔다.

"수갑은 어디서 났어요?"

"복도 내려가면 매트실 있잖아요."

"열쇠는 어디 있죠?"

"휴대전화랑 같이 변기에 빠졌어요." 내가 눈썹을 치켜올리자 베로가 설명했다. "하비한테 데리러 오라고 전화하려다가 실수로 빠뜨렸어요."

나는 무릎을 짚고 일어나 칸막이 문을 열었다. "도와줄 사람을 데려올게요."

"안 돼요!" 베로는 변기 뚜껑에 등을 붙이고 문을 걷어차 닫고는 발을 떼지 않았다. "이 화장실에서 안 나갈 거예요. 메릴랜드로도 안 돌아갈 거예요."

"아무도 당신을 메릴랜드로 안 데려가요. 스티븐은 영장 얘기를 나한테만 했어요. 걱정할 거 없고 이렇게 스스로 묶일 필요도 없어요."

"위로가 되네요." 베로가 무표정하게 말했다.

나는 베로의 발을 치우고 다시 앉아 그녀의 손이 닿는 위치에 페이스트리를 내밀었다. 그것을 받는 베로의 옷소매가 콧물에 젖어 있었다. "이거 먹어요. 저녁도 못 먹었죠."

"우리 둘 다 저녁을 놓쳤잖아요." 베로는 허리를 숙여 한 귀퉁이를 베어물었다. "마실 건 가져왔어요?"

웃음이 났다. "이런 마당에 직원 휴게실에서 술을 훔치는 건 멍청한 짓이겠죠." 탄산음료 캔을 따서 베로의 입에 갖다 댔다. "영장이 나왔다는 말은 왜 안 했어요?"

"당신이 나를 아이들이랑 같이 살게 해주었는데, 마음을 바꿔 내

296

쫓을까 봐 두려웠어요."

나는 탄산음료를 그녀의 입술에서 떨어뜨렸다. "이건 분명히 해두죠. 내가 해리스 미클러의 시체를 들여다보고 있을 때 당신이 우리 집 차고에 나타나서 그랬죠. '좋아요, 내가 시체를 같이 묻어줄게요. 내 몫 40퍼센트는 어딨죠? 이왕 하는 거 전문 킬러가 되자고요. 상자형 냉동고가 할인 중이고, 스포츠카 트렁크에는 비닐랩 900미터가 들어 있어요. 러시아 마피아를 상대하고 손에 넣은 돈으로 산 스포츠카 말이죠.' 그래놓고 얼마 되지도 않는 여학생회 기금을 횡령했다는 이유로 영장이 나온 게 뭐 그리 대수예요?"

"횡령 같은 거 안 했으니까요!" 베로가 완강히 주장했다.

"나도 알아요!"

베로는 놀라는 표정이었다. "그래요?"

"당신이 내게 그 돈을 훔치지 않았다고 말했으니까요. 당연히 나는 당신을 믿어요." 그녀의 어깨에 아직 긴장이 남아 있는 것 같아서 다시 탄산음료를 내밀었다. "내가 알아야 할 사실이 또 있어요?" 그녀가 음료를 마시도록 캔을 들어주며 물었다.

"당신이 아는 게 전부예요. 경찰이 엄마 집에 들이닥쳐 나를 찾았고 엄마는 기겁했어요. 내가 정식으로 고발당했다는 사실을 그때 알게 된 거예요." 베로는 머리를 칸막이에 기대었다. "엄마가 내 사촌을 통해서 영장이 나왔다고 알려줬어요. 그때부터 주 경계를 넘지 못하고 있어요."

베로에게 페이스트리를 한 조각 더 내밀었다. 지도상의 메릴랜드와 뉴저지를 떠올리자 머릿속이 혼란스러웠다. "메릴랜드를 거치지 않고 어떻게 애틀랜틱시티에 갔죠?"

"빙 돌아서요." 베로가 입을 우물거리며 말했다. 내 가슴 깊은 곳에서부터 웃음이 터졌다. "뭐가 그리 웃겨요?" 그녀가 입에서 빵 부스러기를 튀기며 말했다.

"아무것도 아니에요." 나는 웃음을 애써 참았다. "그러니까 당신은 터무니없는 절도 혐의 때문에 1년을 도망 다니며 고생하다가 결국 나를 잘못 만나 이 지경이 된 거네요." 나는 그간의 고생을 손짓으로 표현했다.

그녀는 머리로 내 동작을 흉내 내며 말했다. "이 모든 게, 꽤 재밌는 소설감 아닌가요?"

"좀 억지스럽긴 하지만요."

"무슨 소리! 이건 대박 소재라고요!" 베로는 수갑을 쩔렁거리며 손가락을 꼽았다. "법정 드라마, 자동차 추격전, 위장 요원…… 거기다 복잡한 미스터리까지. 당신이 은밀히 작업 중인 뜨거운 정사 장면도 틀림없이 실비아 마음에 들 거예요."

"은밀히 작업 중인 정사 장면 같은 건 없어요."

베로는 절대 안 믿는다는 듯 고개를 저었다. "그 남자, 거기서 나올 때 머리는 헝클어지고 넥타이는 풀어헤쳐졌던데요. 당신을 추궁하러 들어갔다가 다른 걸 하고 나온 분위기였어요." 베로는 눈썹을 움찔댔지만, 닉이 내게 준 것은 격렬한 호르몬 분출과 찬물을 뒤집어쓰고 정신을 차려야 한다는 깨달음뿐이었다.

"그냥 얘기만 나눈 거예요." 내가 짜증스럽게 대꾸했다.

그녀가 나를 나무라듯 손가락을 흔들자 수갑이 화장지 디스펜서에 달각달각 부딪쳤다. "당신 문제가 뭔지 알아요? 스스로 그 남자를 차지할 자격이 없다고 생각하는 거예요. 그래서 그렇게 거리를 두고 있잖아요. 자신이 형편없는 사람이라는 터무니없는 생각을 갖고 있으니까요. 해리스, 안드레이, 칼, 아이크에게 닥친 일에 죄책감을 느끼잖아요. 그중 한 명도 안 죽였는데 말이죠. 당신이 한 일은 전부 누군가를 보호하려고 한 일이에요. 아이들, 어머니, 전남편. 그런데 아무도 몰라주죠……. 진짜, 테레사까지 보호하려고 최선을 다했잖아요! 그 정도면 성인군자 아닌가요? 아니면 나 같은 사람들은 쓰레기게요! 당신이 거짓말은 좀 했지만 그게 뭐 대수라고요! 닉은 완벽한 사람을 원하는 게 아니에요. 만약 그랬다면, 진작에 당신한테 흥미를 잃었—."

"고맙네요."

"닉은 그냥 당신을 원하는 거예요, 핀. 그러니까 당신한테 자격이 없다는 소리는 집어치워요. 마감일 전에 팬티를 벗고 닉을 덮치라고요. 그래야 나머지 원고료를—." 문이 쾅 닫혔다. 그 소리가 탈의실에 울리자 우리는 서로 눈빛을 교환했다.

"방금 무슨 소리였죠?" 베로가 소곤거렸다.

"농구 코트에서 나는 소리 같은데요." 나는 탄산음료를 내려놓고 칸막이 밖을 내다봤다. 우리는 여태 단둘만 있는 듯이 이야기를 나누었다. 아무도 엿들어서는 안 될 이야기를. 나는 일어서서 문을 열었다. "누구였나 보고 올게요. 여기서 기다려요."

베로가 두 손목을 들었다. "달리 선택의 여지가 있나요?"

나는 샤워실을 살금살금 지나 농구 코트 입구에서 귀를 기울이다가 문을 조금 열었다. 농구장은 여전히 깜깜했다. 문에 난 작은 창을 통해 복도로 불빛이 쏟아졌다.

캠이 구부정한 자세로 코트 중앙선을 따라 서성대고 있었다. 그가 손가락 마디를 뚝뚝 꺾는 소리가 시계 초침처럼 울렸다.

"핀레이!" 베로가 화장실에서 소곤거렸다. "핀레이, 무슨 일이에요?"

캠이 그녀의 목소리를 들을까 봐, 나는 체육관으로 들어가 문을 닫고 금속 관람석 밑에 숨은 채 틈새로 밖을 살폈다. 복도 문이 활짝 열리자 캠이 그쪽을 휙 돌아봤다.

조이가 코트로 뛰어들었다. "여기서 뭐 하는 거야? 다시는 얼쩡대지 말라고 분명히 경고했는데!"

캠이 두 손을 쳐들었다. "죄송해요! 진짜 어쩔 수 없었어요!"

체육관 뒷문이 열리고 검은 옷을 입은 무장 괴한 두 명이 성큼성큼 들어왔다. 조이는 그대로 얼어붙었다.

30

펠릭스의 부하들이 다가오자 조이는 두 손을 들었다. 둘 중 한 명이 조이의 몸을 뒤져 총집에서 총을 꺼냈다. 다른 한 명은 이상 없다고 외쳤다. 체육관으로 들어오는 펠릭스를 보고 나는 숨을 삼켰다. 그는 당당하게 저벅저벅 걸어왔다. 어제까지만 해도 감옥에 있었다는 사실은 턱에 돋은 수염과 길어진 머리카락으로만 짐작할 수 있었다.

"여기까지 오시다니 배짱이 대단하시네." 조이가 펠릭스에게 말했다.

펠릭스가 정장 재킷 소맷동을 매만지며 대꾸했다. "마지막으로 확실히 처리할 일이 있어서. 진작에 의뢰를 했지만 기대에 못 미쳐서 말이지. 이 몸이 감방을 나와 직접 처리할 수밖에." 펠릭스가 손을 내밀자 부하 한 명이 조이의 총을 쥐여주었다. 펠릭스가 탄창을 확인하고 다시 끼우는 딸깍 소리에 캠이 움찔했다.

펠릭스가 체육관 저편에서 외쳤다. "도너번 씨, 이쪽으로 와주시면 고맙겠네요." 두툼한 손에 팔을 붙잡힌 채 관람석 밑에서 끌려 나오면서 나는 비명을 질렀다. 누가 봐도 펠릭스의 보디가드인 검은 옷을 입은 덩치 큰 남자가 나를 코트 복판쯤에 세웠다. "도너번 씨의 친구는 어디 있지?" 펠릭스가 물었다.

그의 경호원이 히죽거리며 러시아어로 뭐라 설명했다. 일동은 웃음을 터뜨렸다. 탈의실의 베로가 수갑을 덜컹거리며 큰 소리로 욕을 했다.

"그냥 둬." 펠릭스가 무심히 말했다. "시간이 별로 없어요, 도너번 씨. 그러니까 요점만 말하지요." 그가 총으로 조이를 가리켰다. "당신이 생각하는 싹쓸이가 이 사람이에요?"

"그게 무슨…… 아니…… 그걸 어떻게?" 나는 말을 더듬었다. 탈의실에서 철컹대며 욕하는 소리가 점점 거칠어졌다.

"도너번 씨, 마지막으로 묻죠. 당신은 조지프 밸러펀트 형사를 싹쓸이라고 보는 겁니까, 아닙니까? 지난 열여덟 시간 사이에 유모에게 한 차례 이상 그렇게 말한 것 같은데?" 그는 권총 안전장치를 풀었다.

내 심장이 터질 듯 쿵쾅거렸다. 열여덟 시간이라니, 이상할 정도로 구체적이다. 내 머릿속은 급히 열여덟 시간 전으로 돌아갔다. 베로와 내가 숲에서 범죄 현장 훈련을 받던 한밤중이었던가. 기숙사로 돌아가다 창문 밑의 캠을 발견하기 직전이었던 것 같은데…….

호주머니 속 휴대전화를 만지작거렸다. 그날 밤에 나는 휴대전화를 지니고 있었다. 하지만 베로는…… 방에 두고 나왔다!

캠을 돌아봤다. "베로 휴대전화를 도청했어요?" 그는 움츠러들었다.

펠릭스가 목소리를 높였다. "도노번 씨, 내가 인내심이 별로 없어요."

"네…… 아니, 아니에요! 조이가 싹쓸이인지 의심은 했어도 확신한다고 말한 적은 없어요! 증명할 방법이 없는걸요! 어쩔 작정이신지 몰라도 제 생각에는—."

펠릭스가 내게 바짝 다가와 뜨거운 숨결을 얼굴에 뿜으며 속삭였다. "도너번 씨, 당신은 생각을 하러 여기 온 게 아니에요. 내가 맡긴 일을 하러 온 거죠. 내가 일을 간단하게 만들어드렸으니, 시간 끌지 말고 당장 끝내요." 펠릭스는 내 손에 총을 쥐여주고 옆으로 비켜섰다. 그는 조이 쪽으로 팔을 휘두르며 목표물을 명확히 알렸다.

나는 총구를 바닥으로 향한 채 미친 듯이 도리질했다. "못 해요! 제 짐작이 틀릴 수도 있잖아요. 조이가 싹쓸이라 쳐도, 당신을 협박했다고 해서 꼭 죽어야 하는 건 아니잖아요!"

"이 일에 그렇게 열의가 없다니 실망인데요, 도너번 씨. 아이들 아빠를 세 번이나 죽이려 했던 남자라면 당연히 처단하고 싶을 텐데. 바로 그자가 눈앞에 서 있는데 죽일 생각을 안 하다니." 내가 대꾸하지 않자 펠릭스는 양손의 깍지를 꼈다. "그래, 내가 이렇게 응징할 기회를 주는데도 거절하시겠다?"

"네, 거절해요!"

"그렇다면 명령하는 수밖에. 저자를 죽여요. 도너번 씨. 꾸물거릴 시간 없어요."

그의 부하 한 명이 내 관자놀이에 총을 갖다댔다. 싸늘한 금속의 감촉에 온몸이 뻣뻣하게 굳었다. 나는 조이의 총을 내려다봤다. 내 손에 들린 그 총이 감당할 수 없을 만큼 무겁게 느껴졌다. 조이는 내게서 멀어져 관람석 쪽으로 움직였다. 그의 눈길이 출구 쪽을 흘끔댔지만 펠릭스의 부하들이 문을 막아섰다.

펠릭스가 슬그머니 내 뒤로 다가와서 소곤거렸다. "에카타리나는 처음부터 당신을 의심했지." 그의 팔이 나를 감싸더니 내 손을 들어 총구를 앞으로 겨눴다. 그가 내 손가락을 방아쇠 쪽으로 옮기자 심장이 요동쳤다. "당신이 겉보기와 다른 사람이라는 건 나도 안다고 했어. 그런데도 당신에겐 내 흥미를 끄는 면모가 있고, 내 호기심을 자극하는 요소가 있어." 그는 내 머리에 대고 속삭이며 총신의 방향을 조절했다. "내가 방향을 제대로 잡아줄 테니, 당신의 가치를 증명해봐요." 그의 손이 내게서 서서히 멀어졌지만 나는 무기를 든 채로 서 있었다.

조이의 윤곽이 종이 과녁처럼 내 앞에 어른거렸다. 뜨거운 눈물이 그의 형체를 흔들었다.

"쏘지 않을 거예요." 나는 목구멍 속 고통의 응어리를 삼켰다. 아이들은 베로와 엄마가 보살펴줄 것이다. 내가 없어지면 스티븐도 아이들을 방치하지 않겠지. "차라리 나를 쏴요. 그래도 나는 저 사람 안 죽여요." 방아쇠에서 손가락을 떼고 총을 펠릭스에게 내밀었다. 눈을 감고 침을 꿀꺽 삼켰다. 중학교 체육 시간에 만약 내가 죽는다면 농구 코트에서 운동복을 입은 채 죽을 거라고 생각한 적은 있지만, 정말로 그렇게 될 줄은 꿈에도 몰랐다.

귓가에서 공이치기가 젖혀졌다.

"잠깐만요! 제가 할게요!" 캠이 내 손에서 총을 낚아챘다. 그는 총구를 조이에게 돌리고 머리를 조준했다. 그가 떨리는 목소리를 냈다. "저 사람을 죽일 이유가 저보다 많은 사람은 없을 거예요."

펠릭스가 궁금하다는 듯 눈썹을 치켜세웠다.

나는 손으로 입을 막았다. 엄마 목소리로 캠에게 외치고 싶었다. 총을 내려놔! 네가 무슨 짓을 하려는지 생각해! 하지만 이 공간의 팽팽한 긴장을 깨뜨릴까 봐 두려웠다. 꾹 닫혔던 캠의 입이 열리고 손이 파들거렸다.

조이가 두 손을 쳐들었다. "캠, 왜 이래." 그가 작은 소리로 애원했다. "이러지 마. 총 내려." 캠의 손가락이 방아쇠에 걸렸다. "이게 무슨 짓이야. 이건 아니잖아."

캠이 이를 악물었다. "조용히 해요."

"총은 진짜로 쏴야 할 대상한테 겨눠야 하는 거야. 넌 사실 나를 해칠 생각이 없잖아." 혼란에 빠진 캠의 얼굴이 일그러졌다. 그 한마디가 뼈아프게 다가온 모양이었다. "다른 방법이 있어. 네가 하려는 것보다 나은 방법. 괜찮을 거야. 잠깐 들어봐. 나를 봐, 캐머런." 조이가 간청했다. 캠이 주저하며 조이의 눈을 보았다. "총을 내려."

둘은 서로를 노려봤다. 조이가 재촉하듯 고개를 살짝 까딱하자 총구가 아주 조금 기울어졌다. 하지만 캠의 손가락은 방아쇠를 당겼고 나는 숨을 훅 들이마셨다. 총이 발사되고 조이의 눈이 휘둥그레졌다.

나는 귀청을 찢는 탕 소리에 대비했다. 경찰이 달려 들어오고, 사이렌과 경광등, 혼란이 뒤따를 것으로 예상했지만, 총알이 조이의 가슴을 뚫는 소리, 그가 나자빠지며 뒤편의 관람석에 머리를 부딪치는 모든 소리가 귓가에 우르릉대는 내 맥박 소리에 묻혔다. 캠은 충격에 빠진 얼굴로 총을 내렸다. 펠릭스의 부하 한 명이 다가와 캠이 든 총을 가만히 받아 들었다.

내 이름이 아련하게 들려왔다. "도너번 씨." 펠릭스가 손가락을 탁 튀겨 미동도 없는 조이에게 꽂혀 있던 내 주의를 돌렸다. "끝났는지 확인해요." 그는 손목시계를 보며 내게 서두르라고 손짓했다.

다리를 부들거리며 황급히 조이 옆으로 다가가 무릎을 꿇었다. 양

손으로 바닥을 짚고 숨소리에 귀를 기울였다. 그의 목에서 희미하게 맥박이 뛰었지만, 언제 멈출지 알 수 없었다. 뒤통수의 상처에서 번진 피가 손가락까지 흘렀다. 조이의 외투를 열어젖히다가 그의 셔츠에 진한 붉은색 얼룩을 남겼다. 총알에 뚫린 상처를 찾았지만 옷감에 생긴 조그만 구멍에는 핏기가 없었다.

그 구멍에 손가락을 넣어보니 그 밑에 숨겨진 튼튼한 방탄조끼가 만져졌다.

그가 캠에게 마지막으로 한 말이 떠올랐다.

'괜찮을 거야…… 총을 내려.'

총을 버리라고 하지 않았다. 내리라고 했다.

캠은 조이의 말뜻을 간파한 모양이었다. 그가 방탄조끼를 입었다는 것도. 나는 안도감에 울음을 터뜨릴 뻔했다. 등 뒤의 캠을 슬쩍 돌아보니 얼빠진 눈으로 내게 애원하고 있었다. 보일 듯 말 듯 머리를 흔들어 내게 경고하고 있었다.

나는 일어서서 농구 코트 한가운데로 돌아가며 양손을 쳐들고 펠릭스에게 피를 보여주었다.

"죽었어요." 떨리는 목소리를 숨기지 않았다. "여기 온 목적을 이루셨네요. 이제 싹쓸이가 걸리적거릴 일은 없어요. 경찰이 곧 들이닥칠 거예요. 떠날 수 있을 때 떠나세요."

펠릭스는 만족한 듯 고개를 끄덕였다. 그는 캠에게 팔을 두르고 얼굴을 가까이 갖다댔다. "우리 식구가 됐다고 이렇게 힘든 신고식을 치르게 한 건 미안하다. 그래도 네 삼촌을 제거하는 건 꼭 필요한 일이었어."

삼촌?

경악하는 나를 보며 펠릭스는 눈썹을 치켜올렸다. "놀랐나 봅니다, 도너번 씨. 지금쯤 눈치챘을 줄 알았는데." 내가 넋 나간 듯이 응시하자 그는 말을 이었다. "어젯밤에 당신 입에서 밸러펀트 형사의 이름이 나왔을 때, 그 추측이 맞는지 확인하려고 사람을 시켜 조사를 좀 했어요. 그러다가 재밌는 사실을 알게 됐지. 캐머런의 부친이 가끔 나를 위해 이런저런 일을 처리해주던 경찰이었더라고. 내 일을 도와주다가 안타깝게 목숨을 잃었지만." 캠은 이미 알고 있다는 듯 무표정한 얼굴로 바닥을 응시했다. "밸러펀트 형사는 형이 죽고 이 구역으로 근무지 이동을 신청했어요. 이곳에서 형의 사생아와 나를 감시할 심산이었겠지."

펠릭스는 캠의 어깨를 쥐었다. "캐머런의 삼촌 조이는 작년에 이 구역으로 왔어요. 조카가 소년원에 들어가는 것을 막으려고 급히 전입한 거예요. 캐머런을 좀 더 쉽게 통제할 요량으로 자기 비밀 정보원으로 삼았고. 하지만 조이가 동료들한테 숨겨온 비밀은 거기서 끝나지 않아요. 알다시피 그는 내사팀에서 일한다는 조건으로 이동했거든. 경찰서의 부패를 척결한답시고 내 밑에서 일하는 경찰들을 조용히 감시한 거예요. 그렇게 얻은 정보로 내 약점을 잡았고." 펠릭스의 시선이 내 손에 묻은 피로 향했다. "형의 죽음을 내 탓으로 여겼다면, 은밀히 나를 방해한 것도 이해할 만해요. 하지만 고용 기록이 그렇게 깨끗한 사람이 협박이라는 방법을 택한 건 좀 의외였단 말이지. 좀 더 우아한 방법을 쓸 줄 알았는데."

나는 멍청하게 서서 펠릭스가 하는 말을 이해하려 애썼다. 조이가 캠의 삼촌이라니. 그는 내사팀에서 일하면서 닉을 비롯한 모두를 속였다. 정말로 펠릭스의 약점을 잡아 복수하기 위해 그런 일을 맡은 걸까? 조이에 대한 내 의심은 처음부터 옳았을까? 이렇게 다 밝혀진 지금은 그렇게 믿어도 될 것 같지만, 조이라는 인물과 그의 선택, 나 역시 감지했던 수상한 기미에 대한 펠릭스의 마지막 말은 도저히 무시할 수 없었다.

밖에서 자동차 문 닫히는 소리가 들려서 나는 생각에서 벗어났다. 펠릭스가 부하들에게 손짓했다. 그들은 총을 뽑아 들고 재빨리 뒷문으로 이동했다. 펠릭스가 내 앞에 멈췄다. 가죽 장갑을 낀 그의 엄지 손가락이 내 뺨을 훑었다. "아직 우리 사이에 풀지 못한 문제가 많은데, 더 같이 있지 못해 아쉽네요."

그는 캐머런에게 팔을 두르고 밖으로 데려갔다.

두 사람이 나가고 문이 닫히자, 나는 곧장 조이에게 달려갔다. "일어나요!" 조이의 얼굴을 찰싹 때리며 소리쳤다. 셔츠 앞섶을 힘껏 당기자 단추가 후두둑 떨어졌다. 총알은 조끼에 박혀 있었다. 흉골 바로 오른쪽이었다. 끈을 풀고 찍찍 소리를 내며 벨크로를 뜯었다. 조이가 끙끙거렸다. 눈꺼풀이 파들거리고 어둑한 조명을 받은 눈동자의 움직임이 심상치 않았다. 그는 내 운동복에 묻은 피를 보고, 손으로 자기 가슴을 더듬어 있지도 않은 상처를 찾았다.

"안 죽었거든요. 하지만 설명할 게 많을 거예요."

여자 탈의실에서 외침 소리가 들렸다. 다음은 남자 화장실에서. 체육관 문이 활짝 열렸다. 닉, 조지아, 로디, 웨이드, 타이, 찰리가 무기를 꺼내 들고 몰려왔다. 그들의 뒤에서 베로가 달려 들어왔다. 부서진 화장지 디스펜서가 손목에 매달려 있었다. 웨이드가 벽에 붙은 스위치를 한꺼번에 누르자 빛이 공간을 가득 채웠다. 닉이 총구를 체육관 구석구석으로 옮기며 우리 쪽으로 다가왔다.

"저쪽이에요." 나는 뒷문을 가리켰다. 로디, 타이, 웨이드, 찰리가 뒷문으로 달려갔지만 이미 아무도 없을 터였다. 펠릭스가 출구 전략 없이 경찰 아카데미에 발을 들여놨을 리 없었다.

닉은 총을 쳐든 채 내 옆으로 다가와 눈과 손으로 내 옷과 머리, 얼굴을 정신없이 훑었다. "다친 데 없어요?"

"나는 괜찮아요. 하지만 조이가 머리를 심하게 부딪쳤어요." 조지아가 이미 그의 옆에 무릎을 꿇은 채 휴대전화를 귀에 대고 구급차를 부르고 있었다. 닉이 파트너를 확인하러 가자 베로가 나를 끌어안았다. 화장지 디스펜서가 내 등을 거세게 후려쳤다.

"무사하네요! 펠릭스가 당신을 죽이는 줄 알았어요!"

나도 그녀를 껴안았다. "나도 그럴 줄 알았어요."

조이가 신음하며 일어나 앉으려 했다. 닉이 그를 만류하며 머리를 살폈다. 조이는 다시 눈을 스르르 감으며 드러누웠다. "조이의 글록은 어디 있죠?" 닉이 내게 물었다.

그의 글록. 나는 베로와 시선을 교환했다. 펠릭스가 내 손에 쥐여준 총을 유심히 들여다볼 생각은 미처 못 했다. "펠릭스가 가져갔어요."

"펠릭스가 여기 있었어요? 당신도 그 사람을 봤고요?" 닉이 물었다.

"내가 벌써 얘기했어요." 베로가 나를 흘겨보며 끼어들었다. "당신이랑 내가 탈의실에 있을 때 체육관에서 소란이 일어났다고. 나는 움직일 상황이 안 됐고." 그녀는 양쪽 손목을 쳐들었다. 화장지 디스펜서가 그 사이에서 덜렁거렸다. "그래서 당신이 확인하러 갔잖아요. 내가 이것을 풀 때쯤 지로프의 부하들은 이미 당신을 조이 앞으로 끌고 갔고요. 그래서 도움을 요청하러 갔던 거예요. 닉한테 그렇게 말했어요."

닉이 우리 둘을 번갈아 살피며 호주머니에서 열쇠고리를 꺼내어 베로의 수갑을 풀어주었다. "왜 두 사람이 내게 뭔가를 숨기고 있다는 기분이 들까요?"

베로가 입을 꼭 다물었다.

진실에서 벗어나지 말자고 나는 속으로 생각했다. 베로와 내가 지금까지 한 말에는 거짓이 전혀 없다. 이야기의 전부가 아닐 뿐. 나는 조심스레 입을 열었다. "펠릭스는 조이를 찾으러 왔어요. 무슨 사진 얘기를 하던데. 어젯밤에 조이가 자기한테 이메일을 보냈다고 생각하는 모양이에요."

닉의 눈이 가늘어졌다. "조이라고요? 말도 안 돼요. 조이가 사진을 보냈을 리 없어요. 조이는……." 닉은 생각에 잠겼다. 시간 순서와 가능성을 되짚고 있는 것이 분명했다.

응급구조사가 우리를 스쳐 지나갔다. 두 사람이 환자 이송용 침대를 밀며 그 뒤를 바짝 따랐다. 웨이드, 타이, 로디, 찰리가 숨을 헐떡이고 땀을 흘리며 뛰어들자 체육관은 아수라장이 되었다. 로디가 벌건 얼굴로 숨을 몰아쉬며 사람들을 헤치고 다가왔다.

"어떻게 됐죠?" 닉이 그에게 물었다.

로디가 고개를 저었다. "기자들이 몰려왔어요. 지로프의 탈옥에 대해 형사님이 한 말씀 해주시길 기다리고 있어요. 저들의 승합차를 정문에서 몰아내려면 지원이 좀 필요하겠어요."

닉이 얼굴을 손으로 문질렀다. 응급구조사들은 조이의 목에 보호대를 씌웠다. "오늘 여기서 일어난 일이 언론에 새어 나가서는 안 돼요. 펠릭스는 조이가 죽은 줄 알아요. 계속 그렇게 알고 있어야 조이가 안전해요."

"그 말이 새어 나가지 말아야 할 텐데요. 구급차가 경광등과 사이렌을 켠 채로 들어왔고, 밖에 있는 기자들은 죄다 입에 거품을 물고 있어요. 오테가 총경님은 캠퍼스를 봉쇄하기를 바라고요."

"맙소사." 닉이 중얼거렸다. "학생들은 지금 어디 있죠?"

"식당에 대피해 있어요."

"기숙사로 이동시키세요. 층마다 사람을 한 명씩 배치하고요."

"언론에는 뭐라고 하실 겁니까?" 로디가 물었다.

"가급적 적게 말해야 돼요." 닉은 응급팀이 조이를 침대에 묶는 모습을 보면서, 두 손을 허리에 짚고 미간을 찌푸렸다. 조이가 눈을 감았다. 산소 마스크가 그의 입을 막았다. 닉은 파트너의 호주머니에 손을 넣어 지갑과 휴대전화를 챙겼다. 그는 우리 쪽으로 다가오는 길에 조지아의 어깨를 툭 치며 따라가라고 손짓했다. "조이 옆에 있어 줘요." 닉이 조지아에게 당부했다. "응급팀이 정문으로 조용히 나갔으면 좋겠네요. 경광등이랑 사이렌은 끄고. 로디, 검시관이 이쪽으로 오고 있다고 언론에 흘려줘요. 구급대에게는 조이를 뒷문으로 데려가라고 당부하고요. 조지아가 구급차에 같이 탈 거예요. 응급실에 도착하면 조이를 신원미상자로 입원시켜요."

"죽은 걸로 꾸미자는 말이죠?" 조지아가 물었다.

"조이가 살아 있다는 사실을 최대한 오래 숨겨야 해요." 닉이 대답했다.

베로가 내 팔짱을 끼고 문 쪽으로 돌아섰다. "핀, 저 남자가 하는 말 들었죠? 우리는 방으로 돌아가는 게 좋겠어요."

닉이 우리 팔꿈치를 잡았다. "돌아갈 필요 없어요. 로디랑 같이 여기 있어요. 두 사람의 진술이 필요하니까." 그는 나를 한쪽으로 끌어당기더니 턱을 들어 내 얼굴을 자세히 살폈다. "괜찮아요?"

나는 괜찮지 않았다. 괜찮은 건 하나도 없었다. 하지만 그의 손에 잡힌 고개를 끄덕였다.

"로디와 타이 가까이에 있어요. 나중에 봐요." 닉은 그렇게 약속하고 인파 속으로 사라졌다.

31

베로와 나는 밤 9시가 훌쩍 지나서야 기숙사로 돌아올 수 있었다. 세 시간이 지나도록 닉은 체육관에 돌아오지 않았다. 응급구조팀과 조이는 떠난 지 오래고 주차장의 기자들도 모두 돌아가자 로디는 우리를 방에 돌려보내기로 했다. 닉이 급한 일을 마무리하고 우리의 진술을 받을 틈이 생기면 찾아갈 거라고 로디가 말했다. 아까 로디가 닉에게 전화를 걸어 자기가 진술을 받아도 되겠냐고 물었더니 닉이 직접 하겠다고 고집했다는 것이다.

우리를 기숙사까지 호위해준 경관이 먼저 방문을 열고 내부를 재빨리 훑어본 다음 복도로 물러났다. 닉이 올 때까지 그곳에 대기할 모양이었다. 밖에서 경관이 찬 무전기가 삑삑거리고 그의 목소리가 벽을 통해 낮게 들려왔다.

베로는 신발과 코트를 벗으며 몸을 부르르 떨었다. 침대에서 담요를 집어 어깨에 망토처럼 둘렀다. "냉동된 신체 부위가 든 자루보다 여기가 더 소름 돋네요."

"난방이 꺼졌나 봐요." 나도 두 손을 비비며 흐트러진 침대에 놓인 담요를 당겼다. 그것을 어깨에 덮다가 내 매트리스를 내려다보고 경악했다.

"뭐죠?" 베로가 내 뒤로 살금살금 다가오며 물었다.

내 침대 한복판에 검은색 더플백이 놓여 있었다. 내용물이 꽉 찼는지 지퍼가 팽팽했다. 베로가 창가로 달려가 블라인드를 젖혔다. 아래쪽 내리닫이창이 열려 있었다. 싸늘한 외풍이 방 안으로 훅 들어왔다.

베로가 자기 담요를 옆으로 치우고 더플백에 손을 뻗었다. 지퍼를 힘겹게 열고 속을 들여다보는 표정에 감탄이 묻어났다. 어쩌면 욕망인지도 몰랐다. "아, 하비, 이 아름답고 섹시한 짐승!" 베로가 중얼거렸다.

그녀가 가방에서 현금 뭉치를 꺼내어 코밑에 펼쳐 흔드는 동안 나는 창문을 닫고 잠금장치를 걸었다. "하비가 돈을 받는 건 내일이라고 하지 않았나요?"

"일이 잘 풀렸나 봐요. 내가 좀 급하다고 했거든요." 베로는 현금을 내 침대에 던지고, 다발 수를 세었다. 그러더니 인상을 썼다.

"왜 그래요?" 내가 물었다.

그녀는 돈뭉치 하나의 고무줄을 풀고 손가락에 침을 바르더니 얼른 지폐를 세었다. "전부 25만 달러인데요." 그녀가 웅얼거렸다.

"그 차를 팔아서 어떻게 이렇게 많은 돈을 받을 수 있죠? 설마 통째로 판 건 아니겠죠?" 갑자기 불안해져서 침대에 주저앉았다. "흔적을 찾을 수 없게 만들어야 하는데."

"지금 그런 걱정할 시간 없어요." 베로가 돈을 도로 담아 지퍼를 잠근 가방을 침대 밑에 쑤셔 넣으며 말했다. 그녀는 매트리스에 앉아 깊은 라마즈 호흡을 하며 요가 바지 앞쪽을 손으로 쓸어내렸다. "닉이 언제 우리 진술을 받으러 찾아올지 모르잖아요. 오면 뭐라고 할 거예요?"

나는 외투로 몸을 감쌌다. 닉에게 할 말이 있었다. 언제가 될지 모르겠지만 병원에서 깨어난 조이는 진술을 할 것이다. 나는 체육관에서 캠을 처음 알아본 순간부터 경찰이 문을 박차고 들어온 순간까지 오늘 밤에 일어난 일련의 사건을 곱씹었다. 베로의 전화를 도청했다고 내가 캠을 나무라는 말을 조이도 들었을 것이다. 펠릭스는 내게 죄가 있는 듯 들리는 어떤 말도 큰 소리로 떠벌리지 않았다. 나를 감방에 집어넣을 정보 몇 가지를 속삭였을 뿐. '당신은 내가 맡긴 일을 하러 여기 온 거예요.' 하지만 나는 조이를 죽이라는 그의 명령을 거부했다. 여러 번이나. 그리고 결국 조이가 목숨을 건질 수 있도록 그의 죽음을 가장하기까지 했다. 조이가 나에 대해 알게 된 어떤 사실도 그가 지금껏 숨겨온 비밀만큼 추잡하지는 않을 터였다.

"닉한테 진실을 말할 거예요. 그가 어떤 질문을 하든 전부 대답하려고요." 그가 너무 많이 묻지 않기를.

"조이에 대해서는 뭐라고 할 거예요? 그 사람이 진짜 싹쓸이라고 생각해요?"

"모르겠어요." 조이에게 싹쓸이일 수 있는 수단과 기회가 있다는 생각은 했지만, 이제 보니 동기도 있었다. 모든 정황증거가 조이를 킬러로 지목했다. 그의 총은 애스턴마틴에 총알을 발사한 총과 제조사가 같다. 그는 심폐소생 훈련용 마네킹이 어디에 묻혀 있는지 알았다. 마네킹을 토막 내어 칼의 이름을 적고 다른 강사들이 현장을 떠난 후에 사진을 찍을 수 있다. 캠이 찾아낼 것을 알면서도 펠릭스에게 이메일을 보낸 다음, 샘에게도 이메일을 넘겨 자신이 개입한 사실을 숨겼을 수도 있다. 그런데도 나는 어딘가 내 손이 미치지 않는 곳에 퍼즐 조각이 남아 있다는 느낌을 지울 수 없었다. 그 한 조각의 단서가 코앞에 숨은 채 나를 조롱하고 있었다.

베로의 발을 내려다봤다. 발 뒤의 더플백을 보았다. "싹쓸이가 누구인지 확실히 모르지만 알아낼 방법은 있을 것 같아요."

"어떻게요?"

"남자 화장실에 들어간 재크를 유인할 때랑 같은 방법으로요."

베로가 얼굴을 일그러뜨렸다. 나는 베로의 침대 밑에서 가방을 끌어냈다. "과일 젤리로요?"

"미끼로요."

베로는 더플백의 지퍼를 열고 현금을 공들여 배치한 다음 사진을 찍었다. 우리는 작년 가을에 내 랩톱에 설치한 다크웹 브라우저를 이용해 가짜 이메일 계정을 만들었다. 그리고 싹쓸이가 우리에게 두 차례 연락했던 메일 주소를 입력했다.

받는 사람: 싹쓸이

보낸 사람: Z님의 조수

제목: 거래 준비 완료

메시지: 당신 말뜻은 알아들었습니다. 하지만 Z님의 자산이 동결되어 다른 입금 방법을 찾을 때까지 시간이 걸릴 것 같네요. 일부 금액

을 계약금으로 먼저 드리죠. 당신이 합의대로 이행한다면 72시간 내에 계좌로 잔액을 송금하고요. 만날 장소와 시각, 잔고 증명 서류를 첨부합니다.

베로가 내 등 뒤에서 메시지를 읽었다. "그 사이트가 폐쇄된 지 두 달이 지났어요. 싹쓸이가 아직 이 주소를 쓸까요?"

"12월에 펠릭스 측에 협박 편지를 보낼 때도 싹쓸이는 이 주소를 이용했어요. 지금도 쓸 거예요." 시간은 11시에 가까웠다. 운이 좀 따라주면 메시지가 제때 전달될 것이다. 우리는 예정된 새벽 3시 전에 더플백을 옥상에 갖다두고 누가 찾으러 오는지 기다릴 작정이었다.

"경찰이 싹쓸이의 이메일 계정을 감시하고 있다면요?" 베로가 물었다.

"여기서 소방 훈련 타워가 또렷이 잘 보이네요. 앞으로 몇 시간 동안 계속 주시해야겠어요. 가방을 둘 때 누가 지켜본다 싶으면, 우리는 물러나고 싹쓸이 제압은 경찰한테 맡겨야죠." 그러지 않으면 싹쓸이는 더플백에서 우리가 청소 도구 창고에서 슬쩍한 갈색 페이퍼 타월을 잔뜩 발견하게 될 것이다.

우리는 숨을 죽이고 발송 버튼을 눌렀다. 나는 랩톱을 베로에게 건네고 방 안을 서성댔다. 뒤이은 정적 속에 가만히 앉아 있을 수가 없었다. 창문 앞에 서서 엄지 손톱을 깨물며 소방 훈련 타워의 어두운 그림자를 응시했다. 메시지 전송에 실패했다는 알림이 울리는지 귀를 기울였지만 컴퓨터는 잠잠했다.

베로의 쌍안경을 눈에 갖다대고 초점을 맞췄다. 창밖으로, 소방 훈련 타워의 옥상까지 지그재그로 이어진 다섯 층의 금속 계단이 선명히 보였다. 구름 사이로 드러난 반달이 난간에 빛을 반사했다. 접선 장소로 완벽했다.

"아무도 돈을 가지러 오지 않으면 어쩌죠?" 베로가 물었다.

"그러면 싹쓸이가 조이라고 확신할 수 있겠죠." 조이는 아직 병원에 있어 컴퓨터를 쓸 수 없다. 그의 호주머니에 들어 있던 휴대전화와 지갑은 닉이 체육관에서 미리 챙겼다. 조이가 병원 침대에 누워 있고 닉은 여기 있는 한, 조이가 미끼에 대해 알 방법은 없으니 여기까지 올 리도 없다. 만약 싹쓸이가 찰리나 웨이드, 새머러라면 현금 25만 달러는 충분한 유인책이 될 터였다.

문을 쾅쾅 두드리는 소리에 우리는 소스라쳤다. 베로가 내 랩톱을 얼른 닫았다. 현금을 여행 가방에 넣어 지퍼를 잠그고, 더플백은 침대 밑으로 차 넣었다. 나는 쌍안경을 베개 밑에 숨겼다. 닉일 거라 짐작하며 머리를 매만지고 문을 열었다. 종이봉투 두 개를 든 새머러가 환히 웃었다. 트렌치코트 어깨에 빗방울이 맺혀 있었다.

"두 분이 저녁에 큰일을 겪으셨다면서요." 새머러가 방으로 들어와 수납장에 종이봉투를 올려놓으며 말했다. "식사를 놓쳐서 배가 고프실 거라고 로디한테 들었어요." 그녀는 봉투 하나의 내용물을 꺼내놨다. "주방에서 음식을 푸짐하게 준비했더라고요. 두 분 드시라고 클럽 샌드위치 두 개, 코울슬로, 브라우니 몇 개를 집어 왔어요." 새머러는 우리에게 탄산음료를 하나씩 건넸다.

캔을 본 베로의 표정이 일그러졌다. "직원 휴게실에 다른 음료도 있을 텐데요?"

샘은 빈 봉투를 구겨서 쓰레기통에 던졌다. 그녀는 피식 웃으며 우리 쪽으로 돌아서서 트렌치코트를 활짝 펼쳤다. 안주머니에 위스키 한 병이 들어 있었다.

"고마워서 몸 둘 바를 모르겠어요." 베로가 소곤거렸다. 지구에 마지막 남은 한 병인 양 그녀는 위스키에 간절히 손을 뻗었다. "이러니 내가 이분한테 반하지 않을 수 있겠냐고요."

샘이 웃음을 터뜨렸다. 펼쳐진 코트의 기다란 허리띠가 그녀의 빨간 가죽 구두 위에서 너울거렸다. "두 분이 겪은 일을 생각하면 융통성을 좀 발휘해도 괜찮다고 생각하지만, 부디 닉한테는 말하지 말아주세요. 기분이 어찌나 처져 있는지, 샌드위치 몇 개를 배달하러 방에 찾아갔다가 날벼락을 맞을 뻔했어요". 그녀가 두 번째 봉투를 들어 보였다.

내 얼굴에서 미소가 걷혔다. "닉이 방에 있어요?"

"엄청 뚱해 보여요. 이 말, 저한테 들으신 거 아니에요." 샘은 브라우니 하나를 슬쩍 집어 들고 문으로 향했다. 나가기 직전에 그녀가 고개를 돌려 주저하는 말투로 물었다. "혹시 조지아는 어디 있는지 아세요? 닉은 안 먹는다는데, 샌드위치가 아깝잖아요."

"자기 방에 있을 텐데요." 내가 무심코 대답했다. 샘이 컴퓨터 앞에 앉아 소방 훈련 타워에 들를 계획을 세우는 것이 아니라 내 언니를 찾으러 다닌다는 데 안도해야 했지만, 내 머릿속에는 그녀가 조금 전에 전해준 닉에 대한 소식뿐이었다. 할 일을 다 끝냈다면, 닉은 왜 진술을 받으러 나를 찾아오지 않을까?

"복도를 내려가면 조지아 방이에요. 319호실요. 브라우니 하나 더 가져가세요." 베로가 눈을 찡긋했다. "조지아는 단걸 좋아해요."

샘이 브라우니를 하나를 더 집어 방을 나가는데도 나는 딴생각에 빠져 있었다.

"당신 언니가 저 여자랑 결혼하지 않으면, 내가 할까 봐요." 베로는 위스키 뚜껑을 열어 병째로 마셨다. 내게 술병을 건네는 그녀의 눈에 눈물이 그렁그렁했다. 내가 술병을 받지 않자 베로는 미간을 찌푸렸다. "아, 맙소사. 표정이 왜 그래요? 그거 무슨 표정인지 알아요."

휴대전화로 시간을 확인했다. 저녁 내내 닉이 너무 바빠서 못 오는 줄로만 알았다. 총경을 만나고 보고서를 써야 했으니까. 체육관에서 헤어지면서 일이 끝나면 나를 찾아오겠다고 했지만, 그 후로 벌써 다섯 시간 가까이 지났다. 왜 우리에게 직접 저녁을 가져다주지 않았을까? 왜 혼자 방에 틀어박혀 있을까?

나는 위스키 병을 받아 들고 베로에게 쌍안경을 건넸다. "가방을 둔 장소를 지켜보고 있어요. 한 시간 후에 돌아올게요."

32

우리 방문 밖을 지키는 경찰에게 화장실에 다녀오겠다고 말했다. 그가 등을 돌린 순간, 나는 복도 끝의 계단으로 달음박질했다. 닉의 방은 1층이다. 오늘 오전, 청소 도구 창고에서 그가 키스라도 할 듯이 나를 내려다볼 때, 그의 목걸이 뒤에 적힌 방 번호를 보았다. 왜 그랬는지 몰라도 나는 그 번호를 외웠다.

복도에 누가 있는지 확인한 다음, 충계를 빠져나가 닉의 방을 찾았다. 노크를 하는 동시에 문이 열려서 깜짝 놀랐다. 닉은 눈을 감은 채 한 손으로 문틀을 짚고 다른 손으로 콧등을 잡았다. 두통을 참는 표정 같았다.

"샘, 말했잖아요, 나는 괜찮다고. 용의자를 놓치는 거야 으레 있는 일이고, 지금은 그 얘기를 하고 싶지가—." 닉의 손이 떨어졌다. 셔츠 칼라가 풀리고 가슴께까지 단추가 열려 있었다. 총집을 매단 가죽 멜빵 사이의 천은 구깃했다. 그는 미간을 찌푸리며 나를 내려다봤다. 복도의 환한 조명이 그의 눈 밑에 짙은 그늘을 드리웠다.

나는 주눅이 들었다. "혼자 있고 싶으면 그만 갈게요."

"아니, 그냥…… 당신이 올 줄은 몰랐어요." 그는 상관이 갑자기 나타나기라도 할 듯 내 어깨 너머를 흘끔거렸다. "당신은 여기에 오면 안 될 텐데요."

"그렇겠죠." 나는 운동복 밑에서 샘이 가져온 위스키 병을 꺼내어 닉에게 내밀었다. 그는 내 손목을 잡고 방 안으로 끌어들인 다음 복도에 아무도 없는지 확인하고 문을 닫았다.

침대 옆 책상 위의 전등 하나만 희미하게 켜져 있었다. 좁은 공간에 그의 냄새가 가득했다. 따뜻한 가죽과 그가 쓰는 스킨의 스파이시 머스크 향이었다. 직원 숙소는 학생 기숙사보다 조금 나았다. 저렴한 모텔 방과 비슷한 수준이랄까? 따스한 등불, 조금 흐트러진 침대, 열린 옷장 문 위에 무심히 걸쳐진 샤워 타월…… 모든 것이 은밀하게 느껴져서 그가 나를 선뜻 들이지 않은 이유를 알 것 같았다.

우리는 좁은 공간에서 어색하게 움직였다. 닉은 내가 앉을 공간을 만들어주려고 침대에서 재킷과 지팡이를 집어 바닥에 펼쳐진 여행 가방에 던져 넣었다. 나는 매트리스 끄트머리에 걸터앉아 그가 수납장 위의 커피포트 옆에 쌓아둔 일회용 컵 두 개를 꺼내는 모습을 지켜보았다. 그는 위스키 병을 열어 컵에 가득 따랐다.

"조이는 좀 어때요?" 내가 물었다.

닉은 눈가를 찡그리며 내게 술잔을 건넸다. "괜찮아요. 그냥 뇌진탕이고 몇 바늘 꿰맸어요. 오늘 밤에 병원에서 조이를 철저히 보살필 거예요. 내일이면 퇴원하겠죠." 닉은 단숨에 잔을 거의 다 비우고 턱을 앙다문 채 꿀꺽 삼켰다. 그는 책상 의자를 뽑아 내 쪽으로 돌리더니, 다리에 힘을 주며 천천히 앉았다. 그는 팔꿈치를 무릎에 얹고 자신의 술잔을 응시했다.

"진술을 받으러 우리 방으로 올 줄 알았어요." 내가 술을 홀짝이며 말했다.

"나도 그럴 생각이었어요. 그런데 병원에서 연락을 받았죠. 조이가 나를 찾는다고 해서 만나러 다녀왔어요." 그가 눈을 들어 나를 보았다. "내게 직접 진술하고 싶었다더군요."

술을 단숨에 들이붓자 목이 쓰라렸다. "조이는 머리를 꽤 세게 부딪쳤어요. 기억을 하던가요?"

"당신이 기억하는 것부터 말해줄래요?"

"내게 진술을 요구하는 거예요?"

"진실을 요구하는 거예요."

일주일 전, 나는 베로에게 두려움에 맞서 진실을 말하라고 했었다. 그녀의 행동을 가장 나쁜 쪽으로 해석할 사람은 어차피 처음부터 맞지 않는 사람이라고. 하지만 지금 닉의 침대에 걸터앉아 그의 눈을 바라보니, 베로가 곤란한 상황을 피하기 위해 다른 주로 우회한 이유를 그제야 알 것 같았다.

하지만 진실을 말할 수 없다면, 나는 과연 닉과 함께하는 미래를 꿈꿀 수 있을까?

"뭐든지 물어봐요." 내가 조심스레 입을 열었다.

"조이가 스티븐을 죽이려 한다고 의심한 이유가 뭐예요?"

술기운을 빌려 말이 쉽게 나오기를 바라며 입술을 핥았다. "총격이 있던 날, 총에 맞은 당신이 구급차에 실리기도 전에 내가 웨스터버의 집을 떠난 거 기억나요?" 닉의 이마에 주름이 잡히고, 그의 시선이 내 눈 사이를 오갔다. "스티븐을 찾으러 간 거였어요. 스티븐이 웨스터버의 집으로 오는 길에 차가 고장 나서 못 오고 있다는 말을 그 사람 동업자에게 들었거든요. 킬러가 아직 스티븐을 노린다는 사실을 알았기 때문에 무슨 일이 생기기 전에 그 사람을 찾고 싶었어요. 결국 몇 킬로미터 떨어진 길가에서 오도가도 못 하고 있는 스티븐을 발견했어요. 그를 내 차에 태우려는데, 누가 차를 세우고 우리 쪽으로 총을 쏘기 시작했어요." 닉은 긴장한 듯, 얼굴에 주름을 더 깊이 잡으며 의자에 똑바로 앉았다. "총 쏜 사람이 누구인지 확인도 못 한 채 우리는 가까스로 달아났어요. 내가 아는 사실은 그 저격수가 세단을 몰았고 사격 실력이 상당했다는 것, 그날 밤 웨스터버의 집에서 조이가 당신 옆에 없었다는 것뿐이었어요. 그래서 조이가 전 남편을 뒤쫓았다고 생각했죠."

"병원에 면회 왔을 때는 왜 그런 얘기를 안 했어요?"

"조이는 당신 파트너잖아요. 그가 맞는지 확실하지도 않았고요. 증거가 전혀 없었어요."

닉은 조용히 내 말을 곱씹었다. "그가 내사팀 소속이라는 거 알았어요?"

"오늘 저녁까지만 해도 몰랐어요. 펠릭스는 조이가 복수를 위해 이곳으로 전입했다고 했어요. 조이가 자기를 협박하고 있다고도 했고요. 정말인가요?" 나는 닉의 반응을 살피며 물었다.

닉이 손으로 까끌한 수염을 쓸었다. "나도 조이한테 같은 질문을 했어요. 하지만 부인하더군요. 자기는 절대 아니래요."

"당신은 조이를 믿나요?"

닉은 고개를 저었다. "내가 뭘 믿는지 모르겠어요, 핀. 내 파트너인 줄 알았던 조이가 내게 뭔가를, 몇 달 동안이나 숨겼어요. 그런 사람을 믿을 수 있을까요?"

나도 그 답을 알고 싶다고 생각하며 술잔으로 시선을 떨궜다. "조이가 또 뭐라고 했어요?"

"오늘 밤에 당신이 자기를 구했대요. 당신이 아니었다면 자기는 죽은 목숨이라던데요."

무거운 침묵이 내려앉았다. 그 말은 진실이었지만 피상적인 진실일 뿐이었다. 그 어두운 이면에는 훨씬 많은 것이 묻혀 있었다. "내가 애초에 의심을 품지 않았더라면 조이가 위험에 빠질 일도 없었을 거예요."

"그건 당신 잘못이 아니고 조이도 그 사실을 알아요. 베로의 휴대전화에 도청 앱이 설치됐었다는 얘기도 들었어요. 당신은 아무 잘못 없어요." 닉은 남은 술을 비웠다. 잔을 내려놓고는 할 말을 찾는 듯 미간을 찌푸렸다. "조이는 당신이 소설 집필에 필요한 조사를 하러 여기 온 것이 아니라고 했어요. 스티븐을 죽이려던 사람을 찾으러 왔다던데요."

"그것만은 아니에요." 내가 항변했다.

"당신을 나무라는 게 아니에요, 핀. 스티븐이 당신을 그렇게 힘들게 했는데도 그를 보호하려고 애쓰는 게 참 대단하다고 생각해요."

"아이들 아빠니까요. 물론 스티븐을 보호하고 싶지만 오로지 그 때문만은—."

"알아요." 닉은 의자에서 일어나 긴 한숨을 내쉬며 절뚝절뚝 방안을 서성댔다. 두 손을 허리에 짚으며 그는 목멘 소리를 냈다. "아이들을 데리러 왔을 때, 스티븐이 내게 두 사람이 화해하는 중이라고 했어요. 같이 부부 상담을 받으러 가기로 했다면서."

나는 입을 떡 벌렸다. 컵을 으스러뜨리지 않으려고 바닥에 내려놨다. "스티븐이 그런 말을 했다고요?"

"그런 줄도 몰랐다니 내가 너무 바보 같아요. 당신에 대한 내 감정에 취해 당신이 다른 마음일 수도 있다는 생각은 미처 못했어요. 나랑 단둘이 있을 때마다 뭔가 가로막는 듯 거리를 두려 했던 이유를 이제 확실히 알겠어요."

"그런 게 아니에요." 나는 벌떡 일어섰다. "스티븐 때문에 거리를 둔 거 아니라고요!"

"해명할 필요 없어요, 핀. 다 이해하니까. 스티븐은 딜리아와 재크의 아빠잖아요. 당신뿐만 아니라 아이들도 걸려 있으니까요. 테리사가 나타나기 전까지는 한 집에 살던 가족이었잖아요. 이제 테리사도 없으니, 두 사람의 문제를 해결할 기회가 찾아왔다고 느낄 수도 있죠. 스티븐을 보호하거나 가족을 되찾고 싶은 당신 마음을 조금도 원망하지 않아요." 그는 가슴에 손을 얹고 내 쪽으로 돌아섰다. "그냥 그동안 당신이 내게 감정을 솔직하게 말해줬더라면 좋았겠다는 생각뿐이에요."

입을 열었지만 말이 나오지 않았다. 닉은 내가 아직 스티븐을 사랑해서, 그를 되찾고 싶어서 이 아카데미에 참가한 줄 알고 있다. 철저한 오해다. 하지만 그의 말 가운데 한 가지는 옳았다. 지금껏 내 감정을 그에게 솔직히 전하지 못했다는 것.

"당신 말대로예요." 나는 단호하게 말했다. "전남편을 죽이려 한 사람을 찾으러 여기 온 게 맞다고요. 내 아이들 아빠라는 이유만으로도 나는 그 사람이 항상 안전하고, 어쩌면 행복하기를 바랄 거예요. 하지만 같이 상담을 받으러 갈 생각은 전혀 없어요. 스티븐과 다시

한 침대를 쓸 바엔 차라리 발톱을 다 뽑겠어요." 내가 대담하게 다가서자 닉의 눈에 불꽃이 일었다. "하지만 내가 오로지 그 때문에 여기 왔다는 조이의 말도 틀렸어요. 집필에 필요한 조사를 하러 온 것도 맞아요. 글이 잘 풀리지 않아서요." 마침내 봇물 터진 듯 내 안에서 고백이 쏟아져 나왔다. "실비아한테 내 원고가 형편없다는 말을 들었어요. 출판사는 섹스 장면이 별로라 돈을 못 주겠대요."

닉이 눈살을 찌푸렸다. "그게 무슨 소린지."

"어쩜 이렇게 소설 한 편을 못 써서 쩔쩔매는지 모르겠어요!" 나는 두 손을 쳐들었다. "주인공은 형사랑 맺어져야 해요. 그걸 알면서도…… 단둘이 있는 장면을 떠올릴 때마다 겁이 나서 글을 쓸 수가 없어요." 나는 어리둥절하여 미간에 주름을 잡은 그를 올려다보며 어떻게 설명할지 고심했다. "지난번 소설은 달랐어요. 주인공과 변호사의 로맨스는 어렵지 않았죠. 상대에 대한 의무도 없고 잃을 것도 없었어요. 어차피 그와 함께하는 미래를 상상할 수 없었으니까요. 하지만 상대가 당신이라면……." 닉의 뜨거운 시선에 입이 바짝 탔다. "당신이라면, 훨씬 부담이 크죠. 더 깊은 관계로 이어질 수 있으니까요. 그걸 망칠까 두려워서 자꾸 망설이는 거예요."

닉이 거친 목소리로 물었다. "무슨 뜻이에요?"

내가 무슨 말을 하고 싶은 걸까? 모든 상황이 완벽해지기를 기다렸다고. 내가 완벽해지기를 기다렸다고. 더 이상 다른 사람들이 기대하는 내 모습에 맞추기 위해 나 자신을 왜곡하지 않을 거라고. 내 탓이 아닌 일에 죄책감을 느끼지 않을 거라고. 무엇보다 나 자신의 행복한 결말을 부정하지 않을 거라고.

나는 디저트를 원했다. 결과야 어찌 되든.

총집 멜빵을 붙잡고 닉에게 키스했다. 그는 몸을 움직이지 않았다.

내가 너무 나갔나 싶어 뒤로 물러났다. 지난 열두 시간 동안 내가 털어놓은 말을 생각하면, 그가 더 이상 키스를 원치 않을지도 모른다 싶었다. "미안해요. 이러지 말았어야 했는데—."

"그러지 말아요." 닉이 내 머리카락 사이로 손을 밀어넣고 나를 끌어당겼다. 위스키 냄새가 섞인 달콤한 숨결이 내 얼굴에 와닿았다. 우리 이마가 거의 닿을 지경이었다. 그는 눈을 감으며 말했다. "사과하지 말아요."

그의 입술이 내 입술을 파고들었다. 까끌한 수염과 보드라운 입술이 나를 간지럽혔다. 그의 키스는 나를 감질나게 만들며 서서히 깊어졌다. 그의 혀는 나를 애태우며 천천히 움직였다. 나는 그의 셔츠를 움켜쥐고 끌어당겼다.

술기운과 아드레날린으로 내 몸이 들끓었다. 그의 옷에 밴 따뜻한 가죽 냄새도 한몫했다. 어쩌면 이 방, 이 장소, 불과 몇 시간 전에 죽을 뻔한 경험 때문인지도 모른다. 샤워 타월을 몸에 감은 채 내 아들을 가슴에 안던 그의 모습 때문인지도. 아니면 나를 겨우살이 밑에 세워두고 떠난 그를 밤마다 그리워했기 때문인지도. 그 모두가 이유일 수도 있고 아닐 수도 있다. 그 순간에 나는 닉의 키스를 온몸으로 느꼈을 뿐이다.

내 손가락이 그의 셔츠 단추를 더듬었다.

"괜찮겠어요?" 권총집을 풀어 바닥에 떨어뜨리는 내게 닉이 물었다.

"네." 우리의 호흡이 가빠지기 시작했다. 지난 두 달 내내 차곡차곡 쌓인 욕구가 내 안에서 쓰나미처럼 솟았다.

"핀……." 내가 아랫입술을 깨물자 그가 소곤거렸다. 그의 속옷을 머리 위로 당겼다. 내 손가락에 닿은 근육이 팽팽해졌다. 그의 피부는 뜨거웠고, 가슴에는 소름이 돋았다. "우리가 자제력을 잃기 전에 몇 가지 기본 규칙을 세워야 할 것 같아요. 당신이 준비될 때까지 나는 기다릴 수 있어요. 준비가 안 됐으면 서두르지 않아도—."

"입 좀 닫아요."

닉은 사나운 짐승의 소리를 냈다. 나를 벽으로 밀어붙이고, 허리를 안았다. 우리의 키스는 뜨겁고 필사적이었다. 나는 그의 어깨에 손을 얹고 손바닥으로 흉터를 쓰다듬었다. 웨스터버의 집에서 벌어진 총격전의 결과였다.

그의 바지 어딘가에서 진동이 시작되었다. "당신 휴대전화예요." 그의 입술이 내 목을 따라 아래로 움직이자 나는 숨을 헐떡였다.

"안 받아요."

"펠릭스 소식이라면요?"

"상관없어요."

나는 그의 바지 단추를 풀었다.

"정말 괜찮겠어요?" 그가 내 운동복 자락을 잡으며 물었다.

"확실히, 당연히, 완전히 괜찮아요." 닉이 내 머리 위로 옷을 벗기고 우리는 비틀대며 뒷걸음질했다. 발뒤꿈치가 침대에 닿는 순간 나는 뒤로 드러누웠다. 닉도 나와 함께 쓰러지자 단단한 그의 일부가 내 다리 사이에 닿았다.

"어머나." 나는 숨을 몰아쉬었다. "진술할 게…… 많겠어요."

닉이 내 귀에 대고 활짝 웃었다. 그의 머리카락이 내 쇄골을 간지럽혔다. 그의 입술이 솟아오른 가슴 위로 내려와 브래지어 위를 움직였다. "오늘 밤에는 이런 거 필요 없어요."

"동감이에요." 내 몸이 뒤로 젖혀졌다. 그의 손길이 닿은 아랫배의 민감한 피부가 팔딱거렸다. 그의 손가락이 내 청바지 단추를 풀었다. 지퍼도 내려갔다. 닉이 내 배꼽에 대고 신음 소리를 냈다. 닉과 나는 내 바지 밑에 속옷이 없음을 동시에 깨달았다.

"기본 규칙이 뭐죠?" 손으로 내 청바지를 움켜쥔 채, 닉은 다급한 목소리로 내가 수위를 정하기를 기다렸다. 하지만 규칙 따위에 신경 쓰기엔 이미 늦었다. 새해가 시작된 지 겨우 한 달 만에 나는 세 번째 결심을 헌신짝처럼 내팽개쳤다.

"규칙 같은 건 없어요." 역시 나는 규칙 따위는 지킬 수 없는 운명이었다. 그렇다고 죄책감을 느끼고 싶지는 않았다.

33

휴대전화의 진동을 어렴풋이 의식했다. 추위를 느끼고 침대 속으로 파고들었다. 웅웅 소리가 멈추지 않자, 담요 밖으로 팔을 뻗어, 침대 옆 탁자를 더듬었다. 내 손이 휴대전화가 아닌 매끈하고 따뜻한 곡선을 쓸어내렸다.

한쪽 눈을 떴다. 내 뺨은 닉의 옆구리에 눌려 있고 내가 뻗은 손은 기막히게 탄탄한 근육 위에 놓여 있었다. 침으로 범벅된 얼굴을 닉의 맨살에서 떼고 그를 슬쩍 보았다. 짙은 수염에 둘러싸인 입술이 살짝 벌어져 있었다. 잠에 빠진 그의 이마 주름이 블라인드 사이로 스민 은은한 달빛으로 한결 부드러워졌다.

내 휴대전화가 다시 웅웅거리기 시작했다. 닉이 몸을 뒤척이며 팔로 나를 힘껏 끌어안았다. 닉의 한쪽 팔꿈치를 밀어 올리고 청바지를 집으러 몸 위로 손을 뻗는 순간 그에게서 나직한 끙 소리가 들렸다. 호주머니에서 휴대전화를 꺼내 얼른 전화를 끊고, 베로가 어제 구입한 선불전화로 보낸 문자 메시지를 살며시 열었다.

오후 11:58 어디예요?

오전 12:11 캠퍼스 전체가 정전이에요.

오전 12:12 아무것도 안 보이고 엄청 추워요.

오전 12:32 찐한 베스트셀러를 쓰는 데 필요한 조사 중이죠? 러시아 마피아의 손에 토막 난 건 아니라고 말해줘요.

오전 12:45 핀?

젠장! 내가 얼마나 잤지? 휴대전화를 보니 2시에 가까웠다. 싹쓸이가 곧 돈을 가지러 올 텐데 우리는 아직 돈을 갖다두지도 않았다.

닉이 깨지 않도록 그의 팔을 내 허리에서 조심스레 떼어냈다. 담요에서 빠져나가 바닥에 흩어진 옷을 주워 모았다. 서둘러 옷을 꿰입고 블라인드 끝을 들어 갓 얼어붙은 보행로에 반사된 달빛을 보았다.

선뜩한 정적이 교정을 맴돌았다. 베로 말대로 모든 건물의 모든 창이 깜깜했다. 저 멀리 소방 훈련 타워의 검은 그림자만 보일 뿐 지그재그형 계단은 분간할 수조차 없었다.

젠장, 젠장, 젠장!

내 신발을 찾아 겨드랑이에 끼웠다. 문으로 다가가다가 닉의 여행 가방 모서리에 발가락을 찧었다. 튀어나오는 비명을 참았지만 닉은 꿈쩍도 하지 않았다. 그의 가슴은 깊고 안정된 리듬을 타며 오르내렸고, 팔은 내가 침대를 빠져나올 때 모양 그대로 접혀 있었다. 그가 언제부터 잠에 빠졌는지는 알 수 없었다. 베로와 나를 위해서라도 앞으로 몇 시간은 숙면을 취해주길 바랐다.

베로에게 얼른 메시지를 보냈다.

핀레이: 가고 있어요. 곧 도착해요.

베로: 위스키 안가져오면 죽을 줄 알아요.

나는 책상 위의 술병을 쥐고 방문을 조심스럽게 닫았다.

기숙사에 냉기가 감돌았다. 컴컴한 계단을 휴대전화로 비추며 살금살금 3층으로 돌아갔다. 그러다 내 얼굴을 정면으로 쏘는 손전등 불빛에 질겁했다.

로디가 손전등을 내렸다. 그는 시계를 확인하며 웃음을 참았다. "엄청 오래 있다 오셨네요. 진술할 게 어지간히 많았나 봐요."

"놀리지 말아요." 나는 심장이 진정되기를 바라며 말했다.

"닉은 어딨어요? 왜 당신을 바래다주지 않죠?"

"잠들었는데 깨우고 싶지 않았어요." 로디가 나를 꾸짖는 듯한 표정을 지었다. "두 개층을 올라왔을 뿐이에요. 여긴 안전하잖아요. 건물을 벗어난 것도 아니고."

"조심해요." 그가 내게 손가락을 흔들었다. "앞으로 몇 시간은 타이가 방문 앞을 지킬 거예요. 눈 좀 붙여요. 당신이랑 베로를 위해 남는 담요도 몇 장 갖다뒀어요. 눈보라 때문에 송전선이 끊겼나 봐요. 한동안 난방이 안 될 수도 있으니 따뜻하게 하고 있어요."

"당신도요. 고마워요, 로디."

그의 손전등이 계단 쪽을 향하자, 나는 우리 층의 문을 열었다. 우리 방문 옆에 강의실 의자에 기대앉은 타이가 보였다. 긴 다리를 앞으로 뻗은 채 고개를 젖히고 눈을 감고 있었다. 내가 방문을 열자 그는 한쪽 눈을 뜨고 실실 웃었다. 나는 방으로 들어가 재빨리 문을 닫았다.

베로는 외투를 입고 모자를 쓰고 신까지 신고 있었다. 지퍼가 단단히 잠긴 검은색 더플백도 그녀 발치에 놓여 있었다.

"슬슬 움직일 시간이에요." 베로가 침대에서 담요를 집으며 소곤거렸다. 나도 외투를 걸쳤다.

"미안해요. 전화 오는 소리를 못 들었어요."

"자, 이것 좀 묶어봐요." 베로가 접힌 담요를 내게 건네고 다른 담요를 쥐었다. "그래서…… 디저트는 어땠어요?" 민망해하는 내 표정을 보고 그녀가 말했다. "아 제발. 맛도 안 봤다는 소리는 할 생각 말아요."

"맛은 좀 봤어요."

"그랬더니?"

"엄청 좋았어요."

그녀는 실눈으로 나를 보며 내가 매듭지은 담요를 받아 들고 침대 프레임 끝에 묶었다. "엄청 좋았다고요? 할 말이 그게 다예요? 몇 시간이나 있다가 왔으면서! 닉이 화려한 초콜릿 분수와 무제한 디저트 뷔페까지 대접하고도 남을 시간인데요!"

"뷔페는 대단히 훌륭했어요." 내가 불쑥 말했다.

"접시 크기는 어땠어요?"

"베로!"

"전부 말해주기로 약속했잖아요!"

"알았어요." 나는 창문을 열면서 말했다. "굳이 알아야겠다면…… 접시는 거대했어요. 비스킷이 얼마나 맛있는지 두 접시나 먹었어요."

"그럴 줄 알았어요!"

"목소리 좀 낮춰요." 절대 누군가의 주의를 끌어선 안 된다. 찬바람이 방 안으로 밀려들자 나는 오들오들 떨면서 내리닫이창을 들어올렸다. 운동장에는 아무도 없고 교정은 이상하리만치 조용했다. 나는 담요로 만든 밧줄을 밖으로 던지고 몸을 내밀어 그것이 떨어지는 것을 지켜봤다. 바닥까지 이어지는 세 개층을 내려다보자 속이 울렁거렸다. 밧줄은 땅에 닿을 만큼 길지 않았다.

베로가 빈 더플백을 창밖으로 던졌다. 가방이 가벼운 쿵 소리를 내며 떨어졌다.

"먼저 내려가요." 베로가 말했다.

"내가요? 왜 내가 먼저 내려가요?"

"그래야 우리가 떨어지면 당신이 나를 받아주죠."

"우리가 떨어진다는 게 무슨 뜻이죠?"

"내가 매듭을 잘 묶을 줄 모르거든요."

"그런데도 이 방법을 쓰겠다고요?"

"더 좋은 방법이 있기는 해요?"

"지금쯤 타이가 잠들었을 거예요. 그 앞으로 살금살금 지나가면 되잖아요."

"그렇게 위험한 짓을 하겠다고요?"

조금 전에 본 타이의 빈정대는 웃음을 떠올리며 이를 갈았다. 나는 한쪽 발을 창밖으로 내밀었다. 담요로 만든 밧줄을 잡고 창틀에 걸터앉자 심장이 요동쳤다.

"서둘러요." 베로가 재촉했다. "안 그러면 제시간에 갖다놓을 수 없어요."

"밀지 마요!" 몸의 나머지 부분을 창문 밖으로 서서히 옮겼다. 순식간에 훅 미끄러지다가 매듭이 있는 부분을 두 발로 붙잡았다. 내가 이런 짓을 하다니 믿기지 않았다. 체육관에서 펠릭스를 맞닥뜨리고도 살아남았는데, 내 아들의 애착 담요로나 적합할 밧줄 때문에 추락사할 판이라니.

손가락으로 마지막 매듭을 더듬으며 얼어붙은 풀밭에 엉덩방아를 찧었다. 뻣뻣한 다리를 짚고 몸을 일으켜서 털다가 꼬리뼈가 욱신거려서 움찔했다.

우리 방 창문을 올려다보며 베로에게 서두르라고 손짓했다.

베로는 침대 프레임의 매듭을 재차 점검한 다음 창틀을 넘었다. 손을 뻗어 우리가 나온 창문을 닫으려던 그녀가 갑자기 휘청거렸다. 매듭이 쑥 빠지는 것을 보고 숨이 턱 막히는 순간, 베로가 순식간에 내 쪽으로 추락했다. 그녀를 잡으려고 팔을 내밀면서도 결과가 어떻게 될지 두려웠다. 문득 아이크를 묵사발로 만든 자동차 탑이 떠올랐다. 업보가 나를 덮치는구나 싶던 찰나, 베로의 몸이 갑자기 멈추었다. 그녀는 장갑 낀 손으로 2층 창틀을 잡고 있었다. 손가락을 벽돌 틈에 끼운 채 베로는 휘둥그레진 눈으로 잠시 나를 내려다보다가, 다음 순간 꺅 비명을 지르며 내 품으로 추락했다. 나는 고통스러운 숨을 뱉으며 베로와 함께 땅에 쓰러졌다.

베로는 내 위에 벌렁 드러누운 채 숨을 몰아쉬며 우리 방 창문을 올려다봤다. "괜찮아요?" 그녀가 속삭였다.

"닉의 침대에 계속 있었어야 했는데." 베로의 외투 등짝에 대고 말했다.

베로가 몸을 떼서 나를 일으켜 세웠다. 나는 더플백을 들고 절뚝거리며 그녀를 따라갔다. 베로는 매듭으로 연결된 담요를 기숙사 뒤의 대형 쓰레기통에 던졌다.

우리는 트인 공간을 벗어나려고 서둘러 훈련장을 가로질렀다. 맨 먼저 눈에 띈 나무 뒤에 숨어, 그 그림자 속에 웅크린 채 탑을 바라봤다. 베로는 쌍안경을 들고, 비상계단을 따라 건물 측면을 천천히 훑으며 지붕선까지 살폈다.

"저 위는 너무 어두워요. 아무것도 분간이 안 되는데요." 베로가 소곤거렸다.

나는 시간을 확인하며 상황을 따져봤다. 싹쓸이는 30분 뒤에나 도착할 것이다. 새머러가 우리 이메일을 중간에 확인했다면 내가 모를 리 없다. 그녀가 이미 몇 시간 전에 닉의 방문을 두드려 그를 깨웠을 테니까. "내가 가방을 옥상으로 가져갈게요. 당신은 여기 남아서 층계를 잘 살펴요. 이쪽으로 오는 사람이 보이면 문자로 알려요."

"조심해요." 비상계단 첫 칸을 밟는 내게 베로가 속삭였다. 금속으로 된 계단은 미끄러웠다. 나는 가방을 어깨에 둘러메고 층계참의 반질거리는 얼음을 피해 서둘러 계단을 올랐다. 마지막 계단을 오를 때는 폐가 타는 듯했다. 매서운 바람에 입김이 금세 흩어졌다. 금속 난간 너머를 내다봤다. 나무 사이로 쏟아진 달빛이 베로의 쌍안경 렌즈에 반사되었다. 그녀에게 내가 보이기를 바라며 얼른 엄지손가락을 치켜세웠다. 응답으로 그녀의 휴대전화 불빛이 반짝였다.

숨을 가다듬고 마지막 단을 올라 옥상에 들어섰다.

옥상을 둘러싼 허리 높이의 난간으로 바람이 몰아치자 머리카락이 눈을 가렸다. 가방을 숨길 곳을 물색했다. 눈에 잘 띄지 않으면서 찾는 사람에게만 보일 위치여야 했다. 옥상은 살풍경했다. 울퉁불퉁한 낮은 담장 옆에는 숨길 곳이 별로 없지만, 한복판의 커다란 콘크리트 담장이라면…… 괜찮겠다 싶었다.

담장에는 창이 없고, 무거운 철문과 '펌프실'이라 적힌 문패뿐이었다. 옆면에 거대한 소방 호스가 걸려 있고, 호스 뒤의 공간은 더플백을 숨기기에 충분해 보였다. 미끼를 숨기고 베로에게 얼른 돌아가고 싶은 마음에 서둘러 그쪽으로 다가갔다. 그 순간 펌프실 너머에서 다리 끄는 소리가 들렸다.

"염병할, 대체 어디 있는 거야?" 누가 투덜거렸다.

어둠 속에서 움직임을 발견하고 나는 그대로 얼어붙었다. 한 남자가 호스 뒤에서 땅을 짚고 있었다. 무언가를 찾는 그 남자의 청바지 입은 다리가 눈에 들어왔다. 누군지 자세히 보려고 옥상 가장자리를 따라 살금살금 다가갔다. 얼음이 발밑에서 바사삭 깨졌다. 일어서서 자기 머리 위로 손을 뻗는 웨이드를 본 순간 나는 숨이 턱 막혔다. 펌프실 지붕 밑 처마를 살피느라 그의 재킷이 말려 올라가 있었다. 낯익은 글록의 날렵한 손잡이가 청바지 허리띠 밖으로 엿보였다.

"여기 있었네, 이 녀석." 웨이드가 한 손에 은색 지포 라이터를, 다른 손에 말보로 한 갑을 들고 돌아섰다. 우리는 그 자리에 붙박인 채 좁은 공간을 사이에 두고 서로를 응시했다.

"당신은 여기 있으면 안 돼요." 내 목소리가 떨렸다.

그가 일그러진 미소를 지었다. "그건 당신도 마찬가지 아닌가요."

34

웨이드는 담뱃갑을 털어 한 개비를 꺼내더니 몸을 숙여 주황색 라이터 불꽃에 갖다댔다. 그는 한 모금을 길게 빨고 나를 보며 코로 연기를 뿜었다. "뭘 자백하려는 게 아니라면 그 손 내려요." 그제야 내가 손을 쳐들고 있다는 것을 알고 얼른 내렸다. 웨이드는 더플백을 흘끔거렸다. "당신 애인은 당신이 여기 있는 거 알아요?"

나는 가방을 옆구리에 붙였다. "알아야 하나요?"

웨이드는 어깨를 으쓱했다. "당신이 나를 왜 따라왔느냐에 달려 있겠지. 이봐요." 그가 재를 바람에 튕기며 말했다. "당신이 싫진 않지만, 나는 여기 누굴 꼬시러 온 게 아니에요. 내 물건을 찾으러 왔지." 그는 말보로 담뱃갑을 흔들었다. "이게 마지막 남은 담배예요. 오테가 총경이 이곳을 완전히 봉쇄해서 가게도 못 다녀와요."

"여기 담배를 가지러 왔다고요? 새벽 3시에?"

"누구나 구린 데가 있잖아요. 여기 뭐 하러 왔는지는 몰라도 당신한테선 나보다 더 구린 냄새가 나는데?" 그는 또 한 번 태연히 담배를 빨며 눈으로 나를 천천히 훑었다. "그래, 닉이 어쩌다 당신을 열받게 했을까? 오밤중에 그 방을 뛰쳐나온 걸 보면 뭔가 어지간히 잘못했나 본데."

그가 내민 턱이 내 겨드랑이에 낀 가방을 가리켰다. "아, 아니! 이건 제 가방이 아니에요. 아니, 제 가방은 맞지만……." 나는 말을 더듬었다. "닉은 잘못한 게 없어요. 제가 그냥…… 잠이 안 와서요."

"나랑 같은 처지가 됐네요." 그가 담배 한 개비를 내밀었다.

"저는 담배를 안 피워요."

그의 한쪽 입꼬리가 올라갔다. "그리고 나는 영하의 날씨에 옥상에서 다른 경찰의 애인을 몰래 만나는 짓은 안 하죠. 그러면, 우리는 여기서 뭘 하는 걸까요?"

"저도 그게 궁금하네요." 나는 웨이드 옆 펌프실 뒤에 기대어 휴대전화를 확인했다. 지금쯤 싹쓸이가 도착했어야 하지만 아직 베로에게서 기별이 없었다. 이쪽으로 오는 사람이 없다는 뜻이다. 그간 품었던 의혹이 확인된 셈이니 안도해야 했지만, 어째서 아직도 조이가 싹쓸이라는 확신이 들지 않는 것일까?

발치에 가방을 떨어뜨렸다. "제가 여기 왔었다는 거, 닉한테 얘기 안 하실 거죠?"

"여기서 당신과 단둘이 만났다는 얘기를 했다가는 닉한테 총 맞기 딱 좋겠죠. 그런 위험한 짓을 왜 해요?"

"고맙네요."

웨이드는 고개를 까딱하고 코로 연기를 뿜었다. 연기가 바람에 흩날렸다. 나는 이틀 전 밤에 훈련장을 지나가면서 감지한 담배 냄새를 떠올렸다. 웨이드가 매일 밤 이곳에 올라오는지 궁금했다. 그가 잠을 제대로 이루지 못한다면 닉과 같은 이유일 터였다. '나랑 같은 처지가 됐네요.' 웨이드는 그렇게 말했다. 불면증이 누구에게나 찾아오는 저주라는 듯. 많은 경찰이 심리치료를 받고 있다. 스튜는 경찰서에서 일하면 보수가 적다고 불평했지만, 적어도 환자는 끊이지 않을 터였다.

스튜어트 커비 박사를 처음 만난 그날을 떠올렸다. 닉은 테리사가 펠릭스의 재판에 증인으로 나설 수 있다는 소견서를 써준 커비에게 고마워했다. 샘에게 듣기로 테리사는 체포된 후 스튜를 몇 차례 만났다. 테리사는 스튜에게 얼마나 많은 비밀을 누설했을까? 환자에 대한 비밀 유지 의무를 믿고 얼마나 많은 정보를 털어놨을까? 칼에게 일어난 일도 스튜에게 말했을까? 바버라와 함께 칼의 시체를 숨긴 위치까지 밝혔을까?

나는 몸을 꼿꼿이 폈다. 지금껏 이런 생각을 해본 적이 없다니! 닉은 총격 사건 이후로 매주 스튜를 찾아가 상담을 받고 있다. 당연히 사건에 대해서도 이야기했을 것이다. 펠릭스에 대해서도. 나와 스티븐에 대해서도.

스티븐⋯⋯.

어제 스티븐이 내 손에 쥐여준 구깃해진 명함을 호주머니에서 꺼냈다. 손을 바들바들 떨며 치료사의 이름을 확인했다. 스튜어트 커비 박사.

상담 전문의 연락처야. 내 변호사가 몇 달 전에 소개해줬어.

몇 달 전⋯⋯ 싹쓸이가 스티븐을 표적으로 삼은 시기와 얼추 맞아떨어진다.

사실들이 선명하고 불길하게 연결되기 시작했다. 생각할수록 점점 그럴듯했다. 스튜는 아카데미 내부 와이파이에 접속할 수 있다. 이곳에는 그의 고객과 동료들이 있다. 그는 다른 경찰처럼 쉽게 이곳을 드나들 수 있다. 스튜는 닉의 동료들로부터 정보를 얻기 위해 술집에 갈 필요조차 없다. 필요한 정보는 개별 상담으로 전부 수집할 수 있으니.

웨이드는 내 표정을 보고 자세를 바꾸었다. 수업 중에 그는 경찰서에서 일하는 일반 시민에게도 사격을 가르친다고 했다. 스튜에게 사격술을 가르친 사람이라면 그가 어떤 총을 갖고 있는지도 알 터였다. "스튜가 글록을 갖고 다니나요?"

웨이드는 고개를 끄덕였다. "스튜에겐 총기 소지 허가증이 있어요. 그건 왜 묻죠?"

"스튜였어요. 마네킹 사진을 펠릭스한테 보낸 사람."

호주머니에서 어렴풋한 진동이 울렸다. 동시에 비상계단을 오르는 가벼운 발소리가 들렸다. 웨이드는 담배를 비벼 껐다. 나를 보는 그에게서 긴장감이 전해졌다. 우리 둘이 고개를 돌리는 순간 스튜가 펌프장 옆을 돌아 이쪽으로 왔다.

그는 우리를 보고 멈칫했다. 휘둥그레 뜬 눈에 달빛이 반사되었다. 트렌치코트 자락이 바람에 펄럭이자 그의 형체를 식별하기가 어려웠다. 모든 것이 분명해졌다. 어두운 시골길 세단에서 내리던 바로 그 실루엣이다. 내 주머니 속 총알에 무늬를 남긴 것이 스튜의 글록이라는 확신이 들었다.

그 트렌치코트 어딘가에 글록이 숨겨져 있다는 확신도 들었다.

"어쩐 일이십니까, 박사님?" 웨이드가 스튜를 슬쩍 살피며 물었다. "산책하기에는 좀 늦은 시간 아닌가요?"

스튜의 시선이 우리 사이를 오갔다. 그리고 내 옆에 놓인 더플백으로 옮겨갔다. 그는 목을 꿀렁이며 침을 삼켰다. "오…… 오늘 여기다 뭔가를 두고 간 게 생각나서요. 찾으러 왔어요. 두 분은 여기서 뭐 하세요?" 그의 오른손가락이 파들거렸다. 웨이드는 태연히 팔로 나를 감싸 안더니 자기 옆으로 바짝 당겼다.

"아시잖아요." 그는 내 어깨를 꼭 쥐었다. "바람 쐬러 왔죠. 여기 아무도 없을 줄 알았거든요." 내가 고개를 쳐들자 웨이드는 능청스레 한쪽 눈을 찡긋했다.

웨이드는 왜 아무 조치도 취하지 않을까? 왜 스튜에게 맞서지 않을까? 왜 총을 꺼내어 체포하지 않을까? 닉이나 조이, 조지아라면 분명 그랬을 텐데. 하지만 웨이드의 목에 남은 문신의 흔적을 보자 그 이유를 알 것 같았다. 그는 여느 경찰들과 다르다. 살아남기 위해 나쁜 사람을 연기한 사람이다. 그런 그가 자신을 아는 사람 앞에서 연기를 하고 있다면, 스튜를 위협적인 존재로 인식한다는 의미다.

스튜는 안경을 콧등 위로 올리고 더플백에 손짓했다. "이게 제 물건 같아서요. 이것만 가지고 가려고요."

스튜가 가방 쪽으로 몇 걸음 다가가자 웨이드가 그의 앞을 막아섰다. "착각하신 모양인데요, 박사님. 그 가방은—."

스튜가 총을 뽑아 웨이드의 얼굴을 겨눴다. "가방에서 떨어지시죠."

웨이드는 천천히 손을 들고 펌프실에서 물러났다.

스튜는 한 손으로 총을 겨눈 채 다른 손으로 가방을 더듬어 자기 쪽으로 끌어당겼다. 그는 베로가 지퍼에 묶은 케이블 타이를 보고 멈칫하더니 겁먹은 표정으로 비상구 쪽을 흘끔거렸다.

웨이드는 내 앞에 서서 뒤통수에 손깍지를 꼈다. "가방을 원해요?

그럼 가져가요. 나는 당신한테 원한 같은 거 없으니까." 웨이드가 손가락을 꼼지락대며 내 주의를 끌었다. 그의 오른손 엄지손가락이 노출된 청바지 허리 밴드를 가리켰다. 외투와 셔츠가 위로 들려 올라가 글록 손잡이가 드러났다.

"진짜로요?" 내가 소곤거렸다.

웨이드가 대답으로 엄지손가락을 들었다.

뭐. 나도 사격 연습을 한 시간쯤 했으니까. 여기서 잘못된들 뭐가 더 잘못될 수 있을까.

천천히 그의 바지 속으로 손을 뻗었다. "닉한테 이 얘기를 하면 자다가 쥐도 새도 모르게 죽을 줄 알아요." 내가 소곤거렸다.

내 뺨에 뭔가가 튀었다. 엄지손톱만 한 얼음조각이 내 옆의 콘크리트에 떨어졌다. 고개를 돌려보니 펌프실 옆에 웅크린 사람의 형체가 보였다.

조이가 고개를 저으며 입술에 손가락을 댔다. 나는 글록에서 손을 뗐다. 조이가 누구의 총을 갖고 있는지 전혀 짐작할 수 없지만, 오늘밤에 총을 쏠 사람이 내가 아니라는 사실에 그도 나만큼 안도한다는 것만은 짐작할 수 있었다.

조이가 담장을 따라 움직이다가 모퉁이에서 주위를 살폈지만 각도가 나오지 않는 모양이었다. 그가 자신을 노출하지 않고 제대로 한 방을 날릴 방법은 없어 보였다.

"핀레이." 스튜가 입을 열었다. 나는 웨이드의 어깨 너머로 그를 보았다. "웨이드의 총은…… 바지 뒤춤에 꽂힌 총 말이에요. 바닥에 떨어뜨려 내 쪽으로 보내요. 천천히 해요, 안 그러면 웨이드를 쏠 거니까."

"제길." 웨이드가 중얼거렸다. 나는 권총집에서 총을 꺼내어 바닥에 내려놓았다. 스튜를 향해 걸어챘지만 절반쯤 가다 멈췄다. 스튜는 웨이드의 총을 내버려둔 채, 무릎을 꿇고 가방 지퍼를 열려고 끙끙댔다. 총구는 계속 우리 쪽을 겨누고 있었다.

웨이드가 뭔가 무모한 궁리를 하는 듯, 뒤통수의 손깍지가 팽팽하게 긴장되었다.

"조이가 왔어요." 나는 최대한 작은 소리로 속삭였다. "계속 말을 시켜요."

"그 가방에 뭐가 들었는지 몰라도 엄청 중요한 물건인가 봅니다." 웨이드가 외쳤다. " 뭔지 말해줄래요, 아니면 우리가 맞혀볼까요?"

스튜는 케이블 타이가 풀리지 않아 점점 짜증이 나는 모양이었다. "닥쳐요. 칼 갖고 있으면 좀 주든가." 그가 생각났다는 듯이 덧붙였다.

"내 몸을 수색해서 찾아보는 게 어때요?"

"누굴 바보로 알아요? 당신을 쏘는 게 더 안전하지."

"나를 쏠 작정이었으면 진작에 쐈겠죠. 총 내려놓고 대화로 합시다."

"대화?" 스튜가 웃었다.

"당신이 잘하는 거잖아요? 이야기하는 거."

"개수작하지 마요, 웨이드. 대화하기 싫다면서요. 경찰서에서 당신을 내 상담실로 보냈을 때부터 늘 그랬잖아요." 스튜는 얼굴을 구기며 케이블 타이를 확 당겼다. "나는 인질 협상에 대해 강의하는 사람이에요. 그 분야에 관한 책도 썼다고!"

"그러면 시간 낭비 그만하고 그냥 가방을 들고 줄행랑이나 치지 그래요!"

스튜가 벌떡 일어나 우리에게 총을 겨눴다. "입 닫아요. 생각 좀 하게!"

가슴이 철렁 내려앉았다. 내가 이틀 전에 만난 스튜와는 딴판이었다. 이 순간의 스튜는 선택의 여지 없이 궁지에 몰린 범죄자였다. 도망칠 수도 있지만, 그러면 목격자 둘을 남기게 된다. 그 두 사람 때문에 스튜는 단순 협박범보다 훨씬 흉악한 범죄자가 될 수도 있다.

"무슨 소리지?" 얼음이 살며시 바스러지자, 스튜가 소리 나는 쪽을 홱 돌아보며 중얼거렸다. 그의 눈이 옥상을 훑었다. "여기 누가 또 있나?"

웨이드가 어깨를 으쓱했다. "그게 무슨 말씀인지."

펌프장 반대편에서 쿵 하는 소리가 요란하게 울렸다.

"내가 잡았어요." 베로가 소리쳤다. "조이를 잡았다고요! 이제 안전하니까 어서 나와요, 핀!" 그녀는 조이의 총을 쥐고 모퉁이를 후다닥 돌았다.

35

스튜의 글록이 자신을 향하자 베로는 조이의 총을 떨어뜨렸다. 그 순간 웨이드가 자신의 총을 향해 몸을 던졌다. 그의 손가락이 총에 닿으려는 순간 스튜가 몸을 홱 돌려 방아쇠를 당겼다. 총성이 터지고 우리는 뿔뿔이 흩어졌다. 옥상 바닥에 또 한 발이 튕겼다.

펌프실 뒤에서 베로와 마주친 순간 나는 비명을 질렀다. "어쩌죠?" 내가 소곤거렸다.

"계단 쪽으로 움직이면 스튜가 우리를 쏠 텐데요."

"숨을 곳을 찾아야 해요. 갈라져서 스튜를 헷갈리게 만들어야 해요."

베로가 한쪽 그림자 속으로 잽싸게 달려갔다. 나는 반대편으로 살금살금 이동했다. 펌프실 모퉁이에 숨어 바깥을 내다봤다. 스튜가 옥상 난간에 기대어 아래쪽 비상계단을 살피고 있었다. 나는 담장 뒤를 빠져나와 가장 가까운 구조물 뒤에 숨었다가 컴컴한 옥상 구석으로 비집고 들어갔다. 그 순간 스튜가 몸을 돌렸다.

"핀레이! 웨이드!" 스튜가 외쳤다. "당신들 여기 있는 거 알아."

"그래, 여기 있다, 멍청한 새끼야!" 웨이드가 대답했다. 나는 그를 찾으려고 모퉁이 너머를 살폈다. 숨차고 긴장한 목소리였다. 사방에서 메아리치는 것만 같았다. 그의 목소리가 어디서 나는지 헷갈렸다. "하여간 총도 더럽게 못 쏜다니까."

"다칠까 봐 살살 한 거야." 스튜가 외쳤다. 그가 웨이드의 총을 주워 주머니에 집어넣는 동안 나는 미동도 하지 않았다. 그는 돌아서서 베로가 떨어뜨린 총을 찾느라 두리번거렸다. 총을 찾지 못하자 그의 목소리에 광기가 서렸다. "핀레이!" 그가 더플백을 집으며 소리쳤다. "당장 내 눈에 보이는 곳으로 나와! 둘 다!"

나는 다시 벽에 몸을 딱 붙였다. 이 교정은 경찰 천지라고 나는 되뇌었다. 누군가는 총성을 들었을 터였다. 당장 경찰이 나타날 것이다. 우리는 그들이 도착할 때까지 살아 있기만 하면 된다.

"그놈의 가방에 뭐 그리 중요한 게 들었기에?" 웨이드가 숨을 헐떡였다.

"이 정도면 새출발하기에 충분하지." 스튜의 목소리가 갈라졌다. 나는 숨을 죽이고 그의 신발 밑에서 얼음이 깨지는 소리에 귀를 기울였다. "이 가방에는 내 미래가 들어 있어."

펌프실 반대편에서 베로의 목소리가 울렸다. "펠릭스 지로프한테 협박 편지를 보냈다면 돈이고 뭐고 다 소용없을 텐데요." 스튜가 걸음을 우뚝 멈췄다. "멍청한 것도 정신 질환의 일종인가?" 베로가 약을 올렸다. "펠릭스가 당신을 찾으면 살려두지 않을 텐데."

"숨바꼭질은 끝났어. 내 눈에 보이는 곳으로 나와!" 스튜가 뒷걸음질하며 외쳤다.

나는 몸을 숨긴 공간에서 밖을 내다보다가 때마침 베로를 찾으려고 펌프실 주위를 도는 스튜를 보았다.

"웨이드?" 나는 소곤소곤 그를 불렀다. "어디 있어요?"

웨이드가 맞은편 담장에서 낮은 끙 소리로 응답했다. 나는 그쪽으로 돌진하다가 옥상 난간을 붙잡은 그의 손가락을 발견했다. 난간 너머를 내다봤다. "그 밑에서 뭐 하는 거예요?" 내가 소리 죽여 물었다.

웨이드의 이마에 땀이 맺혔다. 부츠 발끝으로 창틀에 버티고 선 채, 그는 손마디에 핏기가 가시도록 콘크리트 모서리를 움켜쥐고 있었다. "총 맞는 것보단 낫잖아요."

"어떡하죠?" 그에게 손을 내밀기가 두려웠다. 난간 밑으로 보이는 땅은 아찔할 정도로 멀고 딱딱한 아스팔트였다. 비상계단을 달려 내려간들 그를 잡을 수도 없을 터였다.

스튜의 발소리가 우리 쪽으로 다가오자 웨이드는 고개를 끄덕했다.

"내 총을 찾아서 얼른 숨어요. 입은 꾹 닫고."

스튜가 이미 그 총을 챙겼다고 말할 틈은 없었다. 입을 꾹 닫는 것도 내 특기가 아니었다. 하지만 베로와 나는 숨는 데는 일가견이 있었다. 스튜가 펌프실을 돌자 나는 우뚝 솟은 콘크리트 판 뒤로 허둥지둥 숨었다.

스튜에게 발각될까 봐 심장이 벌렁거렸다.

"내가 펠릭스를 협박하든 말든 당신이 무슨 상관인데?" 스튜가 따져 물었다. 얼음이 천천히 부서지는 소리로 그가 웨이드 쪽으로 움직인다는 사실을 알 수 있었다. "펠릭스는 가증스러운 인간이야. 고통받는 게 어떤 건지 그자도 알 때가 됐지. 남의 고통에 조금도 개의치 않고, 누구를 도운 적도 없다고. 누구를 치유한 적은 더더욱 없지. 무고한 사람들을 희생시켜 축적한 재산을 그런 인간이 차지하는 건 부당해."

"그러는 당신은?" 내가 외쳤다. 스튜가 내 쪽으로 방향을 트는 소리를 듣고 나는 눈을 질끈 감았다.

"이 카운티에서 모기지론을 받은 후로 나는 차 할부금도 못 내서 허덕이고 있다고! 펠릭스 지로프 같은 작자에게 200만 달러가 대수야? 그냥 푼돈이잖아. 펠릭스보다는 내가 돈을 가질 자격이 있어."

웨이드가 풋 하고 웃었다. "펠릭스랑 나란히 감옥에 들어갈 자격은 충분하겠네."

"너희를 다 죽이고 가방을 가져갈 수도 있어!" 스튜가 소리쳤다.

"어차피 돈 때문에 사람을 죽이는 게 처음도 아니잖아요?" 내가 대꾸했다. 테라스 위로 무거운 침묵이 내려앉았다. "당신이 싹쓸이 맞죠? 여성 커뮤니티에서 샘과 닉에게 발견된 날 때마침 사이트가 흔적 없이 사라졌잖아요." 뒤이은 침묵에 모골이 송연해졌다. 그가 움직이는 소리가 들리지 않는다는 것이 불안했다. 베로가 대답이 없다는 것도. 끙끙대던 웨이드가 섬뜩하리만치 조용해졌다는 것도.

숨어 있던 공간에서 고개를 내민 순간, 내 온몸이 얼어붙었다.

스튜의 총이 3미터도 떨어지지 않은 곳에서 나를 겨누고 있었다. 더플백을 든 그가 더 가까이 다가오자 나는 손을 짚으며 뒤로 자빠졌다. 내 등이 옥상 난간에 부딪히자 더 물러설 곳이 없어졌다.

"지금까지 돈 때문에 몇 명이나 죽였죠?" 계속 말을 시켜야겠다는 생각에 필사적으로 물었다.

"누굴 펠릭스 같은 괴물로 알아? 돈 때문에 한 일이 아니야."

"아무튼 돈을 받았잖아요!"

"서비스를 제공하고 정당한 보수를 청구했을 뿐이야. 일감도 신중하게 골랐고. 죄질로 말할 것 같으면 나보다 나쁜 사람들이었지. 죽어도 싼 인간들."

나는 그를 올려다봤다. 그는 죄질의 가볍고 무거움을 어떻게 판단했을까? "더 나쁘다니요? 그게 무슨 뜻인지—."

"하긴, 당신은 절대 이해 못 하겠지." 그는 총구를 내게 바짝 갖다대며 분노를 간신히 누른 채 떨리는 목소리로 말했다. "여기 재미 삼아 왔을 테니. 대충 노닥거리면서 이야깃거리나 찾으려고! 끝나고 집에 가면 책에다 나쁜 놈들 이야기를 쓰겠지. 하지만 당신은 나랑 달라. 진짜 나쁜 놈들에 대해 쥐뿔도 모르지. 진짜 범죄 현장이나 시체를 본 적도 없을 테고. 당신은 은유의 세계에 살고 있어. 모의 훈련과 마네킹의 세계. 당신한테 설명할 이유가 없지. 설명해도 못 알아들을 테니까!"

"그럼 나한테 설명해봐요." 누가 외쳤다.

스튜의 몸이 뻣뻣해졌다. 그의 다리 사이로 비상계단 쪽에서 절뚝거리며 다가오는 닉의 윤곽이 보였다. 그는 팔을 뻗어 스튜의 등에 총을 겨누고 있었다. "내가 들어보죠, 스튜. 이유를 알고 싶네요. 총 내려놓고 나랑 이야기해요."

스튜가 손가락을 방아쇠에 건 채 목멘 소리로 말했다. "내가 경찰서에서 얼마나 많은 가해자를 상담했는지 알기나 해? 피해자는 몇 명이나 만나봤을까?" 스튜는 자신도 그 답을 알 수 없다는 듯 고개를 저었다. "엄마와 아내 수백 명을 상담하면서 그들이 어떤 학대를 당했는지 속속들이 알게 됐어. 말도 안 되는 법 때문에 가해자인 남편과 남자친구가 무사히 집으로 돌아가는 걸 봐야 했지. 그런 가정의 아이들 장례식에도 여러 번 갔어. 난 최선을 다해 내가 할 수 있는 걸 했지만 그것만으론 역부족이었어. 세상에는 도움이 필요한 사람이 얼마나 많은지 몰라, 닉. 경찰과 사회복지사는 해줄 수 없지만 싹쓸이가 해줄 수 있는 일도 있어. 적어도 당신은 내가 왜 그랬는지 이해해야지. 지로프가 수많은 사람을 해치고도 아무렇지 않게 풀려나는 모습을 똑똑히 봤잖아."

"그래서 뭐 어쨌단 말이죠?" 닉이 절뚝대며 다가왔지만 그의 팔은 흔들리지 않았다. "우리 둘 다 이 일을 시작하면서 선서했잖아요, 스튜. 누구도 해치지 않겠다고."

스튜가 몸을 돌려 닉을 겨누었다. "넌? 넌 시민을 지키고 사회에 봉사하겠다고 선서했잖아!"

"나는 법을 수호하겠다고 선서했어요. 단 한 번도 지로프처럼 법을 어긴 적이 없고요!" 6미터쯤 거리를 두고 서로를 겨눈 채 원을 그리며 움직이는 두 사람을 보고 나는 숨을 죽였다. "당신은 펠릭스의 웹사이트를 이용해 불법적인 사업을 벌였죠. 자신의 목적을 위해 고객을 이용하고 나를 이용했어요. 지로프처럼 살인을 대가로 돈을 받았어요. 더는 같은 실수를 하지 말아요." 닉이 목소리를 낮췄다. 그는 스튜의 눈을 똑바로 응시했다. "총 내려놔요. 들어가서 얘기하죠."

스튜가 바들거리는 손가락을 방아쇠에서 뗐다. 한참 후에야 그의 팔꿈치가 구부러졌다. 그는 더플백을 떨어뜨리고 총을 내렸다. 그것이 바닥에 털썩 떨어지고 나서야 나는 겨우 숨을 쉴 수 있었다. 나는 그 총에 달려들어 스튜에게서 멀찍이 치웠다.

닉이 걸걸한 목소리로 지시했다. "양손을 머리에 얹고 몸을 돌려요." 천천히 내 쪽으로 돌아서는 스튜의 표정이 비통했다. "무릎 꿇어요."

스튜는 머리에 손을 얹고 서서히 몸을 낮췄다. 체념한 듯 침착한 태도가 어딘지 불안하게 느껴졌다. 더는 분노하거나 당황하거나 겁먹은 표정이 아니었다. 어쩔 수 없이 원치 않는 결정을 내린 사람처럼 슬퍼 보였다.

닉이 자기 총을 총집에 꽂았다. 그러고는 스튜에게 다가가 호주머니에서 수갑을 꺼냈다.

돌풍이 불어와 스튜의 코트가 날렸다. 한쪽 자락은 바람에 펄럭였지만, 다른 한쪽은 주머니가 무거운지 들리지 않았다. 웨이드의 총이 번뜩 떠올라 나는 눈을 휘둥그레 떴다.

스튜가 코트 주머니에 손을 넣는 순간 나는 닉의 이름을 외쳤다. 스튜는 총을 꺼내어 닉에게 겨눴다. 거침없는 다섯 살배기 아이처럼, 나는 주저없이 몸을 던져 스튜의 다리를 끌어안았다. 이번 주에 배운, 생존과 체격에 대한 교훈을 떠올리면서. 방아쇠를 당겨야 할 때는 주저하지 말아야 한다는 교훈을 떠올리면서. 나와 스튜는 함께 바닥에 나동그라졌다. 웨이드의 총은 스튜가 뻗은 손에서 날아가 옥상 바닥을 미끄러졌다.

닉의 구두가 내 옆에 나타났다. 그는 나를 떼어내고 스튜의 등 뒤로 수갑을 채웠다.

"내가 알아야 할 총이 또 있나요?" 손의 먼지를 털며 숨을 고르는 내게 닉이 놀랍다는 표정으로 환히 웃었다.

"저것뿐이에요." 나는 베로의 허리춤에 튀어나온 총을 가리켰다. 베로는 낮은 벽에 한쪽 발을 고정하고 웨이드의 몸을 끌어 올려주었다.

스튜가 고개를 돌려 몸수색을 하는 닉을 보았다. "닉, 나를 잘 알잖아. 우리가 함께한 세월이 얼만데. 나는 그 나쁜 놈들이랑 달라. 수갑까지 채울 건—"

난간을 넘어 올라온 웨이드가 콘크리트 바닥에 벌렁 나자빠졌다. "이제 그 입 다물고 변호사나 기다리시지." 그가 숨을 몰아쉬며 말했다.

펌프실 뒤에서 조이가 신음했다. "아이고, 머리야……. 이게 무슨 일이지?" 베로가 움찔했다. 조이는 소리를 지르기 시작했다. "누가 이 수갑 좀 풀어줘요! 내 총은 또 어디 간 거야?"

웨이드가 뻣뻣한 다리를 일으켰다. "닥쳐, 이 짜증 나는 인간아. 지금 가고 있으니까." 베로가 웨이드에게 조이의 총을 내밀었지만 그는 뿌리쳤다. "갖고 있다가 조이가 못살게 굴면 쏴버려요."

우쭐대며 총을 자기 바지춤에 끼우는 베로에게 나는 눈을 흘겼다.

로디가 비상계단을 후다닥 올라오고 곧이어 타이도 나타났다. 그들은 잠시 닉에게 뭐라고 보고하고는 스튜를 데리고 옥상을 내려갔다.

"잠깐만요." 나는 급히 그들을 따라가, 스튜의 앞을 막고 작은 소리로 물었다. "당신이 뒷조사한 사람들이 모두 당신보다 죄질이 나빴다는 게 무슨 말이에요?"

스튜가 턱을 쳐들었다. 그의 안경은 내가 달려든 순간에 깨졌다. 콧등에 비뚜름하게 얹힌 안경 렌즈에 금이 가 있었지만 스튜는 나를 꿰뚫어 보듯 이렇게 말했다. "진짜로 궁금한 게 뭐예요, 도너번 씨?"

"왜 내 전남편을 죽이기로 한 거죠?" 내가 소리 죽여 물었다.

그는 나를 외면했다. "변호사를 만나기 전까지는 아무 말도 안 할 거예요."

"이제 와서 웨이드의 충고를 듣겠다고?" 로디가 스튜를 계단 쪽으로 미는 바람에 나는 그의 팔을 놓고 뒤로 물러서야 했다. 옳고 그름에 대한 스튜의 인식은 너무나 삐딱했다. 정신에 문제가 있는 남자가 틀림없었다. 내가 괜한 걱정을 했던 걸까.

닉이 절뚝거리며 내 쪽으로 다가왔다. 내 어깨를 잡고 꼭 끌어안으며 머리에 대고 소곤거렸다. "일어났는데 당신이 보이지 않아서 방으로 돌아갔는지 확인하려고 타이에게 전화했어요. 타이는 당신이 안전하게 잘 있다고 했는데……. 진짜, 핀, 당신이 여기 있는 줄 알았으면 기동대를 불렀을 거예요."

"나를 여기서 찾을 줄 어떻게 알았어요?" 그의 외투 속에서 물었다.

그는 뒤로 물러서서 나를 보며, 바람에 날려 눈을 가린 머리칼을 쓸어 넘겼다. "병원에서 조이가 없어졌다는 연락이 왔어요. 몇 분 후 조이에게서 로디, 타이랑 같이 소방 훈련 타워 옥상으로 오라는 음성 메시지가 도착했고요." 그가 내 정수리에 입을 맞췄다. "여긴 도대체 무슨 생각으로 올라왔어요?"

"내가 대답할 수 있을 것 같은데." 조이는 두피를 문지르며 조금 얼빠진 표정으로 더플백 옆에 무릎을 꿇었다. 그는 주머니칼로 케이블 타이를 끊고 지퍼를 열어 가방을 거꾸로 뒤집었다. 페이퍼타월 묶음이 우수수 떨어졌다. 조이는 수상하다는 듯 웃으며 나를 올려다봤다. "누가 전남편 살인 미수 용의자를 잡기로 단단히 결심한 모양이죠."

웨이드는 라이터 위로 등을 숙인 채 담배를 문 입으로 빙그레 웃었다. "복 터졌네. 그런 전처를 둔 사람은."

"그런 소리 말아요. 진짜 죽을 수도 있었다고요." 닉이 말했다.

"뭐 어때." 웨이드가 말했다. "인정할 건 인정해. 추리 실력이 예사롭지 않던데. 경찰로 제격이겠어."

"요즘 경찰 급여는 어느 정도죠?" 베로가 물었다.

내 입에서 성마른 웃음이 터졌다. 어서 집으로 돌아가 아이들을 안아주고 허구의 나쁜 녀석들을 상대하고 싶었다. 어쩌면 현실 속 착한 녀석도 한 명쯤 내 인생에 들일 수 있을 것 같았다.

웨이드는 닉을 스쳐 지나 비상계단으로 향하면서, 내게 은밀히 눈을 깜박이며 추파를 던졌다. 닉이 그의 가슴을 손으로 막았다. 웨이드는 그 손을 내려다보며 코로 연기를 뿜었다. 다른 반응을 하기에는 너무 지쳤다는 듯이.

"한밤중에 여기서 내 여자랑 뭘 하셨을까?" 닉이 실실 웃으며 물었다.

웨이드는 닉의 어깨 너머로 나를 홀깃 보더니 음흉한 눈빛으로 재를 떨었다. 나는 고개를 저으며 입 모양으로 '안 돼요'라고 강력하게 호소했다. "공식 진술을 요구하는 건가?"

"아뇨." 닉이 대답했다.

"그러면 말하지 않겠어."

닉은 만족한 듯 혼자 웃었다. "좋아요, 하지만 아무 데도 가지 말아요. 그 밖의 일에 대해서는 전부 진술을 받아야겠으니까. 구급상자 필요해요?" 그는 웨이드의 팔뚝에 생긴 핏자국을 가리키며 물었다.

"그냥 좀 긁힌 거야." 웨이드가 조이를 엄지로 가리켰다. "저 자식은 몇 바늘 꿰매야 할지도 모르지만."

조이는 자신의 정수리를 만지며 베로를 노려봤다.

"그런 눈으로 보지 마요." 베로가 조이에게 경고했다. "당신을 쏴도 된다고 웨이드가 허락했으니까요."

싸움이 벌어지기 전에 닉이 조이를 한쪽으로 끌어당겼다. 베로와 나는 근처에서 서성대며 두 사람의 대화를 엿들었다. "여기서 뭐 하는 거예요? 병원에 있어야 할 사람이." 닉이 물었다.

"캠이 병원 컴퓨터를 해킹했나 봐. 나를 찾아내 병실로 전화를 걸었어. 이런 말 하면 자기가 위험해진다면서. 협박자의 이메일을 감시하던 중 새벽 3시에 소방 훈련 타워에서 무슨 일이 있을지 알아냈다며 펠릭스를 협박한 사람이 여기 올 거라고 알려줬어."

"나한테 전화했어야죠. 내가 처리했을 텐데." 닉이 말했다.

"그래야 했지만, 내가 무슨 일에, 또는 누구 일에 관여하는 건지 정확히 감이 안 와서." 조이와 닉은 한참 서로를 응시했다.

닉이 낮은 담장에 기댄 채 긴 한숨을 내쉬었다. "여기서 찰리를 마주칠 줄 알았군요. 내가 당황해서 그를 놓칠까 봐 두려웠던 거죠."

조이도 닉의 옆에 기댔다. "헛다리 짚은 거지. 내가 틀려서 다행이지만. 스튜를 한 번도 의심해본 적 없다는 건 인정해야겠어." 그는 나와 베로를 돌아보았다. "두 사람은 언제 눈치챘어요?"

"당신과 거의 같은 시기에요." 나는 소심하게 대답했다. "그동안 우리도 몇 번이나 헛다리를 짚었어요. 미안하게 생각해요."

조이가 뒤통수를 문질렀다. "나도요."

비상계단 위의 전구가 살아났다. 펌프실 옆의 표시등이 어둠 속에서 녹색으로 빛났다. 전기가 다시 들어와 캠퍼스 곳곳에서 가로등과 보안등이 깜박거렸다. "다행이다. 따뜻한 샤워를 할 수 있게 됐어!"

베로가 두 손을 비비며 말했다.

조이가 코를 요란하게 쿵쿵거렸다. 닉도 똑같이 했다. "무슨 냄새 안 나요?" 그가 인상을 쓰며 조이에게 물었다.

"재미없거든요." 베로가 핀잔을 주었다.

웃음을 터뜨린 순간, 나도 냄새를 감지했다.

프로판 가스 특유의 냄새가 공기 중에 감돌았다. 곧이어 표시반의 녹색등이 붉게 변하고 연기가 옥상 위로 치솟기 시작했다.

36

닉이 연기 속에서 눈을 가늘게 뜨고 펌프실 옆 표시등을 확인했다. 그는 자욱한 연기를 손으로 흐트리며 옥상 난간으로 재빨리 다가가 눈을 찌푸린 채 저 아래 작은 부속 건물을 내려다봤다. 그는 휴대전화를 꺼내 번호를 눌렀다.

"무슨 일이죠?" 내가 소매로 입을 가린 채 콜록거리며 물었다.

"여긴 소방 훈련을 위한 건물이에요." 누군가 응답하기를 기다리며 닉이 말했다. "건물 전체가 하나의 모의 훈련 장치죠. 실제 화재에 견딜 수 있도록 설계됐어요. 저 아래 부속 건물의 통제실 컴퓨터로 모든 걸 제어해요. 전기가 다시 들어오면서 훈련 장치가 켜졌나 봐요!"

눈이 따가워 왈칵 밀려드는 연기를 손으로 흩었다. "왜 아무도 끄지 않는 거죠?"

"새벽 4시잖아요. 다들 자고 있어요." 우리 밑의 창문에서 검은 구름이 피어오르자 닉은 다른 번호를 눌렀다.

옷과 얼굴에 그을음을 잔뜩 묻힌 웨이드가 부랴부랴 비상계단을 올라오며 외쳤다. "4층은 이미 열기에 휩싸였어. 층계가 너무 뜨거워."

조이는 난간 주위를 오가며 다른 출구가 있는지 살폈다. "암벽등반 장비가 없는 한, 비상계단으로 내려가는 수밖에 없어."

"로디랑 타이가 전화를 안 받네요." 닉은 서둘러 펌프실로 다가가 문을 밀었지만 꿈쩍하지 않았다. 그는 표시반에 깜박이는 숫자를 확인했다. "5층은 벌써 300도예요!" 그가 웨이드에게 외쳤다. "이 문을 열고 펌프를 작동시키게 도와줘요."

웨이드는 무릎을 꿇고 청바지를 걷어붙이더니 종아리에 찬 칼집에서 무시무시하게 큰 칼을 꺼냈다. 그는 칼을 펌프실 문손잡이 밑에 끼우고 잠금장치를 벌리기 시작했다.

"핀레이, 당신 언니한테 전화해요!" 닉이 내게 소리쳤다. "조이는 샘한테 연락해줘요. 나는 찰리한테 걸게요. 제발 누구든 전화를 받아야 할 텐데."

닉의 다급한 음성에 나는 불안해졌다. 더는 이 모든 게 훈련처럼 느껴지지 않았다. 내 언니의 번호를 눌렀다. 곧장 음성사서함으로 연결됐다.

"핀, 저것 봐요!" 베로가 나를 난간으로 끌고 가 훈련장 너머 기숙사를 가리켰다. 3층 창문 하나에 불이 켜져 있었다. "해거티 부인의 방 같아요."

연락처 목록에서 해거티 부인의 번호를 눌렀다. "신호가 가네요." 나는 연기 속에서 눈을 깜박이며 그녀의 창문을 지켜봤다. 세 번째 신호음에 그녀가 전화를 받자, 안도감에 눈물이 날 지경이었다. "해거티 부인?"

"자동차 보증 연장 얘기를 할 거면, 전화를 끊겠어요."

"끊지 마세요! 핀레이 도너번이에요. 깨어 계셔서 정말 다행이에요!"

"당신이랑 상관없겠지만, 콜레스테롤 수치 때문에 새로 약을 먹기 시작했더니 잠이 통 안 와서—"

"그럴 거예요, 해거티 부인. 그런데 지금 긴급 상황이에요! 창밖을 좀 봐주세요."

베로가 내 팔을 쥐었다. 우리는 연기 속에서 눈물을 글썽이며 기다렸다. 400년쯤 지났다고 생각될 무렵 해거티 부인이 블라인드를 열어젖힌 듯 창문이 환해졌다.

"아무것도 안 보이는데. 안경을 안 썼더니. 잠깐만 기다려요. 틀림없이 여기 어딘가에 뒀는데."

"지금 안경 찾을 시간 없어요!"

"어디 예의 없이 소리를 질러요?"

"죄송해요. 안경은…… 그냥 두세요." 나는 기침을 참으며 말했다. "복도 끝에 우리 언니 방이 있어요. 319호예요. 그 방문을 세게 두드려서 저한테 전화하라고 좀 전해주세요. 지금 비상사태예요."

"그러면, 알았어요. 옷만 좀 갈아입고—"

"안 돼요, 해거티 부인, 제발요! 옷 입을 시간이 없어요. 그냥 가주세요. 생사가 걸린 일이에요."

"뭐, 그렇다면—." 통화가 끊겼다.

"어떻게 됐어요?" 전화기를 응시하는 내게 베로가 물었다.

"모르겠어요! 해거티 부인이 전화를 끊었어요."

웨이드가 손잡이를 발로 쾅 차서 문을 열고 펌프실로 들어갔다. 짙은 연기 속에서 펌프를 살피는 그의 휴대전화가 빛났다.

닉은 휴대전화를 귀에 대고 표시반에 올라가는 숫자를 지켜보고 있었다.

내 휴대전화가 울렸다. "조지아예요!" 나는 통화를 연결했다. "조지
아—."

"지금 몇 시인 줄 알아?" 조지아가 웅얼거렸다. "해거티 부인이 잠
옷 차림으로 내 방에 찾아온 이유가 뭐야?"

"소방 훈련 타워를 꺼야 해!"

"뭘 *끄*라고?"

"소방 훈련 타워!" 나는 연기를 휘저으며 소리쳤다. "그걸 꺼야 해!"

"무슨 소리야?"

"창밖을 봐!"

한참 동안 뭐라 구시렁거리는 소리에 이어 블라인드 삐걱거리는
소리가 들렸다. 조지아가 욕을 중얼댔다. "대체 누가 오밤중에 화재
훈련을 시작한 거야?"

"설명할 시간 없어."

"넌 어디 있는데?"

"타워 옥상이야, 조지아! 어서!"

"지금 갈게!" 전화가 끊겼다. 나는 옷소매로 입을 막았다.

웨이드가 펌프실에서 뛰쳐나왔다. "480도야!" 그가 닉에게 외쳤다.
"긴급 차단 기능이 작동을 안 하고 펌프도 말을 안 들어."

아래층에서 둔탁한 쾅음이 들렸다. 닉이 휴대전화에 상소리를 뱉
었다.

"조지아가 온대요!" 옥상 난간에 기대어 언니가 오는지 살폈다. 폐
가 화끈거렸다. 연기 사이로 베로가 소방 호스를 어깨에 메고 나타
났다. 그녀는 감긴 호스를 풀어 가장자리로 끌고 갔다. "뭐 하는 거

362

예요?" 내가 외쳤다. "펌프가 작동을 안 한다는데요."

베로는 호스를 옆으로 던졌다. "옥상을 탈출해야죠. 이걸 타고 내려가는 거예요. 기숙사 방에서 했듯이."

"여긴 5층이에요, 베로! 그리고 우리가 언제 타고 내려갔어요? 추락했지!"

"걱정 마요. 내가 먼저 내려갈 테니." 베로가 난간에 다리를 걸쳤다.

훈련장을 움직이는 작은 손전등 빛이 눈에 들어왔다. 다른 사람들이 그 뒤를 따르고 있었다. 저 멀리서 빨간색과 파란색 불빛이 뱅글뱅글 돌았다.

"600도!" 웨이드가 외쳤다. "다들 엎드려요!"

닉이 연기 속에서 홀연히 나타났다. 그는 베로의 후드를 잡아 난간에서 끌어내리고 나를 땅에 쓰러뜨렸다. 아래층 창문이 깨지면서 유리가 산산이 흩어졌다. 바닥의 들문이 벌컥 열려 경첩에서 떨어져 나갔다. 그 사이로 뿜어져 나온 불덩이가 모든 것을 주황색과 검은색으로 물들였다. 닉이 베로와 내 위에 엎드리자 웨이드와 조이가 보이지 않았다. 그의 늘어진 외투 자락이 우리의 얼굴로 밀려오는 연기를 막아주었다. 건물의 열기가 옷 속으로 파고들었다. 숨쉬기가 힘들었다.

으르렁대는 바람 속에서 사이렌이 울렸다. 다섯 층 아래서 내 언니가 우리에게 소리를 질렀다. 그녀가 통제실 문을 쾅쾅 두드렸다. 총이 발사됐다. 유리가 박살났다. "나 들어왔어!" 조지아가 외쳤다.

우렁찬 우르릉 소리와 함께 펌프가 작동했다. 불길이 쉭쉭대며 들문 속으로 물러났다. 어디선가 환풍기가 윙윙 돌아갔다. 닉의 등 뒤에서 솟구치던 연기가 사그라들기 시작했다.

그의 몸이 우리를 무겁게 눌렀다. 잠시 후, 그는 고개를 들었다.

"형사님." 베로가 연기에 거칠어진 목소리를 냈다. 그녀는 닉을 보고 눈썹을 움찔거렸다. "우리 여태 꼭 껴안고 있었네요." 나는 팔꿈치로 그녀의 옆구리를 쿡 찌르고, 숨을 쉬기 위해 닉을 밀어냈다.

닉이 몸을 굴려 바닥에 드러누웠다. 시커먼 땀방울이 그의 목을 타고 흘러내렸다. "조이! 웨이드!" 그가 탁해진 목소리로 소리쳤다. "다들 괜찮아요?"

조이가 끙끙대고 웨이드는 콜록거렸다. 나는 팔꿈치를 짚고 엎드리다가 조금 떨어진 곳에 널브러져 있는 두 사람을 발견했다. 그 옆에 놓인 더플백은 아직 연기를 뿜고 있었다. 검게 그을린 페이퍼타월이 바람에 굴러다녔다.

웨이드가 담뱃갑을 털어 한 개비를 입술에 물고 지포 라이터를 긁어 불을 붙였다. 조이도 손을 더듬어 담뱃갑을 집자 웨이드가 라이터를 건넸다.

"핀!" 비상계단에 발소리가 쿵쿵 울렸다. 조지아가 옥상으로 뛰어들어 연기 자욱한 광경을 눈으로 맹렬히 훑었다. 그녀는 시커먼 웅덩이를 건너 내 쪽으로 달려왔다. "무사해서 다행이야. 안 그랬으면 엄마가 날 죽였을 거야." 조지아가 내 손을 움켜쥐고 나를 일으켜 세웠다. 그녀의 손이 피투성이였다.

"어떻게 된 거야?" 내가 물었다.

조지아는 자기 손을 내려다보더니 베인 상처를 보고 흠칫 놀랐다. "통제실이 잠겨 있었어. 열쇠도 없고. 창문을 부수고 뛰어들었지. 그때 베였나 봐." 조지아가 플란넬 잠옷에 손을 슥슥 문지르며 말했다.

소방차 한 대가 모퉁이를 돌고 구급차 두 대가 사이렌을 울리며 정문을 통과했다. 계단을 쿵쾅쿵쾅 오르는 발소리가 뒤를 이었다. 로디와 타이, 새머리가 구급상자와 담요, 소화기를 들고 달려왔다. 몇 발짝 뒤에 찰리가 숨을 헉헉대며 따라왔다.

"전부 통구이가 된 줄 알았어요!" 샘이 웨이드 옆에 무릎을 꿇으며 말했다. 웨이드가 샘의 손을 쳐냈지만 그녀는 웨이드의 입에 물린 담배를 뽑아 바닥에 비벼 껐다. 웨이드는 다시 바닥에 머리를 떨어뜨리고 뭐라 투덜거렸다. 샘이 구급상자를 열었다.

타이가 베로를 담요로 감싸 일으켜 세웠다.

"미안해요, 타이." 베로가 까매진 얼굴에 진심을 담아 입을 열었다. "그동안 즐거웠지만, 당신과 미래를 함께할 수는 없나 봐요. 방금 앤서니 형사님과 나 사이에 아기가 생긴 것 같거든요." 베로가 타이의 어깨를 토닥였다. "원한다면 내 속옷을 가져요. 짧았던 우리 인연을 기념하는 의미로."

타이는 베로에게서 물러나 그녀와 닉을 이상한 눈으로 흘끔대며 닉에게 담요를 건넸다. "도울 사람이 또 있는지 찾아봐야겠어요." 타이가 웅얼거렸다.

닉은 고개를 절레절레 흔들며 이마의 땀을 닦았다. 그는 내 어깨에 담요를 둘러주고 난간에 기댄 채 한 팔을 벌렸다. 나는 담요가 발목에 감긴 채 오소소 떨면서 그의 곁으로 다가갔다. 그는 나를 바짝 끌어당겼다.

"스튜는 어디 있어요?" 닉이 로디에게 물었다.

로디가 대답했다. "강의실에 수갑을 채워놨어요. 창밖으로 불길을 보고 부랴부랴 이쪽으로 달려오느라고요. 여기 무슨 일이 있었던 겁니까?"

"모르겠어요. 전기가 들어오자마자 화재 훈련이 시작됐어요." 닉이 대답했다.

"통제실은 잠겨 있던데요." 샘이 팔에 박힌 유리 조각을 뽑자 조지아가 움찔했다. "여기 올 때 보니 훈련장에도 아무도 없었고요. 거 참 수상하네."

"정전만큼 수상하죠." 샘이 거즈를 집으며 말했다.

"무슨 뜻이에요?" 닉이 물었다.

"몇 시간 전에 전력 회사에 연락해봤어요. 정전이 언제 끝나겠냐고 물었더니 알 수가 없다더라고요. 이 구역 전체에 전기가 나갔는데 날씨 탓은 아니래요. 네트워크 문제라고 했어요."

베로와 내가 시선을 교환했다.

"네트워크요?" 내가 묻자 샘은 고개를 끄덕였다.

"통제실 컴퓨터를 다른 곳에서 원격으로 제어할 수도 있나요?" 베로가 샘에게 물었다.

"그럼요. 네트워크에 접속해서 프로그램을 실행할 수 있어요."

"그럼 해킹당했을 수도 있네요." 나는 닉의 품에서 빠져나왔다. 오늘 밤 일어난 모든 일은 누군가의 기획이다. 정전, 화재…… 이 모든 게 우연일 리 없었다. 오늘 밤 이 소방 훈련 타워에서 무슨 일이 있을지 아는 사람의 소행이 틀림없었다. 싹쓸이가 여기 올 거라고 조이에게 경고한 사람은 캠이지만 나는 펠릭스가 모든 것을 조종한다고 확신했다.

"펠릭스가 배후일까요?" 샘이 모두에게 물었다.

닉이 대답했다. "공중에서 우리 시스템을 해킹했다면요. 아까 저녁에…… 중요한 전화가 왔는데 받지 못했어요." 그가 내게 잠깐 의미

심장한 시선을 던지고 말을 이었다. "우리 태스크포스와 공조하는 FBI 담당자였는데, 지로프가 자정 직전에 전용기에 올랐다는군요. FBI는 그자가 브라질로 떠났다고 보고 있어요."

샘이 말했다. "상관없어요. 네트워크에 원격 접속할 수 있는 환경만 갖춰지면 어디서든 가능하죠."

"누가 대신 처리했을 수도 있고." 조이가 한마디 했다. 닉과 조이는 한참이나 서로를 응시했다. 나나 베로와 같은 결론에 도달했을 것이다. 적절한 조건이 갖춰졌다면, 캐머런이 직접 전기를 끊고 불을 냈을 수도 있다.

"그나저나 표적이 누구였을까요?" 웨이드가 물었다. "조이? 아니면 스튜?"

옥상 위의 모든 시선이 조이에게 쏠렸다. 펠릭스가 탈옥한 목적은 딱 하나, 싹쓸이를 제거하는 것이었다. 싹쓸이가 살아 있고 오늘 밤 여기에 나타난다는 사실이 펠릭스 귀에 들어갔다면, 그는 자신의 실수를 깨닫고 문제를 일거에 해결할 계획을 세웠을 터였다.

그렇다면 화재는 무기였을까, 아니면 주의를 분산시킬 수단이었을까?

경찰들이 전부 불을 끄려고 소방 훈련 타워로 몰려왔다면, 구급차가 드나들 수 있게 보안 검색대를 열어두었다면, 펠릭스의 졸개들이 몰래 들어왔다가 빠져나가기도 어렵지 않았을 것이다.

로디가 얼굴을 일그러뜨렸다. "스튜한테 가봐야겠어요!" 그는 계단으로 향했다.

"갈 필요도 없죠." 조이가 담배를 비벼 껐다. "화재가 펠릭스 짓이었다면 스튜어트 커비는 이미 이 세상 사람이 아닐 테니."

37

세 시간 후, 베로와 나는 응급구조사에게 몸 상태를 확인받고 진술을 마친 다음, 담요를 몸에 두른 채 주차장 구석에 서 있었다. 땀과 검댕에 절은 옷이 아직 축축했다. 우리는 다른 아카데미 학생들이 대기 중인 버스 두 대에 짐을 싣는 모습을 지켜보았다. 화재 후 오테가 총경은 봉쇄를 풀고 학생 전원을 조기에 귀가시키라고 지시했다. 펠릭스는 오늘 아침 브라질 상파울루 인근의 비행장에서 목격되었고, 로디가 스튜를 두고 온 강의실에서 발견한 것은 빈 수갑뿐이었다. 닉과 총경은 고된 밤을 보낸 경찰들이 보고를 마치고 뒷일을 처리할 수 있도록 경찰 아카데미를 일찍 마무리하기로 뜻을 모았다.

로디와 타이가 버스 문 옆에 서서, 탑승하는 학생 한 명 한 명에게 수료증을 전달했다. 베로와 나는 맨 위에 놓인 수료증을 로디에게서 건네받았다. 받는 사람의 이름은 공백으로 남아 있었다. 지난 12시간의 난리통에 수료식을 제대로 준비할 여력이 없었을 것이다.

"다 같이 수료식을 못 해서 너무 아쉬워요." 베로가 한숨을 쉬며 수료증을 감싼 공단 리본을 만지작거렸다. "조이의 코를 납작하게 해 줄 수 있었는데."

"내 코를 어떻게 한다고요?" 조이가 옆에 나타나 시커먼 눈썹 밑의 이글거리는 눈으로 베로를 노려봤다. 총을 돌려받기 위해 그는 오늘 아침 한 시간이나 베로와 실랑이를 벌였다. 조이가 수갑을 채워 순찰차 뒷좌석에 태우겠다고 협박한 후에야 베로는 총을 내놓았다.

"핀레이랑 내가 우승했어요." 베로가 의기양양하게 말했다. "우리가 최고 점수를 받았다고요. 우리가 지는 데 건 거 후회되죠?"

"우승은 무슨." 조이가 발끈했다. "점수 계산을 하다 말았는데. 그 숫자는 아무 의미 없어요."

닉이 조이의 어깨를 툭툭 쳤다. "그 점수는 프로그램 총 책임자인 내가 보증해요. 우리 일은 나중에 한잔하면서 풀죠."

주차장 저편에서 해거티 부인이 수료증을 흔들며 우리 쪽으로 다가왔다. 그녀의 손자가 뒤따라왔다. 그녀가 닉 앞에 종이를 펄럭이며 말했다. "이 상장, 어떻게 된 거예요? 왜 이름이 안 적혀 있냐고? 누가 1등인지 어떻게 알라고?"

"괜찮아요, 할머니." 부인의 손자는 그녀를 버스로 데려가려고 진땀을 뺐다.

"괜찮긴 뭐가 괜찮아! '모두가 승자' 같은 허튼소리는 집어치워. 나 때는 다들 정정당당하게 경쟁했다. 승자와 패자는 있어도, 상을 못 받았다고 징징대는 사람은 아무도 없었어."

베로가 조이를 째려봤다.

나는 수료증을 그녀에게 내밀었다. "혹시 수료증이 제 것과 바뀐 게 아닌가 싶어요, 해거티 부인." 그녀는 안경을 밀어올리더니 공단 리본을 보며 흡족한 듯 고개를 까딱했다. 내가 해거티 부인에게서 수료증을 받아 그녀의 손자에게 건네고, 그가 들고 있던 수료증과 맞바꾸자 베로는 불만이라는 듯 한숨을 쉬었다.

"제 느낌엔 우리가 2등 같은데요." 그는 체면을 차리며 수료증을 돌려주려 했다.

"오늘 새벽에 할머니가 가산점을 받으셨거든요." 내가 주장했다.

"무슨 소리예요?" 베로가 항의했다. "고작 전화 받아준 것 같고?"

"어젯밤에 주어진 임무를 완수하셨답니다." 나는 베로에게 눈을 흘겼다.

해거티 부인의 손자는 손을 가슴에 갖다대며 감사를 표했다. 그는 할머니에게 팔을 둘러 천천히 버스로 데려갔다.

"저 할망구가 두고두고 자랑해댈 텐데." 베로가 중얼거렸다.

"잘한 거예요." 나는 해거티 부인이 계단을 오르도록 부축하는 로디를 보며 말했다.

조이가 이쑤시개를 물고 우쭐한 미소를 지었다. "결국 우리 팀이 우승했나 본데요." 베로는 어슬렁어슬렁 건물 안으로 향하는 조이의 등을 뚫어져라 쏘아봤다.

"무슨 일이야?" 내 언니가 붕대 감은 팔을 내게 둘렀다. 샘이 그녀의 옆에 섰다. 두 사람의 새끼손가락이 맞닿아 있었다.

"아무 일 아냐. 마땅히 받아야 할 사람이 추가 점수를 받았을 뿐이지. 그런데 조지아, 혹시 엄마 연락 받았어?"

"아빠는 괜찮대. 어젯밤 늦게 퇴원했나 봐. 여기 몇 시간 더 있어야 하지만 집에 가는 길에 아빠한테 들를 거야."

"같이 있고 싶지만, 닉이 버스 인솔자가 필요하대서 내가 가겠다고 했어요." 샘은 조지아에게 새끼손가락을 걸고 속삭였다. "전화해요." 손을 흔들어 작별 인사를 하고, 여행 가방을 끌며 버스로 향하는 샘을 조지아는 넋 나간 표정으로 지켜보았다.

맥스가 차창을 내다보며 우리에게 손을 흔들었다. "잘 가요, 베로! 또 봐요, 핀레이! 인터뷰에 대해서는 나중에 문자로 알려드릴게요."

"내 번호를 알려주지 않아서 진짜 다행이에요." 나는 미소 띤 얼굴로 맥스에게 손을 흔들며 베로에게 말했다. 베로가 입술을 지그시 깨물었다. 나는 입을 떡 벌리고 그녀를 보았다. "설마…… 당신이 알려줬어요?"

"적은 가까이 두는 게 좋잖아요? 더구나 아이크가 어떻게 됐는지 우리가 달리 알아낼 방법이 없으니까요."

버스가 떠나자마자 조지아가 내 팔을 잡고 한쪽으로 이끌었다.

"진짜 큰일이 생겼어. 네 도움이 필요해." 그녀가 다급하게 말했다.

"큰일이라니?"

"샘을 저녁 식사에 초대했어."

"그게 왜 큰일인데?"

"나는 요리를 할 줄 모르잖아."

"그거야 간단하지. 엄마한테 전화해서―"

"안 돼, 핀! 엄마가 어떻게 나올지 뻔하잖아. 내가 누굴 초대했다고 하면 당장 예식장부터 잡고 결혼정보지를 왕창 사들일 거라고. 샘이 지레 겁먹고 달아나기 딱 좋지."

"알았어." 나는 언니를 손짓으로 진정시켰다. "베로랑 내가 도울 수 있을 거야."

"뭘 도와요?" 베로가 담요를 뒤집어쓴 채 우리에게 다가왔다.

"조지아가 샘을 저녁 식사에 초대했는데, 요리를 할 줄 모른다잖아요."

베로가 자기 휴대전화로 손을 뻗었다.

"어쩌려고요?" 내가 물었다.

"이건 비상사태예요. 당신 어머니한테 문자 보내야죠."

조지아가 베로에게 달려들었다.

베로와 내 언니가 휴대전화를 서로 뺏으려고 다투는 사이, 닉이 내 손을 잡았다. 그는 펼쳐진 내 담요를 잡아당겨 담요 속에서 나를 폭 안아주었다. "당신이 남아 있기를 바라는 건 욕심일까요?"

"섭섭하게 생각하지 마세요. 하지만 오늘 밤에는 진짜 내 침대에서 자고 싶어요."

"나도 그래요." 그가 내 귀에 속삭였다. 그러고는 내 입술에 뜨겁게 입을 맞췄다.

내 뒤로 살금살금 다가온 웨이드가 끼어들었다. "두 사람, 당장 떨어지지 않으면 소방호스로 불을 꺼버릴 거예요."

연기로 검게 그을린 우리의 얼굴이 떨어졌다. 닉은 희고 환한 치아를 드러내며 나를 향해 함박웃음을 지었다. 그는 자기 어깨에 두른 담요를 풀어 내 몸에 두르고는 턱 밑까지 단단히 감싸주었다.

베로가 휴대전화를 들고 뒷걸음질을 치며 중얼거렸다. "하비가 전화를 안 받네. 나중에 당신 언니 차를 얻어타고 집에 가야겠어요."

"걱정 말아요." 닉이 말했다. "찰리가 태워주겠대요. 내가 갈 때까지 문 꼭 잠그고 집에 있어요."

"베로와 내 걱정은 안 해도 돼요. 펠릭스는 브라질에 있잖아요."

"그자를 붙잡아 경비가 가장 삼엄한 감방에 처넣기 전까지는 마음이 안 놓일 거예요." 그는 담요를 잡고 나를 끌어당겨 내 뺨에 살짝 손을 얹었다. 길고 느린 키스 후 다음 키스가 이어졌다.

"이제 업무에 복귀하시지." 누군가 으르렁거렸다.

닉이 고개를 들었다. 그는 우리와 살짝 거리를 두고 서 있는 근엄한 남자를 돌아봤다. "총경님, 제가 작별 인사를 좀 하느라⋯⋯." 닉이 나를 곁눈질하자 나는 그을린 눈썹을 치켜올렸다. "이쪽은 조지아의 동생 핀레이입니다. 핀레이, 오테가 총경님이세요."

나는 담요 속에서 손을 내밀었다. 총경은 내 시커먼 손가락을 보고 이맛살을 찌푸리더니 입매를 굳히고 고개만 까딱했다. 나머지 사람들과 달리, 훈장이 잔뜩 붙은 총경의 제복은 깔끔하게 다림질되었고, 각진 턱은 말끔하게 면도했으며, 짧게 깎은 머리칼은 한 올도 흐트러지지 않았다. 그는 닉을 보고 인상을 구겼다. "도너번 씨의 진술은 받았습니까?"

"그랬을 겁니다." 우리의 짐을 찰리의 차로 옮기던 로디가 낄낄대며 말했다. 베로는 자기 여행 가방을 직접 나르겠다고 고집했다.

닉이 헛기침을 했다. "네, 총경님. 진술은 총 두 건이며, 둘 다 철저히 받았습니다."

베로가 코웃음을 쳤다.

"그럼 얼른 작별 인사를 마무리하고." 총경이 말했다. "10분 뒤에 사무실에서 상세히 보고하세요."

"네, 총경님."

총경이 떠나자 닉은 나를 다시 끌어당겨 담요로 감쌌다. "여기 일이 끝나는 대로 당신 집으로 갈게요."

"내일 오는 게 낫겠어요." 나는 코를 찡그리며 말했다. 우리 둘 다

몸에서 냄새가 진동했고, 수요일부터 한두 시간 이상 잠을 잔 날이 없었다. 내가 원하는 것은 따뜻한 목욕, 깨끗한 속옷, 포근한 잠옷, 소파에서 아이들을 껴안고 뒹굴거리는 시간, 길고 긴 휴식이었다.

내일은 베로와 함께 하비가 애스턴마틴을 팔아서 마련한 돈을 어떻게 쓸지 생각해볼 작정이었다. 베로의 여행 가방에는 마코에게 진 빚을 갚기에 충분한 현금과, 필요하다면 그를 우리에게서 떼어내는 데 쓸 여분의 돈이 들어 있다. 소설의 결말을 수정하면 나머지 원고료도 받을 수 있다. 펠릭스는 지구 반대편에 있고, 나는 소설 집필에 필요한 온갖 경험을 했다. 그리고 싹쓸이는…… 음, 생각하고 싶지 않았다.

모든 문제가 완전히 해결된 것은 아니었다. 조이는 캠의 연락을 받으면 바로 알려주겠다고 약속했지만, 나는 여전히 그 아이가 걱정되었다. 아직 옮겨야 할 칼의 시체가 있고 티격태격할 스티븐이 있다. 메릴랜드 주에서 발급됐다는 베로의 영장 역시 우리가 마주해야 하는 문제였다. 그리고 물론, 배변 훈련도 해야 했다. 하지만 베로와 내가 죽다 살아난 이번 한 주와 비교하면, 그 정도 걱정거리는 감당할 만했다.

찰리가 차 열쇠를 손에 쥐고 내 여행 가방을 끌며 다가왔다. 닉은 나를 보내기 아쉬운 듯 입술을 깨물었다. 찰리가 그의 어깨를 툭 쳤다. "걱정 마, 파트너. 내가 두 분을 철저히 지킬 테니."

"집에 도착하면 문자 보내요." 닉이 훈련장 쪽으로 뒷걸음질하며 나를 보고 바보처럼 헤벌쭉 웃었다. "내일 밤에 칠리 콘 카르네랑 비스킷 먹으러 우리 집에 올래요?"

"그거 데이트죠." 그가 몸을 돌려 건물 안으로 사라지는 동안, 나는 그의 비스킷을 미리 흘끔대지 않을 수 없었다.

"마차 대령했습니다." 찰리가 주차장 건너편의 반짝반짝한 빨간 캐딜락을 향해 기사처럼 손짓했다. 새 차 같아서 우리가 더럽힐까 봐 벌써부터 미안했다. 베로는 자기 여행 가방을 직접 끌었다. 검댕으로 얼룩진 담요를 몸에 감은 채, 우리는 찰리의 차로 이동했다.

"내가 도와드리죠." 찰리는 트렁크를 열고 베로의 여행 가방을 넣었다. 트렁크 문을 닫은 다음 그는 베로를 위해 뒷문을 열어주었다. 베로가 안전벨트를 매자, 그는 내 여행 가방을 베로 옆 빈자리에 놓았다. 조수석 쪽 문으로 손을 뻗는 나를 그가 막아섰다. 내게도 정중하게 문을 열어주려나 보다 하고 미소를 지으며 기다렸다.

대신에 그는 문에 기댄 채 웬 열쇠 꾸러미를 흔들어 보였다. 캐딜락 열쇠가 아니었다. "이거, 며칠 전에 잃어버렸죠?"

훈련용 순찰차 열쇠를 알아본 순간 심장이 멎는 듯했다. 입가의 흉터 때문에 찰리의 표정을 읽기가 어려웠다. "어디서 찾으셨죠?" 내가 물었다.

"타요." 찰리가 내 문을 열어주며 말했다.

천천히 차에 타면서, 뒷좌석의 베로가 우리 대화를 들었는지 눈치를 살폈다. 찰리도 운전석에 앉아 시동을 걸고 잠시 엔진을 예열했다. 그는 운전대를 탁탁 두드리며 전방을 응시했다. 나는 우리가 그날 밤에 차를 훔쳐 웨스터버의 집에 간 이유에 대해 찰리가 집요하게 추궁할 거라 각오했다. 내가 언제부터 닉에게 거짓말을 했는지, 자신이 어떻게 해주기를 바라는지에 대해서도 묻겠지.

"여행 가방에 담긴 돈 얘기를 해야겠네요." 그가 룸미러를 틀어 베로를 보며 말했다.

베로의 눈길이 거울 속 찰리에게 향했다. "돈이라뇨?"

"당신 여행 가방에 든, 펠릭스 지로프의 25만 달러 말이에요."

나는 그녀를 돌아보고픈 충동을 참았다.

"그 돈이 펠릭스 돈이라고요?" 내가 물었다.

찰리는 신중하게 고개를 끄덕였다. "며칠 전 체육관에서 조이 일이 있은 후 당신 방으로 배달됐잖아요. 펠릭스는 싹쓸이가 처리됐다고 여기고 보수를 지급한 거예요."

"저는 펠릭스 밑에서 일한 적이 없는데요."

찰리는 좌석 등받이에 팔을 걸치고 우리를 쏘아봤다. "이 차에 탄 사람은 전부 펠릭스 밑에서 일해요. 그게 아니면 우리가 이런 대화를 하고 있을 리도 없지."

찰리의 코트 사이로 매그넘 손잡이가 보였다. 입이 바짝 말랐다. 웨이드가 옳았다. 가지고 다니는 총의 크기와 휴대 방법을 보면 그 사람에 대해 많은 것을 알 수 있다.

"펠릭스 밑에서 정확히 어떤 일을 하시죠?" 내가 물었다.

"경찰서와의 연결고리랄까. 감시하고, 기회를 살피고, 위험 요소를 제거하고…… 인사관리자 정도로 생각해요."

베로가 살며시 목청을 가다듬었다. "그 인사관리를…… 대개 살려서 하나요, 아니면 죽여서?"

"그런 건 모르는 게 나을 텐데." 너무 암울한 대답이었다. 이미 자기 앞에 던져진 임무를 인정하기 싫은 사람이 할 법한 대답. "펠릭스는 당신들한테 캣이 말한 장려금을 줄 의무가 없어요. 내가 기숙사 방에 가져다놓은 돈은 펠릭스가 앞으로도 당신들과 함께 일하겠다는 뜻으로 보낸 성의 표시이자 신뢰의 증표였죠. 신뢰는 당신이 애저녁에 깨버렸지만. 조이가 살아 있다는 소식에 펠릭스는 무척 언짢아했어요."

"하지만 조이는 싹쓸이가 아니잖아요." 베로가 지적했다.

"그건 중요하지 않아요." 찰리가 솔직하게 말했다. "핀레이 당신은 거짓말을 했고, 펠릭스는 돈을 돌려받아야 하죠. 그래서 내가 당신 여행 가방을 가져가는 거니까 거기에 대해서는 군소리 말아요."

"조이가 당신을 정확하게 봤네요." 내내 뻔히 보이던 단서들을 놓쳐버린 나 자신이 한심했다. 찰리의 지나친 융통성, 퇴직 후에도 계속된 자원봉사, 닉과의 막역한 관계. 조이가 잠가둔 사무실 서랍 속 의문의 서류철. 늘 마음 한구석이 뭔가 석연치 않았는데. 지난주에 베로는 '적의 적은 친구'라고 했다. 하지만 조이 밸러펀트는 나의 적이 아니다. 펠릭스의 적이다. 지금의 베로와 나에게 이것은 유리한 상황이 아니었다.

"조이의 생각은 중요하지 않아요. 조이 밸러펀트는 죽은 목숨이나 다름없으니까. 어젯밤엔 운이 좋았을 뿐이죠. 당신도 마찬가지고." 찰리는 생각에 잠긴 채 운전대를 두드렸다. "나는 펠릭스의 화가 좀 풀릴 때까지 기다릴 생각이에요. 상황이 잠잠해지면 아직 당신의 이용 가치가 남아 있다고 펠릭스한테 최대한 호소해보죠. 당분간은 어디 숨어 있는 게 좋겠네요."

좌석 등받이 너머로 베로와 눈빛을 교환하는 사이 찰리는 차를 움직이기 시작했다. "닉한테는 당신을 집까지 데려다줬다고 연락할 거예요. 그래, 어디로 갈까요?"

내 손을 내려다봤다. 내 옷을. 베로의 옷을. 우리가 어디로 갈 수 있을까? 그 화재는 단순한 사고나 미끼가 아니었다. 펠릭스는 우리를 태워 죽일 작정이었다. 어디로 달아나든 펠릭스의 마수에서 벗어날 수 없을 것이다.

"집 말고요, 내 사촌의 정비소로 가줘요." 베로가 대답했다.

38

찰리가 라몬의 정비소 앞에 우리를 내려준 시간은 아침 7시 직전이었다. 우리는 찰리의 차 뒷좌석에서 내 여행 가방을 내렸다. 그는 엔진을 끄지도, 작별 인사를 하지도 않았다. 베로의 여행 가방을 트렁크에 실은 채 떠나는 그의 차를 우리는 멍하니 바라보는 수밖에 없었다.

"내 후드 티셔츠가 전부 저 가방 안에 있는데." 베로가 검댕 묻은 얼굴을 찌푸렸다. 그녀의 머리카락은 엉킨 새집 같았다.

"전부는 아니잖아요." 돈 넣을 공간을 만드느라 그녀의 옷 몇 벌을 내 여행 가방으로 옮겼다. 찰리의 캐딜락이 시야에서 사라지자 베로는 발을 동동 굴렀다.

흠뻑 젖은 운동화를 질척거리며 베로는 걸치고 있던 방화용 모포를 정비소 입구 옆 쓰레기통에 던졌다. "실비아한테 돈 받으면 내 신발부터 사주기예요."

내 몰골을 내려다봤다. 우리 둘 다 화산에서 불똥을 뒤집어쓴 듯

한 몰골이었다.

"우리 여기 있어야 할까요?" 폐차장 문을 따는 베로에게 물었다. 나는 여행 가방을 문 옆에 놓았다.

"정비소는 두 시간쯤 더 있어야 열어요." 베로가 쇠사슬에서 자물쇠를 뽑으며 말했다. "더플백에 들어 있던 돈이 애스턴마틴을 판 돈이 아니라면 차가 아직 여기 있다는 뜻이잖아요. 스튜 덕분에 펠릭스의 유령회사 목록이 당신 애인 손으로 들어갈 테고, 그 목록에는 당신 이름도 있겠죠. 하비가 애스턴마틴을 처리하지 못했다면 우리가 직접 하는 수밖에요."

베로는 쇠사슬을 덜컹거리며 문을 밀었다. 나는 그녀의 뒤를 따라 찌그러진 차대와 분리된 부품의 미로를 지나가다가 눈에 익은 자동차 탑 앞에 멈추었다. 베로와 나는 공교롭게도 아이크의 시체가 있던 자리에 남은, 수상한 엔진오일 얼룩부터 살폈다. "아이크를 어떻게 처리했을지 궁금하네요." 내가 조용히 말했다.

베로가 몸을 부르르 떨었다. "그건 우리 둘 다 모르는 게 나아요."

창고로 터덜터덜 이동했다. 이번 주에 겪은 온갖 사건의 무게, 찰리의 차를 탔던 짧은 시간 동안 우리가 알게 된 진실의 무게는 지금 같은 수면부족 상태로 감당하거나 이해하기에 너무 버거웠다.

베로가 창고 자물쇠를 풀고 문을 열어젖혔다. 우리는 나란히 서서, 천장의 갈라진 틈에서 바닥의 타이어 자국으로 내리쬐는 햇살과 그 속에 떠 있는 먼지를 응시했다.

"이 자식, 죽여버리겠어!" 베로는 자물쇠를 내던지고, 사나운 눈빛으로 정비소 쪽으로 성큼성큼 돌아갔다. "내 차로 깔아뭉갠 다음에 불태울 거야!"

"무슨 그런 흉측한 소리를 해요." 나는 베로를 달랬다. 서둘러 그녀를 따라가느라 젖은 깔창에 발뒤꿈치가 쏠렸다.

"하비가 우리 차를 빼돌렸어요!"

"억측이에요. 하비가 왜 그런 짓을 하겠어요?"

"당신 눈엔 그렇게 보이겠죠."

"좋은 쪽으로 생각해요. 그냥 차를 딴 데로 옮겼을 수도 있잖아요. 구매자랑 협상 중인데 입금이 좀 늦는 건지도 모르고. 전화 한번 해봐요."

"내가 전화를 안 해본 줄 알아요, 핀레이? 열일곱 번이나 했어요! 몇 시간 내내 문자를 보냈다고요!"

"아직 이른 시간이잖아요. 분명 자고 있을 거예요."

"찾기만 해봐. 창문으로 화염병을 던질 거야!"

그녀가 문 앞에 우뚝 멈추는 바람에 나는 그녀의 등에 부딪쳤다. 베로는 문 위에 설치된 보안 카메라를 올려다보고는 두 주먹을 부르쥐더니 몸을 돌려 정비소 뒷문으로 달려갔다.

베로는 열쇠를 집어 문을 따면서 하비를 욕했다. 그가 자기밖에 모르는 쓸모없는 도둑이자 거짓말쟁이이며, 걸핏하면 어디론가 사라진다고. 베로는 문을 요란하게 밀어 열고 안으로 들어갔다. 나도 그녀를 따라 복도를 지나갔다. 베로는 조명을 탁탁 켜고 사촌의 책상 앞에 앉았다. 모니터에 바짝 다가가더니 마우스를 움직여 창을 띄웠다. 화면에 동영상 두 개가 열렸다. 왼쪽은 폐차장 문을, 오른쪽은 주차장을 찍은 영상이었다.

"뭐 하는 거예요?"

"당신 말대로 하비를 의심하지 않으려고 노력하는 중이죠. 하비가 그 차를 몰고 주차장을 떠났다면 그 자식 아파트로 쳐들어가 당신 헤어드라이어로 목을 조를 테니까.”

베로는 커서를 움직여 스크롤바를 끌었다. 모니터의 거친 흑백 화면이 역순으로 빠르게 움직였다. 주차장은 컴컴했고, 정문은 잠겨 있었다. 너구리 한 마리가 눈을 빛내며 뒷걸음질로 화면을 지나갔다. 하비의 검은색 카마로가 주차장에 들어서자 베로는 영상을 잠시 정지했다. 그러고는 다시 재생 버튼을 클릭했다. 우리는 차에서 내려 정문을 여는 하비를 지켜봤다. 잠시 후 그는 두 번째 창에 나타났다. 폐차장으로 들어가는 모습이 다른 카메라에 포착되었다. 하비의 뒤로 슬금슬금 다가가는 두 사람의 그림자를 보고, 베로는 기겁하며 재생 속도를 줄였다. 그들의 기습으로 하비가 바닥에 쓰러지는 장면을 보고 우리 둘은 숨이 턱 막혔다.

괴한들은 하비 옆에 무릎을 꿇고 주머니를 뒤지다가 그를 넘어 폐차장 깊이 들어갔다. 베로는 재생 속도를 높여 몇 초 만에 10분을 건너뛰었다. 전조등 한 쌍이 정문으로 다가오고 애스턴마틴이 미동도 없는 하비 앞에 멈추는 시점에서 다시 재생 속도를 늦췄다.

남자 둘이 차에서 내렸다. 배기구에서 매연이 뿜어져 나오고 전조등이 그들을 비추었다. 두 사람은 하비의 손목과 발목을 결박하고 그의 머리에 봉지를 씌웠다. 그러고는 하비를 애스턴마틴 뒤로 끌고 가 트렁크에 던져 넣었다. 차가 정문을 빠져나갈 때 베로는 숨조차 쉬지 못했다.

우리 둘 다 미동도 하지 않았다. 화면 오른쪽에 애스턴마틴이 나타났다. 조수석 문이 열렸다. 남자 한 명이 밖으로 나오더니 뉴저지 번호판을 단 낯익은 아우디에 올랐다. 아우디의 전조등이 켜지고 애스턴마틴이 주차장을 빠져나갔다.

베로가 화면을 보고 눈을 깜박였다. 그녀는 영상을 삭제했다. 모든 장면을.

"베로? 지금 뭐 하는 거예요?"

"여행 가방 챙겨요." 그녀가 사촌의 책상에서 열쇠 꾸러미를 집으며 말했다. "지금 당장 애틀랜틱시티로 가야 해요."

당신의 비밀을 묻어드립니다

초판 1쇄 2024년 10월 24일

지은이 | 엘 코시마노
옮긴이 | 김효정

발행인 | 문태진
본부장 | 서금선
책임편집 | 이준환   편집 3팀 | 허문선

기획편집팀 | 한성수 임은선 임선아 최지인 송은하 김광연 송헌경 이은지 장서원 원지연
마케팅팀 | 김동준 이재성 박병국 문무현 김윤희 김은지 이지현 조용환 전지혜
디자인팀 | 김현철 손성규   저작권팀 | 정선주
경영지원팀 | 노강희 윤현성 정헌준 조샘 이지연 조희연 김기현
강연팀 | 장진항 조은빛 신유리 김수연 송해인

펴낸곳 | (주)인플루엔셜
출판신고 | 2012년 5월 18일 제300-2012-1043호
주소 | (06619) 서울특별시 서초구 서초대로 398 BnK디지털타워 11층
전화 | 02)720-1034(기획편집) 02)720-1024(마케팅) 02)720-1042(강연섭외)
팩스 | 02)720-1043   전자우편 | books@influential.co.kr
홈페이지 | www.influential.co.kr

한국어판 출판권 ⓒ (주)인플루엔셜, 2024

ISBN 979-11-6834-237-8 (03840)